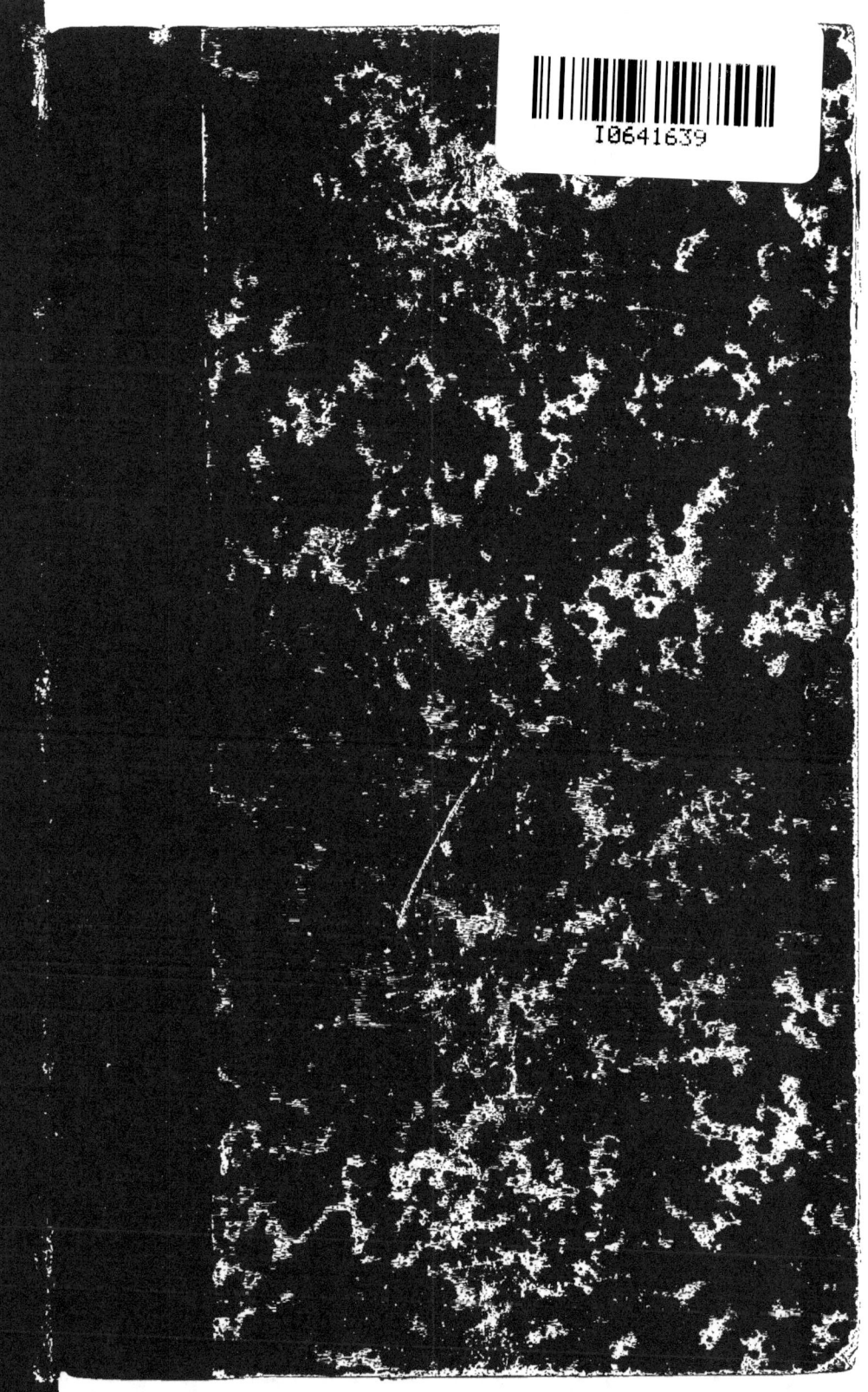

I0641639

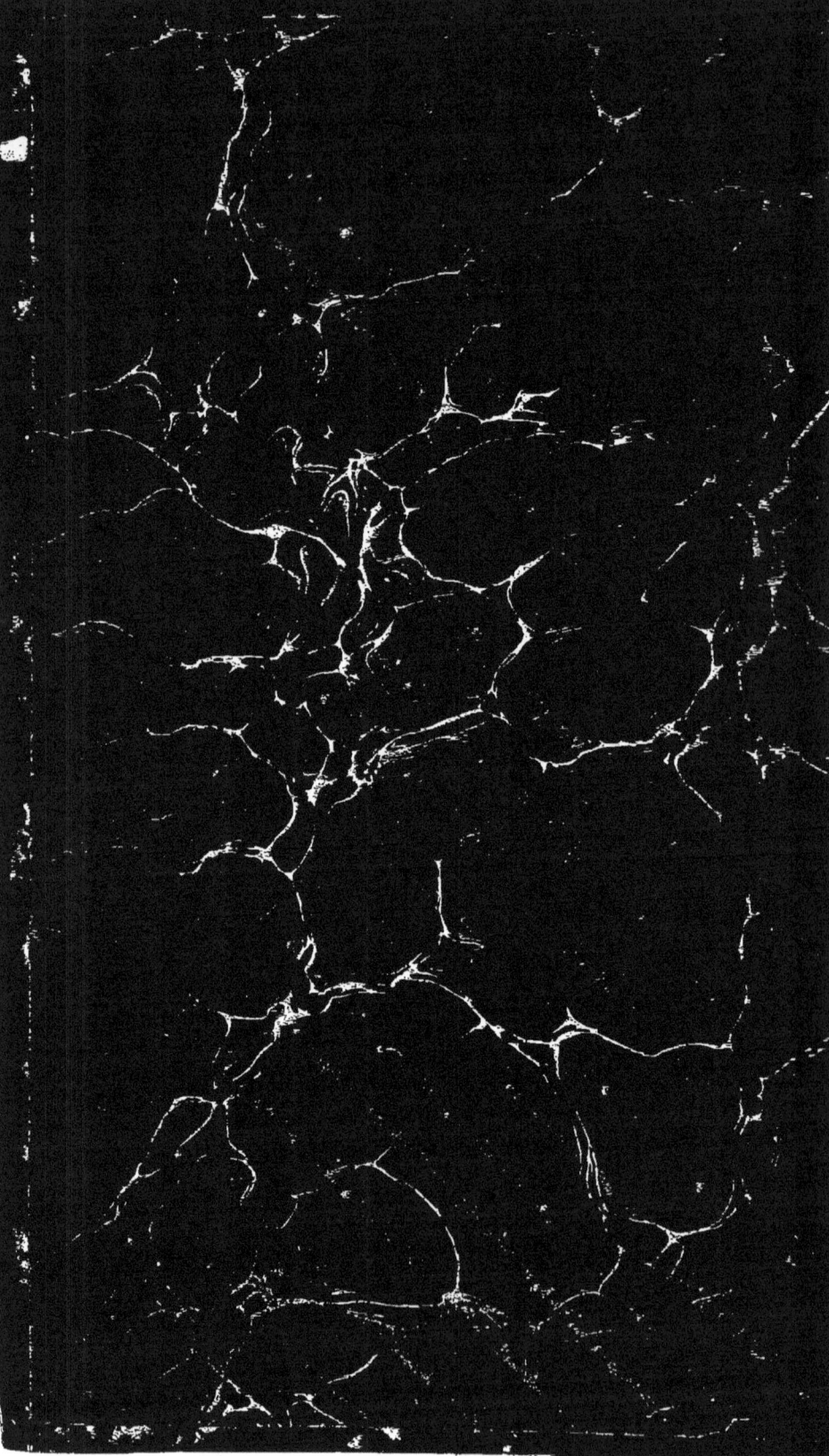

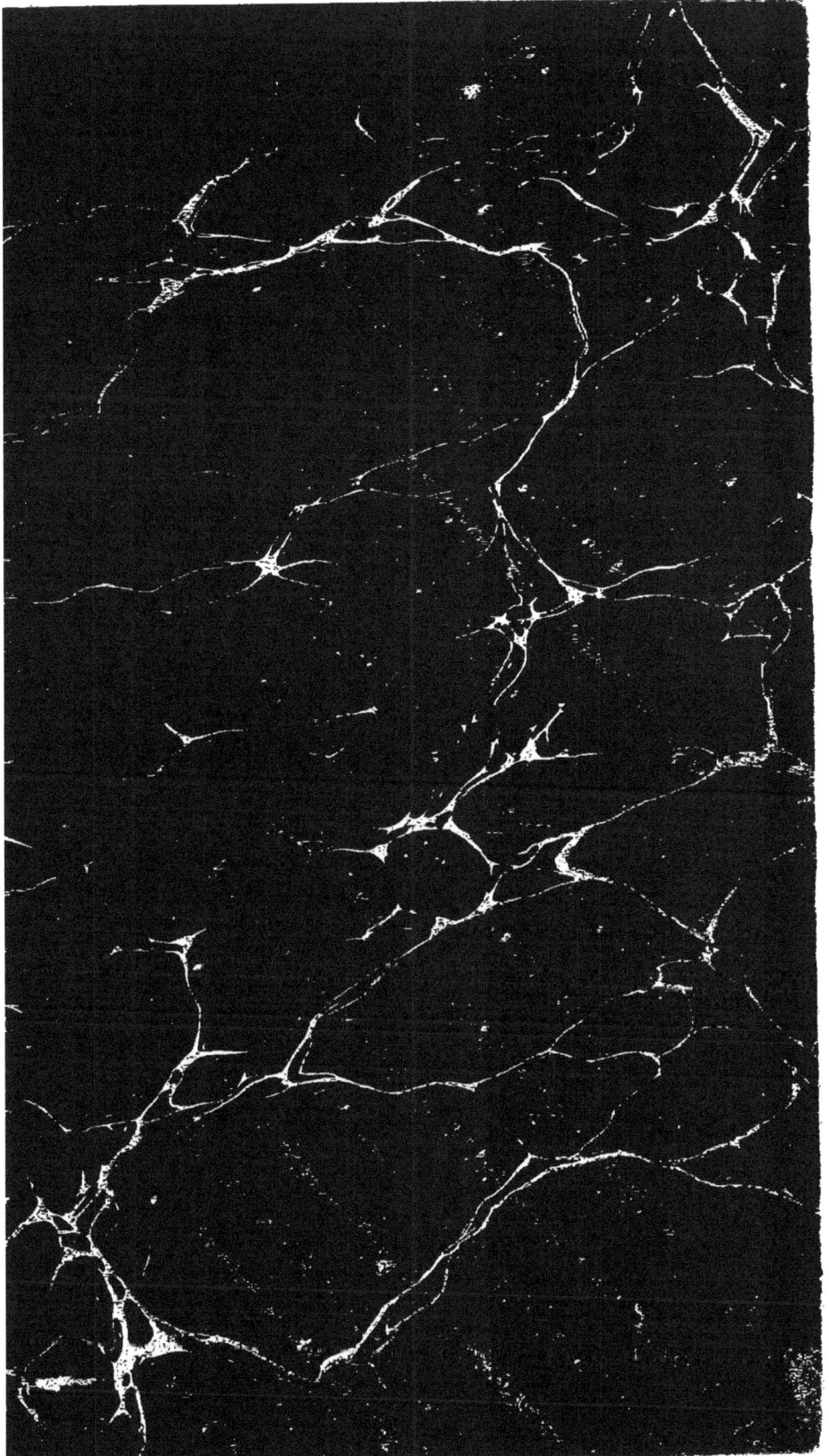

LA

FERME DU CHOQUARD

OUVRAGES DU MÊME AUTEUR

PUBLIÉS PAR LA LIBRAIRIE HACHETTE ET Cⁱᵉ

Format in-16 à 3 fr. 50 le volume.

Le Comte Kostia ; 9ᵉ édition. 1 vol.

Prosper Randoce; 4ᵉ édition. 1 vol.

Paule Méré; 5ᵉ édition. 1 vol.

Le Roman d'une honnête femme ; 9ᵉ édition. 1 vol.

Le Grand-Œuvre; 3ᵉ édition. 1 vol.

L'Aventure de Ladislas Bolski; 6ᵉ édition. 1 vol.

Miss Rovel; 7ᵉ édition. 1 vol.

Méta Holdenis; 5ᵉ édition. 1 vol.

La Revanche de Joseph Noirel ; 4ᵉ édition. 1 vol.

Le Fiancé de Mlle Saint-Maur; 4ᵉ édition. 1 vol.

Samuel Brohl et Cⁱᵉ; 6ᵉ édition. 1 vol.

L'Idée de Jean Têterol; 5ᵉ édition. 1 vol.

Amours fragiles; 3ᵉ édition. 1 vol.

Noirs et rouges; 6ᵉ édition. 1 vol.

L'Espagne politique (1868-1873). 1 vol.

Etudes de littérature et d'art. 1 vol.

L'Allemagne politique; 2ᵉ édition. 1 vol.

A LA MÊME LIBRAIRIE

Hommes et choses d'Allemagne. Croquis politiques, par G. Valbert. 1 vol. in-16.   3 fr. 50

Hommes et choses du temps présent, par G. Valbert. 1 vol. in-16.   3 fr. 50

Coulommiers. — Typographie Paul BRODARD et Cⁱᵉ.

LA

FERME DU CHOQUARD

PAR

VICTOR CHERBULIEZ

De l'Académie française

PARIS

LIBRAIRIE HACHETTE ET Cⁱᵉ

79, BOULEVARD SAINT-GERMAIN, 79

1883

LA

FERME DU CHOQUARD

I

Il était trois ou quatre heures de l'après-midi quand le docteur Larrazet traversa dans sa calèche, dont le tablier était roulé et la capote relevée, un petit hameau dépendant de la commune de Mailly. Son cheval s'arrêta de lui-même devant la porte charretière de la ferme du Choquard. Quoique M. Larrazet fût court et gros, quoiqu'il eût d'épais sourcils sel et poivre, qui lui retombaient en touffes sur les yeux et lui donnaient un air profond, quoique les lourdes breloques de sa montre à répétition chargeassent son vaste abdomen d'un poids inutile, il ne laissait pas d'être vif et prompt dans tous ses mouvements. Il sauta lestement à terre et dit :

« Charmant, soyons sage. Je suis à vous dans la minute. »

Il aurait pu se dispenser de recommander à Charmant d'être sage. C'était une bonne bête, bien trot-

tante lorsqu'il le fallait et que le cas était sérieux,
mais qui aimait à s'arrêter. Elle laissait à son maître
tout le temps nécessaire pour écrire ses ordonnances.
Il était sûr de la retrouver où il l'avait laissée, immobile sur ses quatre paturons, la tête basse, chauvis-
sant à peine des oreilles et ne se servant que de loin
en loin de sa queue mal fournie pour chasser les
mouches qui attentaient à son repos.

Sans songer à défendre son crâne contre les ardeurs
d'un soleil de juillet, M. Larrazet entra dans la cour,
tenant, selon son habitude, son chapeau à la main,
sa main derrière son dos. Il s'achemina tout droit
vers la vacherie, où il comptait avec raison trouver le malade pour lequel on l'avait appelé, beau
vacher suisse au poil blond, aux yeux bleus, qui depuis
plusieurs semaines ne mangeait plus, ne dormait plus,
semblait dépérir. Si inquiétant que fût son état, ce
pauvre diable s'obstinait à travailler. En ce moment
même, assis sur un tabouret à un seul pied, serrant
entre ses genoux un seau en fer battu, la tête penchée,
la main au trayon, il se disposait à tirer le lait d'une
vache. Dès qu'il aperçut le docteur, il se releva bien
vite, se découvrit, tortilla entre ses doigts son bonnet
de coton, tandis que sa sellette attachée à sa taille par
une courroie pendait derrière lui et lui battait les mol-
lets. Le docteur le questionna; il lui répondit de son
mieux, c'est-à-dire fort mal. A peine écorchait-il quelques mots de français, dont il se servit bravement
pour expliquer son affaire, comme Charmant se servait de sa queue trop courte pour s'émoucher. Par
bonheur, M. Larrazet se piquait d'avoir du coup d'œil,
on n'avait pas besoin de lui en dire long, il avait bientôt
fait de toiser un malade et une maladie.

En sortant de la vacherie, il avisa une petite femme grisonnante, paysanne ou bourgeoise selon les cas, mais en général plus bourgeoise que paysanne, qui, l'ayant vu arriver, l'attendait le nez en l'air sur le seuil de sa cuisine. Chaussée de galoches de bois, coiffée d'un bonnet tuyauté, dont l'irréprochable blancheur faisait ressortir le hâle de son cou maigre et de sa nuque couleur de pain d'épices, elle portait pardessus sa robe de coutil un grand tablier de toile grise, que boursouflait près des hanches un épais trousseau de clefs qui ne la quittait jamais. A l'annulaire de sa main droite, aussi brune que son cou, brillait un anneau d'or massif, avec lequel on en eût fait cinq. Toujours alerte, toujours allante, un peu anguleuse des épaules, le menton pointu, l'humeur vive, le sang aduste, de petits yeux luisants comme braise, dont le regard semblait pétiller ou grésiller, une voix sèche, aigre, qui martelait le mot, faite pour le commandement, telle était Mme Paluel, considérée par toute la grande culture des environs comme le modèle des impeccables ménagères, par ses domestiques et ses ouvriers comme une personne souvent dure au pauvre monde, par sa cuisinière Catherine comme la femme la plus regardante et qui détestait le plus le coulage.

Si Mme Paluel détestait le coulage, elle entendait les devoirs de l'hospitalité. Son premier soin fut de proposer au docteur d'entrer un moment dans la salle à manger pour s'y rafraîchir. Il refusa, il allégua Charmant, à qui il avait promis de ne pas le faire attendre. Aussitôt, sur un ordre muet de sa maîtresse, Catherine, grosse Bourguignonne haute en couleur, sortit de sa cuisine apportant sur un plateau une bouteille de vin bouché, un verre à pied et une assiette de macarons. M. Larrazet savait par expérience que le vin de Bordeaux qu'on buvait dans les grands jours à la ferme du Choquard était d'excellente qualité. Il prit son parti de faire attendre Charmant, il se résigna à son bonheur, et, tandis que Mme Paluel débouchait la bouteille, il s'assit à l'ombre sur un banc de bois, près d'un buisson de roses blanches qui grimpaient jusqu'aux fenêtres du premier étage.

« Ce garçon est-il sérieusement malade? lui demanda Mme Paluel.

— Si sérieusement qu'il n'y a rien à faire de lui. Votre vacher suisse ne s'acclimatera jamais dans Seine-et-Marne; il s'est laissé bêtement gagner par le mal du pays, et, ma foi! je n'y vois pas de remède. Dépêchez-vous de le renvoyer dans ses montagnes.

— Quel malheur! s'écria-t-elle en hochant tristement la tête.

— Eh! bon Dieu, vous en serez quitte pour prendre un autre vacher.

— Vous en parlez à votre aise, monsieur Larrazet. Vous figurez-vous par hasard que le premier venu sache traire une vache? C'est un travail, ne vous en déplaise, qui demande beaucoup de douceur, beaucoup de patience, beaucoup de soin et surtout beaucoup de propreté. Croiriez-vous que j'ai surpris un jour le vacher qui était avant celui-ci versant le lait dans le vase où il avait mis l'eau dont il s'était servi pour laver le pis?

— C'est un crime et une infamie, répondit le docteur en lampant son bordeaux; mais qu'y puis-je?... Ne prenez donc pas les choses au tragique, madame Paluel. Vous avez la fureur de vous forger des soucis. »

M. Larrazet disait vrai, Mme Paluel était la plus
soucieuse des femmes, quoiqu'elle eût mille raisons
de ne pas l'être. Mais il fallait qu'elle se mît toujours
martel en tête, que toujours elle s'inquiétât de quelqu'un ou de quelque chose. Elle attribuait trop d'importance aux détails, les mouches devenaient des
éléphants. Poussant la passion de l'ordre et de la
propreté jusqu'à la fureur, une tache de rouille, une
casserole qui n'avait pas tout son brillant, un balai
qui n'était pas à sa place, un grain de poussière sur
une table, une toile d'araignée dans la laiterie, suffisaient pour lui donner de l'humeur pendant une
demi-journée. Quand ses casseroles étaient irrépro-
chables et ses balais à leur place, n'ayant aucun sujet
de se tracasser, elle s'en procurait d'imaginaires. Jamais le domestique qui chaque soir portait son lait
à Brie, d'où on l'expédiait par chemin de fer sur
Paris, ne s'était mis en route sans qu'elle eût annoncé qu'il s'oublierait dans un bouchon et manquerait le train. Elle se réveillait souvent en sursaut au
milieu de la nuit, convaincue que la servante qu'elle
avait envoyée la veille à la cave pour tirer du vin
avait laissé le robinet ouvert, que le tonneau était
vide, absolument vide, ou que ses fromages n'avaient
pas été retournés, ou qu'il arriverait malheur à la
vache qui s'apprêtait à vêler, que le veau se présen-
terait mal, que le délivre ne se détacherait pas, tout
cela par la faute de quelque imbécile qui n'était pas
à son affaire. Après quoi il se trouvait que son lait
était entré en gare vingt minutes avant le départ du
train, que ses fromages avaient été retournés en
temps utile, que le tonneau n'était pas vide, que la
vache avait mis bas sans encombre, et que le veau

tétait déjà. Mais elle avait eu le plaisir de prévoir cinquante désastres qui n'étaient point arrivés. Les tourments que lui causait son imagination malheureuse se révélaient dans toute sa personne, dans son geste, dans l'impétuosité de son allure, dans la maigreur de sa gorge aux tendons trop saillants, comme dans la rudesse de sa parole. Bien qu'elle eût à peine soixante ans, son front et ses joues étaient sillonnés de rides grandes et petites, qui faisaient ressembler son visage à certaines côtes de montagne ravinées par les pluies. Après tout, il est possible que, si elle s'était fait moins de soucis, le Choquard n'eût pas été si bien gouverné ni si prospère. Il y a un vieux proverbe italien qui dit que le monde appartient aux inquiets.

« J'en suis fâché, ma chère dame, reprit M. Larrazet, mais je n'ai aucune sympathie pour vos chagrins. Car enfin, je vous prie, y compris le froment, l'avoine, le seigle, la luzerne, le trèfle rouge et incarnat, la betterave, la bizaille et la navette, combien cultive-t-on ici d'hectares de bonne terre et d'un seul tenant?

— Deux cent soixante, répondit-elle.

— Et vous possédez combien de charrues?

— Douze.

— Combien de chevaux?

— Dix-neuf, tous normands.

— Combien de vaches?

— Trente-trois, tant flamandes que bretonnes, et trente élèves.

— Ajoutons-y quatre cents moutons.

— Quatre cent cinquante.

— Raison de plus... Je dis, madame Paluel, que lorsqu'on a sous son commandement deux cent soixante hectares, dix-neuf chevaux, trente-trois vaches et plus de quatre cents moutons, sans parler des bœufs de travail, on doit laisser les chagrins aux pauvres diables qui n'ont que leurs deux yeux pour pleurer. »

Cela dit, M. Larrazet embrassa d'un regard la grande cour pavée qui s'étendait devant lui et qui avait été jadis le préau d'une abbaye, transformée en ferme par la Révolution. Une vieille chapelle encore subsistante en faisait foi. Convertie en grenier à foin, elle avait conservé ses fenêtres ogivales, ainsi que son clocher et sa croix, surmontée d'un gros oiseau qui n'était pas un coq. Ce clocher avait été reconstruit au commencement du dernier siècle; le prieur, qui était un Basque, l'avait décoré d'un choucas ou choquard en tôle. En regardant ce corbeau de montagnes, qui niche dans les fentes des rochers, il croyait revoir ses Pyrénées. De ce jour, on appela son couvent l'abbaye du Choquard, et ce nom était resté à la ferme.

Du banc où il était assis, le docteur faisait face à un colombier de pied, grosse tour ronde, aux boulins cintrés, précédée d'un escalier en encorbellement; sur le toit couvert en tuiles, des pigeons gris promenaient leurs pattes roses et leurs roucoulantes amours. Sur le devant se dressait l'armature de fer du puits à purin, où un beau fumier écoulait ses eaux. Faisant suite à la chapelle se trouvaient les remises, dont l'une contenait un cabriolet, un panier et un break; à main droite étaient les étables et la laiterie. Cette cour communiquait par un passage voûté avec une autre où s'allongeaient sous de vastes hangars des files de chariots et de charrettes jusqu'à la ber-

gerie, qui en occupait le fond. Du côté opposé était
un immense potager, et on apercevait par-dessus le
chaperon du mur des têtes de poiriers chargés de
fruits. Un second potager servait de lieu de pâture
aux dindons et aux lapins, qui y vivaient en liberté
parmi les framboisiers, le serpolet et les choux. On
abandonnait aux dindes les framboises les plus basses, en se réservant les plus hautes. Voulait-on manger un lapin, on avait le plaisir de le tirer.

Deux énormes voitures, l'une d'avoine, l'autre de
fourrage, venaient d'entrer dans la cour en faisant
crier leurs essieux. L'avoine avait la couleur du miel,
le fourrage embaumait l'air, et à son parfum se mêlait une odeur de vache, de crème, de gigot tournant
à la broche, de pain chaud, de galette bien cuite, de
troène fleuri, de fruits mûrissants, de vie grasse et
d'épaisse abondance. Les chevaux en gaieté ruaient
dans les traits ou tâchaient de se mordre, et les char-
retiers juraient. Six chats et trois chiens, accoutumés
à ces spectacles, dormaient tranquillement étendus
au soleil. Des poules picoraient dans le fumier; d'autres, cherchant le frais, s'étaient blotties à l'ombre
d'un chariot dételé. A leur gloussement s'unissait le
bêlement lointain des agneaux, captifs et solitaires,
que leurs mères avaient délaissés pour accompagner
au champ le troupeau. Ils les appelaient d'une voix
inquiète, et, la tête obstinément tournée vers l'entrée
de la bergerie, ils avaient des visions de mamelles
gonflées qui leur apportaient leur repas du soir.

« Je vous dis, moi, s'écria M. Larrazet, qu'il y a
bien des royaumes qui ne valent pas celui-ci et que
vous en êtes la reine mère. »

Depuis longtemps déjà, M. Larrazet avait sur-

nommé Mme Paluel la reine mère du Choquard, et
ce surnom n'avait rien qui la désobligeât. Il lui reprochait avec justice de se créer des soucis, mais il
l'accusait faussement de ne pas sentir son bonheur.
Elle le sentait bien, elle savait ce que valait la gloire
d'être une des reines de la grande culture de Seine-
et-Marne; elle n'eût pas échangé son sort contre celui
de l'impératrice des Indes. Ses soucis mêmes faisaient
partie de son orgueilleuse félicité. Elle plaignait de
tout son cœur les gens qui n'ont à s'inquiéter de rien,
les femmes qui n'ont pas un gros ménage à gouverner, sept ou huit domestiques à nourrir, cinquante
ouvriers à gronder, à harceler, à secouer, une laiterie,
une basse-cour à conduire.

Elle venait de se redresser dans sa petite taille,
gonflant ses narines, laissant vaguer autour d'elle
son œil étincelant et hautain. C'était Élisabeth d'Angleterre, c'était une Catherine de Russie en galoches
de bois. Elle songeait, sans en rien dire, que, grâce
à l'ordre qu'elle faisait régner autour d'elle, grâce à
l'attention avec laquelle elle réprimait tout gaspil-
lage, grâce à l'art qu'elle avait de s'approvisionner
en temps opportun et de tirer parti de tout, on lui
était quelque peu redevable des bonnes affaires qu'on
faisait et des écus qu'on plaçait chaque année chez le
banquier. Elle se rendait le témoignage qu'elle tirait
de son beurre et de ses volailles une somme presque égale au canon de la ferme, et elle se flattait
que, si la laiterie donnait bon an mal an de quinze à
vingt mille francs, cela tenait à certains tourteaux de
graine de lin et de colza qu'elle savait seule préparer.
En ce moment, elle avait aux lèvres un demi-sourire,
ce qui était l'expression suprême de son bonheur. Il

était bien rare qu'elle sourît tout à fait, et de mémoire d'homme on ne l'avait vue rire.

« Ah! monsieur Larrazet, dit-elle en lui remplissant de nouveau son verre, vous avez beau dire, tout cela donne bien du mal. Allez, ce n'est pas un métier commode que le nôtre. Il faut faire tant d'avances à la terre que c'est une ruine. Et puis on dépend de trop de choses et de trop de gens, du soleil, de la pluie, de la grêle et d'un tas d'imbéciles qui ne savent rien et qui galvaudent l'ouvrage. Ah! la main-d'œuvre, monsieur Larrazet! c'est une misère, c'est une croix. La grande culture est bien malade. Dieu sait si, l'an prochain, on pourra encore moissonner et rentrer ses blés. »

Puis, enflant sa voix de manière à se faire entendre de toutes les paires d'oreilles, visibles ou invisibles, qui pouvaient se trouver là, et de telle sorte que la cour tout entière, chevaux, poules, chiens et chats, pût en faire son profit :

« Que le bon Dieu ait pitié de nous! continua-t-elle. Nous en avons grand besoin, car on ne sait plus sur qui compter. Domestiques à l'année ou à la saison, tâcherons, journaliers, ils se valent tous. Ils ont des prétentions grosses comme des dromadaires et des courages de lapins. Vous avez beau chercher, vous ne trouverez partout que des bras mous et des cerveaux à l'envers. On ne fait bien que ce qu'on aime, et la jeunesse aujourd'hui n'aime que son plaisir. Cela voudrait gagner sa vie sans travailler. Et puis cela rêve d'aller dans les villes pour y avoir ses aises et y vivre de raccroc. Acheter des nuages et vendre du vent, c'est là leur affaire. Et nous sommes réduits aux Belges, et voilà que les Belges, gâtés par

l'exemple, commencent à exiger des prix déraison-
nables. Ajoutez que, au premier caprice qui leur
vient, ils lèvent le pied et vous plantent là. Hier,
il y en a douze qui nous ont quittés sans crier
gare, et Dieu sait si l'ouvrage presse!.. Vrai, je
me demande où nous allons, ce que le monde va
devenir.

— Que voulez-vous? répondit M. Larrazet. Nous
vivons dans un siècle qui aime le mouvement et les
nouveautés; ce n'est pas pour rien que nous sommes en république. Autrefois, on désirait passer sa
vie dans la maison où l'on était né; c'est un genre de
bonheur que nous n'apprécions guère, nous estimons
qu'il sent un peu le moisi. La terre circule de mains
en mains et l'homme circule comme la terre. Avec
cela, il y a les chemins de fer qui invitent aux voyages. On se déplace, on se transplante, selon que le
vent ou l'espérance vous pousse. Les uns s'en trouvent bien, les autres s'en mordent les doigts. Votre
vacher suisse aurait mieux fait de ne jamais quitter
ses montagnes. Sur dix hommes qui se transplantent,
il en est au moins huit qui végètent. On se prend à
regretter le clocher de son village, mais l'amour-propre s'en mêle, on se bute, on s'entête, et cela fait des
déclassés, et les déclassés ne sont jamais heureux.
On ne l'est qu'à la condition de s'adapter à son milieu,
ce qui demande une certaine souplesse naturelle ou
une éducation très intelligente. Oui, madame Paluel,
l'adaptation au milieu, voilà le secret du bonheur...
Mais ne s'adapte pas qui veut. Je connais ici quelqu'un qui n'est ni un Belge ni un vacher suisse et qui
se sent un peu dépaysé dans la ferme du Choquard.
Il est vrai que son cas est fort différent; il ne regret-

tait pas son village, on l'y a rappelé, il y est revenu, et c'est là ce qui le fâche.

— De qui parlez-vous donc? » s'écria-t-elle d'un ton vif, presque irrité.

Il aimait à la taquiner, il poursuivit sa pointe :

« Je parle, madame Paluel, d'un beau garçon qui passe dans ce pays pour avoir l'humeur fière et un peu brusque, d'un beau garçon que vous avez mis au monde il y a trente ans. Il m'en souvient, c'est le premier accouchement que j'ai fait dans la Brie.

— Y pensez-vous, monsieur Larrazet? A qui ferez-vous croire que Robert s'ennuie au Choquard?

— Je ne dis pas qu'il s'y ennuie. Il n'a pas le temps.

— A qui persuaderez-vous, monsieur Larrazet, continua-t-elle, qu'il y est revenu à contre-cœur et malgré lui?

— Ah! c'est une autre affaire, repartit le docteur, en agitant son mouchoir pour écarter une guêpe qui s'obstinait à tourner autour de sa tête nue, dans la folle pensée que ce crâne luisant avait été créé à son intention et pouvait lui servir à quelque chose, c'est une autre affaire. Faut-il vous raconter cette histoire, pour vous prouver que je la sais? La voici de point en point... Nous avions un père qui partait de la main, qui était très vif, et nous l'étions autant que lui. Il nous avait appris à manier les mancherons de la charrue, le fouet du charretier, la faux du faucheur, les forces du tondeur, et à prêcher d'exemple à tout le monde. Mais nous n'étions pas faits de la même pâte, lui et nous. Il disait à propos de tout : « C'est la coutume, il faut s'y tenir. » Nous répondions en dressant notre crête : « Le progrès est une « belle chose, il faut marcher avec son siècle. » Et

nous rêvions de labourer nos champs à la vapeur.
On finit par ne plus s'entendre, on se querella. Des
mots durs furent échangés, on se mit l'un à l'autre le
marché à la main, et un beau matin nous partîmes
pour nous engager. Nous avons fait le coup de feu
contre les Arabes, contre les Prussiens, mais ce
n'était pas encore notre affaire. Durant notre séjour à
Alger, l'idée nous était venue que le plus fier métier
de ce monde était celui de marin. Notre temps
achevé, un adjudant-major qui nous voulait du bien
nous remit une lettre pour un de ses frères, capitaine
au long cours. Vaincu par nos sollicitations, le capitaine nous prit à l'essai, nous emmena aux Antilles.
Pendant la traversée, nous acquîmes si vite l'intelligence des choses de la mer, nous nous rendîmes si
utile et si agréable que notre patron nous prit en
goût. Il jura de nous faire un sort et qu'un jour nous
serions son second. Nous étions au comble de la joie
et comme entré en possession de notre avenir. Par
malheur, en débarquant au Havre, nous y trouvâmes
une lettre qui nous avait cherché dans beaucoup
d'endroits où nous n'étions pas. Cette lettre nous annonçait que notre père était mort deux mois auparavant pour s'être laissé tomber d'une échelle, et que
notre mère nous réclamait, qu'elle avait besoin de
nous, que sans nous c'en était fait du Choquard.
Grand conflit, grand combat. D'un côté, l'océan, le
désir, l'espérance, le métier qu'on aime, l'impérieuse
vocation; de l'autre, une mère qui prie et qui supplie,
qui commande et qui somme. Quand on a du cœur
et qu'après avoir causé du chagrin à son père on
apprend qu'il est mort sans qu'on ait pu l'embrasser,
on se croit tenu d'adorer sa mère, de lui faire la part

double, de ne lui rien refuser. On répare, on a une
dette à payer, on la paye avec usure. Ces considérations l'emportèrent. Nous revînmes, la mort dans
l'âme, et voilà un marin rendu à ses bœufs, un futur
capitaine marchand condamné au rôle de fermier
malgré lui. Mais nous sommes raisonnable, nous
avons pris notre parti, et il me semble que, depuis
six ans que nous sommes de retour, nous gouvernons
assez bien notre ferme. »

Mme Paluel n'avait écouté ce récit que d'une
oreille, en donnant des signes d'impatience, en cho-
quant de temps en temps ses galoches de bois l'une
contre l'autre.

« Lui, marin! répliqua-t-elle. Cela avait-il le sens
commun? D'aussi loin qu'on s'en souvienne, tous les
Paluel n'ont-ils pas été de père en fils dans la grande
culture? Le Choquard n'est-il pas à eux depuis trois
générations? S'en aller courir le monde sur un navire marchand! quelle turlutaine!.. Les Paluel ne
sont pas des gens qui courent, ce sont des gens qui
restent. »

Mme Paluel préférait les gens qui restent aux gens
qui courent. A vrai dire, elle n'estimait que les premiers, les autres lui étaient infiniment suspects.

« Je ne vous dis pas le contraire, reprit le docteur.
Mais on a beau s'appeler Paluel, on a ses goûts, ses
préférences. Il y a des hommes qui ne se plaisent
qu'aux besognes périlleuses; ils aiment à mêler quelques hasards à leur travail, ils ne sentent tout le prix
de la vie que les jours où ils sont en danger de la
perdre, d'être tués par la balle d'un Arabe ou mangés
par un requin... Mais ne vous fâchez pas, ma bonne
dame. Ne vous ai-je pas dit que nous étions raison-

nable? Si nous avons des regrets, nous n'en parlons à personne... M'est avis cependant que, pour nous asseoir tout à fait, il nous faudrait une bonne et gentille petite femme que nous aimerions beaucoup. Les années se passent; qu'attendez-vous donc, madame Paluel, pour marier ce beau garçon? »

Mme Paluel rougit jusqu'au blanc des yeux, elle se mordit les lèvres jusqu'au sang. M. Larrazet venait de toucher à sa fibre la plus sensible. Ce qui la tenait surtout éveillée dans la nuit, c'était un gros problème qu'elle roulait sans cesse dans sa tête, sans savoir comment le résoudre. Si son fils restait garçon, s'était-elle dit mille et mille fois, à qui reviendrait la succession? Les trônes et les empires veulent des héritiers; quel empire que le Choquard! Oui, il fallait un héritier, et cet enfant après lequel elle soupirait, elle l'avait vu bien souvent dans ses rêves, elle se promettait de le recevoir dans son tablier, de le dorloter dans ses bras maigres comme la plus chère de ses espérances : elle lui rendrait la vie douce, elle aurait pour lui des attentions, des cajoleries, des indulgences exquises; il ne se douterait jamais que sa grand'mère avait le menton et les coudes pointus. Mais pour l'avoir, cet enfant, il fallait consentir à se donner une bru, et si d'avance elle adorait l'enfant, d'avance aussi elle détestait la bru, blonde ou brune, petite ou grande, épaisse ou mince. Recevoir chez soi une étrangère, qui se mêlerait du ménage, qui donnerait des ordres, qui aurait ses idées à elle et ses volontés propres, qui ferait des siennes dans le potager comme dans la basse-cour, dans la cuisine comme dans la laiterie! Il y aurait des frottements, des conflits, de douloureux partages de pouvoirs.

Décidément, cette bru lui faisait horreur. Eh! quoi, fallait-il donc renoncer à l'enfant? Elle croyait l'entendre gémir, ce pauvre petit; il lui reprochait de l'empêcher de naître. Que ne pouvait-il tomber du ciel, tout fait, blanc et rose, tout dodu, tout potelé! L'enfant et la bru, la bru et l'enfant, quel problème! quel embarras! Que choisir? que décider?...

C'était là le plus gros de ses soucis, mais elle n'eut garde de s'en ouvrir à M. Larrazet. Il y avait des choses qu'elle ne disait à âme qui vive, osant à peine se les dire à elle-même. En cet instant, elle avisa un garçon de ferme qui venait de déposer un seau au beau milieu de la cour et qui, les poings sur ses hanches, contemplait le bourrelier occupé à réparer un harnais. Elle fit quelques pas vers lui, en faisant claquer ses sabots sur le pavé, et elle lui cria de sa voix la plus aiguë :

« Grand lourdaud, as-tu planté là ton seau pour reverdir? Je n'aime pas les garçons qui musent et les choses qui traînent. »

Le docteur se leva comme par ressort, craignant peut-être que Mme Paluel ne le comprît dans la catégorie des choses qui ont le tort de traîner et des garçons qui se permettent de muser.

« A propos, dit-il, comment se porte ma petite malade de l'an dernier? Sa variole lui a-t-elle laissé des traces?

— Il n'y paraît guère, dit-elle. Et quand cela serait, où serait le mal? Elle n'est pas coquette, Dieu merci, et elle sait bien qu'en fait de figure elle n'avait pas grand'chose à perdre.

— Mais permettez, elle n'est pas si déchirée que cela, et, pour ma part, son museau ne m'a jamais déplu... Là, madame Paluel, convenez qu'en recueillant chez vous cette petite Mariette Sorris, vous avez fait à la fois une bonne œuvre et une bonne affaire.

— Une bonne œuvre, c'est sûr. Après cela, j'avoue que cette demoiselle n'a pas mal tourné, mais nous avons joué gros jeu. Prendre chez soi la fille d'un mange-tout, d'un coureur de grands chemins, d'un ivrogne! C'est Robert qui l'a voulu, et cela m'a donné bien du souci. Il y avait dix à parier contre un qu'il nous en cuirait. »

Mariette Sorris était la fille d'un gagne-petit, d'un porte-balle des environs, qui pendant dix ans avait vendu sa mercerie de village en village, de ferme en ferme, triste métier dans un temps de chemins de fer et de grands bazars qui expédient tout à domicile. La petite avait passé plusieurs années chez les sœurs, où elle était à la fois élève, ouvrière et domestique. Quand, à force de rouler et de boire, le père avait commencé à se casser, il l'avait prise avec lui pour qu'elle l'accompagnât dans ses tournées et l'aidât à porter les cartons qui renfermaient ses rouleaux de lacets, ses bobines de fil, ses boutons de manches et de cols, ses aiguilles soi-disant anglaises, quelques articles de bijouterie fausse qu'il aurait bien voulu faire passer pour vraie. Il avait tenté de la dresser au bel art du boniment; mais elle avait de désastreuses pudeurs qui gâtaient le métier et lui attiraient les rebuffades de ce maître exigeant et un peu brutal. Un soir, au milieu de la cour du Choquard, il avait été pris d'une attaque de *delirium tremens*. Peu de jours après, il était mort, et c'était grâce à Robert que Mariette était devenue l'un des plus précieux outils de Mme Paluel.

2

« Le danger n'était pas aussi grand que vous le pensez, dit M. Larrazet. Je crois, comme vous, à la puissance de l'hérédité, mais je crois aussi qu'elle est corrigée par l'action non moins fatale de la réflexion, et les petites filles sont des animaux réfléchissants. Elles héritent rarement des vices dont elles ont souffert. Est-elle ici, cette jeunesse? Je serais bien aise de la voir avant de partir.

— Il ne tient qu'à vous, monsieur Larrazet. Elle est occupée à pétrir son beurre. »

C'était une laiterie modèle que celle du Choquard. Elle n'était point, comme cela se fait ailleurs, en communication directe avec l'étable; les émanations fâcheuses et les mouches n'y pouvaient pénétrer. Le lait y arrivait par un entonnoir muni d'un grand filtre, qui traversait la cloison. De petites fenêtres, garnies d'épais rideaux, donnaient juste assez de jour pour qu'on pût écrémer. Le sol carrelé, le plafond, les murs étaient luisants de propreté. Les terrines, qui s'alignaient sur de longues tablettes, étaient nettoyées en été avec des orties et du sable, en hiver avec du sable et du foin. Les planches, la table où l'on déposait la crémière et les cuillers étaient souvent lavées avec de l'eau de lessive et frottées avec une brosse de chiendent. Tous les produits de l'égouttage, dont l'odeur est âcre, s'en allaient dans une citerne s'ouvrant sur la cour. Cette laiterie sentait bon, et un thermosiphon y maintenait une température de quinze ou seize degrés.

Quand M. Larrazet y entra, précédé de Mme Paluel, une jeune fille de vingt ans s'occupait, les manches retroussées, à délaiter le beurre qu'elle venait de retirer de la baratte et qu'elle travaillait avec une forte cuiller de bois bien imprégnée d'eau, pour que le petit-lait s'en écoulât. Le docteur s'approcha d'elle, la prit par le menton, la conduisit près d'une fenêtre et s'assura que, sauf trois ou quatre petits points noirs à la racine du nez, la variole n'avait laissé aucune trace sur sa figure. Un front bas, partagé en deux parties bien égales par deux bandeaux de cheveux châtain clair, deux joues rondes, deux petites mains un peu rouges au bout de deux bras très blancs, beaucoup de fraîcheur, un petit nez qui ressemblait un peu trop à un bec de moineau : telle était Mariette Sorris, qui, en vérité, n'était ni laide ni jolie. Quand on regardait de près ses yeux bruns et son sourire où se révélait la tranquillité d'une âme qui n'avait pas grand'chose à se reprocher, on était tenté de trouver qu'elle était mieux que jolie; mais, pour cela, il fallait être un peu connaisseur et, je le répète, y regarder de près.

« Voilà un visage qui s'est bien nettoyé pour faire honneur à mes soins, dit M. Larrazet. Pas une trace. On peut, quand on voudra, envoyer cette petite fille à la foire aux maris.

— Je vous en prie, monsieur Larrazet, dit Mme Palucl en fronçant le sourcil, n'allez pas lui mettre en tête des idées qui ne lui conviennent pas. Qui donc pourrait bien l'épouser?

— Eh! quoi, Mariette, reprit-il, n'avons-nous pas encore d'amoureux? »

Elle s'était remise à pétrir son beurre, et pour toute réponse elle secoua la tête en rougissant.

« Eh bien, moi, je déclare que celui qui l'épousera fera une bonne affaire. Il aura une petite femme très honnête, vaillante à l'ouvrage, ne se plaignant jamais de rien, patiente dans la maladie, laborieuse dans la santé, pleine de bon sens, et, dit-on, ne mentant jamais.

— Vous allez me la gâter par vos flatteries, interrompit Mme Paluel avec une impatience croissante. Croyez-vous qu'elle n'ait point de défauts? Elle en a beaucoup.

— Lesquels?

— Elle est horriblement gourmande.

— Est-ce vrai, Mariette? »

Elle répondit en baissant le menton :

« Mme Paluel me reproche d'aimer trop les tal-mouses.

— Va pour les talmouses! dit-il. Je soutiens que qui a vu Mariette a vu la sagesse et le bonheur.

— Je voudrais bien voir qu'elle ne fût pas sage! s'écria Mme Paluel. On se donne assez de peine pour lui montrer son devoir. Et je voudrais voir aussi qu'elle ne fût pas heureuse! Quand on a connu la misère et la faim et qu'on vit dans une maison où l'on est à bouche-que-veux-tu, on peut faire, je pense, des comparaisons, et je voudrais voir qu'elle ne les fît pas! Qui l'a recueillie? Qui l'a nourrie? Qui l'a instruite? De qui a-t-elle appris à tricoter et à coudre? Les sœurs lui avaient montré à ourler une serviette, mais quels restoupages, bon Dieu! Je frissonne encore en y pensant. Et puis, qui lui a payé une remplaçante lorsqu'elle avait la petite vérole? Et qui avait la bonté de lui donner ses potions? Oui, vraiment, je voudrais bien voir qu'elle ne fût pas reconnaissante et qu'elle ne remerciât pas Dieu soir et matin de lui avoir fait rencontrer de bonnes gens qui lui procurent le vivre, le couvert et le reste! »

Pendant ce discours, Mariette avait achevé de bâtir sa motte, qu'elle entourait de feuilles de vigne et d'un linge mouillés, et, la tête basse, ne disant mot, elle regardait M. Larrazet du coin de l'œil, avec un sourire qui voulait dire :

« C'est un air que Mariette Sorris a souvent entendu ; mais elle est bonne fille, et toutes les musiques lui plaisent.

— En voilà une, reprit le docteur, qui a su s'adapter à son milieu !... Bah ! ne tâche pas de comprendre, Mariette. Cela signifie tout simplement que ton beurre est excellent et que tu es toujours de bonne humeur. »

A ces mots, il lui pinça la joue, et, du même coup, il regarda sa montre.

« Comme on s'oublie, chez vous, madame Paluel ! dit-il. Je me sauve.

— Avez-vous beaucoup à faire cet été ? lui demanda-t-elle en le reconduisant.

— Les médecins sont volés. Hormis quelques fièvres de moissons, tout le monde s'est donné le mot pour se bien porter.

— Et peut-on savoir où vous allez maintenant ? ajouta-t-elle, comme il montait en voiture.

— Chez moi ; mais je m'arrêterai, en passant, à la *Renommée des gibelottes*. Le maître de cet établissement, le vénérable Richard Guépie, est venu sonner deux jours de suite à ma porte sans me trouver, d'où je conclus qu'il a quelque chose à me dire.

— Ou plutôt quelque chose à vous demander, car ces gens-là sont des quémandeurs, repartit la reine mère ; vraiment, je plains les médecins ; ils sont obligés de voir toute sorte de monde... Oh ! je ne vous en fais pas un crime. Mais ces Guépie ! ces Guépie ! »

Elle prononça ce nom avec un accent qui révélait des profondeurs, des abîmes de mépris. Évidemment, les Guépie représentaient par excellence cette race qu'elle abhorrait, la race des hommes qui font métier d'acheter des nuages et de vendre du vent.

Tout en roulant sur la route de Brie, M. Larrazet, n'ayant rien de mieux à faire, pensait au vacher suisse, à Robert Paluel, à Mariette Sorris, ce qui lui fit faire un retour sur son passé. Comme un autre, il avait eu dans sa jeunesse des ambitions que la vie avait trompées. Il avait juré de se faire un nom dans la science. Après avoir été interne à la Piété, il avait concouru pour une place de prosecteur qui échut à un candidat mieux préparé ou plus épaulé. Cet échec l'avait profondément découragé. Sur ces entrefaites, son père, médecin fort estimé dans toute la Brie, étant mort d'un coup de sang, il s'était décidé à venir prendre sa place. Était-ce un effort de raison ou une défaillance de sa volonté? Peu après, il avait épousé une veuve assez laide, mais d'humeur douce et possédant quelque bien. Et les heures succédaient aux heures. Il était philosophe, et, à sa philosophie, il joignait une foule de petites curiosités, aimant à entrer dans les menus détails de la vie de son prochain, ce qui est une grande ressource contre l'ennui. Cependant, sur le tard, il lui était venu des regrets; il s'était remis à lire, à travailler; il avait employé ses économies à se refaire une bibliothèque et à se construire un laboratoire; il y faisait des expériences sur les poisons végétaux; il rêvait d'écrire un traité de toxicologie dont il serait parlé à l'Académie de médecine comme au Palais. Aussi s'était-il déchargé sur ses confrères d'une partie de sa clientèle.

En dehors de ses vieilles relations, auxquelles il était demeuré fidèle, il choisissait ses malades, se réservait les cas intéressants, et, chaussé de pantoufles que sa femme lui avait brodées, il passait des demi-journées au milieu de ses alambics et de ses cornues. Une honnête aisance, une maison confortable, un bon ordinaire et de temps à autre une bombance, un pays où l'on est connu de tout le monde et où les chiens même vous saluent avec respect, quelques amitiés et point d'ennemis, beaucoup de scepticisme tempéré par beaucoup de bienveillance, un peu de causerie, un peu de commérage, un peu de science, des lapins et des cochons d'Inde encagés qu'on empoisonne à tour de rôle avec de la belladone, de la ciguë ou du curare, un gros livre qu'on se promet d'écrire, qui doit paraître l'an prochain et qui ne paraîtra jamais, voilà de quoi suffire au bonheur d'un homme.

Toutefois le docteur Larrazet se disait par intervalles :

« Il est trop tard pour recommencer, je ne serai jamais rien. Pourtant, si j'avais voulu ! »

Dans ces moments-là, quand il était en course, il sanglait un vigoureux coup de fouet sur la croupe rebondie de Charmant, qui subitement s'était mis au pas, ayant la déplorable manie de prendre pour une côte rapide et malaisée un chemin plat et uni comme un damier. Ce salutaire avertissement dissipait l'illusion de Charmant, qui recommençait à trotter. Comme Mariette Sorris, Charmant s'était parfaitement adapté à son milieu et s'accommodait même des coups de fouet, qu'il savait ne lui être jamais administrés qu'à bonne intention.

II

Rien ne ressemblait moins à la ferme du Choquard que la piètre auberge de la *Renommée des gibelottes*, et assurément les Guépie n'étaient pas faits du même bois que les Paluel. Ils passaient dans le pays pour des gens dont la conscience était peu rigide, dont la parole était légère, doués de ce genre d'imagination qui prend un rêve pour une solution, payant d'audace dans leurs embarras, certains de trouver une porte pour en sortir, croyant au dieu Peut-Être, à sa sacrée majesté le Hasard, qui, au jour des échéances, vous fait ramasser un billet de mille francs dans un fossé ou rencontrer un nigaud qui vous les prête. Acheteurs de nuages, vendeurs de vent, cette définition leur convenait.

Il avait couru de vilains bruits sur Richard Guépie. On prétendait qu'il avait emprunté jadis cinq cents écus à un de ses oncles, qui mourut quelques mois après. On ne retrouva pas le billet ; on soupçonna Richard de l'avoir fait disparaître. Il y eut procès ; faute de preuves, les réclamants furent déboutés, mais l'affaire avait paru louche.

Ce qui est certain, c'est que Richard avait hérité de

son père une petite ferme qui allait mal, qui, grâce
à lui, alla plus mal encore. Il manquait absolument
de prévoyance, et sa femme n'avait point d'ordre. Il
tenait de bonne source que certain paysan de Mailly
avait donné quatre façons à son champ de pommes
de terre; quand on les déterra, elles étaient toutes
malades. Son voisin n'avait fait que les planter;
point de binage, point de sarclage; elles avaient
poussé à la grâce de Dieu, et la récolte fut superbe.
Richard en avait conclu qu'il y a une Providence pour
les paresseux, et il se plaisait à conter cette histoire. Il eût mieux fait de se donner plus de mal;
mais il avait coutume de dire dès son enfance qu'il
n'aimait pas à suer, à quoi sa mère répondait inutilement que qui ne sue pas n'a rien. Il se trouva
à court, s'endetta, empruntant à Jacques pour payer
Paul, faisant un trou pour combler l'autre. En fin
de compte, il fut saisi et exécuté. Là-dessus, laissant
ses enfants se tirer d'affaire comme ils pouvaient,
il partit pour l'Afrique. Ce qu'il y fit, personne ne le
sut. Apparemment, la Providence des paresseux lui
vint en aide. Quelques années plus tard, on le vit
reparaître dans la Brie; il était veuf et rapportait
quelques milliers de francs dans ses poches. Il eut
une autre chance; il fit la conquête d'une cuisinière
de bonne maison nommée Palmyre, qui avait beaucoup gratté. Elle était depuis longtemps au service
d'une riche Anglaise, Mme Pommery, laquelle s'était
mariée en France et passait ses hivers à Paris, la moitié de ses étés dans la Brie. Mme Pommery n'entendait pas se séparer de Palmyre, dont elle appréciait
les talents. Tout s'arrangea; Palmyre devint Mme Guépie et ne quitta pas sa place.

Avec les écus qu'il avait rapportés d'Afrique et ceux que lui avança sa femme, Richard acheta une maisonnette et un grand champ. Il prétendait avoir beaucoup de dispositions pour la rosiculture; il était sûr d'y faire fortune. La culture et le commere des roses sont une des richesses de la Brie; mais, pour y réussir, il faut de grands soins, des mains délicates et attentives, certaines connaissances que Richard n'avait pas et ne se mettait pas en peine d'acquérir. Ce rosiériste improvisé gagna peu d'argent, en mangea beaucoup. Il se rejeta sur l'élève des porcs, des oies et des dindons. Puis il changea de nouveau d'idée; il se persuada qu'il était né pour être cabaretier. Mais, pour remplir sa destinée, le premier point était de ravoir sa femme, que Mme Pommery consentit enfin à lui rendre.

L'aubergiste de la *Renommée*, qui avait fait sa pelote, pensait à se retirer; on lui racheta la fin de son bail. Les deux époux faisaient bon ménage; ils cadraient bien ensemble, s'accordaient à merveille. Richard n'était point brutal; loin de là, il avait des façons doucereuses. Quand il vous tenait par le bouton pour vous conter ses malheurs ou ses espérances, c'était une affaire de se dégager. Les cheveux blonds et la barbe rousse de ce sournois cabaretier exhalaient une vague odeur de résine, et, comme la poix, il était jaunâtre, gras au toucher, adhésif. M. Larrazet disait de lui qu'il avait les mains gluantes et le sourire visqueux. Sa femme était une gesticulante et sentimentale personne. Malgré quelques emportements de la langue ou de la main et les vivacités d'un sang brûlé par les fourneaux, les gens qui la connaissaient peu lui croyaient un cœur d'or. La vérité

est qu'elle avait les yeux tendres, un peu rouges,
toujours humides. Mari et femme se faisaient l'un et
l'autre une loi de tondre de très près la pratique. Dès
qu'elle eut quitté Mme Pommery, Palmyre jeta aux
orties du même coup ses corsets, qui la gênaient, et
son *Manuel de la parfaite cuisinière*, qu'elle n'aurait
pu contempler sans remords, étant bien résolue à ne
plus faire que de la cuisine de gargote. Il n'est pire
empoisonneuse qu'un cordon bleu qui se néglige; il
n'est pire barbarie que la barbarie savante. Les pensionnaires de la *Renommée* en firent l'expérience à
leur dam. On aurait dû pourtant les ménager; ils
étaient la meilleure ressource de la maison. Comme
elle était située dans un joli endroit, à cinq minutes
de Mailly, non loin de la charmante vallée de l'Yères,
il y venait des peintres de Paris, qui s'y arrêtaient;
il y venait aussi de petites bourgeoises anémiques,
désireuses de se mettre au vert. Pendant les premiers
jours, on les traitait bien, la table était honnête; après
quoi, les œufs n'étaient plus frais, le rôti sentait le
relent, les ragoûts devenaient des mélanges suspects,
les sauces happaient au gosier. Se plaignait-on,
Mme Guépie protestait en geignant; Richard se récriait, montait sur ses grands chevaux, jurait sur son
honneur que sa viande n'avait pas d'autre défaut que
d'être trop fraîche, ce qui la rendait un peu dure.
Plût au ciel qu'elle l'eût été! Un soir, une pensionnaire s'aperçut et constata que son lit était habité.
Elle était douillette; elle fit grand bruit de sa découverte; les deux époux eurent beau raisonner ou larmoyer, elle délogea dès le lendemain. Cela fit du tort
à l'établissement. Au surplus, dans les mois d'hiver,
on avait pour tous clients quelques rouliers qui pas-

saient, quelques ouvriers de campagne qui venaient prendre un petit verre sur le comptoir ou mettre pinte sur chopine en jouant une poule. Bon an mal an, la recette couvrait à peine les frais. Aussi Richard commençait-il à se dégoûter de sa gargote. Le vent avait sauté ; il se croyait né pour la meunerie ; il projetait d'acquérir un des moulins de l'Yères. Mais avec quel argent? C'était son secret.

Richard Guépie avait eu de sa première femme cinq fils, Thomas, Claude, Philippe, Polydore et Jérémie, tous aussi peu disposés que lui à labourer et à semer. Ils avaient du goût pour les métiers ambulants, ils aimaient à rouler. Thomas était entré chez un loueur de voitures de Brie; tout en fouettant ses chevaux, il combinait dans sa tête une foule d'événements invraisemblables, moyennant lesquels son patron lui donnerait sa fille en mariage et lui laisserait ses écuries, ses remises et tout ce qu'il y avait dedans. Claude s'était fait coquetier. Six mois durant, il allait offrir ses œufs et sa volaille dans les châteaux et les maisons bourgeoises des environs; il employait consciencieusement son hiver à manger les sous qu'il avait amassés pendant l'été. Il avait si souvent vendu une vieille poule pour une jeune que son crédit était fortement ébranlé. Philippe était devenu colporteur du *Petit Journal*. Il faisait chaque jour ses cinq lieues, botté jusqu'à la ceinture, courant comme un lièvre, quelquefois entre deux vins. On entendait de loin ses appels retentissants; il avait le mot pour rire, les filles d'auberge le trouvaient gentil. S'il faut tout dire, il avait été traduit naguère en police correctionnelle pour avoir distribué sous main des feuilles pornographiques; mais le juge, par un excès d'indulgence, décida qu'il avait agi sans discernement. Polydore, blond comme son père, après avoir été soldat, était garde-chasse chez le marquis de Montaillé, et il avait la réputation de faire bon ménage avec les braconniers. Quant à Jérémie, qui était né en Afrique, il avait obtenu par de puissantes protections une place dans l'octroi de Paris. Charmé de son uniforme vert, il voyait dans la fumée des innombrables pipes qu'il bourrait tout le long du jour des avancements extra-ordinaires, un prodigieux avenir, toute sorte de bon-heurs délirants qui ne devaient jamais lui arriver. En attendant, il engageait des paris sur tous les troupeaux de moutons qui passaient la barrière; soit hasard, soit génie naturel, il rencontrait toujours juste, devi-nait à quelques cornes près le nombre des têtes, et il se faisait payer la goutte.

Six ans après avoir donné au monde Jérémie le ga-belou, Guépie eut un enfant de sa seconde femme. On avait pourtant promis à Mme Pommery qu'on n'en aurait point. Ce fut une surprise désagréable, un vrai chagrin; on se reprocha l'un à l'autre avec quelque aigreur ce fâcheux accident. Il se trouva que, par un fait de mystérieux atavisme, cette enfant fut une rousse délicieuse, au teint éblouissant, aux yeux cou-leur d'émeraude. Malgré son déplaisir, Mme Pom-mery, qui était une bonne femme, consentit à lui servir de marraine. Ce fut elle qui paya les mois de nourrice et plus tard les frais d'école; elle devait payer bien autre chose. Pendant les premières années, Aleth ne voyait sa mère qu'à de rares intervalles; elle vivait chez son père et tour à tour dans la compagnie des roses ou des porcs. Ni son teint florissant ni ses yeux verts ne lui faisaient trouver grâce devant ce père rancuneux, qui ne lui pardonnait pas d'être née; il la rabrouait, il ne sentait point le prix de ce miracle de beauté, qu'il employait à garder les dindons. Mais il arriva qu'un peintre passant par là tomba en arrêt devant cette dindonnière, comme un épagneul devant une perdrix rouge. Il voulut faire son croquis et peu après son portrait à l'huile et en pied, qui fut remarqué au Salon. Cette aventure changea du soir au matin les dispositions et les sentiments de Guépie. Il n'avait jamais pu tirer un sou de ses cinq fils; il se dit que sa fille était un trésor dont il tirerait de gros intérêts, que, grâce à sa merveilleuse beauté, elle ne pouvait manquer d'épouser quelque jour un grand personnage, que ce grand personnage deviendrait la vache à lait de son beau-père et lui abandonnerait généreusement les quarante mille francs dont il avait besoin pour acheter le moulin du Rougeau. Tout cela lui paraissait clair et prouvé; son imagination ne se refusait jamais rien. De ce jour, cette belle rousse, dans les yeux de laquelle il voyait un moulin, lui devint particulièrement chère, et il lui témoigna des attentions qu'il n'avait eues pour personne. Cet incident s'était passé dix-huit mois après qu'il était rentré en possession de sa femme et au moment où il commençait déjà à se dégoûter de son auberge. Qui veut la fin veut les moyens; quand on possède un diamant brut, il faut le tailler et le sertir, et, quand on a mis au monde une belle rousse destinée à épouser un nabab, il faut lui donner de l'éducation, en faire une demoiselle. Palmyre eut un peu de peine à entrer dans les projets de son ambitieux mari; elle lui reprocha de se monter la tête. Après tant d'essais malencontreux, elle doutait de son génie, se gaussait de ses rodomontades et de

ses chimères. Il se croyait de force à décrocher les
étoiles; elle avait appris de Mme Pommery que les
étoiles ne viennent pas toujours quand on les appelle.

Ils eurent des prises à ce sujet et convinrent de s'en
rapporter à M. Larrazet. Il avait accouché Palmyre; il
voulait toujours du bien aux enfants qu'il avait aidés
à venir au monde. Il se moqua de Guépie, il lui rit
au nez.

« Je connais, lui dit-il, un gros fermier du voisinage
qui a besoin d'une laitière. Je me charge de lui recommander Aleth. C'est un homme de bon sens et de
bonne conduite; il aura grand soin de cette enfant,
elle sera un jour sa Mariette Sorris. Mais, pour l'amour
de Dieu, n'allez pas en faire une déclassée! C'est une
sotte espèce et la peste de la société. »

On l'avait consulté, après quoi on se chamailla de
plus belle. Aleth assistait d'abord à ces débats avec
assez d'indifférence. Elle se savait fort jolie, elle se
doutait de ce qu'elle valait, le peintre qui avait fait
son portrait ne lui avait rien appris; mais, d'autre
part, elle était paresseuse, elle se souciait peu d'aller
en pension. Elle ne comprenait pas encore; tout
à coup elle comprit. Son imagination s'échauffa,
l'ambition eut raison de sa paresse. Chose curieuse,
cette petite Aleth n'avait point de coquetterie. Elle
avait vécu jusqu'alors dans une sorte d'engour-
dissement, de somnolence, faisant tant bien que
mal ce qu'on lui disait de faire, sans s'intéresser à
quoi que ce fût. Elle se sentait admirée, et cela lui
était bien égal. Elle avait fait depuis longtemps sa
première communion, elle était près d'atteindre ses
quinze ans, et cependant ses yeux verts ne lui ser-

vaient qu'à chercher des mûres dans les buissons et
des noisettes dans les taillis. Les éloquents discours
de son père la tirèrent peu à peu de sa torpeur; les
semences qu'il répandait à pleines mains sur cette
terre encore inculte levèrent avec une rapidité sur-
prenante. Elle avait réfléchi èt elle avait conclu. Sa
beauté était un capital dont elle ne savait que faire.
Quand elle se fut bien persuadé qu'une belle fille a
plus de chances qu'une autre de sortir de sa condition
par quelque glorieuse conquête, la vie qui lui semblait
insipide l'intéressa subitement comme une partie à
gagner. Ce fut une révolution ; ce cœur·endormi
s'éveilla en sursaut, cette volonté molle qui s'abandonnait se redressa comme un jeune coq qui sent
pousser ses ergots et entonne le chant des combats.
C'en était fait de son innocence; on lui montrait le
diable, et le diable lui plaisait. Sa mère lui rapporta
ce qu'avait dit M. Larrazet et fut bien étonnée en
entendant cette petite fille, qui n'avait jamais eu d'avis
sur rien ni sur personne, déclarer d'un ton décisif
que M. Larrazet était un imbécile. A quelque temps
de là, cette même petite fille vit passer sur la grande
route dans une voiture de gala Mme la mairesse de
Mailly, qui affectait quelquefois de grands airs, et
elle s'écria en brisant en deux la gaule qu'elle tenait
à la main :

« Un jour j'irai en carrosse, et elle gardera les
dindons. »

Le proverbe a raison, il faut se défier des eaux
dormantes.

Guépie prêcha , sermonna sa femme avec tant
d'insistance qu'elle se rendit. Elle s'en fut trouver
Mme Pommery, lui exposa le cas à sa façon, lui re-

présenta qu'elle ne savait que faire de sa fille, que cette enfant avait une intelligence, une ouverture d'esprit au-dessus de son âge et de sa condition, des envies de s'instruire, des fureurs de lecture presque inquiétantes, ajoutant que, si elle avait de quoi, elle la mettrait sûrement dans un pensionnat ; mais le moyen ? La marraine d'Aleth était une bonne femme, qui ne ressemblait pas à tout le monde; il y avait en elle des contrastes, comme il arrive souvent aux Anglaises. Elle s'était convertie au catholicisme pendant un séjour qu'elle avait fait à Rome, ce qui ne l'empêchait pas d'avoir des opinions très radicales; elle tenait pour l'abolition des majorats, des substitutions, du droit d'aînesse, de la chambre des lords; elle aimait à mettre dessous ce qui était dessus et *vice versa*. D'autre part, elle entendait très bien ses intérêts; elle prévoyait de loin les accidents, et de loin aussi elle y parait. Son mari était devenu hydropique, elle le soignait à merveille. Mais elle savait qu'il n'en avait pas pour longtemps, et elle savait également le nombre de mois et de semaines qu'il faudrait à sa veuve pour se consoler de sa perte. Elle avait décidé qu'elle ne convolerait point, mais qu'elle voyagerait beaucoup et que, le moment venu, elle aurait besoin d'une dame ou d'une demoiselle de compagnie. Il lui parut qu'Aleth Guépie pourrait bien être son fait. Elle la fit venir, ne lui trouva rien d'extraordinaire dans l'esprit, mais la déclara très jolie et très gentille, et il est certain qu'en cette occurrence sa filleule joua très bien son petit rôle. Bref, elle autorisa Palmyre à placer pendant quatre ans « la chère petite chose, *the dear little thing*, » dans un pensionnat, s'engageant à prendre toute la dépense à sa

3

charge. Elle exigea seulement que « la petite chose » s'occupât surtout d'apprendre l'anglais et que le pensionnat ne fût pas un couvent; si bonne catholique qu'elle fût, elle n'aimait pas les nonnes.

Il y avait à quelques minutes de Melun une institution justement renommée et fort courue, qui s'appelait, je ne sais pourquoi, le Gratteau, et dont la directrice était Mlle Bardèche, excellente et digne personne. Les grosses fermières de la Brie y envoyaient volontiers leurs filles. Comme le déclarait le prospectus, on y apprenait tout, depuis l'orthographe jusqu'à la chimie, depuis l'astronomie jusqu'aux arts d'agrément, et on s'y pénétrait aussi « de ces solides principes de moralité qui sont nécessaires à une sage conduite de la vie et au développement de la conscience ». Des professeurs à lunettes venaient faire des dictées. En sortant du Gratteau, on emportait avec soi toutes les sciences humaines dans une douzaine de beaux cahiers reliés en maroquin rouge, qu'on s'engageait à relire une fois au moins chaque année et qui le plus souvent, hélas! servaient à faire des papillotes ou des cornets. En même temps, Mlle Bardèche s'appliquait à former les manières de ses élèves, à les bien façonner, à leur enseigner l'usage du monde. A cet effet, elle donnait chaque hiver une grande soirée, qui se terminait par une sauterie et où l'on invitait les frères, les cousins de ces demoiselles, et quelques jeunes gens de la ville soigneusement triés sur le volet. Était-ce une légende, on affirmait dans le pays que, par un enchaînement de circonstances difficile à expliquer, un prince russe avait paru dans l'une de ces soirées, qu'il s'y était épris d'une fille de fermier. qu'il l'avait dûment épousée, qu'elle gouvernait dix

villages au moins sur les bords du Volga, que chaque
matin ses moujiks venaient se prosterner à ses genoux,
qu'elle remuait l'or à la pelle et portait à ses oreilles
deux diamants gros comme des œufs de pigeon. Telle
était l'histoire qui avait été contée un jour dans la
salle à boire de la *Renommée des gibelottes* et que
Richard Guépie avait recueillie d'une oreille avide.
Il la tenait pour absolument authentique, et c'était la
raison qui l'avait décidé à donner la préférence à
Mlle Bardèche sur toutes les directrices de pension-
nats dont on avait pu lui parler. Pourquoi Aleth
n'attraperait-elle pas son prince, elle aussi? Il croyait
de toute son âme à ce prince; ce qui le contrariait,
c'est que Palmyre y croyait un peu moins.

Pendant les deux premières années, la filleule de
Mme Pommery eut une véritable ferveur de novice.
Elle s'appliquait, faisait de son mieux. Elle avait
beaucoup d'amour-propre; plus âgée que la plupart
des autres pensionnaires, elle se piquait d'honneur,
s'efforçait de réparer le temps perdu. Ses cahiers
étaient les mieux tenus de la classe. Elle fit de re-
marquables et rapides progrès dans l'orthographe :
c'était son fort. Mlle Bardèche lui en savait gré, esti-
mant avec raison que c'est un article de première
nécessité. Cette grave personne avait à ce sujet un
adage qu'elle répétait souvent à ses élèves : « Tant
vaut l'orthographe, leur disait-elle, tant vaut la
femme. » Aleth apprit aussi un peu d'anglais, assez
du moins pour écrire à sa marraine des billets peu
corrects, mais très patelins. On lui fit grâce du
piano, Mme Pommery n'y tenait pas; en revanche,
elle raclait fort gentiment une petite romance sur la
guitare. Quant aux autres sciences humaines, elle

tâchait d'y mordre, mais avec un médiocre succès.
Comme le disait Mme Paluel, on ne fait bien que ce
qu'on aime, et Aleth aimait très peu la chimie, l'astronomie et le reste, ne sachant pas trop à quoi cela
servait. En général, elle n'avait aucun goût pour les
choses de l'esprit ; ce monde lui était fermé, et elle se
souciait peu d'y entrer. Mais en tout ce qui concernait les questions sociales et la pratique de la vie,
elle avait une vivacité d'intelligence, une prompti-
tude à se débrouiller vraiment merveilleuse. C'était à
croire qu'elle n'en était pas à sa première vie, qu'elle
recommençait. L'histoire du mariage de Clovis et de
Clotilde ne lui disait rien ; en revanche, causant soit
avec l'un, soit avec l'autre, elle réussissait à se tenir
au courant de tous ceux qui se faisaient à Melun. Elle
en parlait avec autorité, avec compétence, décidait
s'ils étaient bien ou mal assortis, savait pertinemment l'apport de chacun des conjoints, et ses com-
mentaires annonçaient une maturité de jugement singulière dans « une petite chose » qui avait passé les
meilleures années de son enfance à garder les dindons. Elle avait acquis quelque teinture de géogra-
phie, elle n'ignorait pas que Londres était située sur
les bords de la Tamise ; mais ce qu'elle ignorait
encore moins, c'est que Melun est le chef-lieu de
Seine-et-Marne et que cette ville privilégiée possédait en ce moment une rousse aux yeux verts, qui,
grâce à sa beauté, ferait un jour un mariage plus
beau que tous ceux dont on parlait. Avec cela et
malgré ses défauts, elle s'était insinuée dans les
bonnes grâces de la directrice. Naturellement bien-
veillante, Mlle Bardèche était disposée à trouver que
toutes ses élèves étaient des « natures d'élite» . Mais

elle avait un goût particulier pour Aleth, d'abord à cause de la supériorité de son orthographe, ensuite parce que cette « chère petite chose » était le plus joli meuble qu'il y eût dans tout le Gratteau, enfin parce que Mme Pommery acquittait sans faire jamais la moindre observation tous les mémoires qu'on lui envoyait et dans lesquels figuraient beaucoup d'extras. Je ne sais si j'ai présenté ces trois raisons dans leur ordre véritable.

La troisième année, tout se gâta. La première ardeur s'était refroidie, et le prince ne venait pas. Comme son père, Aleth y avait cru ; comme sa mère, elle n'y croyait plus. Il lui parut que le Gratteau ressemblait à une prison, elle le prit en dégoût. Elle aurait voulu du moins aller passer ses vacances chez ses parents, elle aurait eu le plaisir de se montrer, de promener dans la Brie la gloire de sa métamorphose, d'apprendre à tous ceux qui avaient vu la chrysalide quel papillon en était sorti et de leur jeter aux yeux la poudre d'or qui brillait sur ses ailes. Son père n'y voulut pas entendre ; tant qu'elle était au Gratteau, elle ne lui coûtait rien. Peu à peu, son humeur s'assombrit, elle devint sensible à de petites contrariétés qui autrefois la laissaient indifférente. Si elle était bien avec la directrice, quelques-unes des pensionnaires lui causaient de cruels déplaisirs. Celles qu'elle appelait « les princesses de la grande culture » se sentaient d'une autre espèce, il y paraissait bien à leurs manières. Les unes prenaient avec elle des airs protecteurs, d'autres la regardaient pardessus l'épaule et la remettaient à sa place quand elle tentait de se familiariser. On faisait bande à part, on avait toujours des secrets à se dire, et, en voyant

Aleth s'approcher, on chuchotait : « Voilà cette
Guépie ! ne disons plus rien. » Comme elle les jalousait, comme elle les détestait ces princesses, avec
leurs sourires pincés, leurs grands airs, leurs cols
blancs, leurs fichus de soie ou de linon, leurs petites
boucles d'oreilles, leurs petits colliers de corail, tout
le luxe de leurs atours ! Elle ne leur pardonnait ni
leur trousseau bien fourni et bien propre, ni les petits festons de leurs chemises de jour, ni les sachets
de lavande qu'elles mettaient dans leurs armoires
pour que leur linge sentît bon, ni leurs broches et
leurs médaillons où il y avait des cheveux et des portraits. Quelques-unes avaient de petites montres d'argent à remontoir. Alice Cambois, l'odieuse Alice
Cambois, possédait une ombrelle rose, qu'elle emportait dans toutes les promenades, qu'il fît du soleil
ou non. Cette ombrelle rose suait l'insolence. La
pauvre Aleth s'en ouvrit à sa marraine. Le peu d'anglais qu'elle savait ne fournissant pas assez de mots
à sa rancune, elle lui écrivit une grande lettre en
français, où elle répandit toute l'abondance de ses
douleurs. Elle lui exposa le piètre état de sa garde-
robe, les fâcheuses comparaisons qu'elle faisait, les
désolants triomphes d'Alice Cambois. Mme Pommery
fit la sourde oreille et lui répondit en anglais que
chaque oiseau a son plumage, que les petites fau-
vettes qui se plaignent de n'être pas assez bien habil-
lées doivent tâcher de s'en consoler en chantant
mieux que les colibris et les paons. Aleth trouva cette
réponse aussi sotte que désobligeante, et elle écrivit
sur une page blanche d'un de ses cahiers : « Si je suis
une fauvette, ma marraine est une oie. » De jour en
jour, elle était plus mécontente des autres et d'elle-

même. Par d'insidieux manèges, elle réussit à se procurer dans un cabinet de lecture un roman de cape et d'épée, qu'elle lut en cachette. Ce roman ne la satisfit qu'à moitié ; elle n'y retrouvait pas son histoire, ni ses chagrins, ni la figure d'Aleth Guépie.

Il se passa un incident qui aggrava le mal. Il y avait eu une sauterie au Gratteau, et un élève de l'école d'application de Fontainebleau y était apparu dans son uniforme de sous-lieutenant d'artillerie. On croira sans peine qu'il avait fait sensation ; mais, au grand scandale des princesses de la grande culture, il réserva toutes ses attentions pour Aleth ; il dansa avec elle deux polkas, deux quadrilles et le cotillon. Le lendemain, elle apprit de Mlle Bardèche que ce jeune homme était de bonne famille, mais sans fortune. Cela refroidit subitement son enthousiasme ; elle aimait l'épaulette, mais le brillant sans le solide lui paraissait peu de chose.

Cependant cette soirée eut des suites fâcheuses. Les princesses, outrées du scandaleux succès de cette Guépie, avaient ourdi contre elle la conspiration du silence. Pendant deux récréations de suite, personne ne lui adressa la parole et ne répondit à ses questions, personne ne parut la voir ; dès qu'elle approchait, tout le monde lui tournait le dos. Après avoir couvé quelque temps son dépit, la gardeuse de porcs perça sous la pensionnaire et la dindonnière sous la demoiselle, ce qui lui arrivait quelquefois quand la moutarde lui montait au nez. La colère a de ces effets ; le vernis s'écaille, tombe, et la nature reparaît. A grands coups de coude, Aleth se fraya un passage à travers tous ces dos tournés, et se plantant au milieu du cercle, le visage échauffé, l'œil en feu :

« Savez-vous pourquoi vous me détestez ? s'écria-
t-elle. C'est que vous êtes jalouses et que je suis cent
fois plus jolie que vous. »

Puis, mettant ses mains sur ses hanches et imitant
la voix d'une marchande des quatre saisons : « Qui
veut acheter des nez ? En voilà de camus, de pointus,
des nez en corbin, des nez en pomme de terre. Marchandise de première qualité, messieurs. Faites vos
choix. »

Parlant ainsi, elle les toisait de la tête aux pieds,
et, à travers ses cheveux roux retombant en désordre
sur ses yeux, elle dardait sur toutes ces figures des
regards provocants et moqueurs. Alice Cambois, n'y
tenant plus, lui allongea sur la joue droite un soufflet
qui sonna. Elle allait en rendre quatre, et la mêlée
eût été chaude si une surveillante ne se fût jetée au
travers. Mlle Bardèche les cita toutes à son tribunal,
les tança vertement. Mais elle s'y prit mal pour consoler Aleth, elle représenta aux princesses que les
aristocraties se font beaucoup de tort en ayant de
mauvais procédés à l'égard des petits. Elle cita à ce
propos l'histoire romaine et les *Révolutions* de l'abbé
Vertot.

De ce jour, Aleth ne songea plus qu'à sortir au
plus tôt de sa geôle. Elle écrivit lettre sur lettre à son
père pour lui déclarer qu'elle en avait assez du Gratteau, que c'était un sot endroit, que personne ne s'y
mariait, que les princes n'existaient pas, qu'elle
mourrait si elle restait un mois de plus dans la société d'Alice Cambois et de son ombrelle rose, qu'elle
voulait s'en aller, qu'elle s'en irait, qu'une fois en
liberté elle se chargerait assez de se marier, que ce
ne serait pas long. Richard Guépie s'émut fort peu

de ces philippiques et de ces jérémiades, dont il estimait qu'il y avait beaucoup à rabattre. Le proverbe prétend que bon sang ne ment jamais, Richard se rendait secrètement justice ; sans en rien dire à personne, il pensait que quiconque avait du sang de Guépie dans les veines ne se faisait pas faute de mentir, pour peu que cela pût lui servir à quelque chose. Aussi ne croyait-il jamais que la moitié de ce que ses fils lui disaient et que le quart de ce que lui disait sa fille. Il lui répondit que tout cela était bel et bon, mais qu'elle achèverait son temps au Gratteau, qu'elle avait encore une année à y passer, qu'elle l'y passerait. Mais, à quelques mois de là, il reçut des nouvelles qui l'inquiétèrent et furent cause qu'il se rendit deux jours de suite à Brie dans l'espérance d'y rencontrer M. Larrazet. Seulement il eut soin de ne pas se présenter à l'heure des consultations, parce que le docteur, pour n'en pas trop avoir, les faisait payer comptant à ceux qui avaient de quoi, ne faisant rien payer aux autres. A la rigueur, Richard avait de quoi, mais il aimait les longues échéances, et son médecin, comme son avoué, n'avait pas vu souvent la couleur de son argent.

Quand il eut quitté le chemin vicinal qui menait du Choquard à Mailly et débouché sur la grande route en face de la *Renommée des gibelottes*, M. Larrazet aperçut un roulier qui venait de s'arrêter pour faire boire ses chevaux. Il le pria d'avertir maître Guépie qu'il était là. L'instant d'après, maître Guépie accourut d'un air fort empressé et aborda le docteur avec ces façons respectueuses et familières qui étaient un des caractères distinctifs de sa race. Il le pressa de descendre, de venir prendre un petit verre de cassis.

Quand on vient de boire du bordeaux à la ferme du Choquard, on ne boit pas du ratafia à la *Renommée*. Et puis le docteur savait que Guépie considérait les politesses qu'il faisait à ses créanciers comme une sorte de règlement de compte ; en acceptant son cassis, on lui donnait quittance, aussi le docteur n'acceptait-il jamais. On peut renoncer à être payé ; mais ne rien recevoir et donner décharge, c'est trop.

« Qu'avez-vous donc à me dire, Guépie ? demandat-il d'un ton bourru à ce maître gonin dont il goûtait peu le teint blême, le regard oblique et la mielleuse impudence. Vous êtes venu deux fois me voir à Brie. Vous ne savez donc pas l'heure de mes consultations ?

— Excusez-moi, monsieur Larrazet. C'était à cause de la petite.

— Il est donc avarié, ce trésor de beauté ?

— Je ne sais que vous dire, monsieur Larrazet. Elle nous inquiète, sa mère et moi. Depuis plus de huit jours elle garde le lit. Elle est si faible qu'elle ne peut pas se tenir sur ses jambes. Mlle Bardèche m'a fait l'honneur de m'écrire que les médecins de là-bas ne savent pas ce que c'est. Voilà deux nuits que je ne dors pas... Cette pauvre chère petite ! C'est que je l'aime tant !... Tenez, voulez-vous voir son portrait ? »

Et fouillant dans la poche de son habit, il en tira un portefeuille graisseux et présenta au docteur une photographie coloriée qu'il portait partout avec lui. Les commis voyageurs ne se séparent jamais de leurs échantillons. Aleth s'était fait photographier à Melun pinçant de la guitare, une rose dans les cheveux, les yeux au ciel, perdus dans l'infini, vêtue d'une charmante robe de soie à volants et à jupe plissée, qu'à force de supplications elle avait obtenue de la libéralité intermittente de sa marraine. Elle lui avait écrit plus d'une fois : *I beseech you, if you please, give me a robe à trois volants.* Mme Pommery avait fini par se laisser toucher. En dépit de ses préventions, M. Larrazet ne put s'empêcher de s'avouer, sans en rien marquer, que cette ex-dindonnière qui pinçait de la guitare était la plus jolie fille de toute la Brie.

« Un beau brin de fille, tout de même! fit Guépie, qui tenait ses yeux obstinément attachés sur ceux du docteur, dans l'espérance vaine d'y surprendre un éclair d'admiration.

— Eh! bon Dieu! répondit sèchement M. Larrazet, que ferez-vous de cette demoiselle? »

Et il regardait tour à tour la robe à trois volants et la triste façade de l'auberge, avec son enseigne rouillée et sa grande lézarde qui traversait la muraille du haut en bas.

« Ah! oui, dit Guépie, en se grattant l'oreille, c'est bien là que le bât me blesse. Allez, cela me donne bien du souci. Moi, d'abord, je n'aime pas que les gens sortent de leur condition; je l'ai dit si souvent à ma femme! Mais quoi? c'est Mme Pommery qui a voulu que la petite allât en pension, et nous avons craint de la fâcher en disant non... Une drôle d'idée, une idée d'Anglaise!... Heureusement qu'elle a promis d'en faire sa demoiselle de compagnie, et faute de mieux...

— Comment! faute de mieux? Vous entendez donc en faire une impératrice?

— Vous voulez rire, monsieur Larrazet, se hâta de dire Guépie, qui se reprochait de s'être trahi. Mais enfin on pourrait lui trouver quelque place de gouvernante à l'étranger, dans une bonne maison...

— Belle éleveuse d'enfants ! interrompit M. Larrazet en lui rendant la photographie. Enfin, que me vouliez-vous? Vite, je suis pressé. »

M. Larrazet ne parlait pas du même ton aux Paluel et aux Guépie.

« Ah ! voilà, monsieur Larrazet... Il m'est venu une idée. Je ne suis pas bien sûr que la petite soit aussi bas qu'elle le dit. Elle s'ennuie; elle en a assez de sa pension. Je vois cela par ses lettres, et je soupçonne qu'elle fait la malade pour qu'on aille la chercher. Ne m'écrit-elle pas que c'est l'air des champs qui la remettra?... Mais Mme Pommery désire qu'elle achève son temps, et quand les Anglaises ont quelque chose en tête!... Enfin, ces médecins de Melun ne la connaissent pas, tandis que vous... Si c'était un effet de votre bonté?... Vous allez quelquefois à Melun. Supposons que vous donniez un coup de pied jusqu'au Gratteau, je vous en serai bien reconnaissant... Mais venez donc prendre un verre de cassis, monsieur Larrazet; celui de cette année vous a un montant!.. Vous m'en direz des nouvelles.

— Je n'aime pas le cassis, répliqua sèchement M. Larrazet, et, pour ce qui est d'aller voir votre princesse, nous tâcherons, nous verrons... »

A ces mots, il claqua de la langue et toucha du bout de son fouet Charmant, qui commençait à s'endormir. Mais Charmant ne se mit pas assez vite en marche pour que son maître pût éviter une de ces poignées de main onctueuses et grasses que Guépie distribuait libéralement aux gens qu'il ne payait pas. C'était encore une de ses façons de s'acquitter. Heureusement, le docteur venait de remettre ses gants de Suède.

Quelques jours plus tard, il se présentait au Gratteau et demandait à voir Mlle Aleth Guépie. La directrice lui parla sur un ton de maternelle sollicitude de
cette chère enfant, qui ne voulait plus quitter son lit
et qui l'inquiétait beaucoup. Le médecin qui la soignait ne comprenait rien à son état. Mlle Bardèche
profita de l'occasion pour faire l'éloge de « cette nature
d'élite », pour vanter également et son caractère et
son orthographe. Puis elle conduisit elle-même M. Larrazet dans la chambre de la malade ; mais, comme elle
venait de l'y introduire, on lui annonça qu'un profes-
seur demandait à lui parler, et elle laissa le docteur
seul à seule avec la jeune personne.

Entendant venir quelqu'un, Aleth s'était retournée
du côté du mur et semblait assoupie. Comme elle ne
bougeait pas, M. Larrazet se mit à tousser. Elle eut
l'air de s'éveiller, le regarda, le reconnut, devina sur-
le-champ qu'il lui était dépêché par son père. Elle le
salua doucement avec un sourire pâle, et tirant ses
deux bras hors de son lit, elle les laissa retomber sur
la couverture, comme pour dire : « Voilà où nous en
sommes ! Voilà tout ce qui reste de la pauvre Aleth
Guépie ! »

Il ne disait mot. Grave, solennel, il s'approcha de
la malade, examina son visage, sa langue, lui tâta le
pouls ; puis, tirant d'un étui un petit thermomètre
portatif, il le lui posa sous l'aisselle, et, sa montre à
la main, il comptait les secondes. Son silence étonnait
Aleth. Elle se mit à lui expliquer son mal, qui était
tout à fait extraordinaire, comment cela lui était venu,
les premiers symptômes, les sensations bizarres qu'elle
éprouvait, les fourmillements qui lui couraient dans
tout le corps, et puis les faiblesses qui la prenaient.

Elle avait essayé plusieurs fois de se lever, impossible de rester debout.

Le docteur avait remis sa montre dans son gousset. Il dit enfin d'une voix caverneuse :

« C'est grave ! c'est très grave !

— N'est-ce pas, monsieur Larrazet ? dit-elle. Il faut que je change d'air ou je meurs.

— Oh ! oh ! dit-il, changer d'air ? Quelle plaisanterie ! Ce qu'il vous faut, c'est du fer, beaucoup de fer. Vous êtes anémique au premier chef. Vous avalerez chaque matin cinq ou six litres d'eau ferrugineuse. Vous n'en prendrez jamais assez. Le malheur est que cela fait tomber les dents. »

Elle se mit brusquement sur son séant. « Vous dites ? s'écria-t-elle du haut de sa tête. Mais je ne veux pas que mes dents tombent. »

Elle croyait déjà les sentir trembler dans leurs alvéoles, ces jolies dents nettes comme des perles, qu'elle regardait chaque matin dans son miroir.

« Qu'à cela ne tienne ! reprit-il. Nous vous administrerons le fer à l'état de médicament externe.

— Et comment cela ?

— C'est tout simple ! Nous prendrons un petit clou, nous le ferons chauffer jusqu'au rouge, et d'une main délicate... »

Il parlait d'un ton si sérieux qu'elle le crut.

« Je ne veux pas qu'on me brûle, interrompit-elle avec emportement. Je ne le veux pas, vous m'entendez ?

— Oh ! par exemple, nous verrons qui commande ici, dit le docteur. Aux grands maux les grands remèdes, et, ne vous en déplaise, nous allons commencer tout de suite. »

Il eut à peine le temps de traverser le dortoir pour

aller chercher l'instrument de supplice. Cette malade, qui ne pouvait tenir sur ses pieds, s'était élancée d'un bond hors de son lit, avait rattrapé son bourreau comme il avait le doigt sur le bouton de la porte, et, quoiqu'elle n'eût pas la force d'un poulet, elle le retenait avec tant de vigueur par les deux basques de son habit qu'il crut les entendre craquer. Dans la vivacité de son action, son bonnet de nuit était tombé à terre, son abondante chevelure s'était déroulée sur ses épaules nues, et sa chemise en désordre laissait voir beaucoup de choses. Mais les médecins sont les médecins, et, quand il leur plaît, ils voient tout sans rien regarder. M. Larrazet arracha une couverture du lit, en enveloppa cette charmante enfant, l'assit dans un fauteuil et lui dit :

« Soit ! on ne vous brûlera pas, ma mignonne, mais avouez que vous êtes aussi malade que moi. »

Elle lui jeta un regard courroucé, qui lui reprochait sa trahison. Puis, elle baissa la tête, se mit à pleurer à chaudes larmes ; de temps à autre, elle essuyait ses yeux avec ses cheveux, et au milieu de ses sanglots elle disait :

« Monsieur Larrazet, je veux m'en aller, je ne peux plus me souffrir ici. J'y suis trop malheureuse, on m'y fait des affronts, on m'y donne des soufflets. Ces princesses de la grande culture sont de vraies girafes. Oh ! comme je les déteste ! Elles sont jalouses de moi. Est-ce ma faute si Alice Cambois a le nez de travers ? C'est elle surtout que j'abhorre. Si je m'écoutais, je lui arracherais les yeux... Papa est stupide. Il croit encore à l'histoire du prince russe ; il croit encore qu'on trouve des maris au Gratteau. Personne ne s'y est jamais marié ; j'y resterais dix ans que j'en sortirais fille... Mon bon monsieur Larrazet, je veux m'en aller. Emmenez-moi. »

Elle était si jolie dans son désespoir qu'il eut pitié d'elle.

« Ma chère enfant, lui dit-il d'un ton plus doux, ce ne sont pas là mes affaires. Permettez-moi seulement de dire à Mlle Bardèche que votre état n'est pas aussi dangereux qu'elle le pensait, que dès demain vous essayerez de vous lever, moyennant quoi je ne lui soufflerai mot de votre petite comédie. Fiez-vous à ma discrétion professionnelle. Quant au reste, Dieu soit loué ! cela ne me regarde pas. Mais je vous engage à avoir un peu de patience, vous ne mourrez pas au Gratteau. »

Là-dessus, il se retira. Tout bon médecin qu'il fût, il n'était pas sorcier. S'il l'avait été, la porte qu'il venait de fermer serait devenue transparente, et il eût aperçu au travers deux yeux flamboyants d'indignation et une charmante bouche d'où sortait une langue rose, très longue, très extensible, quoiqu'elle ne fût pas fourchue comme celle de la vipère. C'était en son honneur, à son intention. Il ne faut pas trop en vouloir à un petit serpent de fille si elle tire la langue à un vieux docteur qui ne consent pas à être sa dupe.

« Pour jolie, pensait-il en descendant l'escalier, je conviens qu'elle l'est. Mais que diable vont-ils faire de cette déclassée ? »

III

Comme tous les jours que Dieu fait, on s'était mis à table à sept heures sonnantes. C'était la règle, et le Choquard était un endroit où tout se faisait par temps et par mesure. Comme tous les jours aussi, on était trois. Depuis un an, Mariette déjeunait et dînait avec les maîtres. Robert l'avait désiré, l'avait voulu. Il avait représenté plus d'une fois à sa mère que Mariette Sorris avait de trop bonnes manières, qu'elle était « d'une pâte trop fine », pour qu'on la fît manger à l'office. Mme Paluel s'était fait tirer l'oreille ; cette concession lui coûtait, elle craignait que son autorité n'en souffrît. Enfin elle s'était rendue et ne s'en plaignait point. Elle considérait Mariette comme une petite fille sans conséquence et au demeurant très discrète, devant laquelle on pouvait tout dire.

A la façon dont il déplia sa serviette, Mme Paluel devina que Robert n'était pas de bonne humeur. Le visage de son fils était un livre qu'elle lisait aussi couramment que son livre de messe, et à vrai dire elle n'en lisait pas d'autres. Elle admirait beaucoup ce fils,

4

avec qui elle ne s'entendait pas toujours. Il l'inquiétait quelquefois par ce qu'elle appelait ses bizarreries
et ses incartades. C'était un Paluel, et il n'était pas
assez Paluel. Le père de son mari et son mari lui-
même avaient appartenu à la race des rectilignes,
qui, sans regarder ni à droite ni à gauche, marchent
devant eux comme des bœufs dans leur sillon. Leur
joug leur était léger, et ils ne s'étaient jamais sentis
à l'étroit dans leur maison. Quand elle remontait aux
origines de sa propre famille, Mme Paluel n'y voyait
que de gros fermiers, qui avaient passé leur vie à
faire ce que tout le monde fait, en tâchant de le faire
un peu mieux, et c'était pour elle le dernier mot de
la sagesse. Cependant un de ses oncles, Georges Larget, était parti un beau matin sans tambour ni trompette, et on ne savait où il était allé, ce qu'il était devenu. Elle n'aimait pas à penser à ce vagabond, qui
faisait tache dans la sacro-sainte tribu des Larget,
tous gens qui restaient et ne couraient pas. Quand la
conversation tombait sur lui, elle en parlait avec autant d'émotion et de frémissement que de la comète
de 1835, qui l'avait fait croire pendant quinze jours à
la fin du monde. Les comètes lui faisaient peur au ciel
comme ici-bas, elle les envisageait comme un scandaleux désordre, que le bon Dieu ne devrait pas souffrir. Peut-être Robert tenait-il un peu de son grand-
oncle; mais quelle différence! Le grand-oncle n'était
pas revenu, Robert avait entendu raison, il ne courait plus, il restait dans sa ferme, sous son toit. En le
regardant, elle se sentait fière de son ouvrage, mais
elle aurait voulu qu'on lui permît d'y faire après coup
une ou deux petites retouches, pour l'amener à per-
fection. Il était trop tard, ses repentirs étaient inutiles.

Si Robert avait témoigné de l'humeur en dépliant sa serviette, il ne s'agissait de rien de bien grave. Il se plaignait depuis longtemps que les limons de ses charrettes étaient trop lourds et fatiguaient le limonier. Il voulait les alléger, il avait imaginé un nouveau modèle, il s'était donné la peine d'en faire lui-même le dessin, auquel le charron avait solennellement promis de se conformer. La nouvelle charrette qu'on venait de lui amener ressemblait absolument aux autres. Pendant le repas, il s'écria plus d'une fois : « Sacrées têtes de mulets ! » Il fit plus d'une sortie contre l'esprit de routine et les routiniers, et à deux reprises il gesticula si violemment avec sa cuiller, en la frappant contre la table, que Mme Paluel croyait déjà la voir en deux morceaux ; elle tenait beaucoup à son argenterie. Au surplus, elle n'était pas tout à fait du sentiment de son fils, elle trouvait que la routine a du bon et que les voitures qui depuis si longtemps transportaient les gerbes des Paluel n'étaient pas des voitures méprisables. Quant à Mariette, elle ne disait mot, personne ne lui demandant son avis ; mais elle pensait, à part elle, que la charrette dessinée par Robert devait être une invention sublime et le charron un homme à pendre.

Robert se fâchait souvent, mais ses colères étaient courtes. Quand il avait tout dit, il n'y revenait pas ; il s'était soulagé, c'était fini. Après avoir bu son café, il s'allongea dans une berceuse en cannes de jonc où il aimait à se balancer, et il bourra sa pipe. On était dans la saison des longues journées, qui permettaient de ne point allumer de lampe et de se coucher à neuf heures sans bougie. Mme Paluel était presbyte ; elle poussa sa chaise dans l'embrasure d'une fenêtre, mit sur son nez ses besicles à verres convexes et prit son tricot, tout en surveillant les événements qui pouvaient se passer dans sa cour, tandis qu'à deux pas d'elle Mariette ourlait un drap.

De ces deux personnes, la plus contente en ce moment était Mariette. Depuis la visite de M. Larrazet, Mme Paluel avait creusé plus que jamais le gros problème qui lui causait des insomnies, et, à force de le creuser, son devoir lui paraissait évident. Elle était tenue de déclarer à son fils qu'elle l'engageait à se marier. Il en ferait ce qu'il voudrait, elle serait quitte avec sa conscience. Mais ce devoir était si pénible à remplir que depuis quinze jours elle se disait chaque matin : « Je lui en parlerai ce soir! » Et chaque soir elle parlait d'autre chose.

Mariette, qui n'avait aucun problème à creuser, était parfaitement heureuse. Elle faisait aller son aiguille, elle était satisfaite de son ourlet, qui était bien droit, et il était là. Qui? Lui, son maître et seigneur, le seul homme dont elle recherchât l'approbation, le seul à qui elle se souciât de plaire. Comment ne lui eût-elle pas voulu beaucoup de bien? Elle lui avait tant d'obligations! N'était-ce pas lui qui, en dépit des résistances et des préjugés de Mme Paluel, avait ouvert à Mariette Sorris la porte du Choquard? N'était-ce pas lui qui, en toute rencontre, plaidait sa cause, la défendait contre d'injustes mercuriales, et de deux ans en deux ans lui augmentait ses gages, en lui disant : « Cache-moi cela où tu voudras, mais que ma mère n'en sache rien! » Et à sa reconnaissance se joignait un autre sentiment, une sorte d'admiration dévote. Il lui semblait que ce beau garçon de trente ans, à qui sa fière tournure, son œil vif, sa moustache,

son impériale, ses cheveux taillés en brosse donnaient l'air d'un officier en villégiature, ce beau garçon qui, après s'être frotté à tant de choses, après
avoir couru le monde et traversé l'océan, était revenu par obéissance aux désirs de sa mère gouverner
des herses et des charrues, n'était pas fait comme un
autre, qu'il était d'une autre argile que le commun
des martyrs. Elle était disposée à le croire infaillible
et impeccable, il était son empereur et son pape.
Tout ce qu'il faisait était bien, tout ce qu'il disait était
admirable. On eût cherché vainement dans toutes les
fermes de la Brie quelqu'un qui lui ressemblât. Elle
avait pour lui des regards de chien qui contemple son
maître. Avait-il le front épanoui, le sourire aux lèvres, elle sentait son humble cœur se dilater sous son
corset de coutil, et elle eût juré que, d'un bout de
l'univers à l'autre, tout allait bien. Avait-il du souci,
elle aurait voulu inventer quelque chose pour le distraire et maudissait les bornes de son génie. Lorsqu'il
montait le matin sur sa jument blanche pour aller
faire le tour de son vaste domaine, on était sûr de voir
paraître entre les deux battants d'une porte ou d'une
lucarne une petite face ronde, très proprette, et deux
grands yeux braqués sur l'homme comme sur le cheval et qui croyaient avoir une vision de Dieu le Père
et de Dieu le fils dans leur gloire. Dans ses absences,
elle se demandait : Que fait-il? Et, peu avant son retour, elle trouvait un prétexte pour se couler dans la
chambre du maître et s'assurer que tout y était en
ordre comme dans la cabine d'un navire, que ses
pantoufles étaient bien à leur place, qu'il n'aurait pas
à les chercher, qu'il y avait de l'eau fraîche dans son
broc et pas un grain de poussière sur les meubles.

Puis elle glissait une tranche de carotte dans son pot
à tabac pour le rafraîchir, elle débourrait avec soin
les petites pipes qu'il fumait et elle frottait avec un
gant la grande pipe d'écume qu'il ne fumait plus, jusqu'à ce que le fourneau fût brillant comme de l'aca-
jou. Les pipes dont on est le plus fier sont celles qu'on
ne fume pas.

Robert Paluel était loin de se douter des trois quarts
des peines que se donnait Mariette Sorris pour lui
être agréable. Mais il avait pour elle beaucoup de
bienveillance, il rendait justice à son mérite comme
à son bon petit caractère, et il s'amusait quelquefois
à la taquiner amicalement. Elle prenait tout en gré,
même la brusquerie de ses manières, ses ironies, le
tour un peu narquois qu'il avait dans l'esprit, et elle
rougissait d'aise quand il lui pinçait la joue ou lui tirait l'oreille.

Il était là. Elle jouissait silencieusement de sa présence. Elle lui jeta un regard à la dérobée ; elle constata qu'il n'avait plus l'air fâché ni la mine longue,
qu'il avait oublié sa charrette et son charron, et que,
tout en se balançant, il semblait fumer sa pipe avec
plaisir. Mais, depuis qu'il l'avait bourrée, on n'avait
pas entendu le son de sa voix. A quoi pensait-il ?

Il aurait pu lui répondre qu'il ne pensait à rien.
Mais lorsqu'on ne pense à rien, on pense quelquefois
à beaucoup de choses, et il vous arrive, par exemple,
de contempler en idée l'un des bassins de quelque
port de France, où se dresse une forêt de mâts, haubans contre haubans, vergues contre vergues. Parmi
ces bateaux, on distingue un trois-mâts, portant à sa
proue une statue en bois peint et doré, laquelle représente une façon de nymphe à queue de poisson qui

souffle dans une trompette. Ce trois-mâts est amarré
au quai, et à son bordage est attaché un grand écriteau
où on lit ces mots : « L'*Adélaïde*, 372 tonneaux, capitaine
Barillet, partira le 25 mai pour la Martinique. » Le 25
mai, l'*Adélaïde* partit, et Robert Paluel était à bord.

Il se rappelait la Martinique, mais il se rappelait
surtout les joies, les soucis, les hasards d'une traversée de plusieurs semaines, le plaisir de se sentir bercé
par un abîme sans fond, le creusement de la vague,
le cri du vent dans les cordages, l'océan et ses soli-
tudes, les colères de ce beau monstre, ses insultes,
l'écume qu'il vous crache au visage et ses douceurs
perfides, ses dangereuses caresses, ses trahisons, la
joie de se battre contre lui et de dire à la mort, dont
on n'est séparé que par l'épaisseur d'une planche : « Ce
ne sera pas pour aujourd'hui, ma belle ; repassez demain. » Quand on est le fils d'un fermier qui s'occupait
sans cesse de savoir à quel prix il vendrait son blé,
on joint des calculs de tête à ses imaginations. Robert
pensait avec beaucoup de regret à toutes les connaissances qu'il avait acquises à la sueur de son front et
qui ne lui étaient plus d'aucun usage. C'était du temps
mal employé, de la science bien inutile ; rien n'est
plus déplaisant dans la vie que les faux frais. De
quoi lui servait-il de savoir qu'un loch se compose
d'un bateau, d'un aiguillot, d'une ligne, d'un tour et
d'une baille, ou que le safran est un assemblage de
pièces de bois et de métal qui augmente la puissance
d'un gouvernail ? De quoi lui servait-il encore d'avoir
appris l'anglais ? Pouvait-il le parler à ses bœufs ?

On a beau prendre des tenailles pour arracher de
son âme une chimère qui vous fait souffrir, on n'en-
lève jamais la plante avec toutes ses racines, et cette

racine oubliée travaille sourdement. Depuis six ans qu'il avait échangé l'état qui lui plaisait contre celui qu'il n'aimait pas et l'océan contre la Brie, ses regrets avaient perdu de leur amertume, mais ses souvenirs avaient gardé toute leur vivacité. L'avoine qui n'est pas encore mûre rappelle par son vert glauque la couleur des grandes eaux. Caressée par le vent, il court des ondes à sa surface, et les arbres fruitiers semblent se baigner dans ces vagues qui leur montent aux genoux. Robert ne pouvait contempler un champ d'avoine encore verte sans apercevoir dans les brumes de l'horizon les voiles blanches d'un trois-mâts, gonflées par le vent. C'était l'*Adélaïde*, et il se disait : « Où est-elle ? Ce qui est certain c'est que je n'y suis pas. » Et l'ingrat frappait la terre du pied, cette bonne terre grasse qui travaillait pour lui et suait pour l'enrichir.

A quoi pensait Robert en se balançant dans sa berceuse ? Peut-être à tout cela. Ce balancement qui ne finissait pas impatientait beaucoup Mme Paluel. D'abord il n'était pas dans ses principes d'approuver les mouvements inutiles ; ensuite elle se doutait probablement que cet insupportable roulis en rappelait un autre à son fils. Mais il y avait des observations, des reproches qu'elle n'osait pas lui faire directement. En pareil cas, elle les adressait à l'innocente Mariette, qui servait de boîte aux lettres. Quoique la pauvre enfant fût aussi tranquille qu'une image :

« Mariette, lui dit Mme Paluel, ne te balance donc pas ainsi sur ta chaise, tu fais trembler tout le plancher. C'est une mauvaise habitude que tu as là. »

L'innocente Mariette ne sourcilla pas, elle en avait vu et entendu bien d'autres ; mais Robert devina sans peine à qui ce discours s'adressait, et il en fut

piqué. Chacun de nous a ses tics, et il nous est fort
désagréable qu'on nous les fasse remarquer. Peut-être
notre orgueilleuse volonté constate-t-elle avec chagrin qu'il se passe en nous beaucoup de choses invo-
lontaires, qu'il y a toute une partie de notre vie qui
ne lui appartient pas. Robert ne se balança plus, mais
il se tourna vers Mariette, laquelle, pour la seconde
fois, servit de boîte à lettres.

« Mariette Sorris, lui dit-il, sais-tu combien il faut
d'espèces de bois pour faire une brouette ?

— Pourquoi lui demandes-tu cela ? fit Mme Paluel.
Qu'est-ce qu'elle en sait ?

— Mariette Sorris, poursuivit-il, si jamais tu fais
une brouette, il te faudra de l'acacia pour faire les
brancards, du peuplier pour faire la caisse, du chêne
pour faire la jante et les rais, et de l'orme tortillard
pour faire l'essieu. Et sais-tu, Mariette, ce qu'il faut
pour faire un bon engrais ? Il faut tout au moins du
sel d'ammoniaque, du phosphate de chaux et du sang
cuit. »

Mme Paluel posa ses lunettes et son tricot sur ses
genoux.

« Où veux-tu en venir ? dit-elle.

— Mariette Sorris, j'en veux venir à ceci, reprit-il.
S'il faut tant de choses pour faire une brouette et tant
d'autres pour faire un bon engrais, il en faut bien
davantage pour rendre un homme heureux, et le plus
simple est de renoncer à l'être. »

Mme Paluel sentit vivement le coup. Mais, comme
elle était aussi sévère pour elle-même que pour les
autres, elle considéra que cette dure parole était une
juste punition du silence qu'elle s'obstinait à garder
sur la grande question, après avoir reconnu qu'il était

de son devoir de le rompre, et quoi qu'il pût arriver, redressant sa petite taille, elle dit d'une voix très émue :

« Je sais, Robert, ce qui manque à ton bonheur. »

Quand on a fait un grand sacrifice à quelqu'un, il faut avoir une noblesse d'âme presque surhumaine pour ne jamais le lui rappeler ou pour ne pas se rattraper sur les détails. Il n'y avait rien de surhumain dans Robert Paluel ; mais avec les défauts qu'on pouvait lui reprocher, il avait le cœur généreux, et, quand il avait fait de la peine à sa mère, il s'en repentait sur-le-champ.

« Qu'est-ce qui te prend, mère ? dit-il gaiement. Crois-tu donc que je pensais à moi ? Mariette Sorris m'est témoin que je suis le plus heureux garçon de la terre. »

Elle avait commencé, elle continua.

« Je crois vraiment, Robert, que tu devrais te marier, et c'est aussi l'avis de M. Larrazet.

— De M. Larrazet ? Eh bien ! de quoi se mêle-t-il, ce cher homme ?

— Le fait est qu'un Paluel qui ne se marie pas, cela ne s'est jamais vu. Pourrais-tu m'en citer un seul ? »

Il respectait beaucoup sa mère, il rendait toute justice à cette petite femme si méritante ; mais il aimait quelquefois à la voir venir ou à la faire aller.

« C'est vrai, dit-il. Voilà une remarque que je n'avais jamais faite. Ne restons pas garçon, marions-nous. »

Il ne s'aperçut pas que Mariette venait d'incliner sa tête sur le drap qu'elle ourlait, que Mariette respirait court. De son côté, Mme Paluel était épouvantée des effets foudroyants de son éloquence, de la facilité avec laquelle son fils s'était laissé convaincre. Elle trouvait que les choses allaient trop vite, elle se hâta de mettre le sabot, d'enrayer la voiture.

« Ah ! bien, dit-elle, ceci demande réflexion, car encore s'agit-il de bien choisir, de ne rien faire à l'étourdie. Dans toute la grande culture, la jeunesse se gâte. De mon temps, on s'y prenait bien mieux, on nous envoyait à l'école, et nous en savions assez. Aujourd'hui, on met ces demoiselles en pension. Ce qu'elles y apprennent, je n'en sais rien ; mais, à ce que je vois, elles en rapportent beaucoup de petites manières, des goûts de luxe et de dépense, l'habitude de n'être jamais content de ce qu'on a. Quel fléau qu'une fille coquette et dépensière !

— Assurément. Tâchons d'en choisir une qui ne soit ni dépensière ni coquette.

— La connais-tu, Robert ? dit-elle vivement. La main sur la conscience, la connais-tu !

— Non, et, toute réflexion faite, ne nous marions pas. »

Mariette releva la tête et respira plus librement. Mais Mme Paluel n'était pas contente, ce n'était pas encore là ce qu'elle entendait. Elle s'indignait qu'on pût trancher si facilement une question qu'elle roulait dans sa tête sans pouvoir la résoudre. Elle aurait voulu qu'on en parlât beaucoup sans rien décider, que l'univers entier prît part à ses doutes, à ses syndérèses, à ses tourments, que l'univers employât ses jours et une partie de ses nuits à ruminer ce cas sans réussir à s'en tirer.

« Et l'enfant ? dit-elle d'une voix sourde et frémissante.

— Quel enfant ?

— Eh ! quoi, Robert, cela ne te ferait rien de ne

pas laisser après toi un héritier ! Cela ne te ferait rien
d'avoir travaillé toute ta vie pour enrichir des cousins ?
Mon Dieu ! j'aime beaucoup mes sœurs, mais les cousins sont des cousins, et il est bien dur de leur laisser
son bien.

— Après nous le déluge, dit-il nonchalamment.

— Tu n'es pas sérieux, reprit-elle en s'échauffant.
Cela ne te ferait rien de voir le Choquard habité par
des étrangers ?

— Je ne le verrai pas, puisque je serai mort.

— Le Choquard où ton père est né !... Et ce seraient
peut-être des paresseux, des écervelés qui viendraient
mettre le désordre ici, et en deux mois voilà une maison sens dessus dessous !.. Cela fait bouillir le sang
dans les veines. »

Et elle lui montrait de l'index au milieu d'un des
panneaux de la boiserie une grande médaille, qu'on
avait encadrée, mise sous verre et pendue à un clou.
C'était une première médaille, décernée aux fermiers
du Choquard dans un concours agricole.

« Ma foi, tu as raison, dit-il, comme se ravisant.
Décidément, marions-nous. »

Mariette sentit trembler ses mains et se piqua les
doigts avec son aiguille.

« Ah ! oui, reprit Mme Paluel, mais il faut trouver
la fille... Oh ! si on la trouvait, moi d'abord je suis
prête à lui faire tous les sacrifices, à n'être plus rien
ici, à m'effacer, à lui donner, si elle le veut, toutes
les clefs, même la clef de l'armoire au linge. Ainsi, tu
vois ! »

Elle disait cela d'un ton aussi pénétré que si elle
eût offert sa tête, son cœur, la chair de sa chair et la
moelle de ses os.

« Mais il faut la trouver, et, du train que va le monde, j'aimerais mieux chercher un grain de mil dans un boisseau de sable... Voyons, as-tu une idée? Si tu en as une, dis-la-moi.

— Je n'en ai point, et je ne me marie pas, c'est mon dernier mot. »

Sa voix tranquille et ferme annonçait une décision bien arrêtée, et Mariette poussa un soupir de soulagement.

« Tu soupires, Mariette? lui dit-il. Voilà ce que c'est que de causer mariage devant les jeunes filles... Eh bien! sais-tu? je trouve plus facile d'arranger les affaires des autres que les miennes, et j'ai bien envie de te marier.

— Moi! moi! dit-elle en faisant un saut sur sa chaise et levant sur lui des yeux effarés.

— Oui, toi, Mariette Sorris.

— C'est absurde, s'écria Mme Paluel.

— Pourquoi donc?

— Eh! oui, c'est absurde. »

Et elle le répéta plus d'une fois, sans entrer dans d'autres éclaircissements. Elle aurait eu quelque peine à expliquer nettement ce qu'elle avait dans l'esprit. Son arrière-pensée était que le mariage doit être considéré comme une institution aristocratique et que les conseils municipaux agiraient sagement en condamnant les gens sans sou ni maille au célibat perpétuel. Elle pensait aussi que Mariette était fort utile à Mme Joséphine Paluel, qui serait fort empêchée de la remplacer. Conclusion : il était absurde que Mariette songeât au mariage ou que quelqu'un y songeât pour elle.

« C'est si peu absurde, reprit Robert, que le parti est

tout trouvé. Oui, Mariette, on est venu aujourd'hui me demander ta main.

— Quel est cet hurluberlu? s'écria de nouveau Mme Paluel.

— C'est un garçon très raisonnable, très sensé, qui s'appelle... Devines-tu, Mariette?... Il s'appelle François Lesape. »

Mariette prit l'attitude d'une suppliante et murmura :

« Oh! non, monsieur Paluel, je vous en prie... Je ne veux pas... je ne veux pas... »

Mme Paluel savait beaucoup de gré à Mariette de sa résistance éplorée; mais il y avait eu dans sa réponse quelque chose qui l'avait choquée; elle la blâmait d'avoir dit : « Je ne veux pas. » Mme Paluel estimait que la volonté est un luxe, qu'il faut avoir des rentes et cultiver au moins deux cents hectares pour être en droit de se l'accorder.

« Réponds : « Je ne peux pas, » lui dit-elle doucement; les petites filles n'ont pas le droit de dire : « Je « ne veux pas. »

— Prends au moins le temps de réfléchir, reprit Robert. Lesape est un garçon très honnête.

— Et très intéressé, interrompit Mme Paluel.

— Eh! mon Dieu! qui ne l'est pas? » dit-il.

Ils avaient raison l'un et l'autre. Lesape était à la fois très intéressé et très honnête, ayant appris par l'expérience des autres que bien mal acquis ne profite guère. La pure vertu est si rare que, si l'on supprimait de ce monde les François Lesape, les utilitaires qui ne volent ni ne mentent et l'égoïsme bien entendu, cela ferait trou, et la société s'en trouverait mal. Ce gros garçon, qui n'était point désagréable à voir, avait

été le maître valet du père Paluel. Robert avait deviné
ce qu'il y avait en lui de mérite et d'étoffe, et il en
avait fait son homme de confiance, son caissier, son
régisseur, chargé des ventes et des achats, du compte
exact des entrées et des sorties, toutes choses pour
lesquelles il avait lui-même peu de goût. Cet avisé
Briard ne donnait jamais que de bons conseils à
Robert. Ils n'étaient pas toujours d'accord, ayant
deux façons très différentes de sentir et de penser ;
mais Lesape ne résistait jamais ouvertement ; il avait
pour principe « qu'il faut toujours être de l'avis du
payeur ». Il accusait à part lui son patron de pousser
trop loin l'esprit d'entreprise, le mépris de la routine,
l'amour des nouveautés. Robert voulait remplacer les
meules par des magasins à fourrage. Il rêvait de perfec-
tionner ses assolements et de réformer ses engrais. Il
aspirait surtout à résoudre le problème toujours plus
compliqué de la main-d'œuvre en faisant tout par des
machines. Sans avoir l'air d'y toucher, Lesape parvint à lui prouver que le grain se conserve mieux dans
les meules que dans les greniers. Quant aux machines, il se trouva que, soit malice, soit maladresse, la
plupart se détraquèrent ; on n'avait personne sous la
main pour les réparer, il fallait écrire pour se procurer des pièces de rechange, et, peu à peu, telle
faneuse, telle moissonneuse, tel râteau mécanique
allèrent se remiser dans un musée d'instruments et
dormir sous un hangar. C'était bien alors que Robert
frappait la terre du pied, qu'il s'écriait : « Sacrées
têtes de mulets ! » Le bonhomme Lesape, le front
bas, les bras ballants, affectait d'entrer dans ses
colères, approuvait tout du bonnet et disait *in petto* :
« On a crevé ses vessies ; quel bon débarras ! » Sur

un seul point, Robert s'était obstiné, et, cette fois, c'était lui qui tenait pour la routine. Lesape avait tâché vainement de lui persuader qu'il y avait trop de luxe dans ses harnais, qu'il pourrait faire un meilleur emploi de l'argent qu'il dépensait en queues de renard ou en bouffettes de laine, en housses, en chabines fastueuses. Quand on n'a plus la joie de voir flotter une flamme au sommet d'un mât, il est encore agréable de voir une belle housse bleue sur le dos d'un cheval de trait. Quoi qu'il en soit, le Choquard n'avait jamais été plus prospère, et personne ne songeait à nier qu'on n'en fût redevable en partie à l'actif, au vigilant Lesape, qui ne ménageait point ses pas et ne tenait jamais ses yeux dans ses poches. Mariette Sorris et François Lesape étaient deux outils précieux et même nécessaires, mais Robert ne voyait aucun inconvénient à ce qu'ils s'épousassent. Il savait Mariette très attachée à la maison et comptait, au besoin, se servir d'elle pour retenir Lesape.

« Avant de te décider, continua-t-il, écoute une histoire, Mariette. Il y a près d'un an, j'ai fait une sottise pommée. »

Ce début lui parut invraisemblable. Robert Paluel faire une sottise! elle n'en croyait rien.

« Sais-tu ce que c'est que les lettres anonymes? Ce sont des lettres qu'on n'ose pas signer et qui cependant font de l'impression sur les imbéciles qui les lisent. Il s'en écrit dans les villages comme dans les villes; on y met un peu moins d'orthographe, mais autant de venin. J'en avais reçu deux, coup sur coup, de quelque mauvais drôle qui convoitait la place de Lesape et qui, sous couleur d'épouser mes intérêts, m'avertissait charitablement que ce garçon abusait de ma confiance, qu'il faisait des marchés clandestins et se laissait graisser la patte. J'aurais dû ne rien croire et laisser l'eau couler. Mais que veux-tu? ces maudites lettres m'avaient mis la puce à l'oreille. Un jour que Lesape m'avait annoncé qu'il envoyait à Brie un chargement de cent cinquante bottes de paille, à peine la voiture sortie, je l'ai fait arrêter et décharger, et j'ai compté les bottes; il y en avait cent cinquante, mademoiselle, et pas une de plus. Qui a eu la mine longue? C'est moi. Dès que j'ai été seul avec Lesape, je lui ai tendu les deux lettres en lui disant : « J'ai voulu en avoir le cœur net. » Si quelqu'un m'en avait fait autant, j'aurais prié mon patron de me chercher un remplaçant dans les vingt-quatre heures. Mais chacun a son caractère. Lesape était pâle, un peu raide, mais il ne s'est pas fâché, et je lui ai dit encore : « La première fois que tu « auras quelque chose à me demander, je te dois un « dédommagement : demande. » C'est un garçon qui a de la patience, qui prend son temps. Il m'a pardonné, mais il n'a pas oublié, et tantôt il est venu me dire que j'avais dans ma maison une certaine Mariette Sorris, qu'elle lui paraissait honnête, gentille, travailleuse, tout à fait bonne fille et qu'il en ferait volontiers sa femme. Il ne lui trouve qu'un seul défaut : c'est qu'elle n'a pas grand'chose; mais il m'a insinué que, selon toute apparence, je m'arrangerai avec elle pour lui arrondir son petit avoir, pour lui faire une petite dot, et, ma foi! j'ai dit oui.

— Une dot! » s'écria Mme Paluel, rouge d'indignation.

Et elle répéta trois fois : « Une dot! » en regardant le plafond comme pour s'assurer qu'il ne lui tombait pas sur la tête. Du moment que la cervelle de son fils se dérangeait, les plafonds du Choquard ne devaient plus être solides.

« Eh! oui, une dot, dit-il. Ah! je ne lui donnerai pas le Pérou.

— Vous êtes trop bon, monsieur Paluel, répondit vivement Mariette. Vraiment vous êtes trop bon, et je vous en remercie bien. Mais je ne veux pas me marier.

— Lesape te déplaît?

— Oh! pas du tout. C'est un très brave garçon.

— Y en aurait-il un autre que tu couches en joue? »

Elle devint toute pâle :

« Ah! monsieur Paluel, comment pouvez-vous croire?...

— Tu as donc juré de ne jamais te marier? »

Elle ouvrit la bouche pour répondre et la referma sans avoir pu articuler un mot. Ce qu'elle pensait était trop difficile à dire. Elle trouvait plus simple de pleurer, et de grosses larmes mouillaient le bord de ses paupières.

« Ah! du moment que les larmes s'en mêlent, dit-il, je te laisserai tranquille, n'en parlons plus. J'en serai quitte pour dédommager Lesape en lui accordant une augmentation.

— En vérité, s'écria Mme Paluel, c'est faire trop d'embarras pour une voiture déchargée.

— En la déchargeant, dit-il, j'ai blessé une fierté, et je ne renie jamais mes dettes.

— Une fierté! » murmura-t-elle avec une moue de mépris.

Mme Paluel estimait que, comme la volonté, la fierté est un luxe qui n'est permis qu'à la grande culture, que les pauvres diables devaient savoir digérer leurs affronts.

Robert se leva et dit avec un peu d'impatience :

« Quand on a cassé une vitre, on la paye, et, quand on a offensé un honnête homme, on met un peu d'onguent sur sa blessure. J'ai dit, et je ferai. »

Mme Paluel était omnipotente dans sa maison, dans sa cour, dans sa laiterie; hors de là, c'était lui qui commandait, et il sortit un peu fâché de l'étroitesse d'idées de sa mère, qui n'avait jamais voulu comprendre qu'une libéralité bien placée est quelquefois de l'égoïsme intelligent. Il admirait la rectitude de sa conscience, ses vertus actives, la gravité de ses manières, sa vie de travail et d'honneur, mais elle manquait de générosité. C'était le seul reproche qu'il lui adressât.

Selon sa coutume, il alla faire un tour et fumer sa seconde pipe dans le potager. C'était sa promenade favorite, qu'il prolongeait quelquefois fort avant dans la soirée. Quand le ciel n'était pas trop noir, il apercevait vaguement les carrés de laitues, les longues rangées de choux cabus, les rames des pois, les têtes rondes des artichauts, les formes déjetées des arbres fruitiers qui semblaient se reposer du travail du jour, et les airs penchés des espaliers. Çà et là, de grandes touffes de lis fleuris faisaient des taches blanches dans la nuit. Tout était calme, tranquille. Plus de tracas, plus d'ordres à donner, plus de réclamations à entendre, plus de paresseux à tancer ou de maladroits à sermonner. Seul avec lui-même, le maître du Choquard oubliait le Choquard, et les grands murs de l'enclos semblaient monter la garde autour de sa solitude. Pas d'autre bruit que le brusque et sourd craquement d'une planche qui, dilatée par la chaleur du soleil, se contractait tout à coup, ou la plainte douce d'un robinet qui s'égouttait, ou le cri d'une chouette, ou le glissement d'un loir au museau fin s'en allant à la maraude, ou le pas timide d'un hérisson que trahissaient un frémissement et une inquiétude d'herbes froissées.

Quand la lune venait à paraître, les vitrages des melonnières miroitaient, les cloches jetaient des étincelles bleuâtres. Mais Robert préférait qu'elle ne se montrât pas; son indiscrète clarté gêne les étoiles, et il voulait les voir s'allumer dans l'ombre l'une après l'autre, à commencer par la blanche Véga et par le jaune Arcturus. Le ciel lui rappelait l'océan, à cela près que cet océan céleste ajoute le silence à l'immensité. Chaque constellation lui semblait un trois-mâts voguant dans une mer sans souffle et sans vagues. Le plus souvent, il les prenait pour ce qu'elles sont, pour les taciturnes témoins de notre vie. Elles l'avaient accompagné dans ses voyages, il les avait pratiquées. N'avait-il pas plus d'une fois obtenu la variation de la boussole par le relèvement de l'étoile polaire? C'étaient de vieilles amies, qui avaient avec lui des souvenirs communs. Aussi les connaissait-il toutes par leur nom, il savait à quel endroit du ciel elles allaient paraître, il les attendait et les comptait comme un berger compte ses moutons. Son regard cherchait tour à tour l'immense Dragon, qui déroule entre les deux Ourses ses anneaux tortueux, la Couronne boréale, l'Aigle et ses satellites, le grand carré de Pégase, le rocher d'Andromède, le glaive de Persée, la mystérieuse lettre d'or que Cassiopée ne se lasse pas d'écrire sur le front de la nuit, la belle croix du Cygne, étendant ses deux bras comme pour montrer l'un à l'autre les deux bouts du monde, et dans les soirées d'automne ou d'hiver, ce fourmillement de lumière confuse, cette poignée de scintillantes pierreries qu'on appelle les Pléiades, l'œil de feu du Taureau, la majesté d'Orion au riche baudrier, l'éclat dévorant de Sirius. Une brume qui enveloppait le sud-ouest s'était dissipée, il apercevait le glorieux Sagittaire, posant sur son arc cette flèche qui guette éternellement quelque monstre invisible, perdu dans les profondeurs de l'espace. C'était la nuit du 10 août, et les étoiles filantes tombaient en pluie. Emblème des espérances trompeuses, à peine apparues, elles s'évanouissaient comme l'*Adélaïde*.

« Non, se disait-il en arpentant une allée, je ne me marierai jamais. D'abord je ne m'en soucie point, et puis elle a beau dire, elle ne s'en consolerait pas. Elle parlait de donner ses clefs : quelle plaisanterie! le chagrin l'aurait bientôt tuée. Quelle que fût sa bru, elle l'opprimerait ou se plaindrait qu'on l'opprime. Ce seraient des reproches, des aigreurs, des querelles. Quand on n'a pas le bonheur, il faut du moins avoir la paix. Je l'ai, je la garde. Au surplus, si par quelque funeste accident je venais à me trouver libre, je veux que rien ne me retienne, je veux pouvoir m'en aller. »

Il savait bien qu'il ne s'en irait pas, qu'il était rivé pour toujours à la Brie; mais les espoirs absurdes ont leur prix. Quelqu'un possédait au loin une maison de campagne où il n'allait pas, où il savait qu'il n'irait jamais. Il ne laissait pas d'y tenir, il aurait pu y aller, il ne voulut jamais s'en défaire.

Pendant que Robert tournait et virait, Mariette avait fermé sa fenêtre, tiré son rideau et dégrafé sa robe. Tout en se déshabillant, elle songeait aux deux gros événements qui étaient survenus tout à coup, sans crier gare, sans prévenir personne, sans que personne les appelât. A qui donc en avait Mme Paluel? A quoi pensait-elle de vouloir marier son fils? A quoi bon, je vous prie? On était tous heureux, parfaitement heureux. Pourquoi changer? C'était avoir la rage du changement. Et, de son côté, Robert, qui aurait voulu que Mariette Sorris épousât François Lesape! O l'étrange et malheureuse idée! Ce n'était pas qu'elle eût rien contre Lesape. Autant lui qu'un autre, mais elle ne voulait personne, elle n'avait pas l'esprit tourné au mariage. Il lui semblait que, si elle épousait quelqu'un, ce serait la fin de quelque chose. De quoi donc? D'une souffrance qui lui plaisait, d'une souffrance pleine de délices, qu'elle préférait à tout ce qu'on pouvait lui offrir. Mais elle n'en savait pas si long, là-dessus ses pensées s'embrouillaient, elle n'osait pas approfondir ce mystère. Heureusement on n'entendait pas la contraindre, et, d'autre part, Robert était résolu à ne pas se marier, il ne fallait pas lui en parler, il l'avait signifié très nettement, et ainsi il n'y aurait rien de changé, et deux grands périls auraient été conjurés. Mais elle était encore sous le coup de cette double émotion. Après six ans de tranquille félicité, il lui paraissait que son bonheur était une chose fragile. Puisqu'on vit dans un monde où il survient tout à coup des événements, sur quoi peut-on compter? Les choses humaines venaient de lui faire sentir leur redoutable incertitude. Elle s'endormait chaque soir dans la douce pensée que le lendemain ressemblerait à la veille, elle s'en croyait sûre; elle ne l'était plus.

Ainsi raisonnait Mariette. Depuis plus d'une heure, elle avait posé la tête sur son oreiller et clos ses yeux, et son esprit trottait encore.

IV

Si Aleth Guépie avait passé douze mois encore au Gratteau, peut-être y serait-elle morte d'ennui. Le ciel lui vint en aide, il a quelquefois pitié des jolies filles, et, pour leur être agréable, il envoie aux vieilles Anglaises des émotions imprévues qui les font changer d'idée. Mme Pommery était veuve depuis plus d'un an. Elle avait décidé, comme on sait, qu'elle ne convolerait point, qu'elle voyagerait, qu'elle désirait courir le monde, l'Italie et l'Egypte, et qu'ayant besoin d'une demoiselle de compagnie, elle prendrait Aleth avec elle. Mais elle eut l'occasion de revoir un beau jeune homme qu'elle avait rencontré jadis à l'ambassade d'Angleterre. Il avait trente ans, elle en avait plus de cinquante, elle était riche et il était pauvre. On se convint, et maître Guépie, qui ne s'attendait guère à cette tuile, eut le chagrin de recevoir une lettre par laquelle on lui annonçait que, puisque Aleth s'ennuyait si fort au Gratteau, il fallait lui rendre la clef des champs, qu'au surplus elle en savait assez, que Mme Pommery, qui s'appelait désormais Mme Blackmore, allait partir pour le Midi, qu'elle n'aurait plus besoin de demoiselle de compagnie, mais qu'elle était prête à se servir des relations qu'elle avait en Angleterre pour procurer à sa filleule quelque place de gouvernante ou de bonne d'enfants.

Le coup fut terrible pour Richard. Durant toute une semaine il pesta à journée faite contre cette vieille haridelle d'Anglaise, qui s'amusait à faire l'amour à l'âge où une femme raisonnable ne s'occupe que de remiser ses vieux os et de les préserver des accidents.

« Nous voilà dans de jolis draps, disait-il à Palmyre. M. Larrazet avait raison; qu'allons-nous faire de cette demoiselle?

— J'étais sûre que cela arriverait, » répondait Palmyre, dont le bon sens triomphait, et qui profita de l'occasion pour reprocher à ce rêveur toutes ses espérances déçues, tous ses projets manqués, toutes les bulles de savon qu'il avait soufflées avec amour et qui lui avaient crevé dans les yeux.

Les reproches et les doléances ne remédient à rien. Le plus pressé était de retirer bien vite Aleth du Gratteau, puisqu'on l'avait désormais à sa charge, et, vers le milieu du mois d'août, l'enseigne rouillée de la *Renommée des gibelottes* eut la surprise de voir arriver une belle fille de dix-neuf ans, toute pimpante, vêtue d'une robe de soie à trois volants, coiffée d'un chapeau coupé que surmontait un petit oiseau becquetant une petite fleur, accompagnée de ses petits colis, parmi lesquels ne se trouvait aucun prince, de sa grammaire anglaise, de ses douze cahiers en maroquin rouge et de sa guitare. Ce fut un grand événement pour les habitués de l'auberge;

comme M. Larrazet, ils s'écriaient en chœur :
« Que diable vont-ils faire de cette demoiselle? »

Richard l'accueillit très froidement. Il ne considérait plus sa fille que comme une bouche inutile, comme une dépense, comme un embarras; elle avait pris place dans la liste déjà longue de ses déceptions, de ses bulles de savon crevées. Quant à elle, heureuse d'avoir recouvré sa liberté, se promettant d'en faire un bon usage, elle n'avait aucun souci ni sur le présent ni sur l'avenir. Elle demandait seulement à son père deux semaines pour souffler, six semaines pour s'orienter, après quoi il serait toujours temps d'écrire à Mme Blackmore pour qu'elle lui trouvât une place. Son imperturbable aplomb imposa à son père, qui en passa par ce qu'elle voulait, quelle que fût sa hâte de l'éconduire, d'en débarrasser son plancher.

Depuis qu'elle était de retour au logis, Aleth passait très bien ses journées et ne s'ennuyait pas; s'ennuie-t-on quand on a la tête pleine de projets? Elle restait tout le matin dans sa chambre, située au deuxième étage de l'auberge. Malgré les pressantes recommandations de Mlle Bardèche, elle n'y employait point son temps à relire ses douze cahiers. Elle s'occupait beaucoup plus de soigner ses ongles. C'était l'une des parties de sa personne qui l'intéressaient le plus, et, tout en les soignant, elle regardait par sa fenêtre; c'était l'endroit de sa chambre qui avait pour elle le plus d'attrait.

Brie-Comte-Robert occupe le centre d'un grand plateau, légèrement onduleux, bordé par les pentes rapides de la vallée de l'Yères, qui l'enlace de son cours accidenté et serpentant. Sous un grand ciel se déroulent à perte de vue les champs de blé et d'avoine. Çà et là, quelques bouquets de trembles ou de saules, rangés en cercle autour d'une mare à demi tarie. Ce plateau a sa beauté ; mais ce n'était pas là ce qui touchait Aleth. De sa fenêtre, elle apercevait quelques-unes de ces fermes d'aspect monumental qui révèlent un pays de grande culture, et elle leur trouvait un air de forteresses ou de châteaux.

Ses projets, d'abord un peu vagues, ne tardèrent pas à se préciser ; la matière chimique en effervescence se précipita. Elle raisonnait assez bien quand elle n'était pas folle. Elle décida bientôt qu'elle ne quitterait pas la Brie, que c'était là qu'elle entendait construire le pompeux édifice de sa fortune. Elle se dit qu'un bourgeois, un citadin n'était pas son fait, habitât-il Paris, que sans doute on s'amusait beaucoup à Paris, mais qu'elle s'y sentirait perdue, et ce n'était pas de plaisirs qu'elle était avide. Elle considérait l'existence comme quelque chose de fort sérieux, elle était prête à immoler toutes les douceurs de la vie à l'ardeur de ses ambitions, et, comme César, elle aimait mieux être la première dans un village que la seconde à Rome. Elle désirait par-dessus tout que son bonheur parût admirable et enviable ; or, pour être admirée et enviée, il faut rester dans son pays natal, faire béer les gens qui vous ont vue naître, qui savent d'où vous sortez et qui se disent : « Voilà donc ce qu'est devenue cette Aleth Guépie! Comment s'y est-elle prise? A-t-elle eu de la chance! » De plus, elle avait de cuisantes rancunes à satisfaire ; les hauteurs des princesses lui étaient demeurées sur le cœur, elle sentait encore sur sa joue certain soufflet qu'elle avait reçu. Il lui parut

que le comble de la gloire et de la félicité était
d'épouser un des gros fermiers de la Brie, qu'elle
envisageait comme de grands personnages, et elle
n'avait pas tort. Leur bail est si long, et ils sont si
sûrs de le renouveler que, s'ils ne sont pas les pro-
priétaires de leurs champs, ils en sont les vrais
possesseurs. Aussi aiment-ils mieux rester fermiers
que d'acquérir un domaine, sachant bien que leur
capital immobilisé dans le sol ne leur produirait
qu'un faible intérêt, que, converti en capital mobilier, il leur rapporte, s'ils sont habiles, jusqu'au dix
ou quinze pour cent. Enfin Aleth contemplait ces
fermes qu'elle voyait de sa fenêtre comme des paradis dont elle jurait de forcer l'entrée. C'était bien
difficile, le cœur lui en battait. — Si pourtant j'y
arrivais, pensait-elle, qu'en dirait Alice Cambois?

Le bon sens qu'elle avait quelquefois l'avertit aussi
que les fermières de la Brie réservent pour les jours
de fête leurs atours et leurs allures de femmes du
monde, que le reste du temps elles s'habillent en ménagères. Satisfaite d'avoir produit son effet le jour de
son arrivée, elle relégua résolûment la robe à volants
dans une armoire, et elle reprit la méchante robe
d'indienne qu'elle portait dans la salle d'étude. Au
chapeau coupé elle substitua un chapeau de paille à
larges ailes ou un mouchoir de tête qu'elle attachait
sous son menton. Elle se proposait d'être étonnante,
mais non pas inquiétante.

Un peu avant midi, elle descendait à la cuisine
pour déjeuner avec ses parents, après quoi elle se
promenait le long d'une de ces belles routes de Seine-
et-Marne que borde une quadruple rangée de peu-
pliers. Jouissant de la curiosité qu'elle inspirait, des

regards que lui attirait son indiscutable beauté, elle
était polie pour tout le monde. Elle savait que les
petites gens peuvent vous servir ou vous nuire, qu'il
est bon de les avoir pour soi, et elle se disait : « Ma
fille, c'est bien ennuyeux, mais soyons aimable. » Au
surplus, un peu grave, elle gardait son quant-à-soi et
ne se familiarisait avec personne. En rentrant, elle causait avec sa mère qui tracassait dans sa cuisine ou épluchait des légumes, et, sans avoir l'air de rien, elle la
questionnait sur les fermes et les fermiers, s'infor-
mant de celui-ci, de celui-là, dressant sa liste des
garçons à marier. Un jour, le propos tomba sur la
ferme du Choquard :

« Ah! pour ceux-ci, lui dit son père, qui se mêlait
quelquefois de la conversation, ce sont les aristocra-
tes les plus rogues de toute la Brie. Le soleil ferait
un enfant à la lune que la mère Paluel croirait le sien
de meilleure lignée, et, si ce fameux Robert est encore garçon, c'est qu'il n'a trouvé jusqu'à présent
aucune héritière assez riche pour lui. »

Après ces entretiens, Aleth dînait à la table des
pensionnaires, trois petites bourgeoises à qui elle racontait le Gratteau, ses pompes et ses tristesses. Puis
elle remontait dans sa chambre. Si cette chambre
n'était pas belle, si les mouches en avaient jauni les
vitres, si la tapisserie tombait en lambeaux, elle avait
un avantage : elle était décorée d'une glace. Au Gratteau, il n'y en avait qu'une par dortoir, on s'en servait à tour de rôle pour se coiffer. Aleth était charmée
d'en avoir une à elle toute seule. Montant sur une
chaise ou s'asseyant sur le rebord d'une table, elle
essayait des poses, des attitudes, des regards, des
sourires. La glace lui en renvoyait l'image, qu'elle

considérait avec autant de complaisance qu'un général regarde la grosse artillerie de siège avec laquelle
il se propose d'ouvrir une brèche dans un rempart.
Il ne se mêlait à sa coquetterie rien de sentimental
ni de sensuel. C'était une coquetterie sans tendresse
et sans volupté, où se révélait un petit cœur superbe,
dur, coriace, un vrai cœur d'épervier ardent à la proie.

A quelques jours de là, comme elle se promenait,
vers six heures, elle aperçut quelque chose qui la
retint immobile, le regard fixe. Devant elle, à main
gauche, s'étendait sur une surface de plus de cinquante hectares un champ de blé récemment mois-
sonné. Sur le ciel se dessinaient plusieurs de ces
énormes meules dont Millet disait qu'elles paraissaient à qui sait les voir aussi grandes que les pyra-
mides d'Égypte. A peine la moisson terminée, on
commençait à labourer. Quatre charrues étaient attelées chacune de trois chevaux ; un lourd rouleau
était péniblement traîné par trois paires de bœufs.
On avait fini son travail. Hommes et bêtes, tout le
monde était las, impatient de s'en aller ; les uns pensaient à une soupière fumante qui les attendait, les
autres à un râtelier débordant de fourrage. La terre
remuée était brune, le chaume encore sur pied avait
une couleur de vieil or. On y avait mis le troupeau ;
quatre cents moutons se déployaient en ligne de ba-
taille, gardés par leur berger et leurs chiens. Sur la
droite, une luzerne fleurie, prête à couper, formait
comme une nappe violette, d'où émergeaient çà et
là quelques bouquets d'esparcette rose.

Ce qui captivait surtout l'attention d'Aleth Guépie,
c'était un homme monté sur une jument blanche à
longue queue, vêtu de toile, portant autour de son

cou une cravate négligemment nouée, dont les bouts flottaient. Elle n'avait pas eu besoin de demander qui était cet homme, elle avait reconnu le fermier du Choquard, qui était venu inspecter le travail de ses laboureurs et leur donner ses ordres pour le lendemain. Il allait et venait à travers les guérets, et sa jument semblait fière de le porter. Son grand chien-loup le précédait tour à tour ou le suivait, la queue relevée, l'air important, comme s'il avait eu son mot à dire dans cette affaire. Aleth était plongée dans une sorte d'extase. Il lui parut que si cet homme à cheval, à qui appartenaient ces meules, ces charrues, ce chaume, cette luzerne, venait à se marier, sa femme serait une reine, et qu'épouser Robert Paluel était le sort le plus enviable que pût rêver Aleth Guépie.

Cependant le signal du départ avait été donné. On avait dételé les charrues, qui restaient penchées et comme endormies dans leur sillon. Chaque laboureur, enfourchant un cheval, en mena deux autres en laisse. Quand cette cavalerie eut atteint le bord du champ, elle partit au grand trot pour la ferme ; la route tremblait sous les pesants sabots, les cailloux jetaient des étincelles. Puis passèrent les six bœufs, la tête pliée sous le joug, et de leurs museaux fumants pendaient de longs fils d'écume argentée. Après eux, les quatre cents moutons défilèrent en bêlant ; leurs pas pressés soulevaient un tourbillon de poussière. Le soleil allait disparaître, ses rayons presque horizontaux mêlaient leur pourpre aux teintes violettes de la luzerne et à l'or du chaume. Un nuage enflammé se reflétait dans une petite mare ; à travers les buissons qui la bordaient, on la voyait toute rouge. L'*Angelus* tintait à Mailly ; au frémissement de la cloche répondaient des cris aigus d'hirondelles, caracolant et rasant le sol. Les moutons défilaient toujours, on entendait encore dans le lointain le trot pesant des douze chevaux, et Aleth immobile contemplait cette richesse, cette gloire. Un pareil spectacle ne lui était pas nouveau ; elle avait vu tout cela lorsqu'elle était petite et dindonnière. Mais on ne voit bien que ce qu'on regarde au travers d'une idée. Elle avait la sienne.

L'homme à la jument blanche avait poussé jusqu'au bout du champ. Il revint lentement, regardant à droite et à gauche, et à son tour il reprit le chemin du Choquard. Ses cheveux bien arrangés, portant beau, Aleth fut se poster sur son passage ; elle voulait obtenir un regard de ce puissant seigneur. Elle ne se demandait pas s'il lui plaisait, ce point ne lui importait guère. Il était le maître du Choquard, c'était assez. Ce qui la mortifia beaucoup, c'est qu'apparemment il avait quelque chose dans l'esprit qui l'empêcha de la voir. Comme il allait passer devant elle, il retourna la tête du côté des charrues abandonnées, puis il mit son cheval au trot et disparut bientôt. Heureusement, elle n'était pas fille à perdre si vite courage et à demeurer sur une défaite.

De ce jour, elle s'occupa beaucoup de Robert Paluel ; quand elle fermait les yeux, c'était l'homme et sa jument qu'elle croyait voir. Tout en affectant l'indifférence, elle s'enquit de son caractère, de son passé, comme on s'informe avant de chasser un oiseau rare de ses mœurs, de ses habitudes, de ce qu'il aime et de ce qu'il n'aime pas. Les uns en parlaient bien, les autres en parlaient mal, tous s'accordaient à déclarer que Robert Paluel était un homme qui avait ses idées à lui et qui n'en faisait qu'à sa tête. Elle resta près de deux semaines sans le revoir. Elle était agacée, nerveuse, mais elle croyait fermement que l'occasion désirée finirait par venir. Comme tous les grands diplomates, si elle savait oser, elle savait attendre.

Vers la mi-septembre, elle le revit enfin. Toujours monté sur sa jument blanche, il passa un matin rapidement sur la route, qu'il quitta bientôt pour s'engager dans un chemin rural. Deux paysans qui causaient quelques pas plus loin lui apprirent, sans qu'elle eût la peine de les interroger, qu'il se rendait à la Roseraie, annexe de ses terres située à une heure de là et qu'il avait arrondie dernièrement d'un champ où il se proposait de faire de grands travaux. Aleth n'ignorait pas que la Roseraie était attenante au parc du château de Montaillé, où son frère Polydore était garde-chasse. Son parti fut bientôt pris, elle rentra chez elle, fit un peu de toilette, orna son modeste corsage d'un joli nœud de ruban rose. Puis elle signifia à son père qu'elle partait pour faire visite à son frère, qu'elle n'avait pas encore revu. Il fut très étonné de ce subit accès de tendresse fraternelle; il savait qu'elle se souciait de ses demi-frères autant que d'une guigne. Mais il n'avait pas d'objections à faire, il n'en fit point.

Elle s'achemina de son pied léger sur la grande route, qu'elle quitta, comme Robert, pour suivre une traverse peu fréquentée, qui la conduisit à un petit bois de coudriers et de jeunes chênes, interrompu de place en place par des bruyères en fleur. Elle sentit qu'elle approchait des confins de la Roseraie; elle avança avec précaution, comme un officier d'état-major qui fait une reconnaissance. Bientôt elle aperçut un champ où brûlaient de grands feux d'herbes qu'on avait enlevées avec l'écobue, et dans un coin une jument blanche attachée à un piquet. L'homme qui la montait d'ordinaire n'était pas là, mais il ne devait pas être loin. Elle l'attendit, n'ayant jamais eu le dessein de pousser jusqu'au château de Montaillé, qu'elle se souciait fort peu de visiter.

Au moment de son départ, le ciel commençait à se brouiller, et elle avait eu soin de se munir d'un parapluie. Un orage s'annonçait; on voyait s'avancer au-dessus du bois un grand nuage noir. Le tonnerre grondait sourdement, et, quoiqu'il fît encore jour, on distinguait la lueur blafarde des éclairs dans les fourrés. Elle craignait la foudre; mais nos grandes passions nous affranchissent des petites, et les grands ambitieux maîtrisent leur peur. De seconde en seconde, le vent fraîchissait et ployait la cime des arbres, qui se redressaient à grand bruit. De larges gouttes tombèrent, et, au mépris de toute prudence, elle chercha un refuge sous un chêne.

Le ciel ne tarda pas à ouvrir ses écluses, son chêne la protégeait mal, sa situation devenait désagréable. Peut-être se fût elle décidée à battre en retraite; mais elle entendit tout à coup le hennissement d'un cheval et peu après la voix sonore d'un cavalier, qui disait à quelqu'un :

« Enfin, merci ! Puisque cela vous fait plaisir, je le prends. »

Ainsi parlait Robert à l'intendant du marquis de Montaillé, qui lui offrait un parapluie. Elle ferma aussitôt le sien, qu'elle cacha soigneusement dans l'épaisseur d'un buisson. Puis elle se remit contre

son arbre. Le chemin était raboteux, plein de fon-
drièrès, et le cavalier avançait à petits pas. En approchant du chêne, il crut entendre un soupir ; il tourna
la tête, il avisa une belle fille qu'il n'avait jamais vue
ou du moins jamais remarquée. Malgré l'averse,
malgré la foudre, il s'arrêta pour la regarder, se demandant d'où sortait cette apparition.

Toujours appuyée contre son arbre, elle le regardait aussi, les pommettes rouges, l'œil effaré, évidemment confuse d'avoir été surprise dans sa piteuse
situation par un inconnu à qui elle ne savait que dire.

« Vous n'avez pas de parapluie, mademoiselle ?
dit-il enfin. Permettez-moi de vous offrir le mien.

— Je vous remercie de tout mon cœur, répondit-
elle. J'attendrai que la pluie ait cessé.

— Elle ne cessera pas de sitôt... Et puis, quels
chemins ! ajouta-t-il, en jetant un regard de commisération sur deux petites bottines d'étoffe qui n'étaient
pas faites pour barboter dans des flaques. Où allez-
vous ?

— A Mailly.

— C'est sur ma route, et j'ai bien envie de vous
prendre en croupe. »

Elle s'en défendit bien fort. Cette proposition lui
semblait inconvenante, et elle était si soucieuse des
convenances !

Il s'impatienta.

« Montez donc ! dit-il d'un ton bref, presque impérieux.

— Est-ce que j'ose ? murmura-t-elle.

— Osez, c'est un cas de force majeure... Mais comment monterez-vous ? Je m'en vais descendre pour
vous mettre en selle.

— Oh ! cela n'est pas nécessaire, » dit-elle comme prenant son courage à deux mains.

Il y avait un peu plus loin un grand tas de cailloux qu'elle lui montra du doigt. Il y poussa son cheval. Légère comme un oiseau, elle était arrivée avant lui. Debout sur le tas, elle posa le pied sur l'étrier, qu'il lui abandonna, et s'aidant de la main qu'il lui tendait, l'instant d'après elle était en croupe, enlaçant de ses deux bras la taille de Robert, crainte de tomber. Un coup sec et strident se fit entendre, suivi d'un terrible craquement ; on eût dit que l'air venait de se déchirer en deux. La foudre était tombée tout près du chêne, sur un orme, qu'elle avait fendu du haut en bas. Ils en ressentirent la commotion. La jument se cabra, fit un écart, faillit jeter à terre son double fardeau. Robert la calma. Aleth épouvantée s'était cramponnée à lui, les yeux fermés, la tête basse. Elle la releva en disant :

« Pardonnez-moi, j'ai eu bien peur.

— Bah ! répondit-il, nous n'en sommes pas morts. »

Et la jument se remit en marche, mais on n'allait pas vite. La pluie redoublait de rage, et le vent leur fouettait la figure. Il ne pensait qu'à la couvrir de son parapluie.

« Je crains de ne pas vous protéger et que vous n'ayez que les gouttières.

— Ne vous inquiétez de rien, dit-elle d'un ton de belle humeur. Ne vous occupez pas de moi. »

Elle en parlait à son aise, il lui était bien difficile de ne pas s'occuper d'elle. Il sentait autour de son corps deux bras qui le serraient étroitement, il apercevait devant lui deux mains qui lui semblaient très blanches et qui l'étaient en effet, et il éprouvait une sorte de frémissement qu'il n'avait pas ressenti depuis ses jeunes années. Dans le temps où l'on disait de lui qu'il était une mauvaise tête, il avait eu ses aventures, et on assurait que ses amours de garnison avaient été bruyantes et tapageuses. En ce temps-là, il vivait au jour le jour ; mais les soucis d'avenir, le goût des entreprises lui étaient venus, il avait eu de grands projets et bientôt après de grands chagrins, et, d'année en année, la femme avait tenu moins de place dans ses pensées. Il la regardait comme un article de luxe, comme l'ornement du bonheur. Bref, il croyait l'avoir expulsée de sa vie ; elle venait d'y rentrer avec effraction. Il lui semblait qu'un serpent s'était enlacé autour de lui. Par intervalles, il sentait le frottement d'un chapeau de paille contre sa nuque, et quand il tournait à moitié la tête, une fraîche haleine courait sur sa joue, et il était ému, quoiqu'il feignît de ne pas l'être.

Ils cheminèrent pendant quelques minutes sans mot dire. Bientôt la pluie se ralentit, puis cessa. Le grondement du tonnerre s'affaiblissait, les éclairs étaient plus rares. Le nuage noir avait passé plus loin, il y avait du bleu au-dessus de leurs têtes. Il reprit la conversation en disant :

« Je viens de trouver sous un chêne une jolie fille, ma foi ! et je l'emporte en croupe. Je voudrais bien savoir comment elle s'appelle. »

Le moment critique, le moment fatal était venu ; il fallait hasarder le paquet :

« Elle s'appelle Aleth, dit-elle tout bas.

— Aleth qui ?.... »

Ce fut d'une voix presque mourante qu'elle répondit :

« Aleth Guépie.

— Ah! vraiment, » dit-il d'un ton glacial, et, claquant de la langue, il hâta l'allure de son cheval.

L'effet qu'appréhendait Aleth avait été produit ; ce nom maudit avait tout gâté. Elle ne s'abandonna pas ; elle venait de découdre, il s'agissait de recoudre. Au préalable, par une attention délicate, ses bras relâchèrent un peu leur étreinte, comme si elle avait compris qu'une Guêpie n'était pas une compagnie agréable pour un Paluel. Elle avait toutes les subtilités de l'esprit, qui lui tenaient lieu de toutes les délicatesses du cœur. Puis elle dit d'une voix très douce :

« Il faut que je vous dise mon histoire. Elle n'est pas gaie. »

Et, sans attendre qu'il y consentît, elle raconta avec un art infini les trois années passées au Gratteau, comment son père et sa marraine s'étaient mis en tête de lui faire donner une éducation qui ne convenait guère à son état. Elle insinua qu'elle s'était résignée facilement à son exil, parce qu'il se passait dans la maison paternelle des choses qui lui plaisaient peu, qui blessaient son cœur et son goût. Elle affecta cependant de ménager beaucoup son père, d'assurer qu'on le calomniait, qu'il y avait dans ses disgrâces moins de sa faute que de malchance. Elle ajouta que l'éducation était un bien précieux, qu'un peu d'étude ouvrait l'esprit à bien des choses, mais que, d'autre part, il était fâcheux d'avoir des idées, des désirs au-dessus de sa condition. On la pressait d'accepter une place de gouvernante en Angleterre. Cela lui plaisait par un côté, elle adorait les enfants. Malheureusement elle aimait beaucoup la Brie, elle ne concevait pas qu'on pût être heureuse ailleurs que dans la Brie, et le sort qu'elle convoitait était celui d'une modeste petite fermière, s'occupant de faire aller sa maison.

Cette histoire fut débitée d'un ton discret, doux, tranquille, charmant. Elle interrompait de temps à autre son récit pour dire : « Mais je suis folle ! Est-ce que tout cela peut vous intéresser ? » Et tout cela l'intéressait, quoiqu'il n'en dît rien ; le mauvais effet se dissipait peu à peu. Ce qui le prouvait, c'est qu'il avait ralenti de nouveau l'allure de son cheval en lui disant :

« Ne te presse pas tant ; tu nous jetteras par terre. »

Quand elle eut fini : « Je n'aime pas la Brie autant que vous, lui répondit-il ; mais vous avez raison de ne pas vouloir aller en Angleterre. Où la chèvre est attachée, il faut qu'elle broute... Bah ! il ne faut pas vous désespérer. Vos parents trouveront à vous marier. »

Elle poussa un long soupir, et d'une voix sourde, avec un accent voilé par la mélancolie :

« Vous allez me prendre pour une orgueilleuse. Mais je ne puis pourtant pas épouser le premier venu... Mon Dieu ! pourquoi suis-je allée au Gratteau ? »

Puis, comme une personne qui réagit contre son émotion : « Il faut en rire pour n'en pas pleurer. »

Et, l'instant d'après, Robert crut entendre derrière son dos un sanglot mal étouffé. Il y eut un long silence, après quoi Aleth s'écria avec une gaieté forcée :

« Mais quelle idée m'est donc venue de vous raconter cela, à vous qui ne me connaissez pas et que je ne connais que pour vous avoir vu passer deux ou trois fois sur un grand chemin ?... Oubliez bien vite tout ce que je vous ai dit, je vous en prie. » Et par une suprême habileté, elle ajouta : « *If you please, sir.* »

Elle aurait pu lui dire vingt fois de suite : — S'il vous plaît, monsieur, — que cela n'eût produit aucune impression. Mais elle avait dit : — *If you please;* — c'était bien différent. Cela prouvait qu'elle savait l'anglais et qu'elle savait qu'il le savait. C'était un lien, une harmonie. Et puis cette langue, qu'il avait apprise jadis tant bien que mal et qu'il n'avait plus l'occasion de parler, exerçait sur son imagination une magique influence, et mille souvenirs mal assoupis venaient de se réveiller en lui. Non seulement ils avaient ce rapport de savoir tous les deux l'anglais ; mais, comme lui, elle craignait d'avoir manqué sa vie ; comme lui, elle avait des chagrins à digérer. Il lui semblait qu'il y avait dans la Brie deux naufragés qui, assis chacun sur son écueil, agitaient leur mouchoir pour se faire des signes. *If you please, sir !* ces quatre mots voulaient dire tout cela.

Il répliqua d'un ton dégagé :

« Ne jetons pas le manche après la cognée, *if you please, miss.* Il y a des curés qui prétendent que la Providence a tout arrangé pour le mieux ; il y a de grands sages qui affirment, au contraire, que tout va par le plus bas et que c'est le diable qui nous gouverne. Je crois pour ma part que ce monde est ce qu'il peut. Si celui qui l'a fait ne l'a pas fait meilleur, c'est qu'il ne pouvait pas, et il ne faut point lui en vouloir. Les choses se dérangent, mais elles s'arrangent aussi. Tout à l'heure, vous étiez bien mal en point sous votre chêne, vous regrettiez votre parapluie et vous maudissiez vos bottines de prunelle. Je suis venu à passer... Il y a comme cela des bonheurs qui passent, le tout est de les accrocher au passage. »

Elle mit immédiatement cette morale en pratique,

car, la jument ayant buté contre un caillou, elle profita de cette occasion pour serrer énergiquement Robert contre son petit cœur, qui battait très fort. Jamais le joli serpent qui le retenait prisonnier ne lui avait fait si bien sentir la puissance de ses enlacements.

« Oh! que vous êtes bon! fit-elle en retirant une de ses mains pour s'essuyer les yeux, et que vous me faites de bien! Je n'oublierai jamais cette rencontre. Quand je serai triste, je me répéterai toutes les bonnes paroles que vous m'avez dites; cela me rendra le courage et la force. »

La pluie aidant, ils n'avaient rencontré âme qui vive en parcourant le chemin vert, dont ils venaient d'atteindre le bout. Comme ils allaient déboucher sur la grande route, Aleth pria Robert d'arrêter un instant son cheval. Le soleil avait depuis longtemps disparu, le crépuscule s'épaississait par degrés, mais il faisait encore assez clair pour qu'un passant pût reconnaître leurs visages.

« Laissez-moi descendre, dit-elle. Mon père me gronderait s'il apprenait que je suis revenue avec vous. »

Il voulait bien la laisser descendre, mais il voulait aussi la bien regarder. Depuis vingt minutes, une pensée le tracassait. Il mourait d'envie de s'assurer que celle qui s'appelait Aleth Guépie était aussi jolie que l'inconnue qu'il avait admirée sous un chêne, que le nom ne faisait rien à l'affaire. Il se retourna, la regarda fixement; elle se laissa regarder. Le trouble, l'anxiété, la joie, l'espérance animaient son visage et ajoutaient à ses grâces. Il décida que, malgré son nom, elle était encore plus jolie qu'il ne l'avait pensé.

Il décida aussi qu'elle avait de ces yeux qui chatouillent le cœur et la chair d'un homme. Il ne fut plus maître de lui.

« Il faut me donner quelque chose pour ma peine, dit-il.

— Quoi donc? répondit-elle d'un ton de virginale innocence.

— Ceci, » dit-il brusquement.

Et il lui posa deux grands baisers sur les deux joues. Elle tressaillit, poussa un petit cri, se laissa couler à terre, s'enfuit, disparut, tandis que, immobile, il se demandait s'il avait rêvé. Ce rêve lui semblait charmant, il ne demandait qu'à le recommencer, et, quand il se remit en chemin, les deux bras qui ne lui serraient plus la taille lui manquaient beaucoup. Ce prisonnier dont on venait de lever l'écrou regrettait sa prison.

Aleth entra comme un coup de vent dans l'auberge paternelle, qui pour le quart d'heure était à peu près vide. Après leur dîner, les trois pensionnaires avaient regagné leurs chambres, et les habitués du soir, arrêtés peut-être par l'orage, n'étaient pas encore venus. Richard Guépie, le dos au mur, la tête pendante, ronflait dans un coin de la salle du billard. Sa grosse femme relavait sa vaisselle à la cuisine. Règle générale : quand une jeune fille rentre au logis avec une grande idée dans la tête ou une grande émotion dans le cœur, la première question que lui adresse sa mère en la revoyant se rapporte à quelque détail insignifiant qu'elle avait considéré dans ses calculs comme une quantité négligeable. Les mères n'oublient jamais les détails. Le premier mot de Mme Guépie fut :

« Te voilà donc enfin!... Qu'as-tu fait de ton parapluie? »

Cette question parut à Aleth aussi puérile qu'inopportune.

« Tu l'as perdu?

— Rassure-toi, on le retrouvera, répondit-elle en haussant les épaules. Mais il faut d'abord que je mange. »

Elle ouvrit une armoire, y avisa un pâté qui avait semblé si indigeste aux pensionnaires qu'elles y avaient à peine touché. Elle s'en découpa une tranche, qu'elle trouva délicieuse. D'abord elle avait faim, les grandes émotions creusent l'estomac, et ensuite la joie rend tous les pâtés savoureux. Pendant qu'elle mangeait, sa mère lui adressait un sermon en deux points. Le premier était que les parapluies coûtent très cher, le second qu'il faut avoir une bien petite cervelle pour s'imaginer que, quand on les a perdus, on les retrouve.

« Et tu as vu Polydore? ajouta-t-elle.

— Il est bien question de Polydore ! »

A ces mots, s'approchant de sa mère, elle lui ôta des mains l'assiette qu'elle essuyait, l'entraîna dans la salle du billard, secoua son père pour le réveiller, et dit :

« En voilà une nouvelle!.. Si vous dites que j'ai mal employé ma journée, vous êtes vraiment bien difficiles.

— Qu'est-ce qu'il y a? » répondit-il en se frottant les yeux.

Elle fit deux fois le tour du billard en pirouettant sur elle-même; puis elle s'écria d'une voix âpre et mordante qui eût bien étonné Robert Paluel :

« Ce n'est pas un goujon, ce n'est pas une tanche, c'est du gros poisson. »

Et de ses deux mains écartées elle semblait prendre la mesure d'une énorme truite. Dans certain ordre de sujets, Richard Guépie avait l'intelligence assez vive et comprenait à demi-mot.

« Un prince? dit-il en se dressant tout d'une pièce.

— Que tu es bête avec tes princes! dit-elle en faisant une moue dédaigneuse. Il n'y en a que dans les livres.

— Qui est-ce donc?

— Si tu veux que je le dise, commence par me donner un petit verre de cassis, pas de celui que tu vends, de celui que tu bois. »

Il alla chercher la bouteille au fond d'un buffet et lui remplit un petit verre. Après avoir bu, elle posa ses deux mains sur les deux épaules de son père, et braquant sur lui des yeux étincelants :

« Que penserais-tu de moi si j'épousais un jour le fermier du Choquard? »

A ce propos exorbitant, Mme Guépie ouvrit de gros yeux ronds, secoua ses oreilles, en disant : « Elle est folle! » et rentra dans sa cuisine. Richard partageait l'incrédulité de sa femme. Il avait admis sans difficulté que sa fille pût épouser un prince. Il ne connaissait pas les princes, et l'imagination s'ébat à l'aise dans l'inconnu; mais il connaissait les Paluel, leurs champs, leur blé, leur avoine et leur morgue, et, s'il n'avait pas vu leurs écus, il en avait souvent entendu parler. Il pouvait compter les marches de l'escalier, les échelons de l'échelle, et il dit : — Impossible!..

« Quand je te dis que je le tiens! » fit-elle en frappant du pied.

Elle avait l'air si sûre de son fait qu'il se prit à croire ou du moins à espérer.

« Si tu dis vrai, il faut que je t'embrasse, s'écria-t-il dans un bel accès d'enthousiasme.

— Oh! pas de familiarités! » répliqua-t-elle en se dégageant.

Les deux baisers de Robert étaient restés sur ses deux joues, elle entendait les y garder et que personne n'y touchât. Puis elle grimpa à sa chambre en disant :

« C'est pour le coup qu'Alice Cambois crèverait de rage! »

V

Le lendemain, 15 septembre, la première chose à laquelle pensa Robert Paluel en se réveillant ne fut pas l'un de ses hangars, dont la couverture en chaume avait souffert et qu'il avait résolu de couvrir en tuiles, ni les recommandations qu'il se proposait de faire aux couvreurs. Ce ne fut pas non plus un cellier en maçonnerie qu'il faisait creuser sous ce hangar et les instructions qu'il avait à donner au maître maçon. Il ne pensa pas davantage à un courtier d'assurances dont il attendait la visite et aux travaux qu'il avait commencés à la Roseraie, où sa présence était nécessaire. A peine eut-il ouvert les yeux, l'image d'abord confuse, puis très nette, d'une jolie fille aux cheveux roux lui apparut. Il la regarda, il se souvint et il se dit : « Quand la reverrai-je ? »

Cette aventure lui parut plaisante. Il se secoua, se moqua de lui-même, prononça deux ou trois exorcismes pour conjurer le démon. Il avait beau le chasser, la jolie rousse ne s'en allait pas, elle était toujours là ; pendant qu'il se faisait la barbe, elle tournait, rôdait autour de lui, il l'apercevait distinctement dans son miroir.

« Ma parole, je suis pincé! » se dit-il avec colère.

Il l'était en effet, ce qui ne l'empêcha pas de vaquer à ses affaires, d'expliquer nettement son idée à ses maçons comme à ses couvreurs, d'avoir l'esprit aussi présent que d'habitude. Il avait trop de volonté pour être à la merci de ses distractions.

A deux heures de l'après-midi, il monta à cheval et partit pour la Roseraie. En traversant la route de Mailly, il détourna la tête pour jeter un regard du côté de la *Renommée des gibelottes*. Il n'aperçut devant l'auberge qu'un chariot attelé de deux bœufs, dont le conducteur buvait chopine, et une poule noire accompagnée de ses poussins, qui grattait le pavé sans y rien trouver. Ce n'était pas là ce qu'il cherchait.

Quand il eut enfilé le chemin rural qu'il avait tant de fois parcouru, ce chemin lui sembla tout nouveau. Il s'y était passé quelque chose, et les arbres qui le bordaient, les ornières, les cailloux, les bruyères en fleur s'en souvenaient. Il atteignit l'endroit d'où il avait vu tomber la foudre; à ce moment, sa monture avait fait un écart, et il avait senti une tête folle d'épouvante se presser contre son épaule. Il revit ensuite un tas de pierres, où son imagination crut reconnaître l'empreinte de deux petits pieds, et plus loin le chêne contre lequel s'était adossée cette inconnue qui avait eu le tort de lui dire son nom. Pourquoi s'appelait-elle Aleth Guépie? Il ne s'avisa pas qu'il y avait, à deux pas de ce chêne, une broussaille sous laquelle on avait caché précipitamment un parapluie ; mais, eût-il cherché ce parapluie qu'il ne l'eût pas trouvé, on était venu le reprendre dès la pointe du jour.

Après avoir passé quelques heures avec ses ou-

vriers, il se remit en route, et, bien qu'il eût l'habitude de ne pas laisser sa jument s'endormir en
chemin, il lui permit cette fois d'en prendre à son aise.
A chaque tournant, il se flattait de voir paraître une
robe brune à carreaux; il se retrouva sur la grande
route sans l'avoir rencontrée. Les jours se suivent et
ne se ressemblent pas. La veille, à ce même endroit,
en face d'une borne qui lui était restée dans les yeux,
il avait planté deux grands baisers sur deux joues
mignonnes, tendres, fraîches, aussi douces que du
satin. Le souvenir de ce fruit délicieux auquel il avait
mordu lui remuait le cœur et le sang. Hélas! la route
était déserte, et, lorsqu'en approchant de la *Renommée* il tourna de nouveau ses yeux vers la porte
toute grande ouverte, personne ne se montra. Il
arriva au Choquard l'air soucieux, préoccupé. Pendant le dîner, il parla peu. Mariette, à qui rien
n'échappait de ce qui concernait son seigneur et
maître, soupçonna qu'on lui avait donné quelque
tracas, quelque ennui. Elle attendait qu'il s'en expli-
quât; mais c'était, paraît-il, de ces choses qui ne se
disent pas.

Le surlendemain, dans la soirée, par une dérogation
singulière à ses habitudes, il ne descendit pas au potager pour y fumer sa seconde pipe. La fantaisie lui était
venue d'aller se promener du côté de Mailly. La lune,
qui était à son premier quartier, fut bien étonnée de
voir le fermier du Choquard se diriger vers l'auberge
de la *Renommée;* c'était le dernier endroit du monde
où elle se fût avisée de le chercher. Lui-même sentait
bien ce qu'il y avait d'insolite, de surprenant dans
cette affaire. Il s'arrêta une minute sous l'enseigne
rouillée qu'un aigre vent d'est faisait grincer sur sa

tringle. Il prit enfin son parti, il entra. Il n'y avait pas
grand monde dans la salle commune. Un *gindre* de
Mailly y jouait une poule avec un garçon boucher.
Richard Guépie était assis au comptoir à côté de sa
femme, à qui il dictait une addition. C'était elle qui
tenait la plume, étant plus lettrée que lui ; mais il lui
reprochait de ne pas s'entendre à enfler les factures.
Elle y mettait l'orthographe, il rectifiait les chiffres.
En voyant paraître Robert, il poussa vivement le coude
de Palmyre et marmotta :

« Eh ! eh ! la petite n'avait pas menti. Il y a quelque chose. »

Il se leva aussitôt, s'avança vers Robert, sa casquette de loutre à la main, et lui adressant un de ses
sourires les plus mielleux :

« On n'a pas souvent l'honneur de vous voir, monsieur Paluel. Qu'y a-t-il pour votre service ? »

Robert fut quelque temps à lui répondre. Au moment d'entrer, il avait cru distinguer une ombre se
projetant sur le mur de la cuisine, où brûlait une
bourrée. Cette ombre s'était évanouie, un escalier de
bois avait crié sous deux pieds agiles qui gravissaient
précipitamment les marches, une porte s'était ouverte
et refermée, après quoi on n'avait plus rien entendu.

« Elle est allée s'arranger un peu, pensa-t-il. Elle
va redescendre. »

Puis, s'apercevant que l'aubergiste, toujours incliné
devant lui, attendait une réponse, il lui dit :

« Je pensais trouver ici Valin, le charpentier de
Mailly. Je sais qu'il est souvent chez vous, et j'ai à lui
parler.

— Il est sorti tout à l'heure. Voulez-vous que je coure
après lui?

7

— C'est inutile, ne vous dérangez pas.

— Et ne peut-on rien vous offrir, monsieur Paluel?...
Comme il fait froid ce soir! Ce n'est pas le temps de
la saison. Je me suis laissé dire que les hirondelles
s'assemblent déjà pour partir. Est-ce vrai? n'est-ce
pas vrai? Voyons, monsieur Paluel, un petit verre de
kirsch.

— Va pour un kirsch! » dit-il en s'asseyant au bout
d'une table.

Il n'eut besoin que de promener les yeux dans la
salle pour y découvrir tous les symptômes d'une maison mal tenue et qui va mal, une propreté plus que
douteuse, une tapisserie portant l'empreinte de doigts
graisseux et de place en place tombant en loques, des
rideaux effilochés avec des trous à côté des reprises,
une lampe fumeuse dont l'abat-jour était ébréché, un
carreau de vitre remplacé par du papier. Mais la maison ne fit aucun tort à la reine qui l'habitait. Il lui vint
au cœur une pitié pour cette pensionnaire du Gratteau
condamnée à respirer cette poussière, à poser ses
coudes sur ces tables grasses. Le véritable amour ne
craint pas de ramasser ses perles dans des fumiers.

Mme Guépie lui apporta son kirsch, en attachant
sur lui ses yeux humides et s'éloigna sans mot dire.
Il resta là près d'un quart d'heure, se disant : « Elle
tarde bien à venir ; viendra-t-elle? » Il mourait d'envie
de questionner quelqu'un. Mais qui? Guépie avait disparu, sa grosse femme s'était remise à ses écritures;
on leur avait dit : « Soyez sûrs qu'il viendra ; mais,
vous m'entendez, point d'empressement. » Puisque
la petite n'avait pas menti, il fallait faire ce qu'elle
disait, et ils n'avaient garde de s'empresser.

Robert aurait mieux fait de s'en aller, et pourtant

il restait. Pour se donner une contenance, il feignait
de s'intéresser à la poule. Le gindre disait à chaque
instant au garçon boucher : « Attention à ce coup-là!
tu m'en diras des nouvelles. » Et, à chaque instant, il
faisait fausse queue. Derrière eux, fixée au mur par
quatre épingles, s'étalait une immense lithographie
coloriée, qui représentait la République, un grand
drapeau à la main, traînée sur un grand char auquel
s'étaient attelés tous les rois, tous les empereurs, tous
les grands-ducs de l'univers, couronne en tête. L'un
d'eux avait mis la sienne sous son bras; un autre,
« devançant la justice du peuple, » l'avait jetée à terre
et brisée en morceaux. Une troupe de prolétaires, à
qui l'artiste, trahi par son inspiration, avait donné des
figures de galériens, regardaient passer ces rois attelés
et acclamaient la République triomphante. C'était la
déchéance des princes, l'apothéose du voyou et une
façon de résoudre la difficile question de la main-
d'œuvre. Mais Robert Paluel était occupé d'une tout
autre question. Il s'obstinait à prêter l'oreille, dans la
vaine espérance d'entendre l'escalier crier de nouveau.
Une porte s'entre-bâilla, il tressaillit. La servante de
l'auberge avança la tête en disant :

« Faudra-t-il changer demain les draps de la seconde
pensionnaire?

— Y penses-tu? elle part dans huit jours, » repartit
tout bas Mme Guépie.

De guerre lasse, il se leva, s'approcha du comptoir
pour payer, essuya pour la seconde fois une sentimentale œillade de Palmyre. Comme il gagnait la porte,
Richard reparut tout à coup, sortant d'une trappe, et
ce personnage respectueusement familier lui tendit en
courbant l'échine sa grande main visqueuse, qu'il fal-

lut bien prendre. Le fermier du Choquard rentra chez lui aussi excité, aussi agacé qu'un chasseur devant qui le gibier se dérobe.

Il était décidé à la revoir, mais pour le moment ses desseins n'allaient pas plus loin. Avant d'acheter le nouveau champ de la Roseraie, il avait employé des demi-journées à l'examiner motte après motte; avant de savoir ce qu'il entendait faire d'Aleth Guépie, il éprouvait le besoin de causer avec elle et de l'embrasser plus d'une fois encore. Quoiqu'il passât à Mailly et dans les lieux circonvoisins pour un homme d'humeur vive et qui partait de la main, tout est relatif. Dans le temps où il était soldat ou marin, il aimait à brusquer ses décisions; mais depuis six ans ce fermier malgré lui avait subi l'influence de ses champs comme de ses bœufs, qui lui donnaient des leçons de lenteur et de silence. Au village, les amoureux même réfléchissent beaucoup.

Le dimanche suivant, Mme Paluel eut une surprise. Comme elle sortait avec Mariette pour se rendre à la messe, son livre d'heures à la main, Robert lui offrit de l'accompagner, et elle accepta avec empressement cette proposition fort inattendue. Il n'avait pas l'horreur de la soutane, il trouvait bon qu'il y eût des curés pour baptiser les enfants, pour marier les hommes faits et pour enterrer les morts; mais il estimait comme bien d'autres que les pratiques religieuses sont une affaire de femmes. Pour son compte, il s'en passait très bien, et quand il avait par hasard quelque chose à dire à « Celui qui est là haut », comme il l'appelait, il le lui disait sans cérémonie, seul à seul et face à face. Encore causait-il bien rarement avec lui. On a vu par son entretien avec Aleth qu'il n'était ni opti-

miste ni pessimiste, qu'il regardait le monde comme
une grande machine très imparfaite, où il y avait beaucoup de frottements, mais ce n'était pas la faute du
mécanicien, qui avait fait en conscience tout ce qu'il
pouvait. S'il avait pensé que ce mécanicien eût la faculté de faire des miracles, il l'aurait jugé fort coupable d'en faire si peu ; il aimait mieux croire que sa
toute-puissance est soumise comme notre faiblesse à
la fatalité des choses et des destinées. Bref, il était de
ces hommes qu'on ne voit à l'église que les jours de
mariage et les jours d'enterrement. Sa mère lui en
voulait un peu, bien qu'elle n'eût jamais osé lui faire
aucune représentation à ce sujet. Elle n'était pas bigote,
mais elle était en toute chose pour la règle, et, sans
trop s'en rendre compte, elle considérait la religion
comme une bonne discipline pour les hommes aussi
bien que pour les femmes.

Quand ils eurent atteint les premières maisons du
village, il fit mine de s'en retourner.

« Viens avec nous jusqu'au bout, lui dit-elle. L'ombre
d'un clocher n'a jamais tué personne.

— Soit ! répondit-il. Mais je n'entrerai pas. »

Et, en effet, il n'entra pas. Il resta sur la place à
causer avec deux conseillers municipaux qui n'entraient
pas non plus. Tout en causant, il regardait à droite et
à gauche. Tout à coup le cœur lui battit plus vite : il
venait d'apercevoir une jeune personne qui, le front
penché, les yeux à terre, l'air recueilli et modeste,
s'acheminait à petits pas pressés vers la maison du
Seigneur. L'instant d'après, il avait faussé compagnie
aux deux conseillers, dont l'un dit à l'autre :

« Ma parole d'honneur ! il est entré. Je l'ai toujours
soupçonné d'être un peu jésuite.

— Allons donc! répondit l'autre. Il ne croit ni à Dieu ni à diable. Il avait sûrement quelque chose à dire à quelqu'un. »

Il n'avait rien à dire à personne, mais il avait quelque chose à regarder. Immobile dans le fond de l'église, près de la porte, il ne quittait pas des yeux un petit chapeau dont le bavolet lui laissait voir un beau chignon bien natté et le commencement d'une jolie nuque avec des frisons d'or. Il espérait qu'un moment ou l'autre on tournerait la tête de son côté, qu'on échangerait un regard avec lui. Il se trompait bien, on ne tourna pas la tête, on n'eut pas une seule distraction, on avait un petit air dévot, on appartenait tout entière au bon Dieu. Dès que l'office fut fini, il sortit le premier et alla se poster sous le porche. Il vit bientôt passer celle qu'il avait tant regardée; mais elle ne le regarda pas, elle ne parut pas le voir et s'en alla, trottant menu.

En ce moment, sa mère le rejoignit, et, lui montrant de son menton pointu cette jolie trotteuse, elle lui dit :

« En voilà une qui est bien sûre de mal tourner.

— Pourquoi cela? demanda-t-il vivement.

— Ne sais-tu donc pas que c'est une Guépie? » répliqua-t-elle avec un accent de souverain mépris.

Mme Paluel n'avait jamais goûté la parabole de l'enfant prodigue ni l'histoire de la pécheresse. Il y avait pour elle dans ce monde deux races d'hommes aussi distinctes, aussi dissemblables que l'eau et le feu, les honnêtes gens qui observent les dix commandements de la loi, les malhonnêtes gens qui les transgressent, et elle pensait que le devoir le plus sacré des premiers est de mépriser et de haïr les autres du plus profond de leur cœur. Si bonne catholique qu'elle fût, son Dieu était Jéhovah, le Dieu jaloux et inexorable, qui punit l'iniquité des pères sur les enfants jusqu'à la troisième et la quatrième génération; elle ne croyait ni à la grâce ni à aucune autre justice que la loi du talion.

Robert ouvrait la bouche pour lui répondre quand Mariette, qui était restée en arrière, les rattrapa, et il garda le silence. Mais ce jour même il décida qu'il n'essayerait plus de revoir Aleth Guépie.

Il ne tint pas parole; son amoureuse curiosité triompha de sa résolution. Huit jours plus tard, Mailly célébrait sa fête patronale. Il n'y avait jamais paru, il y passa cette fois plus de trois heures. On le vit errer comme une âme en peine autour de l'estrade du haut de laquelle une fanfare encore novice jouait alternativement *la Marseillaise* et l'ouverture du *Trovatore*. Il entra dans la tente où se faisaient en hâte les derniers apprêts pour le bal du soir; il daigna en dire son avis, donner des conseils, arranger de sa main deux guirlandes. Il regarda tourner deux carrousels, il contempla d'un œil indulgent l'enseigne d'une baraque de toile où l'on montrait une géante, dont il était permis de tâter les jambes; il se refusa ce plaisir, mais il parut trouver bon que d'autres en fussent friands. Il se promena le long des boutiques en plein vent qui étalaient aux regards des macarons bien rances, des sifflets en bois et des poupées sur le retour. Une bande de petites filles attachait sur ces trésors des yeux d'admiration et de convoitise; il leur acheta tout ce qui leur faisait envie. Il n'avait jamais été si bon prince; il liait conversation avec le premier venu, de quoi chacun s'émerveillait. On le considérait beaucoup, mais on le craignait un peu ; on lui avait souvent reproché son humeur solitaire, renfermée et gouailleuse, ses façons fières et brusques. Il semblait que, depuis quelques jours, il eût des raisons particulières de vouloir du bien aux petits, de faire bon marché des inégalités sociales. Personne ne le questionna ; il n'était pas de ces hommes qu'on questionne. Il rencontra cependant un gros fermier de sa connaissance, qui lui dit :

« Vous ici, Paluel ! Sûrement vous cherchez quelqu'un.

— C'est vrai, répondit-il, et je ne le trouve pas. »

Il n'avait jamais dit si vrai. « Que je suis bête ! se dit-il en s'en allant, de m'être imaginé qu'elle pouvait être ici ! Qu'y viendrait-elle faire ? » Quand il passa près de la *Renommée*, Richard Guépie était sur le seuil de son auberge. Il se décida à l'aborder, quoique ses poignées de main ne lui fussent pas agréables. Heureusement les mains de Guépie n'étaient pas libres : l'une tenait un couteau, l'autre un poulet qu'il plumait.

« Les jours de fête, Guépie, lui dit Robert, ne sont pas pour vous des jours de repos.

— Ni pour ma femme, » lui répondit-il.

Robert le regardait plumer son poulet, comme si cette opération, toute nouvelle pour lui, l'avait vivement intéressé. Il grillait d'envie de lui adresser une question, une seule, et il n'osait pas. Se sentir embarrassé, intimidé par un Guépie ! quelle étrange aventure ! Il restait là, tortillant sa moustache, tournant sa langue dans sa bouche. Enfin il prit son courage, il franchit le saut et d'une voix que l'émotion faisait trembler :

« Et votre fille, qu'en faites-vous ? » demanda-t-il.

Guépie eut un tressaillement, mais il se remit aussitôt.

« Pauvre petite! dit-il d'une voix doucereuse, vous êtes bien bon de vous intéresser à elle. Vraiment je ne sais pas ce qui lui arrive depuis quelque temps. Cela ne va pas, elle ne dort plus, elle ne mange plus, elle ne quitte plus la maison. Impossible de la faire sortir. Il faudra qu'un de ces jours je fasse venir le médecin... Mais excusez-moi, monsieur Paluel, j'entends un client qui me réclame. »

Et il s'esquiva. Sa courte réponse avait fait sur Robert une profonde impression et changé le cours de ses idées. Il éprouvait un étonnement mêlé d'inquiétude et de joie.

« Il n'y a pas à dire, pensait-il en reprenant le chemin du Choquard, il faut absolument que je la revoie. Mais où et comment? Bah! elle a beau m'éviter, nous finirons bien par nous rencontrer, et il faudra qu'on s'explique. »

Il se creusait l'esprit pour trouver un moyen, il n'en trouvait pas. Il aurait pu s'épargner cette peine, s'en remettre à la pauvre petite recluse, qui ne cherchait jamais sans trouver. Il ne se doutait pas qu'elle était au fait de toutes ses allées, de toutes ses venues, qu'elle savait toujours où il était, qu'elle connaissait l'emploi de toutes ses journées et même ses projets. Après son souper, Lesape se rendait assez souvent à la *Renommée* pour y lire *le Petit Journal* en buvant un verre d'eau-de-vie; c'était le seul plaisir que lui accordât son austère avarice. Comme il voulait en avoir pour son argent, il vidait son verre jusqu'à la dernière goutte et il lisait son journal jusqu'à la dernière ligne de la page des annonces. Silencieux comme le tombeau sur tout ce qui le concernait, il l'était un peu moins sur ce qui regardait les autres, et Guépie, en l'interrogeant avec art, avait appris de lui que, le lendemain 4 octobre, Robert Paluel, mécontent de son charron qui lui gâtait ses idées, devait aller à Brie pour en chercher un autre, et que par la même occasion il assisterait à l'enterrement de la fille d'un grainetier avec qui il était en affaires. Les grands fermiers de la Brie sont des gens fort occupés, très ménagers de leur temps et qui s'arrangent toujours pour faire d'une pierre deux coups.

VI

Robert fut retenu par ses affaires plus longtemps qu'il ne pensait; quand il arriva à Brie, le convoi s'était déjà mis en route. Il se hâta de le rejoindre.

Brie est une petite ville aux rues étroites et montueuses, qui fut jadis quelque chose; mais le chemin de fer de Vincennes l'a trop rapprochée de Paris pour que son importance n'ait pas souffert de ce dangereux voisinage. De ses beaux jours il ne lui reste que quelques ruines et sa grande église, classée parmi les monuments historiques, laquelle écrase de sa hauteur les maisons basses qui l'entourent et les enveloppe de son ombre comme une poule couvre ses poussins de son aile. Elle est si grande qu'on l'aperçoit de trois ou quatre lieues à la ronde et qu'elle peut servir à s'orienter. Lorsqu'on traverse le plateau onduleux qu'elle domine, il arrive quelquefois qu'un pli de terrain dérobe la ville au regard, et l'on ne voit plus qu'un grand clocher qui semble être tombé du ciel dans un champ de blé.

A l'intérieur, cette église gothique, plus d'une fois remaniée, n'offre rien de remarquable, hormis la belle rose de son chevet et dans le bas deux vitraux du XVIᵉ siècle, vrais chefs-d'œuvre de dessin, de couleur et de sentiment. L'un représente le songe de Jacob. La tête surmontée d'un haut turban, drapé dans un manteau de pourpre et dans une magnifique robe de brocart jaune, sur laquelle se détache sa barbe argentée, le patriarche est agenouillé dans un gazon verdoyant. Une main levée au ciel, l'autre abaissée vers le sol, il rêve les yeux ouverts, tournant le dos à l'échelle miraculeuse où les anges vont et viennent d'un pas léger. La sérénité de leur visage contraste avec le front soucieux de ce rêveur, qui sonde un mystère, leurs formes sveltes, fuyantes, avec ses robustes épaules, meurtries par le poids de la vie, mais accoutumées et résignées à leur fardeau. Sur l'autre vitrail, placé à l'opposite dans le bas-côté de droite, on voit les principales scènes de l'histoire de saint Jean-Baptiste. Dans le haut, une Salomé aux cheveux roux est assise devant une table et devant un plat; sa pâle figure se dessine entre deux pilastres sur un horizon lumineux. On est en train de lui préparer la tête du saint, qui les yeux bandés, les mains liées derrière le dos, va recevoir le coup mortel. Elle attend paisiblement, l'air impassible, presque indifférent, comme si on lui saignait un poulet pour son souper. Ce n'est pas une femme, c'est un animal charmant et féroce, qu'il faut ou adorer ou étrangler.

De l'endroit où il était placé, Robert pouvait regarder à son aise le songe de Jacob. Il se souvint que sa mère le lui avait fait admirer dans son enfance et qu'elle en avait pris occasion pour lui expliquer que les anges s'occupent beaucoup de nous, qu'ils portent au ciel nos plaintes et nos désirs et qu'ils nous en

rapportent quelquefois des nouvelles. Il n'en avait
rien cru, il était d'une génération qui ne croit plus
aux anges, et de fait, depuis trente ans qu'il était dans
le monde, il ne s'était jamais aperçu qu'ils se mêlassent
de ses affaires. Lorsqu'on se leva pour aller asperger
le cercueil, il passa devant la chapelle où règne la
Salomé, qui lui fit beaucoup plus d'impression que
Jacob. Cette rousse charmante, mais féroce, lui en
rappela une autre beaucoup plus jolie encore, qui, sans
être féroce, était à sa façon fort cruelle pour lui. Au
même instant, il crut l'apercevoir à cinquante pas
devant lui. Se trompait-il? Non vraiment, c'était elle,
ses yeux et son cœur l'avaient reconnu, et il bénit cet
heureux hasard, car, s'il ne croyait pas aux anges, il
croyait au hasard, ce qui n'est souvent qu'un autre
genre de superstition. Dès lors il s'appliqua à ne plus
la perdre de vue, il avait juré de ne pas la laisser
échapper. Cependant, comme on faisait le tour de la
nef pour aller serrer la main aux parents de la morte,
un pilier la lui cacha et il eut beau regarder, il ne la
retrouva plus. Dès qu'il eut échangé quelques paroles
avec le grainetier, se jugeant quitte, il résolut de ne
pas pousser jusqu'au cimetière, et, étant sorti dans la
rue, il promena dans tous les sens ses yeux d'épervier.
Point d'Aleth Guépie. Il laissa tout le monde partir,
et, pensant qu'elle était restée dans l'église, il y rentra.

La nef était vide, et il n'y avait dans le chœur que
deux sacristains occupés à éteindre les cierges, à tout
mettre en ordre. Il suivit l'un des bas-côtés, exami-
nant chapelle après chapelle, quand tout à coup il se
trouva en présence des deux Salomé, dont l'une attendait toujours la tête de saint Jean-Baptiste, et dont
l'autre, agenouillée devant un autel, priait avec fer-

veur, son visage dans ses mains. Sa dévotion était si touchante qu'il se serait fait un scrupule de la troubler. Il rétrograda de quelques pas, et, pour se donner une contenance, il tâcha d'admirer une *Mater dolorosa*, au cœur percé de sept glaives, qui visiblement n'était pas du XVIe siècle. Elle tenait dans ses bras un Christ rasé de frais, bien lisse, bien frisé ; on ne l'avait pas descendu d'une croix, il sortait de chez son coiffeur. Les sacristains venaient de partir, ils étaient allés déjeuner. L'église ne contenait plus que deux personnes ; l'une priait, l'autre attendait.

Enfin Aleth se releva. Elle vint droit à lui sans avoir l'air de se douter qu'il était là. Il faut croire qu'elle avait pleuré ; il la vit tirer son mouchoir tout en marchant pour s'essuyer les yeux. Tout à coup elle le reconnut. Saisie de confusion, presque d'épouvante, elle se détourna subitement, tenta de se frayer un chemin au travers des chaises pour gagner une autre porte. Il la prévint, l'arrêta par le bras, la ramena dans le couloir et lui dit avec sa brusquerie ordinaire :

« Avez-vous été malade, mademoiselle Guépie ?

— Qu'est-ce que cela vous fait, monsieur Paluel ? répliqua-t-elle avec un accent de fierté indignée.

— Il paraît que cela me fait quelque chose, puisque je m'informe. »

Elle ne répondit pas.

« Je vous avoue bien franchement, reprit-il, que depuis près de trois semaines j'ai fait tout ce que j'ai pu pour vous revoir, que je suis allé dans tous les endroits où j'espérais vous rencontrer. Mais on m'a dit que vous étiez souffrante, que vous ne sortiez plus. »

Elle parut fort troublée d'apprendre qu'on avait trahi son secret.

« Je n'avais aucune raison de ne pas sortir. Qui donc s'est permis de vous dire?...

— C'est votre père. Je vois bien qu'il s'est trompé et que vous n'êtes pas malade, puisque vous voilà. Mais je vous ai vue tout à l'heure vous essuyer les yeux. C'est donc du chagrin que vous avez? »

Nouveau silence.

« Si quelqu'un depuis l'autre jour vous a fait de la peine, vous devriez me le dire. J'y trouverais peut-être du remède.

— Je ne vous crois plus, répliqua-t-elle vivement, je ne me fie plus à vous. Quand je vous ai rencontré dans le bois de la Roseraie, vous m'avez parlé pendant une heure comme un homme sage, vous m'avez donné de bons conseils, comme un véritable ami, et tout à coup je ne sais quelle folie vous a pris... Non, je ne vous crois plus, je ne veux plus avoir rien à faire avec vous. »

Il lui répondit avec un sourire qui n'exprimait qu'une demi-contrition :

« Il paraît que vous ne m'avez pas encore pardonné mes deux baisers.

— Oh! taisez-vous, » dit-elle.

Ce mot de baiser prononcé dans une église révoltait sa pudeur et sa religion.

« Il faut que nous nous expliquions, reprit-il, et puisque nous voilà seul à seule... »

Elle leva sa petite main vers la voûte de la nef et dit tout bas :

« Nous ne sommes pas seuls, il y a ici quelqu'un qui nous écoute. »

Il fit un geste qui signifiait : Je veux bien le croire, puisque vous le dites. Il ajouta :

« C'est avec lui que vous causiez tantôt. Lui avez-vous dit votre secret.

— Où prenez-vous que j'aie un secret?

— Je vous répète que je vous ai vue pleurer!... Eh bien! puisqu'il y a ici quelqu'un qui vous écoute et vous gêne, prenons rendez-vous ailleurs, dans un endroit où il ne sera pas. Soyez gentille, allez vous promener cette après-midi sur le chemin de la Roseraie.

— Jamais, jamais, dit-elle.

— Je suis résolu à tout savoir, et je suis un fameux entêté... Que craignez-vous? je vous jure d'être bien sage, de ne plus avoir d'accès de folie. Viendrez-vous?

— Jamais, jamais, » répéta-t-elle d'un ton de reproche et d'irritation.

Cette fois, sa colère n'était pas feinte. Elle trouvait qu'il était bien lent en affaires, qu'il tirait de long, et, pour employer le mot qu'elle avait au bout de la langue, qu'il barguignait, qu'il tournait autour du pot comme un homme qui craint de trop s'engager. Elle lui avait laissé cependant tout le temps de s'expliquer. Que ne lui disait-il tout simplement : « Je vous aime et je veux vous épouser? » C'était là ce qu'elle attendait et ce qui ne venait pas. Elle en avait quelque dépit.

« Laissez-moi m'en aller, je vous prie, » lui dit-elle.

Et elle essaya de s'esquiver; mais il lui barra le chemin.

« Vous ne partirez pas avant de m'avoir fait une promesse. Vous vous défiez de moi, et vous ne voulez pas retourner à la Roseraie. Soit! Mais il y a derrière l'auberge de votre père une petite terrasse, au bout de cette terrasse un mur, et au pied de ce mur un sentier. Du côté de la terrasse, le mur dont je parle est à hauteur d'appui; du côté du sentier, il a bien deux mètres de haut. Descendez ce soir sur cette jolie terrasse, vous y serez bien en sûreté. Je serai dans le sentier, il n'y passe personne, et nous causerons tout à notre aise. »

Une vieille béquillarde venait d'entrer dans l'église, et, après avoir trempé un doigt dans le bénitier, faisant sonner sa béquille sur les dalles, elle se dirigeait vers une chapelle. Il fallut s'écarter pour lui livrer passage, et Aleth profita de cet incident pour se glisser vers la porte. Il la rejoignit comme elle traversait le tambour.

« Ne me suivez pas, je vous en supplie, lui dit-elle. Mon père est ici près qui m'attend. Il ne me pardonnerait jamais s'il me voyait avec vous.

— Promettez-moi du moins que ce soir... »

Elle ne répondit ni oui ni non et disparut. Il s'en alla chez son charron, puis il rentra au Choquard, et le soir, entre huit et neuf heures, il était au pied de ce mur qui avait deux mètres et demi de haut. Comme il l'avait dit, l'endroit était fort solitaire. Il y passa sa soirée à croquer le marmot, personne ne vint. Il se retira fort chagriné et très déçu. Les choses prenaient une tournure qu'il n'avait pas prévue. Sans être fat, il était fier, et il s'était dit que, quand un Paluel fait la cour à une Guépie, il a le droit de s'attendre à ce que tous les chemins s'ouvrent devant lui. Il comptait trouver un père indulgent et facile, une fille empressée et accommodante, qui, flattée de ses avances, se livrerait à moitié avant même qu'il fût question de mariage. Il s'était bien trompé. La fille était un dragon de vertu, le père un homme de prin-

cipes rigides dont il fallait se cacher avec soin sous
peine de s'attirer ses anathèmes et ses foudres. Les
Guêpie n'étaient pas ce qu'il avait pensé ; on le tenait
à distance, on ne lui accordait rien. Il n'en était que
plus épris. Les difficultés irritent le désir. Aleth lui
semblait plus désirable, plus charmante que le premier jour. Il n'était plus maître de sa passion, il se
sentait incapable de résister au charme qui l'entraînait, il était pris et comme possédé. Caton l'Ancien
disait que l'âme d'un homme amoureux habite dans
un corps étranger. Quoique le fermier du Choquard
n'eût jamais lu Plutarque et n'eût guère entendu parler de Caton, il eût volontiers répété son mot ; il sentait que son âme n'habitait plus dans son corps.

Six jours de suite, par tous les temps, il retourna
rôder à la même heure devant une terrasse où il ne
venait personne. Adossé contre un poirier sauvage,
il comptait vainement les minutes. Dans sa mortelle
impatience, il déchiquetait de ses ongles le pauvre
arbre, qui n'en pouvait mais ; il lui arrachait des lambeaux d'écorce qu'il pulvérisait entre ses doigts. Le
septième soir, il fut plus heureux, il entendit le cri
d'une porte qui tournait sur des gonds rouillés, puis
le frôlement d'une robe, et bientôt une tête se pencha sur le mur, une voix l'appela doucement par son
nom. Il s'avança précipitamment. On l'accueillit par
des reproches. Aleth lui dit qu'elle n'était venue que
pour le conjurer de ne plus revenir, que c'était bien
mal à lui, qu'il la compromettait, qu'elle craignait
que son père, son terrible père, ne se doutât de quelque chose. Là-dessus, elle voulut s'en aller : il la supplia tant qu'elle resta, il n'avait plus le ton brusque,
il était doux comme un fauve maté par la faim. Si la

nuit avait été plus claire et qu'il eût pu distinguer les traits de sa belle, l'expression triomphante de son visage lui aurait donné à réfléchir. L'homme à la jument blanche, dont elle avait admiré un jour dans une sorte d'extase les blés d'or, les luzernes fleuries et les quatre cents moutons, l'homme dont les chevaux de labour faisaient trembler les grandes routes sous leurs sabots en retournant à la ferme, l'homme qui était le premier parti du pays, dont on disait qu'il avait quatre cent mille francs chez le banquier, avec qui personne n'osait se familiariser et dont Alice Cambois eût été fière de devenir la femme, cet homme venait chaque soir comme un mendiant qui implore une aumône se morfondre au pied d'un mur, dans l'herbe mouillée et dans la boue, alléché par l'espérance d'obtenir un mot d'Aleth Guépie et de contempler son ombre. Cette pensée la faisait tressaillir d'aise, une joie d'orgueil lui emplissait le cœur.

On s'était mis à causer. Elle finit par lui confesser qu'elle avait un secret, mais qu'elle s'était promis de ne le dire à personne, sauf au bon Dieu. Désormais elle n'avait plus besoin de conseils ; après bien des combats, elle avait reconnu son devoir, elle savait ce qu'elle avait à faire, elle le ferait. Il le devinait à moitié, ce secret, mais il craignait de se tromper. Il eut beau la presser de questions, il ne put tirer d'elle aucun éclaircissement. Très ému, très anxieux, il fut sur le point de se trahir, de prononcer la parole irrévocable, de dire : « Aleth Guépie, je veux vous épouser. » Mais il pensa à sa mère et ravala sa langue. La pièce lui plaisait beaucoup, sauf le dénouement, qui l'effrayait d'avance ; il aurait voulu la faire durer indéfiniment, acte après acte, et pousser le temps avec l'épaule. Ce n'était pas l'idée d'Aleth; elle entendait que la pièce n'eût qu'un acte et finît bien : en toute chose, c'était la fin qu'elle regardait. Au lieu de se déclarer, il se contenta de lui affirmer qu'il la trouvait charmante, que, dès leur première rencontre, il s'était senti de la sympathie pour elle, qu'elle était dans toute la Brie l'unique personne avec qui il eût du plaisir à causer, qu'il donnerait beaucoup pour la voir tous les jours, qu'il avait une quantité de choses à lui dire. En attendant, il ne lui disait pas la seule dont elle se souciât, la seule qu'elle jugeât essentielle. Elle ne lui demandait pas de l'aimer, elle lui demandait de l'épouser. Elle maudit intérieurement cet incorrigible temporiseur, qui se réservait des échappatoires. Elle se mordit les lèvres de dépit, ne lui répondit plus que par des monosyllabes, et, de temps à autre, elle poussait de longs soupirs. Dieu sait pourtant s'il avait le cœur pris. Les yeux obstinément fixés sur un visage qu'il discernait à peine dans la nuit et qu'il eût voulu couvrir de baisers , son désir s'irritait toujours plus. C'était un supplice de la sentir à la fois si près et si loin de lui. Le rempart qui la mettait hors d'atteinte n'était pas aussi inexpugnable qu'il l'avait prétendu. Il parla de le prendre d'assaut. Elle se récria, s'indigna :

« Avais-je raison, dit-elle, de ne pas me fier à vous et à votre parole? »

Il implora son pardon, la supplia de lui donner au moins une poignée de main par-dessus ce mur odieux qu'elle lui défendait d'escalader. Elle y consentit après quelques façons, lui tendit une main timide qu'il réussit tout au plus à effleurer du bout de ses doigts. Il n'y tenait plus, il mit le pied dans une crevasse que

laissaient entre elles deux pierres disjointes, et il
allait s'élancer quand elle lui dit :

« Adieu ! adieu pour toujours !

— A demain ! » répondit-il, en se laissant retomber
au milieu du sentier.

Mais, au même instant, il entendit la voix de maître
Guépie, qui, de l'intérieur de la maison, criait :

« Aleth, où es-tu donc?

— Ah ! mon Dieu ! murmura-t-elle, ce que je crai-
gnais est arrivé. »

Et elle s'enfuit à toutes jambes.

L'indécision est pour les âmes bien trempées un
tourment mortel. Toutefois, deux jours plus tard,
Robert Paluel était encore flottant, incertain de ce
qu'il devait faire et profondément malheureux de son
incertitude, lorsque, revenant à cheval de la Roseraie
peu avant la tombée de la nuit, il aperçut au bout de
son chemin quelqu'un qui s'avançait à sa rencontre.
Ce n'était pas Aleth Guépie, c'était son vénérable
père, lequel, voyant venir l'homme qu'il cherchait,
s'arrêta et attendit. Un grand philosophe a prétendu
que, de tous les maux auxquels nous sommes sujets
dans cette pauvre vie, les coups de bâton sont le seul
absolument réel et dans lequel notre imagination
n'ait aucune part. Robert n'avait pas à craindre que
Richard Guépie se portât à des voies de fait; d'une
seule main il l'aurait terrassé et étranglé. Mais sa
conscience n'était pas à l'aise; il sentait que sa conduite n'avait pas été correcte, qu'il avait des reproches à se faire. S'exposer à entendre des leçons de
morale de la bouche d'un Guépie est une pénitence
aussi dure que de tendre le dos pour recevoir une
volée de coups de trique. Mais que faire? Il se rési-

gna, continua d'avancer, répondit par une inclination
de tête et par un signe de la main à la révérence que
lui tira Guépie, dont la figure l'étonna. Ce n'était plus
l'aubergiste de la *Renommée*, le Guépie de tous les
jours, mais un Guépie inventé tout exprès pour la
circonstance, grave, solennel, auguste, majestueux,
un vrai patriarche, Abraham, père d'Isaac, ou Isaac,
père de Jacob.

« Monsieur Paluel, dit-il, me ferez-vous la faveur
de m'écouter deux minutes?

— Aussi longtemps qu'il vous plaira, » répondit
Robert.

Et immobile, droit en selle comme un piquet, il
subit sa destinée, les yeux fixés sur les deux oreilles
de la jument, qui apparemment lui semblaient plus
agréables à regarder que le visage d'un patriarche
de carton.

« Monsieur Paluel, reprit Richard, je ne voudrais
pas manquer au respect que je vous dois. Mais j'ai
une question à vous faire, une seule. Je sais qui vous
êtes et que votre parole vaut de l'or. Quoi que vous
me disiez, je vous croirai. Hier soir, il y avait dans
le sentier qui passe au pied de ma terrasse un homme
qui causait avec ma fille; ce n'était pas la première
fois qu'il y venait. Connaissez-vous le nom de cet
homme?

— C'était moi, répondit Robert sans broncher.

— Je m'en doutais, j'en étais presque sûr, quoique
ma fille ait obstinément soutenu que ce n'était pas
vous, et quand je lui demandais qui c'était, elle est
si discrète, cette pauvre petite, qu'elle me disait :
« Interroge-moi sur ce que j'ai fait, tu sauras tout;
« mais les secrets des autres sont pour moi une chose

sacrée. » Ce sont ses propres paroles ; ainsi vous voyez ! »

Maître Guépie s'interrompit un moment pour repasser dans sa tête les principaux points de son discours et s'assurer qu'il commençait bien par le commencement.

« Monsieur Paluel, continua-t-il, il y a dans la Brie des yeux qui voient tout et des langues qui s'attaquent sans pitié à l'honneur des pauvres filles.... Le mercredi des Quatre-Temps, il y a près d'un mois, vous reveniez de la Roseraie comme ce soir, paraît-il. Vous avez rencontré ma petite Aleth, qui s'était laissé surprendre par l'orage. Vous l'avez prise en croupe... Je ne vous en veux pas ; je suis sûr qu'à ce moment vous ne pensiez pas à mal. Mais, à quelques pas d'ici, en arrivant sur la route, vous vous êtes permis... Ah ! monsieur Paluel, un homme tel que vous ! Non, je n'ose pas répéter ce que vous vous êtes permis ! »

Il s'arrêta de nouveau, suffoqué par l'indignation. Puis, faisant un effort sur lui-même :

« Vous ne vous êtes pas douté qu'il y avait là quelqu'un qui vous voyait, quelqu'un que je ne veux pas nommer et qui, le même soir, est venu ricaner dans mon auberge et me dire : « Ne vous en déplaise, « monsieur Guépie, votre fille a un galant, et ce galant « ressemble beaucoup au fermier du Choquard. » Je ne voulais pas le croire ; je sais trop le respect que je vous dois. Et, quand je l'aurais cru, je ne me serais pas inquiété. Je sais trop qui est ma fille. Oh ! ma fille, voyez-vous, Mlle Bardèche disait d'elle : « C'est une « nature d'élite. » Elle ne l'a pas dit une fois, mais cent fois, et je n'avais pas besoin qu'on me le dît. Si celle-

là venait jamais à forfaire à l'honneur, monsieur Paluel, je vous le déclare, il n'y aurait plus d'alouettes
dans les champs ni d'étoiles dans le ciel. »

Il se tut un instant pour voir quel effet produisait
son audacieuse hyperbole. A en juger par les apparences, elle n'en fit aucun. Les yeux toujours fixés
sur les deux oreilles de la jument, Robert ne sourcilla pas.

« J'ai toujours entendu dire, monsieur Paluel, reprit Guépie, que vous étiez bon, généreux, que vous
aviez un cœur d'or, et je suis certain que, si vous
aviez pu vous douter des conséquences de votre conduite, vous auriez tout fait pour les réparer. Mais la
petite vous plaisait ; vous avez couru après elle sans
souci des commérages, et la voilà tout à fait compromise, car je gagerais gros que, quand vous rôdiez le
soir autour de mon auberge, il se trouvait là quelqu'un pour vous voir... Je ne vous en fais pas de
reproche, je m'en remets à votre conscience ; mais
enfin, non seulement vous avez perdu la réputation
de ma pauvre fille, vous avez détruit son bonheur...
Ah! si vous saviez les scènes qui se sont passées entre nous hier et aujourd'hui ! Je me suis fâché, et je
le regrette. Mais un père est un père, et, quand on
aime sa fille autant que j'aime la mienne, on n'est pas
toujours maître de soi... Ah! oui, ces scènes ont été
bien pénibles ; ma pauvre femme en a eu les sangs
tournés. »

Il était si ému qu'il ne put continuer ; il passa le
parement de sa manche sur ses yeux baignés de larmes. Ces larmes de crocrodile touchaient médiocrement Robert, qui ne s'inquiétait guère non plus de
savoir si Mme Palmyre avait eu oui ou non « les sangs

tournés ». Sa tête décrivit un demi-quart de cercle,
et il dit doucement à l'orateur :

« Continuez, je vous prie, et achevez. Je suis un
peu pressé. »

Son impassibilité révolta Guépie, qui, s'échauffant
tout de bon, s'écria :

« Nous savons qui vous êtes, monsieur Paluel, et
nous savons aussi qui nous sommes, et qu'il ne peut
y avoir rien entre nous. Mais enfin aviez-vous à vous
plaindre de moi? Vous ai-je fait le moindre tort? Ma
fille était mon seul bien, mon orgueil, la joie de ma
vie, et vous venez me la prendre, et, grâce à vous, la
voilà perdue pour moi; je ne la reverrai plus. Vraiment vous êtes des gens heureux, vous autres riches.
Quand vous avez des chagrins, vous regardez vos
champs, vous comptez vos écus et vous voilà conso-
lés. Mais nous autres, quand nous avons le cœur
brisé, — car mon cœur est brisé, monsieur Paluel,
il est brisé, vous dis-je, — qui se charge de nous consoler? qui s'intéresse à nos peines? Et pourtant nous
avons un cœur comme vous... Je crois que vous sou-
riez, monsieur Paluel.

— Vous vous trompez, je ne souris pas, répondit-il
d'un ton glacial.

— Je défie un père d'aimer autant sa fille que
j'aime la mienne. Qui oserait m'en faire un crime? Les
bêtes des champs aiment leurs petits... Eh bien! je
ne la reverrai plus. Avant huit jours, elle partira pour
l'Angleterre.

— Elle part? pourquoi cela? demanda Robert avec
quelque vivacité.

— Vous le demandez? Vous ne le devinez pas?...
Ah! mon Dieu, je l'ai suppliée de rester, je me suis

fâché, j'ai pleuré. Quoi que j'aie pu dire, elle m'a répondu ceci : « Je veux m'en aller; je serais trop « malheureuse si je restais; j'aime un homme qui ne « veut pas et ne peut pas m'épouser. »

Cette fois, Robert tressaillit et perdit entièrement de vue les oreilles de la jument.

« Guépie! s'écria-t-il, êtes-vous sûr que votre fille m'aime? pouvez-vous m'en répondre? »

Guépie eut un mouvement oratoire vraiment sublime. Reculant de deux pas et levant les mains au ciel, il s'écria d'une voix étranglée par l'émotion :

« Je l'ai vue dépérir pendant trois semaines. Pour vous convaincre, faut-il donc qu'elle meure? »

La joie que ressentit Robert racheta pleinement tout l'ennui qu'il venait d'éprouver. Il était aimé autant qu'il aimait. Plutôt mourir que de la laisser partir et de se condamner à ne plus la revoir! C'en était fait de ses doutes, de ses indécisions; l'île flottante ne flottait plus. Il jeta devant lui un regard provocant, comme pour défier l'univers de s'opposer à ce qu'il avait résolu.

Guépie ne savait ce qu'il devait penser de ce regard et de ce silence. Il n'avait pas encore épuisé tous ses moyens, et il se disposait à reprendre sa harangue où il l'avait laissée, quand Robert, l'arrêtant court par un geste, lui dit :

« En voilà assez, Guépie. J'ai écouté attentivement votre discours, et j'y ai ramassé, chemin faisant, quelques vérités utiles; je ne lui trouve qu'un défaut : il m'a paru trop long de moitié. Un mot suffisait, et Dieu soit loué! vous avez fini par le dire. Veuillez en retour assurer de ma part votre fille que, si elle veut de moi pour mari, je serai heureux de la prendre pour femme. »

A cette déclaration, qu'il n'osait espérer et qui lui parut tomber du ciel, Richard fut pris d'un tel effarement d'allégresse que sa respiration fut comme interrompue. Les yeux lui sortirent presque de la tête ; il ne tenait plus dans sa peau. Peu s'en fallut qu'il ne se jetât sur l'étrier pour baiser dévotement comme une relique la botte de son futur gendre, qui, sans le regarder, ajouta :

« Je ne prévois qu'un obstacle à notre bonheur ; je crains que ce mariage ne contrarie ma mère, et il m'en coûterait beaucoup de me marier sans son aveu. Mais nous viendrons bien à bout de ses objections ; ce sera une affaire de temps. Maître Guépie, ayons un peu de patience les uns comme les autres. Je lui parlerai dès ce soir, et dès demain vous aurez de mes nouvelles. »

Là-dessus, affectant de ne point apercevoir les deux mains grasses que lui tendait Richard dans le transport de sa passion, il poussa sa monture et partit au petit trot.

Cinq minutes plus tard, Guépie arrivait à la *Renommée*, le front inondé d'une sueur de joie, hors d'haleine, hors de sens, hors de lui-même, hors de tout. Ce n'était plus le patriarche ; on eût dit que cet aubergiste venait de boire à même une des barriques de vin fabriqué que renfermait son établissement. Il avait la langue épaisse, il ne tenait plus sur ses jambes ; c'était l'effet que produisaient sur lui les grandes espérances. Il grimpa quatre à quatre à la chambre de sa fille, après avoir fait signe à sa femme de le suivre. Aussitôt qu'il eut recouvré ses esprits, il raconta ce qui s'était passé, se fit un peu valoir, exagéra les miracles opérés par son éloquence, à quoi Aleth répondit qu'il avait enfoncé une porte ouverte. Il était trop content pour se formaliser de rien. Il se jeta sur elle, en disant :

« O toi, tu es une fille comme il n'y en a point !

— Prends donc garde, tu me décoiffes, » dit-elle en le repoussant.

Mais il fallait absolument qu'il embrassât quelqu'un. Il réussit, par un effort énergique, à saisir entre ses deux mains la taille de la grosse Palmyre en lui criant aux oreilles :

« Eh bien ! ma vieille, nous crois-tu, cette fois ?

— Bah ! lui répondit cette sceptique cuisinière, il ne faut pas chanter victoire trop tôt. Ce n'est pas tout que le poisson morde, il faut l'amener au bord, et je sais plus d'un pêcheur qui l'a perdu en chemin. »

Cette judicieuse réflexion dissipa à moitié son ivresse ; il devint pensif et dit en se grattant le menton :

« Il est certain que cette chipie de Joséphine Paluel pourrait bien nous donner du fil à retordre. »

Aleth enveloppa son père et sa mère d'un regard de commisération dédaigneuse. C'est ainsi que Richelieu eût regardé le père Joseph si l'éminence grise s'était jamais permis de révoquer en doute la réussite de quelqu'une de ses combinaisons. Elle sentait l'événement dans sa main ; elle avait déjà abaissé l'orgueil de la maison d'Autriche, déjà elle était entrée dans Vienne.

VII

Ce soir-là, Mme Joséphine Paluel était de belle humeur. L'une de ses vaches avait vêlé, et, quoique le part eût été laborieux, le ciel s'en mêlant et à force de soins, tout s'était bien passé. L'enfant avait tous ses membres, la mère se portait à merveille; pour l'en récompenser, Mme Paluel lui avait administré de sa main une boisson tiède accompagnée d'un peu de recoupe.

Après le dîner, aussitôt que Catherine eut ôté le couvert, la reine mère dit à Mariette :

« Preste, ma fille! il ne s'agit pas de s'endormir. Il faut raccommoder le linge de ce beau monsieur. »

Mariette n'avait garde de s'endormir. Elle attendait, immobile et silencieuse, qu'on lui assignât sa tâche. Celle qu'on venait de lui proposer lui agréait beaucoup; certains travaux honorent le travailleur. Mme Paluel alla chercher au fond d'une armoire en noyer une pile de chemises, qu'elle rapporta sur ses deux bras étendus et déposa avec précaution sur la table ovale. Puis, debout, ses lunettes sur le nez, elle les examina attentivement, en tira une du tas, la passa à Mariette en lui disant :

« En voilà une où il n'y a pas grand'chose à faire; tu pourras t'en tirer. »

Elle savait cependant que Mariette était fille à se tirer des raccommodages les plus compliqués, et elle s'arrangeait pour les lui réserver. Mais elle avait pour principe que, de toutes les plantes, celle qui demande à être cultivée avec le plus de soin est la modestie, et elle s'appliquait sans relâche à la cultiver chez les autres, particulièrement dans Mariette, qui fit peut-être cette réflexion, mais qui, ne la faisant jamais à haute voix, se mit incontinent à l'ouvrage.

Robert s'était installé dans sa berceuse. Contre son habitude, il ne s'y berçait pas, et, par une distraction singulière, il avait oublié d'allumer sa pipe.

« Tu ne fumes pas? lui dit sa mère.

— Tout à l'heure, dit-il en regardant tour à tour la paume de ses deux mains, comme s'il y eût cherché un conseil ou une entrée en matière.

— Sais-tu, mon garçon, reprit-elle gaiement, que tes chemises nous donnent bien du mal? Le plastron peut encore aller, mais elles s'effilochent toutes par les poignets. Voilà ce que c'est que d'acheter son linge tout fait à Paris; il n'y a plus de marchands sérieux. Autrefois nous avions du chanvre, je le filais, et quel service faisaient les chemises de ton père! Je veux mourir si j'en ai jamais vu une qui manquât par le poignet. Mais tu ne veux plus avoir de chanvre. Ton père disait cependant que, dans le Berry, on le cultive sans interruption. Il ne leur en coûte que de mettre tous les deux ans dans leurs chènevières une fumure assez maigre de fumier de moutons.

— C'est possible, répondit-il ; mais leurs terres sont plus calcaires que les nôtres. »

Mme Paluel ne savait pas trop si les terres du Berry sont plus calcaires que celles de la Brie. En tout ce qui n'était pas de sa partie, elle s'inclinait avec déférence devant l'autorité de son fils, qui d'ordinaire, un peu avare de ses propos, ne s'expliquait que par sentences, à la façon d'un oracle. Mais il avait ce jour-là des raisons pour ne pas lui marchander ses paroles, et il lui représenta avec beaucoup de bonne grâce que le rouissage est une opération délicate, que les routoirs à l'eau stagnante causent des maladies aux hommes comme au bétail, que les lessives de carbonate de soude et le blanchiment au chlore ont des inconvénients, qu'au surplus le chanvre épuise la terre et que le lin l'effrite.

Elle plia la tête sous ce raisonnement ; mais elle n'était pas tout à fait convaincue, et elle reprit :

« C'est égal, je trouve humiliant d'acheter son linge à Paris. Des gens comme nous ne devraient presque rien acheter ; nous devrions produire tout ce qui nous est nécessaire.

— Même les enfants ? s'empressa-t-il de dire, heureux de la transition qu'elle lui fournissait bénévolement. Je crois cependant que tu aimerais mieux les acheter tout faits au prix courant. As-tu pris ton parti sur cette délicate affaire ? »

Elle eut un sursaut, ayant deviné sur-le-champ ce qu'il avait dans l'esprit. Puis, laissant là le linge qu'elle était en train de visiter, elle ôta ses lunettes, qu'elle posa sur le tas, et regarda autour d'elle pour se chercher un siège. D'habitude, elle se contentait d'une chaise de joncs, dont son échine bien droite

effleurait rarement le dossier. Cette fois, attirant à
elle un fauteuil en cuir qui ne servait que dans les
grandes occasions, elle s'y établit avec une gravité de
circonstance. En ce moment, sa figure, comme son
attitude, était imposante; elle avait son air des grands
jours. Cette petite femme fluette et maigre avait,
quand elle le voulait, une majesté presque royale;
on sentait que, malgré ses mains calleuses, malgré
son teint hâlé, elle était située très haut dans la hié-
rarchie de l'espèce humaine. Il y a des marquises qui
sont des bourgeoises, il y a des paysannes qui ont
des yeux et un orgueil de reine; M. Larrazet n'était
pas seul à s'en apercevoir. Prenant le taureau par les
cornes :

« Gageons que tu veux te marier, » dit-elle d'une
voix saccadée.

Il ne répondit que par un signe de tête, et elle se
tut un instant pour raisonner avec elle-même. Elle se
disait : « Cela devait arriver, et je n'ai pas le droit de
lui en vouloir. C'est moi-même qui lui ai tourné l'esprit de ce côté. Je ne savais que décider, il a décidé
pour moi. Il faut être raisonnable. Que la volonté du
ciel s'accomplisse! »

« Ah! tu veux te marier! reprit-elle avec un sourire forcé. Et qui épouses-tu? »

Il ne disait mot.

« Tu veux donc que je devine? »

Son menton dans sa main, elle passa aussitôt en
revue tout ce qu'il y avait de filles à marier dans la
grande culture, car elle n'admettait pas un instant
qu'il prît une femme ailleurs. Autrement, c'était la
fin de tout, et le monde n'en avait pas pour trois jours.

« Est-ce Marguerite Bourgeret? reprit-elle... Oh !

bien, cela me chagrine un peu. Si c'était sa sœur
Louise, à la bonne heure, en voilà une qui te con-
viendrait! Malheureusement, il n'y faut pas songer,
elle est mariée depuis deux ans. Mais Marguerite
n'est pas ton fait. Veux-tu savoir? pas plus tard qu'il
y a huit jours, la cousine de Catherine qui est à leur
service me disait qu'elle n'est pas commode, qu'elle
est très volontaire, qu'elle a ses quintes...

— Rassure-toi, dit-il, ce n'est pas Marguerite Bourgeret. »

Elle vira aussitôt de bord :

« Eh bien! tout pesé, tout calculé, je le regrette un
peu, dit-elle. Marguerite a ses petits défauts, mais sa
mère assure qu'elle a de l'ordre, beaucoup d'ordre...
Hum! qui est-ce donc? Serait-ce Sophie Lanterneux?...
Ce n'est pas elle? Ah! c'est dommage, elle est gentille, cette petite. Je la regardais l'autre dimanche à
la messe et je me disais : « En voilà une qui me plairait pour bru, et je ferais bon ménage avec elle. »

Mme Paluel mentait impudemment. Elle n'avait
jamais rencontré, ni à l'église ni ailleurs, une fille
quelconque qu'elle eût souhaité d'avoir pour bru.
Elle ne trouvait de qualités qu'à celles qui étaient
déjà mariées; autant vaut dire qu'elle ne faisait grâce
qu'aux brus impossibles.

« Allons, j'y suis, poursuivit-elle; c'est Alice Cambois. »

Il ne dit ni oui ni non, et elle crut avoir rencontré
juste.

« Dieu me garde d'en médire! mais, là, je trouve
singulier que tu te sois coiffé d'elle, car en conscience
elle n'est pas jolie. Je sais bien que la figure... il ne faut
pas trop y tenir, à la figure... Mais enfin je n'aurais

9

pas été fâchée que ta femme fût agréable à regarder, qu'on dît en vous voyant passer : « Il a eu bon goût, il a su choisir. » Je ne voudrais pas te désobliger, mais cette Alice Cambois est vraiment laide. Es-tu bien sûr qu'elle ait le nez tout à fait à sa place ?

— La fille que je compte épouser, lui dit-il, n'est point laide, elle a le nez à sa place et ne s'appelle pas Alice Cambois. C'est tout simplement la plus jolie fille de la Brie.

— La plus jolie fille de la Brie ? fit-elle. Ah! ceci est un autre défaut. Il est bien de n'être pas laide, mais il ne faut pas avoir tant de beauté que cela. Autrement, gare la coquetterie, le goût des affiquets et tout se qui s'ensuit! »

Elle se tut un moment pour passer de nouveau en revue toutes les fermes de Seine-et-Marne, qu'elle connaissait de près ou de loin. Elle y trouvait beaucoup de filles agréables, elle n'y découvrait aucune de ces beautés éclatantes qui font retourner les passants.

« Et où demeure-t-elle, cette merveille?

— Tout près d'ici.

— Je n'y suis plus, la ferme la plus proche du Choquard est celle du Grand-Vaux, et je ne vois là que des garçons.

— Aussi n'habite-t-elle pas dans une ferme. »

La figure de Mme Paluel s'assombrit, elle fit un geste de douloureux déplaisir.

« Eh quoi! dit-elle, nous sommes allé la chercher à Brie?... Tu as eu tort, mon garçon. Ce n'est pas fait pour vivre dans nos fermes, ces bourgeoises de ville... Mais parle donc, je donne ma langue aux chiens. »

Il répondit d'une voix sourde et avec une émotion mal dissimulée :

« Elle n'est pas de Brie, puisque je t'ai dit qu'elle demeure tout près d'ici. » Il ajouta après un moment d'hésitation : « Son père est aubergiste. »

Elle fit une grimace fort expressive. Puis un trait de lumière traversa tout à coup son esprit; elle bondit dans son fauteuil, qui craqua sous elle, et elle s'écria avec un accent de mépris et d'horreur :

« Seigneur Dieu! je ne voudrais pas croire que ce fût Aleth Guépie! »

Il se taisait, son silence était un aveu. Elle sentit le rouge lui monter aux joues et son sang pétiller dans ses veines. Deux éclairs jaillirent de ses petits yeux noirs, et elle dit d'une voix terrible :

« Le jour où cette fille entrera ici, j'en sortirai, moi, pour n'y plus revenir. »

A ces mots, elle regarda tour à tour la lampe, la table ovale, les rideaux, les murs, les chevrons saillants du plafond, comme pour les prendre à témoin. Mais elle regarda particulièrement une vieille pendule à coucou qui lui faisait face. On ne savait qui l'avait acheté, ce coucou; depuis trois générations au moins, il était toujours à la même place, dans la salle à manger du Choquard. Il avait eu des malheurs, des enrouements, des détraquements; on l'avait bien souvent raccommodé, mais c'était toujours le même coucou, il était de la famille, et, quand on traitait d'affaires intimes, Mme Paluel en appelait à lui. Il avait bonne mémoire, ses souvenirs ne s'embrouillaient jamais, il connaissait les questions, les antécédents et les précédents; ce juge intègre, dont la probité ne se laissait point corrompre, avait à cœur l'honneur des Paluel, et la reine mère ne doutait pas en ce moment qu'il n'entrât dans sa colère, qu'il ne fût résolu comme

elle à ne pas boire cette honte, à s'en aller plutôt clo-
pin-clopant, lui aussi, quand cette fille entrerait.

Cependant Robert s'était levé en disant :

« Je croyais que nous raisonnerions. Dès l'instant
que tu te fâches, bonsoir ! nous causerons plus tard. »

Il gagnait déjà la porte ; elle lui fit signe de retourner à sa place, de se rasseoir, et il se rassit, tandis
qu'elle faisait un énergique effort sur elle-même pour
refouler sa colère dans les profondeurs de ses entrailles. Cette opération lui parut mille fois plus difficile que de faire rentrer dans sa mue une oie affamée
de grand air.

« Raisonnons, puisqu'il te plaît de raisonner, dit-
elle d'un ton plus tranquille. Mais tu comprends que
la surprise, l'émotion... j'en ai été comme suffoquée,
comme étranglée... Soit ! raisonnons. Tu l'as donc
rencontrée, cette Aleth Guépie ? Tu as causé avec elle ?

— Plus d'une fois, et à chaque fois elle m'a plu
davantage. C'est la seule fille que j'aie jamais été
tenté d'épouser.

— Ah ! pour jolie, mon Dieu ! mettons qu'elle le
soit. Quand on n'a pas le sou, c'est bien le moins
qu'on ait le nez bien fait. Mais est-elle vraiment si
merveilleuse ?.. Moi, je la trouve trop grasse et trop
courte de taille ; c'est ce que j'appelle une ragote...
Tu vois bien que je ne me fâche pas, que je raisonne...
Réellement, Robert, tu aimes cette couleur de cheveux ? »

Elle était sincère ; elle estimait en conscience que
le brun, le châtain et le blond tranquille, un peu fade,
sont les seules couleurs qui soient de mise dans la
grande culture, que des cheveux roux y sont une inconvenance, une incongruité.

« Mais parle... Où l'as-tu vue?

— Nous nous sommes rencontrés par hasard.

— Oh! par hasard! dit-elle en s'échauffant de nouveau. Comme si ces Guépie faisaient rien par hasard!
Tu crois bonnement au hasard des Guépie?... Ils
ont tendu leurs filets, tu y es tombé. Dieu nous
garde! »

A son tour, il se fâcha un peu et répondit sur un
ton d'amère ironie :

« J'aurai bientôt trente et un ans, j'ai vu le monde,
j'ai été marin, je suis allé à la Martinique, j'ai rencontré beaucoup d'hommes et beaucoup de femmes,
et voyez un peu l'imbécile que je suis! je me laisse
prendre au premier traquenard venu.

— Ces donzelles sont de si fines enjôleuses! Quand
elles se mêlent de vous jeter de la poudre aux yeux!..
Celle-ci surtout, qui n'a que sa beauté pour la faire
vivre. Et vraiment sait-on ce que c'est, cette fille-là?
Après lui avoir fait garder les dindons, ils en ont fait
une demoiselle. Il faut bien qu'elle amorce sa ligne
pour attraper un monsieur; car on entend jouer à la
dame, s'amuser, et c'est le monsieur qui payera...
Mais laissons cela, car tu m'as l'air de te fâcher à
ton tour... Dis-moi seulement, Robert... oui, Robert,
mets-toi un peu à ma place, et dis-moi ce que je de-
viendrais, si demain les Bourgeret, les Lanterneux et
les Cambois, apprenant que tu te maries, venaient
me demander qui tu épouses... Crois-tu que je ne
mourrais pas de confusion si je devais leur confesser
que mon fils épouse une fille dont le père est un cabaretier de dixième ordre et dont la mère a été cuisinière chez une Anglaise?... Eh! bon Dieu, je le dis
comme je le pense, il m'en coûterait moins de leur

apprendre que tu épouses Mariette Sorris, » ajouta-
t-elle brutalement.

Et elle lui montrait du doigt, par-dessus son épaule,
l'humble fille du porte-balle, dont le saisissement était
tel qu'elle eût été incapable de décider si la chemise
qu'elle reprisait ou faisait semblant de repriser avait
deux poignets ou n'en avait qu'un.

« Que veux-tu? répliqua-t-il. En traversant l'océan,
j'y ai noyé quelques-uns de mes préjugés.

— Des préjugés! des préjugés! c'est bien vite dit...
Moi je pense que, dans ce monde, il faut que chacun
se tienne à sa place, sans vouloir ni monter ni descendre, et qu'il est bon de se marier entre soi, sans
sortir de sa classe. Autrement, tout est pêle-mêle, et
il n'y a plus d'ordre ni rien du tout, et le bon Dieu
lui-même ne pourrait plus s'y reconnaître.

— Ah! parlons-en de ton bon Dieu, lui dit-il. A ce
qu'on prétend, il ne méprisait pas les péagers ni les
gens de rien. Que fais-tu de ta religion, je te prie? »

Elle ne releva pas cet argument : mais elle fit à
part elle plusieurs réflexions. Elle songeait que si le
bon Dieu a vu mauvaise compagnie sur la terre et
vécu en de bons termes avec des gens de rien, ce
n'est peut-être pas le plus beau trait de son histoire,
mais que du moins il ne leur a jamais demandé leur
fille en mariage. Elle songeait aussi que ce même
bon Dieu est le maître de faire ce qu'il lui plaît, que,
quoi qu'il fasse, il sait toujours s'arranger pour ne
pas se compromettre, et que si les Bourgeret, les Lanterneux et les Cambois s'avisaient de lui demander
des explications, il les enverrait promener. Mais les
Paluel n'étaient pas dans le même cas, leur situation
était tout autre, ils n'avaient pas le droit d'envoyer

promener les gens, et elle se voyait déjà en présence
des questionneurs, dont les uns ricanaient sous cape,
dont les autres prenaient des airs compatissants, et il
fallait leur répondre, et elle restait devant eux em-
barrassée, interdite, cherchant des biais, suant d'angoisse. Quel supplice! Elle en frémissait d'avance.

Elle garda ses réflexions pour elle, et changeant de
thème :

« Que ce Richard Guépie soit sans sou ni maille,
je consens à le lui pardonner. Mais, à défaut d'écus,
il a un sac de honte. L'a-t-il vidé devant toi?... Ce
billet qu'il avait signé à son frère, ce billet qu'il a fait
disparaître...

— Il a été mis hors de cour, interrompit-il. Je ne
me pique pas d'être plus sévère que les juges.

— Bien, laissons ce billet tranquille. Mais oseras-
tu nier que ce Richard soit un homme sans honneur,
dont la parole vaut du vent, une sorte d'aventurier
qui a déjà crevé deux ou trois métiers sous lui, un
lâche paresseux, qui voudrait vivre sans faire œuvre
de ses dix doigts?... Ces gens-là ont toujours été aux
crochets de quelqu'un. Leur Anglaise a été longtemps
leur vache à lait. Elle s'est remariée, elle les a lâ-
chés, dit-on; il leur faut une autre vache à traire,
c'est toi qu'on a choisi... Dis-moi franchement, ton
futur beau-père ne t'a-t-il pas déjà emprunté quelque
argent?

— Certainement, dit-il, deux ou trois cent mille
francs, je ne me rappelle plus très bien le chiffre.

— Oh! s'il ne t'a encore rien demandé, un peu de
patience; cela viendra plus vite que tu ne crois... Mais
vraiment je ne sais plus que penser, je ne sais plus
où j'en suis... Quoi! cela ne te ferait rien d'entrer

dans la famille de ces gens-là, de frayer avec eux, de mettre ta main dans ces mains sales?... Réponds-moi, je te prie, qu'en dirait ton père? »

Il répliqua :

« Laissons les morts tranquilles; il est si facile de les faire parler! »

A ces mots, la colère de Mme Paluel se ralluma subitement comme un feu d'épines qu'on croyait éteint au milieu d'un champ et qui tout à coup jette une grande flamme claire.

« Eh bien! moi qui ne suis pas morte, s'écria-t-elle, je te déclare, Robert, que tous ces Guépie sont des planches où le pied enfonce, que tous ces Guépie sont du bois pourri où l'on voit courir les vers, et, Seigneur Dieu! je n'entends pas qu'il entre de la pourriture ici. »

Il s'était promis de ne pas s'emporter, d'être infiniment doux et patient. Malgré cette violente insulte faite à son amour, il dit : « Paix! » à son sang qui bouillonnait, et il resta maître de lui.

« Je n'épouse pas le père qui est cabaretier, répondit-il tranquillement; je n'épouse pas la mère qui a été cuisinière chez une Anglaise. J'épouse une charmante fille, qui n'est pas responsable des torts qu'ont pu avoir ses parents, et tu la jugeras d'une autre façon quand tu lui auras fait l'honneur de la voir et de la connaître. »

Elle dénoua brusquement les brides de son bonnet qui la gênaient et l'étouffaient, et passant de la violence au sarcasme :

« Mais c'est donc une sorcière que cette créature! Elle t'a jeté un charme... Raconte-moi un peu les finesses dont elle s'est servie, ou plutôt ne me dis

rien, je sais tout, je vois d'ici ses chatteries, ses simagrées, ses roulements d'yeux... Tu as beau soute-
nir le contraire, elle t'attendait embusquée derrière
un buisson, elle te guettait, et, quand tu as passé, elle
a raccroché ce beau monsieur qui avait traversé
l'océan, qui avait vu la Martinique et tant d'hommes
et tant de femmes... Dieu! comme elle a dû rire et se
moquer de toi, cette drôlesse, en te voyant entrer
dans sa nasse! »

Cette fois, la patience lui échappa, et il s'écria :

« Tu as raison, il faut qu'elle soit sorcière, cette
drôlesse, mais elle est bien plus fine que tu ne penses, puisqu'elle n'a pas eu besoin de venir me chercher et que c'est moi qui ai couru après elle... Ecoute
bien, la première fois que je l'ai vue, elle m'a tant
plu que je l'ai embrassée de force sur les deux joues.
Elle m'en a voulu, je lui faisais peur; pendant trois
semaines, elle n'est pas sortie de chez elle, tant elle
craignait de me rencontrer, et j'étais comme fou de
ne pas la revoir. Mais tout s'est arrangé, elle a dû
sortir enfin pour aller à l'enterrement de la fille du
grainetier, et je l'ai rencontrée dans l'église de Brie,
où elle priait le bon Dieu de tout son cœur, car cette
créature a le même bon Dieu que toi, et elles prient
quelquefois, ces sorcières. Elle a tenté de m'échapper, je lui ai barré le chemin, je l'ai suppliée de me
donner un rendez-vous, elle s'est fâchée, elle a refusé,
et chaque soir j'allais rôder autour de sa maison, jusqu'à ce que j'aie appris qu'on lui offrait une place de
gouvernante en Angleterre, qu'elle était résolue à
partir pour ne plus me voir, sur quoi je lui ai fait demander par son père de retarder un peu son départ,
afin que j'eusse le temps de te parler... Voilà toute

l'histoire, et dans cette histoire je ne vois pas de drôlesse, je n'y vois qu'un drôle : c'est moi. »

Bien que Mme Paluel fût convaincue qu'il y avait
dans cette histoire une drôlesse assez habile pour
cacher son jeu, elle ne pouvait douter des avances
qu'avait faites son fils, de l'ardeur qu'il avait mise
dans ses poursuites. Elle en éprouva un sentiment
d'indicible humiliation, et pour un moment la colère
fit place à la honte. Saisissant de ses deux mains les
deux bras de son fauteuil, où elle laissa l'empreinte
de ses ongles, elle dit d'une voix sombre qui semblait
sortir d'une caverne :

« En voilà assez, Robert, je suis édifiée, et ceci
est mon dernier mot. Choisis entre Aleth Guépie et
ta mère, il n'y a pas dans cette maison assez d'air
pour cette fille et pour moi. »

Il se leva de nouveau, et, prenant entre ses doigts
crispés sa pipe d'écume qu'il avait oubliée sur une
console, il en fit voler le fourneau en éclats et jeta
violemment à terre ce qu'il en restait. Cette exécution le soulagea, et il dit sur un ton presque doux :

« Mère, je te donne six mois pour réfléchir. Si, le
1er mai de l'an prochain, tu persistesà répéter ce que
tu viens de dire, je ne me marierai pas, je resterai
garçon jusqu'à ma mort. Mais je te prie de ne pas
m'en vouloir si le chagrin me rend malade et si cette
maison, où je ne suis revenu que pour te faire plaisir
et dans laquelle il n'y a pas assez d'air pour elle et
pour toi, n'est plus pour moi qu'une prison. »

A ces mots, il sortit.

Pour la première fois, Mariette venait d'assister à
une scène entre la mère et le fils, et quelle scène! La
pauvre enfant, tout atterrée, avait les lèvres aussi

blanches que la chemise qu'elle essayait en vain de raccommoder. Le mot brutal que lui avait décoché Mme Paluel n'était pas ce qui l'affectait le plus ; elle se rendait justice, elle sentait son néant. Mais quoi ! pouvait-il se faire que celui qui était si haut dans ses pensées, cet être à part, supérieur, semblait-il, à toutes les faiblesses humaines, fût tombé follement amoureux d'Aleth Guépie et l'eût embrassée de force ? Était-il bien vrai que cette fille extraordinaire, que cette créature privilégiée et prodigieusement heureuse eût senti un jour sur ses deux joues les lèvres impérieuses et hautaines de ce grand homme, qui s'en servait quelquefois pour sourire, pour parler ou pour siffler, mais qui n'embrassait jamais ? Cette pensée était pour elle un abîme où elle se perdait, un océan, et l'eau de cet océan lui était amère.

Elle fut tirée de sa profonde et triste rêverie par la voix du coucou, lequel marquait neuf heures et s'était mis à chanter. Elle en fut tirée plus brusquement encore par Mme Paluel, qui lui arracha des mains la malheureuse chemise, en lui criant d'une voix stridente :

« Le joli travail que tu as fait là ! Va bien vite te coucher, paresseuse, au lieu de gâcher ainsi l'ouvrage. »

Elle se hâta d'obéir, et Mme Paluel resta seule avec sa colère et avec le coucou, dont ses regards sollicitaient le témoignage et l'impuissante sympathie. Au bout d'une demi-heure, elle sortit à son tour. En traversant la cuisine, elle promena autour d'elle des yeux flamboyants, dans l'espérance de découvrir quelque trace de désordre, de négligence et une occasion de décharger sa bile. Mais Catherine était une fille bien dressée, bien stylée ; on ne la prenait jamais en faute. Toutes choses étaient en ordre, les marmites avaient été soigneusement récurées, pas un torchon ne traînait, les tables étaient aussi nettes que la pelure d'un oignon, les casseroles s'alignaient le long de leur mur, chacune à sa place, et reluisaient. Mme Paluel monta à sa chambre, qui était située au premier étage. La cage de l'escalier parut frémir à son approche, et les marches tremblèrent sous elle; c'était une tempête qui passait.

VIII

Le lendemain, dans le courant de la matinée, Robert eut en présence d'Aleth un entretien avec Richard Guépie, à qui il rendit compte de la scène de la veille. Il avoua que les résistances de sa mère étaient plus vives et promettaient d'être encore plus tenaces qu'il ne s'y était attendu; mais il ajouta que rien n'était désespéré, qu'il trouverait bien moyen de la fléchir, de la ramener, et il demanda qu'on lui accordât un délai de six mois. Maître Richard fit grise mine à cette proposition, qui le contrariait beaucoup. Il hochait la tête, se récriait; le délai lui semblait trop long, il craignait les accidents et qu'on ne prît le roman par la queue. En cette rencontre, Aleth fit preuve d'une sensibilité vraiment touchante et d'un absolu désintéressement. Elle représenta à Robert tous les ennuis auxquels il allait s'exposer pour elle, elle l'engagea à l'abandonner. En même temps, elle le regardait de ses yeux les plus chatouillants et lui donnait à entendre que le sacrifice serait cent fois plus dur pour elle que pour lui. Mais c'était plus sage, il fallait se faire une raison. Qu'il la laissât partir, il l'aurait bientôt oubliée. Il lui repartit qu'il aimait mieux mourir que de renoncer à elle, il la supplia de patienter un peu, et à ses supplications se mêlèrent des emportements, indigné qu'il était de trouver partout des résistances. On finit par s'arranger, le sursis fut octroyé. Mais Guépie déclara qu'aussi longtemps que l'affaire ne serait pas dans le sac, on ne se verrait que rarement et jamais en tête-à-tête ; il voulait être là. Il prononça cette déclaration du ton d'un père aussi tendre que rigide, qui tient plus à la vertu de sa fille qu'à tous les biens de la terre. En réalité, il se plaçait au point de vue d'un commerçant qui n'entend pas prêter sa marchandise ni l'exposer à aucun hasard avant d'en avoir trouvé le débit ; il savait qu'une marchandise avariée ne se vend plus.

« Oui, mon beau garçon, nous y tiendrons l'œil, disait-il en lui-même à Robert. Tu ne l'auras ni ne la caresseras avant de lui avoir mis sur la tête une couronne de fleurs d'oranger. Si tu caressais, tu n'épouserais pas. »

La dernière semaine d'octobre s'écoula, puis vint novembre, pendant lequel il plut beaucoup, puis décembre, qui amena la neige. Vers le premier de l'an, la température se radoucit ; à la fin de janvier, il gela très dur et les arbres fruitiers souffrirent, après quoi il y eut un printemps précoce, si bien qu'au milieu de février les narcisses jaunes étaient en fleur dans les bois et qu'il y avait des violettes au pied des grands chênes encore habillés de leurs feuilles jaunes. Mais ni la pluie, ni la neige, ni le gel, ni les brises tièdes, ni les narcisses et les violettes ne changèrent rien à ce qui se passait dans les cœurs. Chacune des deux parties attendait que l'autre cédât et semblait compter sur un miracle. Il ne s'en fit point ; dans ce siècle d'incrédules, la Providence en est avare.

La mère et le fils vivaient, mangeaient, buvaient ensemble comme à leur ordinaire; ils se disaient bonjour le matin, bonne nuit avant de s'aller coucher. Le parler était bref, les voix étaient rêches. Au surplus, ils ne causaient que dans les cas de nécessité urgente, à propos des affaires du ménage, et de part et d'autre on évitait avec soin le sujet dangereux, sachant bien qu'il suffirait d'un mot pour déchaîner les autans et faire éclater la tempête. Sous les propos qu'ils échangeaient, on sentait des profondeurs de silence. Mariette voyait venir avec effroi l'heure des repas. De sa place, levant furtivement les yeux, elle considérait ces deux visages où se révélaient deux volontés ennemies. Il lui semblait que le choc de ces deux rochers allait l'écraser.

Elle avait depuis longtemps une idée qui lui trottait dans la tête; elle n'avait jamais vu face à face Aleth Guépie, elle voulait la voir, examiner de près cette fatale créature qui venait de troubler à jamais la tranquillité du Choquard et le bonheur de Mariette Sorris. Un soir que Mme Paluel, n'ayant personne autre sous la main, l'avait envoyée faire une commission pressée à Mailly, comme elle revenait, sa lanterne à la main, elle constata qu'il y avait de la lumière à l'auberge de la *Renommée* et que la porte en était entr'ouverte. Si peu rusée qu'elle fût, elle s'avisa d'une ruse de guerre, elle souffla sa lanterne et entra dans l'auberge pour la rallumer. Aleth était assise au comptoir, écrivant une lettre pour son père, qui, en attendant d'utiliser sa beauté, voulait tirer parti de son orthographe. Elle s'y prêtait complaisamment, car à de certaines heures le fiévreux ennui d'une trop longue attente pesait à son impatience. Le front penché, les cheveux un peu ébouriffés, elle était en train d'arrondir une panse d'a, quand, Mariette s'approchant, elle releva la tête et lui passa d'un air royal une allumette. Son humble rivale la contemplait éblouie et consternée. Le monstre lui paraissait plus beau qu'elle ne se l'était figuré ; il lui semblait que, quand une fois on avait fait la folie d'aimer ses yeux verts, ils vous tenaient un homme jusqu'à son dernier soupir.

Elle sortit de l'auberge tellement émue et troublée que cette fille si adroite alla buter contre un tas de pierres et que la secousse lui fit lâcher sa lanterne, qui s'éteignit à ce coup sans qu'elle s'en mêlât. Elle eut de la peine à la ramasser, et le carreau en était brisé. Cette aventure lui attira une verte mercuriale. Mme Paluel avait de la colère à dépenser sur tout le monde, et elle était plus impitoyable que jamais pour les moindres peccadilles. Faute de mieux, elle grêlait sur le persil.

Si l'on parlait peu dans la salle à manger de la ferme du Choquard, on parlait beaucoup dans la cuisine de l'auberge de la *Renommée*, et même on n'y déparlait pas, mais on ne s'entendait pas toujours. La pessimiste Palmyre déclarait l'affaire manquée, la partie perdue ; elle en prenait prétexte pour dauber sur les éternelles et absurdes espérances de son mari, sur ses imaginations chimériques, sur ses châteaux en l'air, sur les alouettes qui lui tombaient du ciel toutes rôties et que personne n'avait jamais vues, sur ses projets qui s'écroulaient l'un après l'autre comme des capucins de cartes. Sous l'impression de ses railleries, l'optimiste Richard commençait à s'inquiéter, à perdre cœur. Il avait tenté autrefois de conclure un

marché avec Mme Joséphine Paluel; il s'était flatté
d'obtenir d'elle qu'on lui permît de prendre chaque
jour sa provision de lait à la ferme, où on ne le vendait
jamais au détail. Charmée de cette occasion de lui
témoigner son mépris, elle l'avait éconduit avec une
verdeur dont il lui souvenait.

« Je crains que ta mère n'ait raison, disait-il à sa
fille. Cette sotte femme ne se rendra jamais.

— Patience! répondait-elle, c'est ce que nous verrons.»

Dans son découragement, il en était venu à conce-
voir un autre projet, que Palmyre daignait approuver. Lesape, qui aimait à faire son pot à part, ne
dînait ni ne couchait à la ferme. Il s'était loué une
chambrette à Mailly, où il faisait lui-même sa petite
cuisine, dans laquelle les tripes et la fressure jouaient
un grand rôle. Mais, comme on sait, il lui arrivait
souvent après son souper d'aller passer une heure à
la *Renommée* pour y boire la goutte et y lire *le Petit
Journal*. Guépie avait entendu dire que, sans en
avoir l'air, l'homme de confiance de Robert Paluel
était un homme d'étoffe et d'avenir, qu'il avait du
foin dans ses bottes, qu'écu après écu il mettait
beaucoup d'argent de côté, non pour l'enterrer dans
des bas de laine, mais pour le placer à sa convenance, et que tout dernièrement il avait acheté dix
obligations de chemins de fer. On prétendait aussi
qu'il ne resterait pas éternellement au Choquard,
qu'il préférait le commerce à l'agriculture, qu'il
caressait l'idée d'aller exercer à Paris, au service
de quelque grosse maison, son talent de vendre et
d'acheter. Il y avait du vrai et du faux dans tout cela,
Lesape ne disait ses affaires à personne. Mais Guépie
se trompait grossièrement quand il s'imaginait que

10

cet honnête et madré Briard pouvait être un parti
pour sa fille. Il n'était pas homme à épouser une
fille pour ses beaux yeux. S'il avait eu des attentions
pour Mariette Sorris, c'est qu'il la jugeait douée de
tous les talents qui font les bonnes ménagères. Encore ne l'eût-il pas choisie si elle n'avait dû lui apporter en dot que sa coiffe de nuit; mais il lui connaissait de petites économies qu'elle devait aux
libéralités de son patron, et il était sûr que Robert
ne s'en tiendrait pas là. Le refus de Mariette ne l'avait
point découragé, il se promettait de revenir à la
charge en temps et lieu. Quant à épouser une Aleth
Guépie, il riait dans sa barbe à la pensée qu'on pût
le croire capable d'un tel coup. Il était le moins romantique de tous les enfants de la Brie; il laissait ce
morceau de roi aux gourmets et aux délicats, cette
demoiselle à ceux qui les aiment, cette oisive à ceux
qui n'ont pas besoin qu'on les aide. Cela n'empêchait
pas Guépie de tourner beaucoup autour de lui, de lui
faire de discrètes avances. Lesape le voyait venir et
se donnait l'air de n'entendre malice à rien. — Tourne
seulement, pensait-il. Tu as bien trouvé ton homme,
mon gaillard! Lesape mange, mais il n'est pas fait
pour être mangé. — Guépie devenait-il trop pressant, il s'enfonçait dans la lecture de son journal,
et quoique le format n'en fût pas grand, sa tête y
disparaissait tout entière, y compris ses oreilles.
Mais Guépie ne se rebutait pas. Il aurait voulu que
sa fille lui vînt en aide, qu'elle se réservât Lesape
comme pis-aller. Il tâchait de lui insinuer que, quand
on ne peut épouser Dieu le Père, c'est encore quelque
chose d'épouser l'un de ses saints. Elle le renvoyait
bien loin, en disant :

« Ou lui ou personne. »

L'imperturbable assurance de sa fille lui rendait un peu de la sienne, ébranlée par les doutes persistants de sa femme. Il n'en était que plus attentif à veiller au grain, à ne jamais laisser les amoureux seul à seul. Robert avait beau s'ingénier pour se ménager un tête-à-tête, il voyait arriver cet inévitable père, tour à tour solennel ou doucereux, impudent ou flagorneur. Il se tenait à quatre pour ne pas lui paumer la gueule et trouvait qu'on lui faisait payer bien cher ses joies futures. Mais un regard provoquant d'Aleth, le rayonnement de son sourire, suffisaient pour le consoler, en promettant à ses sens et à son cœur des fêtes qui le dédommageraient au centuple de tous ses écœurements.

Depuis longtemps, l'affaire s'était ébruitée. Convaincu qu'il était de son intérêt de faire beaucoup de tapage, Guépie se plaignait à tout venant que sa fille était bien malheureuse, il se lamentait publiquement sur les épreuves et les tribulations de sa chère poulette, il maudissait ceux qui l'avaient compromise et qui maintenant lui tenaient le bec dans l'eau, répétant cent fois par jour qu'elle n'était pas allée chercher les gens, qu'on était venu la relancer chez lui et sous l'aile de sa mère. Bref, il remplissait le pays de ses doléances, de ses récriminations, et le pays s'occupait de ce grand débat autant que jadis Vérone s'était intéressée à la querelle des Montaigus et des Capulets. Les avis étaient partagés. Les uns disaient que les Guépie étaient des intrigants, que leurs prétentions étaient ridicules, que le Choquard était un trop gros morceau pour eux, qu'ils en seraient pour leurs frais d'espérance et d'industrie. Les autres déclaraient que Mme Paluel était une orgueilleuse qui portait le front trop haut, ils daubaient sur les insolences de la grande ferme, et ils profitaient de cette occasion pour affirmer les principes de 89 et la sacro-sainte égalité de toutes les cultures, de la grande et de la petite.

Si les hommes causaient, les femmes jasaient bien plus encore. Le lavoir est dans les villages l'endroit où arrivent et d'où se répandent les nouvelles, l'endroit où l'on commente en les embellissant ou les enlaidissant toutes les histoires de mariages à moitié faits ou à moitié défaits, les querelles domestiques et le reste. Sous leur lavoir couvert, les commères de Mailly, tout en s'escrimant de leurs battoirs sur leurs tapons, en débitaient de belles. Elles racontaient que l'affaire était allée plus loin qu'on ne pensait, qu'il y avait un poupon en chemin, que c'était pour cela qu'Aleth se célait, mais qu'on ne s'épouserait pas, que les Paluel en seraient quittes pour faire un sort à la mère et à l'enfant. Elles soutenaient que Guépie réclamait trente mille francs, qu'on ne voulait lui en donner que vingt. Les jeunes se disaient tout bas que Robert Paluel était un bien beau garçon et que vingt mille francs sont un joli denier, elles se sentaient disposées à tenter l'aventure. Mais une vieille sibylle assurait que les Paluel étaient des gens aussi avisés que serrés et qu'ils s'en tireraient sans bourse délier. C'était là-dessus qu'on disputait; mais tout le monde tombait d'accord que le mariage était impossible. Une Guépie épousant un Paluel! C'était contraire à toutes les lois de la nature et de l'histoire de la Brie.

Dans les premiers jours de mars, on put croire que Robert commençait une maladie; cette situation

qui se prolongeait avait pris sur sa santé, si robuste
qu'elle fût. Il ne s'occupait pas moins de sa ferme
et de ses champs; il avait une volonté de fer. Mais
il était nerveux, irascible, s'emportait pour des bagatelles, et ses joues se creusaient; il était devenu,
selon le mot de Lesape, jaune comme un coing. Lesape n'y comprenait rien; Lesape n'admettait pas
qu'un homme sensé eût d'autres passions que la
passion de son intérêt et qu'il jaunît parce qu'une
fille lui plaît et qu'il ne peut s'en donner la jouissance.
Passe encore quand la dot est ronde! Mais une fille
qui n'a rien! Là, c'était incompréhensible.

Comme Lesape, Mme Paluel ne pouvait se dissimuler que la santé de son fils était en souffrance, et
elle-même souffrait du long silence qu'elle s'était im-
posé; les maux dont on ne parle pas lui paraissaient
les plus insupportables de tous. Elle n'avait pas
jauni, mais ses yeux brillaient d'un éclat fiévreux.
Un matin qu'elle avait affaire au marché de Brie, elle
en profita pour se glisser en tapinois chez M. Larrazet à l'heure de sa consultation. Elle se soulagea
en pleurant dans le gilet du docteur; elle le prenait
pour juge, elle lui disait :

« A ma place, ne feriez-vous pas comme moi?

— Je vous confesse, madame Paluel, lui répondit-il,
que, si j'avais un fils, je ne le verrais pas sans inquiétude épouser une Aleth Guépie. J'ai peu de goût
pour les déclassées; je suis convaincu que, pour une
qui tourne bien, il y en a dix qui tournent mal. Il
est possible que j'aie raison, mais il est possible que
je me trompe.

— Vous n'en êtes pas sûr, monsieur Larrazet? dit-
elle avec indignation.

— Je suis absolument certain que la ciguë est un poison stupéfiant ; je ne le suis pas autant que Mlle Guépie soit destinée à empoisonner la vie de son mari. »

Mme Paluel n'était pas femme à s'accommoder de cette sagesse à la Marphurius ; elle faisait à l'oracle l'honneur de le consulter ; elle n'admettait pas que l'oracle mît des *si*, des *mais* et des *distinguo* dans ses réponses.

« Je vous dis, moi, qu'aussi sûr que j'existe, elle tournera mal. Je la regardais l'autre jour à l'église, elle a le diable dans les yeux.

— Que voulez-vous, madame Paluel ? je ne suis pas aussi habile que vous à reconnaître le diable dans les yeux de mon prochain. Je ne l'ai vu nulle part, ce grand personnage, ni là ni ailleurs. Je crois au surplus, pour vous dire toute ma pensée, que de bonnes leçons et de bons exemples peuvent beaucoup pour changer le caractère d'une jeune fille. Si ce mariage se faisait...

— Il ne se fera pas, interrompit-elle vivement.

— S'il se faisait, vous dis-je, il pourrait arriver que moyennant beaucoup d'affection et sous la vigilante tutelle d'une belle-mère telle que vous...

— Il ne s'agit pas de moi, » interrompit-elle de nouveau.

Elle entendait qu'on l'approuvât ; elle n'entendait pas qu'on se mêlât de la conseiller. Qu'avait-elle besoin de conseils ? Ne savait-elle pas ce qu'elle avait à faire ?

« S'il ne s'agit pas de vous, reprit-il, de qui s'agit-il ?

— De mon fils, de la folie qu'il veut faire et qu'il faut l'empêcher de faire.

— Dame! considérez qu'il vous a fait un grand sacrifice en s'engageant à ne pas se marier sans votre aveu, puisque, après l'âge de trente ans, à défaut de consentement sur un acte respectueux, il peut être passé outre, un mois après, à la célébration du mariage.

— Que dites-vous là, monsieur Larrazet? s'écria-t-elle. Remontez jusqu'où vous voudrez, il n'y a pas un Paluel et pas un Larget qui se soit marié sans le consentement de sa mère.

— Peut-être bien; mais, si je sais mon histoire, il y a un George Larget qui a levé le pied un beau jour et n'a jamais donné de ses nouvelles. »

Elle sourit dédaigneusement :

« Et vous le croyez capable de s'en aller? Allons donc! C'est assez d'un George dans la famille.

— Bon Dieu, dit-il, je compatis à votre chagrin, madame Paluel. Mais je crois qu'une femme raisonnable et surtout qu'une bonne mère telle que vous...

— Encore un coup, il ne s'agit pas de moi, mais de mon fils et de cette fille qui, s'il l'épouse, le rendra plus malheureux que les pierres... Et ne voyez-vous donc pas que c'est un méchant caprice, une folle fantaisie qui lui est venue et qui s'épuisera bien vite? Qu'il en tâte seulement de cette créature! Je ne lui donne pas quinze jours pour en avoir assez et pour se repentir. »

Et se rappelant un mot qu'elle avait entendu au prône, elle ajouta :

« Monsieur Larrazet, c'est un amour de la chair et du démon, et ces amours-là ne passent pas la semaine.

— Oh! oh! comme vous y allez, madame Paluel!

Laissons le démon tranquille; quand la chair est contente, l'esprit est bien près de l'être, et puis l'imagination brode là-dessus, et votre fils en a beaucoup...
Les amours charnelles, comme vous dites, sont souvent les plus tenaces de toutes, et il y en a quelquefois pour toute une vie. »

M. Larrazet avait raison. Spinoza n'a-t-il pas dit
que l'amour est une joie à laquelle s'unit étroitement
l'idée de sa cause? Plus la joie est intense et plus la
cause est évidente, plus aussi l'amour a de chances
de durer.

« Je n'en crois rien, s'écria Mme Paluel. Il faut
saler la viande pour la conserver, et le sel... Je veux
dire que si le sel empêche la viande de se gâter, c'est
l'estime qui fait durer les attachements. A qui ferez-
vous croire que mon fils puisse estimer cette fille? »

Elle se tut un instant; elle se grattait la joue, elle
avait l'air embarrassé. Puis, levant sur M. Larrazet
un regard scrutateur, elle lui dit avec un accent de
mystère :

« Vous êtes si savants, vous autres médecins! N'y
a-t-il rien pour guérir ces choses-là? »

Il se mit à rire tout de bon, lui repartit qu'il n'avait
aucune drogue à lui offrir pour l'usage qu'elle en
voulait faire, qu'à sa connaissance le seul moyen de
guérir les amoureux qui ont le teint jaune était de
leur octroyer la grâce qu'ils désirent. Elle se retira
très mécontente de lui, se disant que la médecine était
une pauvre science ou que du moins M. Larrazet
n'était qu'un petit médecin, et l'envie lui vint d'en
aller consulter un grand à Paris. Mais il se produisit,
dès le lendemain, un incident qui absorba toute son
attention et la détourna de son idée.

Comme il traversait la cour, Robert aperçut Mariette agenouillée devant une oie qu'elle tenait d'une main vigoureuse, tandis que de l'autre elle la gavait de son mieux, en lui ingurgitant du maïs dans le jabot à l'aide d'un entonnoir.

« Quelle idée as-tu là? lui dit-il. On n'engraisse pas les oies au printemps.

— C'est pour la manger à Pâques, répondit-elle.

— Oh! bien, reprit-il, je n'en mangerai pas de ton oie. »

Et comme elle le regardait avec des yeux inquiets :

« Veux-tu savoir, ajouta-t-il, quelle est la poudre qui guérit de tous les chagrins?... On l'appelle la poudre d'escampette. »

Sur quoi il s'éloigna, la laissant plongée dans une douloureuse méditation. Elle n'y tenait plus; plantant là son oie et sa pâtée, elle s'en fut trouver Mme Paluel, qui, debout sur une chaise devant une grande armoire, s'assurait que le reste de ses conserves était en bon état.

« Madame Paluel! madame Paluel!

— A qui en as-tu? Le feu est-il à la maison?

— Oh! madame Paluel, c'est bien pis... Je vous prie, qu'est-ce donc que la poudre d'escampette? »

Elle le savait très bien, mais en pareil cas on se flatte toujours de s'être trompée.

« La poudre d'escampette, répondit rudement Mme Paluel, je m'en vais te la faire prendre si tu restes à me regarder sottement sans t'expliquer.

— Figurez-vous, madame, dit-elle en tâchant de reprendre son souffle et ses esprits, figurez-vous qu'il veut s'en aller... Il vient de me dire qu'à Pâques il ne serait plus ici. »

Mme Paluel se rappela le propos que le docteur avait laissé échapper dans leur dernier entretien, sans qu'elle y attachât aucune importance.

« C'est donc un complot? dit-elle; vous avez juré de me dire tous la même chose... Eh! mon Dieu, puisqu'il veut partir, qu'à cela ne tienne, qu'il parte!

— Ah! madame Paluel, y pensez-vous? » s'écria Mariette, stupéfaite qu'on prît si tranquillement son parti d'une si énorme catastrophe.

Lui partir! lui s'en aller! Que deviendrait la maison sans lui? Elle semblerait un désert, une solitude, elle serait aussi triste, aussi froide qu'un monde sans soleil. Et que deviendrait Mariette, condamnée à ne plus voir ce qu'elle aimait? Elle reprit :

« Quel malheur, madame! qu'allons-nous devenir?

— Bah! le vent continuera de souffler et la pluie de tomber, répliqua sèchement Mme Paluel, et les poules n'en feront pas moins leurs œufs.

— Quoi! vous pourriez consentir?...

— Il ne partira pas, petite sotte, ce sont des propos qu'on tient pour qu'ils soient redits.

— Vous vous trompez bien, madame; il est tout à fait décidé. Il a dit cela si froidement! Et quand il dit les choses froidement... Oh! je le connais, je suis sûre que si vous persistez à ne pas vouloir... O madame Paluel, madame Paluel, il faut le laisser faire ce qu'il veut. »

Mme Paluel fut outrée d'indignation qu'une Mariette Sorris osât dire son mot dans des affaires d'Etat; jusqu'à ce jour, elle ne s'était jamais permis une telle inconvenance que pouvait seul expliquer le trouble ou le dérangement de son esprit.

« De quoi te mêles-tu? lui cria-t-elle. Sont-ce là

tes affaires? Décampe-moi d'ici, et laisse-moi tranquille. »

Et Mariette retourna à son ouvrage, en songeant que ce monde est bien mal fait, puisque le plus souvent on n'a qu'à choisir entre deux maux et que le plus souvent aussi on ne sait pas quel est le pire. Mais en ce cas-ci, il n'y avait pas à s'y tromper, le pire, c'était qu'il partît. Mon Dieu! qu'il épousât donc son Aleth, puisque sa fatale beauté lui avait pris les yeux et le cœur! Quoique le sien se serrât à cette pensée, quoique ce calice lui parût bien amer à avaler, elle aimait encore mieux cela. Ne plus le revoir, ce n'était plus vivre.

Bien que Mme Paluel eût feint de recevoir sans émotion l'inquiétante nouvelle que lui avait apportée Mariette, elle en avait été fort émue, connaissant trop son fils pour ne pas le savoir capable d'un coup de tête. De ce jour l'anxiété la rongea. On n'avait pas à lui apprendre qu'une ferme sans fermier est un royaume sans roi, et que, s'il partait, il ne restait plus à sa mère qu'à mourir, quoiqu'elle se sentît encore pleine de vie. Elle fut dix fois sur le point de l'interroger, le courage lui manqua. Il en fallait beaucoup pour remettre inopinément sur le tapis un sujet dangereux qu'on s'appliquait à éviter depuis cinq mois; elle en avait peur comme d'un revenant. Mais il arriva qu'une semaine plus tard, après dîner, Robert lui tendit une lettre qu'il venait de recevoir, en lui disant à brûle-pourpoint :

« Voilà ce que m'écrit cette drôlesse. »

Ce mot était une de ces injures inoubliables qui vous restent à jamais sur le cœur; durant cinq mois, à tous ses repas, il l'avait bu avec le vin qu'il buvait, il l'avait mangé et remangé avec chaque bouchée qu'il portait à ses lèvres.

Sans rien dire, elle déplia la lettre, dont l'écriture était une belle anglaise, agréablement penchée et bien coulée, et dont voici le contenu :

« Mon cher Robert, cela ne peut durer davantage, je suis trop malheureuse. Soyons raisonnables, renonçons l'un à l'autre. Votre mère est bien dure, bien cruelle pour nous ; elle marche sur nos pauvres cœurs comme sur la boue des chemins. Mais je ne lui en veux pas et je vous supplie vous-même de lui pardonner. Il faut nous soumettre à ses volontés, nous dire adieu pour jamais. Je vous avais promis d'attendre jusqu'au 1er mai ; mais, je vous en prie, dégagez-moi de ma promesse. Je vous le dis, cela ne peut durer. Mme Blackmore m'a trouvé une place et me presse de partir. Cela fera plaisir à celle qui ne m'aime pas et envers qui je n'ai pas eu d'autre tort que celui de vous aimer beaucoup. Adieu, Robert ! que le bon Dieu soit avec nous !

« Votre petite Aleth qui vous aime bien et vous conjure de l'oublier. »

Mme Paluel avait eu des tressaillements nerveux en lisant ce billet, l'élégance de cette écriture coulée lui faisait horreur. Elle rendit le papier en disant :

« Qu'as-tu répondu ?

— J'ai répondu que je ne délie jamais les gens des promesses qu'ils me font, que j'exigeais qu'elle attendît jusqu'au 1er mai... Toutefois je ne resterai ici que jusqu'à la mi-avril. Je ne suis pas bien, je sens le besoin de changer d'air, et Lesape est un homme à faire l'ouvrage de deux.

— Où iras-tu ? demanda-t-elle d'une voix tremblante.

— J'irai voir la mer. »

C'était l'autre maîtresse, la première en date, aussi redoutée que la seconde, aussi abhorrée de Mme Paluel.

« Ah! tu iras voir la mer?

— Oui, cela me changera les idées. Je serai bien aise de revoir Le Havre; j'y resterai jusqu'au 1er mai. Ce jour-là, je rendrai sa liberté à quelqu'un et j'aviserai aussi à me rendre la mienne. »

L'instant d'après, il sortit, et peu s'en fallut que Mariette ne s'écriât : « Vous l'entendez, madame. Avais-je raison? Ah! je vous en supplie, empêchez-le de partir, il ne reviendra pas. » Mais Mme Paluel, qui avait deviné son envie de parler, la tenait en respect avec ses yeux. Elle la regardait du haut de sa grandeur comme une chouette pourrait contempler un grillon qui se mêlerait de lui donner des avis.

Elle n'en pouvait plus douter, il songeait à partir, et, une fois qu'il aurait revu la mer, qu'arriverait-il? Elle ne dormit pas de la nuit, et le lendemain elle sentit qu'elle n'était plus sûre de sa volonté, qu'il s'était fait une brèche dans le rocher, que la forteresse assiégée demandait à se rendre. Cependant elle se raidissait contre sa défaite, elle cherchait à se procurer de nouvelles armes, de nouveaux arguments pour ne pas céder. Sans en rien dire à personne, elle se rendit à Melun et se présenta auprès de Mlle Bardèche, alléguant qu'elle venait de la part de quelqu'un qui ne voulait pas être nommé lui demander des renseignements sur une certaine Aleth Guépie, qui avait passé trois ans au Gratteau. Elle se serait épargné l'ennui de cette inutile visite si elle avait su que, de parti pris, Mlle Bardèche voyait en beau toutes ses élèves anciennes ou nouvelles. Elle affectait de dire et de croire qu'elle était très difficile dans ses choix, que sa maison était une sorte d'institution aristocratique et superfine, où n'étaient admises que les jeunes filles heureusement douées, la fleur du panier, et elle ajoutait dédaigneusement que le couvent était assez bon pour les autres. Comme on croit facilement ce qu'on désire, elle était également persuadée que ses pensionnaires acquéraient chez elle non seulement les éléments de toutes les sciences et l'usage du monde, mais les principes de toutes les vertus, qu'elle garantissait pour des vertus bon teint, incapables de s'altérer, résistant à toute détérioration, à l'épreuve de tous les accidents. En vain Mme Paluel s'obstina-t-elle à lui demander successivement si Aleth Guépie n'était pas très menteuse, si elle n'avait pas un goût prononcé pour la dépense, une propension irrésistible à la coquetterie, voire à la luxure, enfin le germe de tous les vices. Mlle Bardèche répliqua d'un ton piqué que si Aleth Guépie avait apporté au Gratteau quelques penchants fâcheux, quelques défauts mignons, elle les y avait tous laissés, et elle insinua finement que, s'il s'agissait d'un mariage, l'homme qu'épouserait cette chère enfant lui devrait son bonheur, non sans donner à entendre qu'il serait bien à lui d'en attribuer une part à la sage institutrice qui avait su cultiver et mettre en œuvre « cette nature d'élite ».

Mme Paluel revint du Gratteau déçue dans sa dernière espérance et presque vaincue. Pâques approchait. Elle alla se confesser et exposa sans réticence au curé de Mailly ses combats intérieurs, ses douleurs, ses scrupules. Après l'avoir écoutée attentivement, le curé lui remontra que, si louables que parussent ses résistances, elles s'expliquaient peut-être par l'orgueil autant que par ses sollicitudes maternelles, qu'elle aurait tort de s'entêter, que Dieu l'avait apparemment choisie pour faire une bonne action en retirant une jeune fille encore innocente d'un milieu suspect où elle ne tarderait pas à se gâter. Il lui répéta à sa façon ce qu'avait dit M. Larrazet, que, si elle pouvait prendre sur elle d'avoir pour Aleth Guépie un cœur de mère, aussi tendre que vigilante, sa bru, nourrie de ses leçons et n'ayant sous les yeux que de bons exemples, ne manquerait pas de devenir une femme irréprochable. Il parlait bien, le curé de Mailly, mais il ne la comprenait pas, et il lui demandait l'impossible.

Battue de tous les côtés, elle ne songea plus qu'à se rendre ; mais qu'il lui en coûtait ! Le long du chemin, elle se querella vivement avec son Dieu, avec celui qui s'était compromis en fréquentant les péagers, et elle osa lui reprocher d'avoir fourni par ses fâcheuses accointances des arguments aux Paluel qui veulent épouser des Guépie. Mais c'était son dernier effort, d'heure en heure elle se défendait plus mollement. Durant toute la soirée, elle n'ouvrit pas la bouche, elle causait avec elle-même. Elle maudissait l'instant où cette Guépie était née. Qui l'avait priée de venir au monde ? Que ne pouvait-elle la faire disparaître ! Elle eût consenti de grand cœur à entretenir des fleurs sur son tombeau et à faire dire plus d'une messe pour le repos de son âme. Mais les derniers bouillonnements de son sang tombèrent, elle se sentait comme envahie par une morne résignation.

Le lendemain, dans l'après-midi, comme elle était

seule dans sa chambre qu'elle s'occupait à ranger
sans savoir ce qu'elle faisait, son fils entra pour lui
demander un renseignement dont il avait besoin. Elle
ne lui répondit pas, elle contemplait ses joues cou-
sues et son teint jaune. Puis elle dit d'une voix rauque :

« C'est donc une maladie ?... Elle rend les gens malades, cette fille ? »

Il devina, et une ivresse le prit :

« Oui, c'est une maladie, répondit-il, et je n'en
guérirai pas.

— Épouse-la donc bien vite, dit-elle, puisqu'il faut
cela pour empêcher que tu ne meures ou que tu ne
partes. Mais laissez-moi partir, vous serez heureux
sans moi.

— Jamais ! jamais ! lui cria-t-il. Si tu quittais le
Choquard, tu n'aurais pas six mois à vivre. »

Elle se laissa tomber sur une chaise, en disant :

« Que le Seigneur Dieu nous bénisse ! quoi qu'il
arrive, je m'en lave les mains. »

Il s'élança, courut s'asseoir auprès d'elle, lui enlaça
la taille de ses deux bras, lui dit et lui répéta qu'elle
était une bonne mère, la meilleure de toutes les petites mères, qu'il l'aimait cent fois plus qu'il ne l'avait
jamais aimée, qu'il l'adorait, qu'il ferait tout pour la
rendre heureuse. Elle se dégagea de ses embrasse-
ments, elle dénoua le cordon auquel pendaient ses
clefs et lui passa tout le trousseau en pleurant.

« Porte-les-lui, dit-elle, et qu'elle vienne régner ici.
Je ne suis plus rien. »

Il la gronda, il la réprimanda, il l'obligea de reprendre le trousseau, il le rattacha lui-même, lui déclara que ses clefs étaient toujours à elle seule, que
sa maison aussi était à elle et sa basse-cour et sa lai-

terie, et qu'il n'y aurait rien de changé dans cette maison du haut en bas, de long en large, sinon qu'il y aurait quelqu'un de plus pour l'aimer, qu'elle ne connaissait pas Aleth, qu'elle finirait par la connaître, que sa bru aurait pour elle toutes les attentions, toutes les déférences, toutes les soumissions.

Puis, se penchant à son oreille :

« Veux-tu que je l'aille chercher ? »

Elle eut un soubresaut, elle s'écria : « Pas encore! » Mais elle se dit que, puisqu'elle était condamnée à vider ce calice, mieux valait le boire tout de suite, et elle murmura : « Fais ce que tu voudras, je ne veux plus rien. »

Il partit comme un trait, et elle entendit bientôt le roulement d'un cabriolet sur le pavé de la cour. Elle aimait tant l'ordre qu'elle voulait en mettre dans le désordre. Comme une martyre qui fait sa toilette et range ses vêtements pour avoir bonne grâce dans le supplice, elle se lava soigneusement le visage et les mains, elle remplaça son bonnet fripé par une coiffe toute fraîche, revêtit sa robe de soie marron des grands jours, ôta ses galoches et mit ses bottines neuves. Puis elle descendit l'escalier, marmottant de marche en marche : « Que votre volonté soit faite et non la mienne ! » Elle entra dans la salle à manger, s'assura qu'il n'y avait rien qui traînât, s'assit dans son fauteuil et attendit, les yeux attachés sur la porte, se disant : « Tout à l'heure, cette fille entrera. »

Elle entendit de nouveau le roulement du ca- briolet, qui revenait dare dare, et la porte s'ouvrit, et cette fille entra. Elle était fort pâle, fort émue, mais elle avait le ciel dans les yeux et aux lèvres un sourire d'ange. Avant que Mme Paluel eût le temps d'y penser, elle s'était précipitée à ses genoux, elle lui avait pris les deux mains dans les siennes, elle lui disait d'une voix entrecoupée :

« Oh ! que vous êtes bonne !... Oh ! madame, que vous êtes bonne !... Quoi ! vous voulez ? vous consentez ?.. Oh ! je sens bien quelle reconnaissance je vous dois, et ce ne sera pas assez de toute ma vie... Soyez-en sûre, Aleth Guépie n'est pas une ingrate... Mon Dieu ! comment dirai-je ?.. J'ai le cœur si plein que je ne puis trouver des mots pour vous parler... Oh ! comme je vous aimerai ! Vous serez ma mère, je serai votre fille... Croyez-moi bien, je n'aurai pas d'autre volonté que la vôtre, vos désirs seront les miens... Oui, je vous aime, je vous aime... Je veux vous baiser les mains. (Et elle les baisait.) Je veux vous baiser les genoux.... (Et elle les baisait aussi.) Je voudrais baiser la poussière de vos pieds.... (Elle n'alla pas jusque-là.) On vous a dit peut-être que j'étais une fille légère, une fille sans cœur. Vous verrez comme ils ont menti... Mais il faut aussi que vous m'embrassiez. Je ne serai contente que quand vous m'aurez embrassée... Oh ! madame, je vous en supplie, embrassez-moi. »

C'en était trop, c'était le supplice des supplices. Mme Paluel se débattit un instant, elle répéta une fois de plus : « Que votre volonté soit faite et non pas la mienne ! » Puis, se penchant sur un visage qu'elle aurait voulu anéantir d'un éclair de ses yeux, elle l'effleura de ses lèvres sèches avec autant de répugnance que si elle les eût posées sur la peau froide d'un serpent. Le sacrifice suprême était accompli, il lui parut que ce n'était pas trop d'une éternité de paradis pour la récompenser de ce qu'elle venait de faire. Après cela, elle sonna Catherine, lui commanda d'apporter du café, de la crème, des galettes et certaines tasses à fleurs bleues et à liseré d'or, qui ne sortaient du buffet que lorsqu'on avait du monde. On but, on mangea, et elle se disait : « Eh ! bon Dieu, ce n'est que le commencement. Ce visage sera là, devant moi, tous les jours, et tous les jours je le verrai, et tous les jours il faudra que je me taise. » Aleth lui prodiguait ses sourires d'ange, et, s'avisant qu'elle cherchait quelque chose des yeux, elle devina que c'était un carreau et s'élança pour le lui mettre sous les pieds. Quant à Robert, par une attention délicate pour les jalousies maternelles, il regardait à peine celle qui l'avait rendu malade, il ne s'occupait que de sa mère, et, lorsque Aleth partit, il la reconduisit jusqu'à la porte de la cour et pas plus loin.

Mais, l'instant d'après, il sortit furtivement. Elle cheminait sur la grande route, le nez au vent, la tête dans l'azur. Il prit à travers champs, courut si vite qu'il la rejoignit. Ce fut une surprise pour elle, ne l'ayant pas entendu venir, et elle poussa un petit cri, comme la première fois qu'il l'avait embrassée. Personne ne pouvait les voir, elle avança la tête, leurs lèvres s'unirent, il ne savait où il en était, et il lui entra au cœur une telle abondance de joie qu'il craignait de n'y pouvoir suffire. Elle reprit sa route, ivre de bonheur ainsi que lui, contente d'être aimée, triomphante d'être épousée, mourant d'envie de crier à tout l'univers : « Il est à moi, lui et tout ce qui est à lui. » Immobile dans la poussière du chemin, il la regardait s'éloigner. Par l'effet d'un miracle ou d'une étrange illusion, une petite femme qui n'a pas cinq pieds de haut nous paraît quelquefois occuper tant

d'espace qu'à côté d'elle il n'y a place pour rien. Elle
nous cache le reste de la terre et tout ce qu'il y a dessus, elle remplit le monde, et quand elle se retourne
pour nous sourire, si courte que soit la distance du
bout de son menton à la passe de son chapeau, il nous
semble que c'est trop peu d'une vie pour faire le tour
de ce visage, qu'il nous sera éternellement nouveau,
que nous n'en épuiserons jamais le charme et les
délices, que c'est un secret insondable, infini comme
le ciel et ses étoiles. Aleth se retourna, puis disparut,
et il revint lentement sur ses pas. Pour la première
fois, il venait de décider qu'il n'avait rien à regretter
dans sa vie, qu'elle avait été savamment ordonnée et
réglée par quelqu'un qui lui voulait du bien. Qu'était-
ce que le capitaine Barrelet et sa fameuse *Adélaïde ?*
Vraiment, il avait trouvé mieux que cela. Il jetait sur
ses terres un regard complaisant ; elles lui paraissaient grasses, luisantes ; il les mettait en idée aux
pieds de celle qu'il aimait. Il disait à ses charrues :
« Travaillez pour elle. »

Il avisa un semeur occupé à emblaver un champ.
Encore novice dans son métier, ses pas n'étaient pas
égaux, il accomplissait mal ce geste solennel qui ressemble à un mystère, à un sacrement. Robert alla droit
à lui, voulant lui montrer comment il fallait s'y prendre. Il suspendit à son cou le grand tablier de toile
qui contenait le grain, il en replia l'extrémité infé-
rieure autour de son bras gauche, et il se mit à marcher, puisant dans le sac, le visage tourné contre le
vent. Il lui semblait que c'était son cœur qu'il jetait
au souffle du printemps, que c'étaient ses espérances
qu'il répandait en terre, et que, à chaque endroit où un
grain était tombé, il voyait se lever une gerbe d'or.

IX

Quand on a du caractère, une fois résigné à l'inévitable, au lieu d'atermoyer, de réclamer des sursis, on n'a plus que le désir de hâter le dénouement, d'en finir le plus tôt possible. Ce qu'il y a de pire, dans certains malheurs, ce sont les détails, et Mme Paluel avait l'esprit ainsi fait que les accessoires la tracassaient quelquefois plus que le principal. Il lui tardait que sa disgrâce fût consommée, qu'on ne parlât plus de cet odieux mariage et de ses préliminaires. Elle n'ignorait pas qu'à deux lieues à la ronde on en glosait beaucoup, et elle estimait, selon le proverbe turc, que plus on pile l'ail, plus il sent. Elle aurait voulu disparaître pendant quelques semaines dans un trou de souris, s'y endormir, être réveillée par la nouvelle que le mariage était fait et rentrer au Choquard avec l'apaisement mélancolique du fait accompli.

Son fils était aux petits soins avec elle, il la couvait des yeux, il ne savait qu'inventer pour lui être agréable, pour la récompenser d'un sacrifice dont il sentait l'étendue et la cruauté. Quoi qu'il pût faire, elle ne se départait pas d'une désespérante man-

suétude, qui semblait offrir au ciel ses muettes douleurs. Il la consultait sur toute chose; elle répondait : « Qu'importe? fais ce qu'il te plaira. » Et son
regard disait : « Du moment qu'on fait quelque chose
d'énorme, qu'importe une énormité de plus ou de
moins? »

Elle avait toujours habité de moitié avec lui un
petit appartement situé au premier étage. Sans l'en
prévenir, elle se mit à déménager. Elle enleva successivement son vieux lit à baldaquin, sa vieille armoire
de noyer, ses chaises de paille, ses rideaux rayés, son
fauteuil de velours jaune, ses portraits de famille, la
branche de buis et le bénitier accrochés à la muraille.
Elle transporta son petit mobilier au rez-de-chaussée,
dans une pièce qu'on appelait la chambre des amis et
qui était attenante à celle de Mariette. Son déménagement terminé, elle contempla une dernière fois dans
sa nudité le petit logis qui avait été si longtemps le
sien et qu'elle abandonnait à l'étrangère, et elle dit à
son fils :

« Tu le meubleras comme il te plaira; tu sais ce
qu'elle aime. »

Elle ne disait plus : cette fille ou cette créature, et
encore moins cette drôlesse; mais elle ne pouvait
prendre sur elle de l'appeler par son nom.

Elle respectait deux choses dans ce monde : le bon
Dieu et l'opinion de la grande culture. Rien ne lui
était plus dur que d'avoir à annoncer son malheur aux
principales fermières du voisinage. Elle tenait cependant à s'acquitter de ce soin; elle se croyait seule
capable de présenter les choses comme il convenait
et sous le jour le moins défavorable, de les raconter
en y mettant le véritable accent, et elle voulait savoir

par elle-même ce qu'on pensait, ce qu'on disait. C'est
un vilain poison qu'on a la fureur de boire. Une après-
midi, s'armant de tous ses atours, elle monta en voiture et s'en alla de ferme en ferme. Elle était très
émue; elle avait la gorge serrée. Elle entrait, s'asseyait
sur le bout d'une chaise, tenant aussi peu de place
qu'il était possible, comme une accusée sur la sellette,
et, avec un sourire douteux, passant son mouchoir
sur les coins de sa bouche, elle disait :

« Eh bien! vous savez ce qui nous arrive? »

Et elle regardait autour d'elle pour lire dans les
yeux. Puis elle entamait son récit d'une voix haletante, parlant bas comme dans la chambre d'un malade, alléguant que son fils n'était pas un homme
comme un autre, qu'il avait en toute chose des goûts
particuliers et ses idées à lui. Après quoi, s'échauffant
par degrés, elle plaidait les circonstances atténuantes,
que Mlle Aleth Guépie était une parfaite beauté, qu'elle
avait reçu une excellente éducation, que Mlle Bardèche ne pouvait trop se louer de son caractère, de son
application, de ses rédactions, des progrès qu'elle
avait faits dans tous les genres d'études, que, de leur
côté, ses parents valaient mieux, beaucoup mieux que
leur renommée, que, tout bien considéré, c'étaient
de braves gens qui avaient eu des déconvenues. Et
elle regardait de nouveau autour d'elle pour s'assurer si on la croyait. Mais la grande culture est une
grande école de diplomatie; on y apprend et à parler
et à se taire. Ni Mme Bourgeret, ni Mme Cambois,
ni même Mlle Alice Cambois, si consternée qu'elle
pût être, ne laissèrent échapper un mot de per-
siflage ou d'ironie ou de blâme ; elles ne dirent
rien non plus qui ressemblât de près ou de loin à un

encouragement, à une consolation. On écoutait avec une extrême politesse, dans un profond silence, et, de temps à autre, avec d'agréables sourires qui signifiaient : « Ah ! si nous disions ce que nous pensons ! Mais nous n'aurions garde ; après tout, ce ne sont pas nos affaires. Qui veut se mésallier, qu'il se mésallie ! »

Elle revint de sa tournée le cœur gros, et les couleuvres qu'on lui faisait avaler, elle entendait que son fils les avalât aussi. Elle lui dit, sans avoir l'air d'y toucher :

« J'ai bien travaillé cette après-midi... J'ai vu les Bourgeret, les Lanterneux, les Cambois.

— Vraiment?... Et ils se portent bien ?

— Oh ! rassure-toi, ces dames ont été très polies, très convenables. »

Puis, laissant tomber goutte à goutte son vinaigre sur la plaie :

« Si tu m'en crois , tu ne les inviteras pas à ta noce.

— Pourquoi donc ?

— Elles trouveraient quelque défaite pour ne pas venir. Dame ! on n'aime pas à se compromettre, à se rencontrer nez à nez avec certaines personnes. »

Il ne se fâcha pas ; il était si heureux qu'il ne se fâchait jamais.

« Mais ils sont donc faits d'une autre pâte que nous, tes éternels Cambois? dit-il en riant. Je voudrais bien que quelqu'un pensât se compromettre en venant au Choquard !.. Eh bien ! je les inviterai , tes Cambois et tes Bourgeret, tu verras qu'ils seront ravis de venir. »

Il essaya de détourner la conversation en lui expliquant certaines dispositions qu'il avait concertées avec son notaire et comment il s'arrangerait pour qu'elle fût certaine, quoi qu'il arrivât, de finir paisiblement ses jours au Choquard. Il avait tout prévu, même le cas où il mourrait jeune et sans enfants, et il la consulta sur les mesures qu'il comptait prendre pour protéger Aleth contre les convoitises et les manœuvres de sa famille, ainsi que sur le chiffre de la pension viagère qu'il se proposait de lui assurer et qui ne courrait que du jour où elle serait veuve. Mme Paluel faisait semblant de ne pas écouter et ne perdait pas un mot.

« Vrai, tu m'étonnes, interrompit-elle. Tu prends déjà des précautions contre tes beaux-parents, qui sont la crème des honnêtes gens? Ce n'est pas bien à toi. Et, quant à elle, tu comptes ne lui donner de son vivant que de l'argent de poche au fur et à mesure de ses besoins? A quoi penses-tu? Elle est si jolie! Si j'étais toi, je lui donnerais dès à présent tout ce que j'ai...

— Et tout ce que tu as, interrompit-il à son tour. Eh bien! j'ai causé avec elle de tout cela; je lui ai soumis mon projet de contrat. Elle s'est hâtée de dire que tout ce que je faisais était bien, qu'elle ne voulait pas que cela fût autrement.

— Je le crois, dit-elle avec un sourire amer. C'est une fille d'esprit qui sait attendre. Elle songeait à sa pension de veuve, dont le chiffre est beau. »

Il ne releva pas ce mot féroce; il était résolu à tout lui pardonner. Mais, comme il essayait de rentrer dans ses explications, elle l'en tint quitte et lui dit comme d'habitude :

« Fais ce qu'il te plaira, c'est affaire à toi, cela te regarde. »

Puis, revenant à son premier thème :

« As-tu choisi tes témoins?

— L'un sera le docteur Larrazet, qui a accepté avec beaucoup de plaisir.

— En es-tu bien sûr?... Et l'autre?

— Oh! je n'aurai pas de peine à le trouver. J'ai des oncles, j'ai des cousins, ce me semble.

— Tu aurais tort de compter sur eux. Je connais les sentiments de mes sœurs; elles m'ont écrit toutes les deux. Dieu me préserve de te montrer leurs lettres! Mais sois parfaitement convaincu que ni elles, ni leurs maris, ni leurs enfants ne paraîtront à ta noce.

— Grand bien leur fasse! On se passera d'eux.

— Oui, mais ton second témoin? » reprit-elle.

Et, se grattant légèrement la tête avec une aiguille à bas :

« Si j'étais toi, Robert, je me contenterais de Lesape. »

Il comprit l'intention et tout ce qu'il y avait de noire profondeur dans la malice de cette épigramme. Il répondit tranquillement :

« Au fait, tu as raison. Un homme en vaut un autre. »

Deux jours plus tard, comme il traversait le bois de la Roseraie, où il avait affaire, quelqu'un l'appela par son nom, et il vit venir à lui, monté sur un bel alezan, un grand jeune homme qu'il connaissait depuis son enfance, mais qu'il ne voyait que de loin en loin, sans se soucier beaucoup de le voir plus souvent. C'était le marquis Raoul de Montaillé, qui était venu faire un tour dans son château pour s'assurer que son nouveau garde-chasse, Polydore Guépie, élevait convenablement ses faisans. Le marquis Raoul n'avait que vingt-cinq ans tout au plus et en paraissait davantage.

Il avait le regard fatigué; son sourire était pâle, et
son front commençait à se dégarnir; il en était réduit
à ramener. Il se trouvait bien tel qu'il était; il y avait
du parti pris, un choix volontaire dans sa manière
d'être. Il n'était pas fâché qu'on devinât en le regardant
que la vie n'avait plus rien à lui apprendre, que le
caillou avait beaucoup roulé, que beaucoup d'affaires
et beaucoup de femmes avaient passé par là. Peut-être
se mêlait-il un peu de calcul à ce grand détachement
qu'il affectait et que semblait annoncer la simplicité
recherchée de sa toilette. Il tâchait de ressembler à
un Anglais en négligé qui méprise les apparences et
ne s'inquiète pas d'imposer aux badauds. Mais il faut
lui rendre cette justice qu'en toute chose il ne considérait que son plaisir réel ou son profit et que les
petites vanités, qui coûtent si cher, ne l'induisaient
jamais en dépense; il était sage dans la folie. Ne passant guère à Montaillé que la saison de la chasse, personne ne songeait à s'affliger de ses absences. Quand
on le voyait venir, on disait :

« Tiens! c'est le marquis Raoul sur son alezan! »

Mais on n'ajoutait rien; on ne parlait de lui ni en
bien ni en mal, et il n'avait jamais fait ni mal ni bien à
qui que ce fût. Il était parfaitement personnel et toujours poli; il aimait à pratiquer les vertus qui ne coûtent rien.

Il faut dire à sa décharge que sa première jeunesse
avait été fort malheureuse, et qu'en travaillant résolûment à son bonheur il ne faisait que se rattraper. Son
père l'avait toujours tenu de court, et il n'était hors de
page que depuis quatre ans. Après avoir mené longtemps joyeuse vie, ce père, auquel il n'aimait pas à
penser, s'était subitement converti, et l'étrangeté de

sa conversion lui avait acquis la réputation d'un cerveau dérangé, ce qui n'était pas tout à fait exact. C'était
un de ces hommes de sentiment que le spectacle des
révolutions jette dans le mysticisme, qui, à force de
voir dans ce monde des choses qui leur déplaisent,
ne veulent plus vivre que dans l'autre et, n'espérant
plus rien des causes secondes, s'en remettent à l'in-
tervention miraculeuse des anges et des archanges.
Ce légitimiste très fervent avait cessé de l'être le jour
où il avait découvert que le comte de Chambord, s'il
remontait sur le trône de ses ancêtres, ferait des con-
cessions à son siècle et n'entendait supprimer ni le
suffrage universel ni la liberté de conscience. Dès lors,
l'héritier de ses rois ne lui était plus apparu que comme
un révolutionnaire déguisé, et, dégoûté de la politique,
il s'était plongé dans la théologie. Quittant à jamais
ce Paris radical et athée qu'il abhorrait, secouant
contre lui la poussière de ses souliers, il était venu
s'enterrer à Montaillé pour y vivre de régime et consacrer des sommes folles à restaurer son magnifique
château, qui menaçait ruine. Par surcroît, il s'y était
construit un oratoire, un calvaire et un chemin de la
croix, qu'il gravissait à genoux le vendredi saint de
chaque année, faisant participer sa femme à ce pieux
exercice. Plus jeune que lui de trente ans, elle avait
pris difficilement son parti de cette vie de réclusion.
Il s'en accommodait à merveille et ne sortait de son
parc, qui était fermé à tout le monde, que pour aller
en pèlerinage à la Salette ou à Lourdes, d'où il rapportait peut-être la santé, mais où il n'apprenait pas
à rendre heureux ses entours.

On le traitait dans le pays de vieux fou, on l'appelait aussi la vieille momie, et il est certain que cet

homme, à qui le mysticisme n'avait laissé que la peau
et les os, ressemblait à quelque pharaon embaumé. Le
mal est qu'il avait une volonté tenace et qu'il se dé-
dommageait de ses agenouillements en exerçant un
despotisme assez dur sur tout ce qui l'approchait. Sa
femme avait fini par s'accoutumer à lui, son fils n'y
avait pas réussi. Il l'avait fait élever aux jésuites, et
dans ses vacances il l'emmenait à la Salette, ayant
promis au Seigneur de lui consacrer cette hostie im-
maculée. Cependant le jeune homme, qui se sentait
peu de vocation pour le métier d'hostie, s'amusait
comme il pouvait, dans l'ombre d'un profond mystère.
Par bonheur, son père ignorait tout, continuait de
croire à la virginale candeur de son rejeton; s'il se fût
douté de quelque chose, Éliacin aurait vu beau jeu.
On croira sans peine que, quand ce dévot vieillard
rendit son âme à Dieu, ses héritiers ne firent pas
couler beaucoup de larmes sur sa tombe.

Dès que le père fut mort, on put s'apercevoir combien le fils lui ressemblait peu et paraissait disposé à
prendre de tout point le contrepied de ses sentiments
et de sa conduite. M. Larrazet avait eu raison de dire
à Mme Paluel que nous n'héritons guère des vices et
des vertus dont nous avons souffert. Le mysticisme
avait trop fait souffrir Raoul de Montaillé pour qu'il ne
criât pas à ce fantôme : *Vade retro, Satanas!* Il avait
conclu des épreuves de sa jeunesse que le premier devoir d'un marquis est d'être de son siècle et de n'avoir
point d'opinions extrêmes, à moins qu'elles ne puis-
sent lui servir à quelque chose. Il en inférait aussi
que, dans un temps où l'homme ne compte que par
la quantité d'argent disponible qu'il possède, il est
vraiment ridicule d'engloutir une partie de sa fortune

dans la restauration d'un vieux château. Il ne vendit
pas le sien, il ne serait pas rentré dans ses frais, et
d'ailleurs, étant grand chasseur, il tenait à son parc
et à ses remises. Mais il sut user de son nom pour se
créer des liaisons dans le monde de la finance. Avisé,
prudent, il se défiait des aventures et des coups de
bourse, il aima mieux se faufiler avec art dans plusieurs entreprises industrielles qui promettaient de
beaux dividendes, et personne ne s'entendait mieux
que lui à revendre cher des actions qu'il avait eues
presque pour rien. S'il était de deux ou trois clubs, il
était aussi de trois ou quatre conseils d'administration,
et on ne le prenait jamais sans vert. Il avait le mérite
de ne pas négliger les petits gains. On le voyait souvent à l'hôtel des ventes, où il apprenait à deviner
sous sa crasse vierge une toile de prix; mais il ne col-
lectionnait pas, il brocantait. Bref, il y avait dans le
marquis Raoul de Montaillé un aristocrate et un bourgeois qui vivaient dans la meilleure intelligence. Il
avait de la tournure, de la ligne, des mains très fines,
de la hauteur dans la politesse, de la politesse dans la
hauteur, et il était un cavalier accompli. C'était la part
de l'aristocrate. En revanche, il adorait l'argent et ne
le gaspillait pas, il savait acquérir et il savait conserver,
il mêlait à ses plus grandes dissipations le souci de
l'arithmétique, recherchant de préférence les petites
affaires qui rapportent gros et les grands plaisirs qui
coûtent peu. C'était la part du bourgeois. Pour dire
toute sa pensée, rien ne lui semblait plus pitoyable
dans ce monde qu'un fils d'épicier enrichi qui joue au
talon rouge; rien, au contraire, ne lui paraissait plus
admirable qu'un marquis intelligent qui, pour arrondir
son patrimoine, emprunte aux épiciers leurs rubriques

et toutes leurs vertus utiles; quant aux autres, il les leur laissait pour compte. Gens de peu qui s'emmarquisent, grands seigneurs qui s'embourgeoisent, on ne sait aujourd'hui quels sont les plus nombreux.

Raoul de Montaillé et Robert Paluel s'étaient beaucoup fréquentés dans leur enfance. Le château et la ferme étaient distants l'un de l'autre de plus d'une lieue; mais la Roseraie servait de trait d'union. On s'y était rencontré, et, trompant la plus jalouse des surveillances, le futur marquis s'y ménageait des rendez-vous avec le fils du grand fermier, lequel, plus âgé que lui de cinq ans, l'initiait à tous les secrets de sa précoce expérience et lui enseignait plus d'un exercice agréable. On dénichait ensemble les corbeaux, on pêchait les grenouilles, on donnait la chasse aux hérissons; malheur à celui qui se laissait prendre! on le jetait au plus profond d'une mare pour avoir le plaisir de le voir nager. Pendant quelques années, on s'était perdu de vue; puis Robert était parti. Peu de temps après son retour, il eut la surprise de recevoir la visite de son ancien compagnon de jeux, qui se faisait un point de conduite de ne jamais négliger une relation utile et qui avait découvert par instinct qu'on a souvent besoin d'un plus petit que soi. Par l'intercession d'un directeur de conscience qui avait du crédit, le malheureux prisonnier avait arraché à son intraitable père la permission d'aller à Paris étudier le droit et de se procurer ainsi un peu de liberté. Mais la pension qu'on lui faisait était si mesquine que, sous peine de vivre sur lui-même, il était devenu la proie de l'un de ces prêteurs à la petite semaine, de ces agents d'affaires véreux qui pullulent dans le quartier des écoles et qui, toujours à l'affût des fils de famille, leur

offrent charitablement cinq cents francs en leur faisant souscrire une reconnaissance de quinze cents.
Son prêteur, inquiet de son argent, perdit patience, le
menaça de s'adresser à son père. Dans son angoisse,
Raoul s'était souvenu du dénicheur de corbeaux ; mettant sous ses pieds toute fausse pudeur, il s'était
adressé à Robert, qui s'empressa de lui avancer la
somme, laquelle fut remboursée le jour même où
le vieux marquis partit pour cet autre monde qu'il
préférait à celui-ci. Du même coup son fils déclara
courtoisement à Robert qu'il avait contracté envers
lui une dette de reconnaissance et qu'il espérait trouver quelque occasion de lui être agréable, se promettant en secret d'acquitter cette dette de la façon qui
lui coûterait le moins. En attendant, il achetait au
Choquard sa paille et son avoine, les ayant ainsi à
meilleur compte. Comme il aimait à courir la perdrix
autant que le faisan, chaque année aussi il louait la
chasse de Robert, qui en eût facilement trouvé un
meilleur prix. Depuis quelque temps, il s'était avisé
que Robert Paluel pouvait encore lui servir à autre
chose. Convaincu que ses affaires s'en trouveraient
mieux, il aspirait secrètement à la députation. Robert
était un homme à ménager, il était considéré, in-
fluent ; on lui avait offert plus d'une fois les honneurs
de la mairie, qu'il avait déclinés. Le marquis espérait
faire de lui un de ses courtiers d'élections ; c'était un
bon atout à mettre dans son jeu, et il voulait les y
mettre tous. Pour ce qui est de ses opinions, il n'en
avait pas encore, se réservant d'adopter celles qui
conviendraient le mieux à ses électeurs, et il espérait
que Robert lui donnerait de salutaires avis à ce sujet.
A la vérité, rien ne pressait, mais il entendait s'y

prendre de loin pour préparer sa candidature, et il avait déjà commencé ses semailles.

Il tendit la main à Robert en disant :

« J'aurais le droit de vous en vouloir. Vous vous mariez et je n'en sais rien.

— Il paraît pourtant que vous le savez, monsieur le marquis.

— Je l'ai appris tout à l'heure de mon nouveau garde-chasse, Polydore Guépie, qui, si je ne me trompe, est le demi-frère de votre future. »

Robert ne répondit pas. Il trouvait qu'en ce moment M. Raoul de Montaillé n'avait pas tout le tact qu'on peut attendre d'un marquis. Raoul avait cependant l'intention d'être aimable, car il ajouta :

« Je n'ai jamais vu Mlle Guépie, mais on la dit charmante... Et que dit votre mère de ce mariage?

— Elle n'en est qu'à demi contente.

— Je m'en doutais; mais c'est égal, vous épousez, paraît-il, une fort jolie fille, c'est bien quelque chose que cela, et on a raison, en se mariant, de ne consulter que ses goûts. »

Il partit de là pour protester du peu de cas qu'il faisait des préjugés, de la sotte tyrannie de l'opinion. Il n'est rien de tel que les gens très calculés pour encourager les folies des autres, quand ils n'ont pas à en pâtir, et pour médire des petites considérations de la sagesse mondaine et intéressée. C'est la vieille histoire de l'homme qui crache dans le plat, à la seule fin d'en dégoûter son prochain et de se le réserver.

« Et quand vous mariez-vous? reprit-il.

— Dans quinze jours, le 26 mai.

— Je reviendrai tout exprès de Paris... Invitez-moi ou je m'invite.

— C'est trop d'honneur que vous me ferez, repartit froidement Robert, à qui il importait peu qu'il y eût à sa noce un marquis de plus ou de moins.

— Mais il me semble que nous sommes de vieux amis, que nous pouvons compter l'un sur l'autre, reprit Raoul avec autant de vivacité que le lui permettait son absolue indifférence... Le fait est, continua-t-il, que si j'avais été informé plus tôt, j'aurais sollicité la faveur de vous servir de témoin. »

Robert le regarda pour s'assurer qu'il était sérieux, ces derniers mots lui avaient fait dresser l'oreille. Il se disait que le hasard venait de lui fournir un admirable moyen de fermer la bouche à sa mère, qui le croyait réduit à Lesape. Quelle réplique à lui faire !

« Il ne tient qu'à vous, monsieur le marquis, répondit-il ; la place est encore vacante. »

Le marquis Raoul se trouva pris et s'exécuta de la meilleure grâce du monde. Il remercia Robert de tout le plaisir qu'il lui faisait, et lui serrant de nouveau la main :

« Le 26 mai, je serai votre homme. »

Il partit en maugréant contre lui-même. « Ce que c'est que la rage d'être aimable! pensait-il. C'est une vraie tuile que je me suis fait tomber là sur la tête. Mais, par exemple, je ne lui devrai plus rien, nous serons quittes. »

Le soir de ce même jour, Robert dit négligemment à sa mère :

« Si tu ne tiens pas trop à Lesape, nous pourrons nous passer de lui. J'ai trouvé un second témoin, qui s'est offert de lui-même.

— Et qui donc?

— M. le marquis Raoul de Montaillé.

— Il s'est moqué de toi, s'écria-t-elle.

— Il y a beau jour que je le connais, répondit-il, et je le soupçonne d'avoir de bonnes raisons pour ne jamais se moquer de moi. »

Et il la laissa à son étonnement. Épouser une Guépie et avoir un marquis pour témoin ! Cela déroutait toutes ses idées, il y avait quelque chose de démonté dans l'univers.

On était pour le moins aussi occupé à la *Renommée* qu'au Choquard. Le lendemain du jour où le mariage fut décidé, Aleth avait choisi sa meilleure plume pour annoncer l'événement à Mme Blackmore, qui était encore en Italie, et à son récit elle avait joint certaines insinuations qui furent comprises. Mme Blackmore lui répondit qu'elle consentait à se charger de son trousseau et lui envoya un chèque de deux mille francs sur son banquier de Paris, non sans lui donner à entendre qu'il y a fin à tout, que c'était la dernière libéralité qu'elle lui faisait. Depuis lors, ce ne furent plus qu'allées et venues. La mère et la fille allaient au moins trois fois la semaine à Paris, on y courait les magasins, on examinait, on conférait, on marchandait, et le soir on revenait en triomphe à la *Renommée* avec ses emplettes, dont s'émerveillaient les commères de Mailly, accourues à cet effet. Tout en se pâmant, elles se disaient avec dépit : « Ont-ils de la chance, ces Guépie ! Depuis qu'il pleut dans leur écuelle, il n'y en a plus que pour eux. Est-elle heureuse, cette petite coquine ! Et dire que nous l'avons vue de nos yeux garder les dindons ! » Aleth affectait de dédaigner également leurs extases et leurs jalousies secrètes, et buvait tout cela doux comme du lait. Ce fut bien autre chose quand arriva la corbeille.

Cette fois, le futur n'avait pas consulté sa mère; robes, parures, montre, bijoux, rien ne lui avait paru trop beau pour enchâsser son idole.

Comme lui, elle s'était occupée de bien choisir ses témoins, et elle n'avait que l'embarras du choix. Les hommes sont lâches, et tout réussit aux heureux. Les gens qui avaient le plus méprisé les Guépie avaient des démangeaisons de figurer dans ce mariage si curieux, si imprévu, qui faisait tant de brouhaha. On ne put résister aux instances du boulanger de Mailly, important personnage dont on était un peu les cousins, sans compter qu'on lui devait quelque argent. Mais Aleth refusa les autres. Elle avait appris que Mme Blackmore, arrivée depuis peu à Paris, comptait, avant de partir pour l'Angleterre, passer deux ou trois semaines à Mailly. Taillant de nouveau sa plume, elle lui représenta que sa chère marraine comblerait tous ses vœux en autorisant M. Blackmore à lui prêter son assistance dans l'intéressante et solennelle cérémonie qui se préparait. Mme Blackmore lui octroya encore sa demande, qui cette fois ne la mettait point en dépense. Il semblait que dans ce mariage tout dût être prodigieux. Pour témoins, un médecin, un boulanger, un marquis et un Anglais, et encore disait-on qu'il était poitrinaire. Il s'était fait bien des mariages à Mailly, mais de mémoire d'homme aucun Anglais n'y avait paru. C'était un décor tout nouveau.

Fière de son trousseau, de sa corbeille et de son Anglais, préoccupée de ses apprêts, étourdie de son bonheur, Aleth vivait en l'air, dans les espaces, hors d'elle-même; ses pieds ne touchaient plus à la terre. Dans les tête-à-tête qu'elle avait avec son fiancé, celui-ci lui adressait jusqu'à trois fois la même question sans qu'elle s'aperçût qu'il l'interrogeait. Elle s'en apercevait enfin, se tirait d'affaire en inclinant vers lui son front radieux, qu'il baisait avec passion. Dans tout amour, a dit l'Apôtre, il y a quelqu'un qui aime davantage et quelqu'un qui est plus aimé.

Enfin le 26 mai arriva ; désirés ou redoutés, les jours, quels qu'ils soient, finissent par arriver. Ce matin-là, le ciel était d'un bleu pur et profond, il n'y avait pas un nuage, ce qui parut absurde à Mme Paluel. Les coqs s'éveillèrent de meilleure heure que de coutume, jamais leur chant n'avait été si triomphal : ils annonçaient des gloires, des béatitudes. Ils lui semblèrent ineptes et imbéciles, elle leur eût volontiers tordu le cou. Elle poussa un soupir qui en valait dix, s'étant promis de n'en plus pousser jusqu'au soir, de faire bonne contenance, de telle sorte que personne ne pût lire son désespoir dans ses yeux. Que cette journée lui fut dure ! Elle eut pourtant une satisfaction. En sortant de la mairie, on se rendit à l'église. La cérémonie achevée, Richard Guépie, qui guettait le moment, s'élança vers la belle-mère de sa fille pour lui offrir son bras. Elle fit semblant de découvrir une petite tache à l'une des brides de son chapeau de velours, et, baissant le menton, elle ne s'occupa plus que de la gratter, tout en gagnant la sortie le plus vite possible. Guépie, le bras arrondi, les yeux en coulisse, la bouche en cœur, la suivait, disant :

« Permettez, madame Paluel, permettez... »

Elle ne voyait rien, n'entendait rien, grattait toujours sa tache, jusqu'à ce qu'elle lui dît sans le re-
arder :

« C'est inutile, monsieur Guépie; il faut que je rentre au Choquard pour m'occuper de mon couvert. »

Toute la noce, à l'exception de Mme Paluel, se rendit à la *Renommée*, où une collation l'attendait. Puis on remonta en voiture pour faire une grande promenade, et à six heures précises on arrivait à la porte du Choquard. Les voitures entraient une à une dans la cour, versaient leur monde et ressortaient par le passage voûté. En descendant, ces dames de la grande culture se rendaient dans la chambre de Mme Paluel, sanctuaire accessible à elles seules. Elles s'y débarrassaient de leurs châles de dentelles, de leurs chapeaux à la dernière mode, ayant grand soin de ne pas déranger l'industrieux édifice de leur coiffure. Puis elles passaient dans la salle à manger, portant délicatement leurs mains à leur tête pour s'assurer que leurs bandeaux bouffaient et qu'il n'y avait pas à leur chignon quelque épingle qui sortît. La table en fer à cheval était belle à voir; le linge, les nappes et les serviettes damassées, la vaisselle, l'argenterie, les cristaux et les fleurs, tout était digne du Choquard. Mme Paluel s'était arrangée pour que les brebis et les boucs n'eussent pas commerce ensemble; les Guépie se trouvaient tous rangés les uns à côté des autres et faisaient bande à part. Elle ne leur avait adjoint que Lesape, qu'elle goûtait peu, et l'instituteur de Mailly, qu'elle accusait d'être libre penseur et radical. Le repas fut succulent, exquis; assistée de deux marmitons venus de Paris, Catherine, qui était un vrai cordon bleu, s'était surpassée. Les vins étaient tous de première qualité; la cave du Choquard était célèbre.

Les choses ne se passent jamais comme on pensait, et il y avait eu, ce jour-là, des attentes trompées, des déceptions, plus d'un front soucieux. Celui de tous les invités qui du matin au soir avait semblé le plus satisfait de son sort était François Lesape. Il s'était dit de minute en minute : « Mon Dieu! que je suis content de n'être pas le marié! » Cette pensée lui mettait de la joie dans le sang.

Les sœurs de Mme Paluel étaient restées sous leur tente; mais, avec leur assentiment, leurs maris et plusieurs de leurs rejetons étaient venus et faisaient bonne mine à mauvais jeu. On voulait bien protester, on ne voulait pas se brouiller. Après tout, quelque déplorable que fût ce mariage, s'il n'y avait pas d'enfant, le magot était destiné à revenir à la descendance des Larget. Mais, s'il y avait un enfant, adieu le cousin à héritage! Ce double courant de pensées traversait incessamment leur esprit, et il en paraissait quelque chose sur leur figure.

Le docteur Larrazet avait vu avec plaisir se lever l'aurore de ce grand jour. Ce sceptique était un bon vivant, il aimait les fêtes et les bombances, il avait la réputation d'une fourchette distinguée. Mais à peine venait-il de se mettre à table, de déplier sa serviette, on vint le relancer pour qu'il se rendît en hâte auprès d'un typhoïde qui se mourait. Il partit visiblement contrarié et ne reparut pas.

Le marquis Raoul de Montaillé s'était retiré beaucoup plus tôt que le docteur. Il était arrivé à l'heure dite, dans les meilleures dispositions, résolu à faire son devoir, à se montrer bon prince jusqu'au bout. Mais, à la mairie déjà, son visage s'allongea par dégrés et l'expression en devint maussade; il se sentit

comme envahi par une sorte de migraine, quoiqu'il
ne fût pas sujet à ce genre d'accidents. Etait-ce bien
une migraine? C'était plutôt cette sourde mélancolie
qui s'empare tout à coup de tel marquis ou de tel
bourgeois lorsque, invité à quelque mariage, il fait la
découverte que la mariée qu'il ne connaissait pas est
beaucoup trop jolie; il entend par là qu'elle l'est trop
pour le marié, qu'il connaît; ce n'est pas qu'il voulût
l'épouser, mais il lui trotte dans l'esprit des imaginations qui l'affligent; le bonheur de son prochain le
chagrine. Raoul de Montaillé, sur ce qu'on lui avait
dit, s'attendait à voir une beauté rustique; vraiment
c'était bien autre chose. Il employa tout le temps de
la messe à se figurer tantôt ceci, tantôt cela, à considérer tel cas fortuit qui aurait pu se présenter. N'aurait-il pas pu se faire, par exemple, qu'au lieu de se
fiancer à Robert Paluel, cette ravissante créature fût
venue un matin prendre des nouvelles de son frère le
garde-chasse, qui lui aurait fait les honneurs du parc
de Montaillé? On se serait rencontré, et de fil en aiguille il en serait peut-être résulté beaucoup de choses
agréables. Ces réflexions assombrirent tellement l'humeur de Raoul que, en sortant de l'église, il s'approcha
de la mariée et du marié pour leur annoncer qu'à son
vif regret une affaire urgente le rappelait à Paris. Le
marié ne fit aucun effort pour le retenir, et, ce qui le
mortifia davantage, la mariée ne parut prêter qu'une
médiocre attention à ce qu'il lui disait, elle ne répondit que par un sourire fugitif et banal, puis elle détourna la tête, et, regardant tour à tour Paul et Jacques, elle leur adressa le même sourire banal et
fugitif qui servait pour tout le monde. Mon Dieu! elle
n'était pas fâchée qu'on pût dire qu'il y avait un mar-

quis à sa noce ; mais lui ou un autre, peu lui importait, et, quand il n'y aurait point eu de marquis du tout, elle en eût pris facilement son parti. Sa gloire et sa félicité se suffisaient à elles-mêmes, et dans cette grande journée les accessoires la touchaient peu.

Comme le marquis de Montaillé, Mmes Bourgeret et Cambois avaient trouvé la mariée trop jolie ; comme lui, quoique pour un autre motif, elles avaient eu peine à dissimuler leur dépit. Elles pensaient à leurs filles, elles faisaient d'humiliantes comparaisons. Elles avaient eu un autre mécompte. Le matin, en faisant leur toilette, en écoutant l'agréable froufrou de leurs robes de soie, en attachant à leurs oreilles leurs plus beaux pendants et à leurs poignets leurs bracelets d'or les plus riches, elles avaient plus d'une fois souri dans l'espérance qu'un mariage si mal assorti aurait son côté comique, qu'avant la nuit il se produirait quelque incident, quelque anicroche dont on pourrait gloser. Elles croyaient savoir, sur la foi de certains rapports, qu'Aleth ne se souvenait pas toujours des admirables leçons de Mlle Bardèche, que dans ses échappées d'humeur elle avait des mots, des gestes malheureux. Leurs prévisions malignes étaient déçues. Aleth fut irréprochable de tenue comme de langage, tour à tour grave et digne sans affectation ou affable sans familiarité, en un mot, aussi princesse de la tête aux pieds qu'aucune de celles que renferme la Brie.

M. Blackmore n'avait eu aucune déception ; il s'était attendu à s'ennuyer beaucoup ; jusqu'au soir il s'ennuya consciencieusement. Sa femme lui avait enjoint d'être aimable, et, quand on a un bon caractère et qu'on a épousé une femme riche, on fait ce qu'elle

vous dit de faire. Tout le long du jour, il avait échangé
avec celui-ci, avec celui-là, de vigoureux *shake-hands*,
qui leur faisaient craquer les os des doigts, et, quoi
qu'on pût lui dire, il souriait agréablement. Sa mauvaise fortune voulut que le boulanger Mathieu, inta-
rissable jaseur, aux phrases et aux gestes arrondis,
qui ressemblait à un gindre d'opéra-comique, prît en
goût dès la première minute le teint rosé et les grands
favoris en côtelette de l'insulaire. Il s'attacha, se
cramponna à lui, ne le quitta plus d'une semelle, lui
débitant de longues histoires, agrémentées de coq-à-
l'âne, sans réussir à se convaincre que M. Blackmore
ne savait pas un traître mot de français. M. Blackmore eut sa revanche au dîner, en adressant aux mariés, entre la poire et le fromage, un interminable
speech en anglais, qu'ils comprirent tant bien que
mal et qui fut lettre close pour tous les autres convives, ce qui ne les empêcha pas de l'écouter avec
recueillement ; on respecte toujours un peu ce qu'on
ne comprend pas. Après quoi, M. Blackmore échan-
gea de nouveau des *shake-hands* avec toute la compagnie et se retira, au vif chagrin du boulanger, qui
disait bien des jours plus tard : « Vous avez beau dire,
ce sont de fameux gaillards que ces Anglais ! »

L'inconvénient des discours est que, le branle une
fois donné, chacun veut faire le sien. Celui du curé de
Mailly ne fut pas long. Il souhaita des jours filés d'or
et de soie aux deux époux, « ainsi qu'à l'honorable,
à l'estimable, à la vénérable Mme Paluel. » Par forme
de conclusion, il les exhorta tous à penser quelquefois
au bon Dieu, leur assurant que c'était le meilleur
moyen qu'on eût encore inventé d'être heureux dans
ce monde et dans l'autre. Cette péroraison avait

échauffé les oreilles de l'instituteur, qui, se trouvant un peu lancé, se leva aussitôt pour répliquer. Il déclara que ce n'était pas du bon Dieu qu'il s'agissait dans cette affaire, mais des miracles que produit l'enseignement primaire supérieur et laïque, qui pousse les hommes à s'élever au-dessus d'eux-mêmes et de leur condition. Il affirma que le jour où le gouvernement ferait son devoir et consacrerait quelques milliards à répandre partout les lumières jusque dans la plus humble chaumine, toutes les Françaises auraient des talents distingués, que deux millions au moins de Français auraient du génie. Il termina sa harangue en portant un toast « à l'instruction intégrale, représentée dans ce beau jour par la charmante mariée, qui lui devait son bonheur. » Les principaux passages de cette pièce d'éloquence provoquèrent quelques murmures dans une partie de l'auditoire ; mais, dans l'autre branche du fer à cheval et dans tout le clan des Guépie, ils furent soulignés par d'énergiques applaudissements. Il est certain que l'instruction intégrale n'avait jamais été mieux représentée dans ce monde que par la charmante mariée, qu'elle n'était jamais apparue sous une forme plus attrayante, plus coquette. C'était à donner l'envie d'en manger.

On pouvait classer M. et Mme Guépie parmi ceux des convives qui n'étaient pas tout à fait contents. Maître Richard gardait sur le cœur, sans pouvoir le digérer, l'affront public que lui avait fait Mme Paluel en sortant de l'église et qui avait été remarqué. La première partie de la journée avait été bonne pour Palmyre ; elle avait promené partout ses yeux humides et l'onction de son bonheur. Mais lorsqu'elle avait voulu pénétrer à la suite de Mmes Bourgeret et Cam-

bois dans la chambre de Mme Paluel pour s'y débarrasser de son châle et retoucher sa coiffure, elle avait
trouvé visage de bois; en vain avait-elle gratté, la
porte ne s'était pas ouverte. Elle en avait été réduite
à suspendre son chapeau à l'une des patères de la
salle à manger, et à plusieurs reprises les domestiques
qui servaient et qu'elle suivait d'un œil inquiet
l'avaient heurtée et froissée. L'humiliation, l'inquiétude lui avaient gâté son repas.

Plus heureux qu'elle étaient ses cinq beaux-fils, qui
occupaient le bas bout de la table, l'employé de l'octroi dans son habit de lézard, le coquetier en redin-
gote bleue, le vendeur de journaux en veste courte,
le voiturier dans son habit de première communion
devenu trop étroit, Polydore enfin dans son uniforme
de garde-chasse d'un marquis. Aleth leur avait adressé
le matin de pressantes admonestations, elle les avait
adjurés de se bien tenir devant l'ennemi, de se sur-
veiller beaucoup et de se taire. Ils avaient observé
la consigne, et, parlant peu, ils s'étaient repus, gavés,
piffrés, avalant les truffes sans les mâcher, vidant d'un
trait leur verre de champagne. C'était une belle chose
de voir manœuvrer ces cinq paires de mâchoires avec
autant de précision que si elles eussent fait l'exercice
à la prussienne. Cependant, sur la fin du repas, Polydore s'émancipa. Chaque fois qu'il voyait le curé porter sa fourchette à ses lèvres, il se tournait vers le
coquetier pour lui dire, la bouche pleine : « Quelle
avaloire a la calotte ! » Il le dit même une fois si haut
qu'Aleth lui lança au travers de la table un regard
terrible, accompagné d'un geste impératif, pour le
faire rentrer dans son néant.

Jusqu'au soir, Aleth avait été aussi noblement gracieuse, aussi gracieusement majestueuse qu'une impératrice le jour de son sacre. Son petit moi, ivre de joie et d'orgueil, se dilatait jusqu'à remplir le monde; la terre lui appartenait; du haut de son nuage, elle entrevoyait la foule des humains comme une fourmilière qui s'agitait confusément dans les bas-fonds. Par intervalles, en y regardant de plus près, elle distinguait quelques visages connus, parmi lesquels elle regrettait de ne pas apercevoir celui d'Alice Cambois, qui s'était bien gardée de lui procurer ce plaisir et s'était abstenue. Puis tout disparaissait, et elle recommençait à rêver, laissant vaguer autour d'elle ses yeux ouverts qui ne voyaient rien. C'est ainsi que du haut d'une montagne on n'aperçoit souvent dans la vallée qu'un brouillard épais qui l'enveloppe et la cache. Par instants, il se déchire, il s'entr'ouvre, on distingue un clocher, un bouquet d'arbres, le cours d'un ruisseau; puis il se referme, et on ne voit plus qu'une vapeur grisâtre à ses pieds et le ciel bleu sur sa tête.

Aussi Aleth n'avait-elle gardé de cette journée qu'un souvenir vague et intermittent. Elle se rappelait qu'à la mairie un rayon de soleil était venu frapper tout à coup le visage de M. Blackmore et avait fait briller comme de l'argent l'un de ses larges favoris. Elle se rappelait également que pendant la messe, à laquelle la fanfare de Mailly avait prêté son concours, un trombone avait fait un *couac*, ce qui avait causé un léger chuchotement. Elle se rappelait encore que, dans le cours de la promenade, s'étant penchée à la portière, elle avait aperçu des hirondelles, fraîchement revenues d'Egypte, qui rasaient le sol et passaient comme des éclairs entre les jambes des chevaux.

Pendant le banquet, elle n'avait su ni ce qu'elle buvait ni ce qu'elle mangeait, et, à vrai dire, elle avait très peu mangé et n'avait bu que de l'eau rougie. En s'asseyant, elle avait déposé ses gants dans son verre à champagne. Elle avait vu un soir Mlle Bardèche en faire autant, ce qui lui avait paru fort distingué. Elle s'avisait confusément que Mme Cambois la regardait beaucoup et qu'il se mêlait quelque dépit à son admiration. Un moment, elle se réveilla tout à fait pour parcourir des yeux cette grande table en fer à cheval, et, après les avoir arrêtés sur Mme Bourgeret et son mari, l'une accorte et bien disante comme une femme du monde, l'autre grave, un peu empesé comme un diplomate, elle avait enveloppé d'un seul regard tout le clan des Guépie, et il lui avait paru que, du coquetier à Polydore, ses cinq demi-frères étaient impossibles, que son père, avec sa serviette nouée autour du cou, était bien vulgaire, que sa mère, qui, à chaque instant, changeait sa fourchette de main, était terriblement commune. Elle prévoyait que, lorsqu'on se lèverait de table, cette mère sentimentale voudrait l'embrasser pour faire devant le monde entier acte de possession. Au moment critique, elle se hâta de la prévenir et de lui tendre les deux mains en même temps que, de ses deux bras allongés, raides comme des barres de fer, elle la tenait à distance.

Quelques minutes après, encore toute vêtue de blanc, elle se trouvait seule dans une grande chambre qu'éclairait une lampe. Dans cette chambre, il y avait un beau lit de noyer à rideaux de perse, dont elle admira les bouquets. C'était son lit, quoiqu'elle n'y fût jamais entrée. Elle fureta un peu partout ; puis elle fut se poster dans l'embrasure de la fenêtre, et,

le front appuyé contre une vitre, elle voyait aller et
venir dans la cour des étoiles jaunes ou rouges :
c'étaient les lanternes des voitures qui venaient chercher leur monde. Elle entendait des bruits de voix
et, sur le pavé, le piaffement des chevaux gorgés
d'avoine. Bientôt après, des fouets claquèrent, une à
une les étoiles disparurent, le silence se fit, et, tout à
coup, elle sentit deux mains s'enlacer autour de sa
taille, quelqu'un la souleva de terre, la coucha tout
étendue dans ses bras et l'emporta autour de la
chambre en disant :

« Enfin ! que cette journée m'a paru longue ! »

Se penchant sur elle, il lui disait encore :

« Ces cheveux, ces joues, cette petite bouche et le
reste, tout m'appartient. »

Et, la regardant jusqu'au fond des yeux, il ajoutait :

« Il n'y a pas à dire, tu es à moi, tu es bien à moi,
et tout entière. »

Et il la mangeait de baisers.

Au même instant, une pauvre petite fille rentrait
dans sa chambre solitaire. Comme Mme Paluel, elle
s'était promis, le matin, de faire bonne contenance.
En se levant, elle s'était appliquée sur les lèvres un
sourire, et elle l'y avait si bien collé qu'il y était resté
tout le jour. Elle l'avait montré à tout le monde, au
docteur Larrazet comme à M. Blackmore, au curé
de Mailly comme à Richard Guépie. A la vérité, dès
la tombée de la nuit, il était un peu défraîchi, un
peu fripé, un peu fané, comme ces fleurs qui ne vivent qu'un jour ; ce n'était plus que l'ombre d'un
sourire. Heureusement elle n'en avait plus besoin ;
la fête était finie. Elle retira de ses cheveux un nœud
de rubans qu'elle posa sur une commode, puis un

bouton de rose qu'elle jeta tristement dans la cheminée. Elle commença à se défaire ; elle ôta sa robe
et ses bottines, mais elle ne put aller plus loin ; elle
se sentait venir une irrésistible envie de pleurer, et,
avant d'avoir dégrafé son corset, elle se laissa tomber
sur son lit, enfonçant son visage dans son oreiller
pour qu'il étouffât le bruit de ses sanglots. S'était-
elle fait des illusions ? avait-elle caressé des chimères ? Point du tout. S'était-elle jamais figuré ?...
Oh ! que non pas ; l'en soupçonner serait lui faire
injure ; elle était trop raisonnable pour cela. Et cependant elle prouvait à cette heure qu'on peut dé-
croire sans avoir cru, qu'on peut se réveiller sans
avoir dormi et rêvé, qu'on peut se désespérer sans
avoir eu d'espérance. Elle pensait à une superbe fille
couronnée de fleurs d'oranger, elle pensait à un homme
cravaté de blanc, à la beauté de l'une, au bonheur de
l'autre, et elle pleurait à chaudes larmes, elle pleurait
comme une Madeleine, ses yeux s'en allaient en eau.

La lassitude eut raison de son désespoir, elle finit
par s'assoupir. A la pointe du jour, elle entendit
frapper trois coups secs à la paroi de sa chambre, qui
touchait à celle de Mme Paluel, et une voix lui cria :

« Je ne veux pas réveiller Catherine, qui doit être
morte de fatigue. Viens vite, Mariette, j'ai besoin
de toi. »

Elle fut confuse et honteuse de l'état où elle se
trouvait. Elle s'empressa de se lever, de s'arroser
d'eau fraîche, de s'arranger, d'enfiler les manches de
sa robe de cotonnade, et elle descendit bien vite dans
la salle à manger, d'où la grande table avait déjà
disparu. Les meubles étaient rassemblés dans un
coin, sens dessus dessous ; les trois fenêtres étaient

toutes grandes ouvertes. Armée d'un puissant balai, Mme Paluel s'en escrimait avec fureur. Dès qu'elle vit Mariette : « Enfin, te voilà ! lui dit-elle, c'est bien heureux. » Et lui jetant une époussette dans les mains :

« Viens donc m'aider à balayer toute la crotte de ces Guépie. »

Ce disant, elle se remit à balayer, et, avec leur crotte, elle balayait les Guépie eux-mêmes. Elle balayait le filandreux Richard, elle balayait la larmoyante Palmyre, elle balayait l'effronté Polydore, et le coquetier, et le voiturier, et le gabelou, et le marchand de journaux. Quand toute cette poussière fut sortie, elle s'avança dans la cour pour avaler une gorgée d'air pur, et machinalement elle leva les yeux sur une fenêtre du premier étage, dont le volet était hermétiquement clos. Elle poussa un profond soupir. Hélas ! derrière ce volet, il y avait une Guépie qu'elle ne pouvait pas balayer.

X

On a bien tort de prétendre qu'il n'est pas dans ce
monde de parfait bonheur. Ils étaient parfaitement
heureux. Ils savouraient, chacun à sa façon, les joies
du propriétaire dans toute leur vivacité, avec des
transports qui ne s'apaisaient pas, et ils étaient con-
vaincus l'un et l'autre que leur lune de miel ne finirait jamais. Lui se disait sans cesse : « Elle est à moi
avec toutes ses circonstances et dépendances ! » et il
le lui prouvait bien. Elle se disait, de son côté, chaque
matin, en se réveillant sous ses jolis rideaux blancs
semés de bouquets roses : « Cet appartement si bien
meublé et tout ce que j'aperçois de ma fenêtre, cette
grande cour, ce colombier et ses pigeons, ces écuries, ces remises, ces chevaux, ces vaches, la bergerie, les quatre cents moutons, les deux cent
soixante hectares, sans compter la Roseraie, et, par-
dessus le marché, un homme qui me laissera toujours faire ce qui me plaît, tout cela est à moi. » Elle
s'était informée ; on lui avait répondu point par point ;
il avait fallu tout lui dire, satisfaire ses curiosités
infinies, qu'aucun détail ne rebutait. Elle savait les

assolements, la rotation des cultures, ce qu'on avait
semé ici ou planté là, où commençait et où finissait
chaque pièce de terre, le nom des voisins, les bor-
nages, les servitudes. Tout était inscrit dans sa tenace
mémoire comme dans le plus exact des cadastres.
Elle savait aussi ce que bon an mal an pouvait rapporter chaque hectare. Elle savait encore mieux à
quoi montaient les dépôts chez le banquier. De temps
à autre, il lui venait à la peau des moiteurs de plaisir
accompagnées de démangeaisons délicieuses au bout
des doigts. Dans le particulier, elle s'abandonnait à
l'impétuosité de ses impressions. En présence de
quelque étranger, elle se modérait, elle était grave,
décente, et, pour ne pas ressembler à une parvenue,
elle se donnait l'air d'être accoutumée depuis longtemps à son bonheur, quoique son imagination ne
pût s'y habituer. Mais la légèreté de sa démarche la
trahissait; elle ne marchait pas : elle courait, dansait
ou volait. L'idée de sa gloire et de sa félicité ne la
quittait pas. Quand elle se promenait sur le grand
chemin en songeant qu'à main droite comme à main
gauche les champs qui le bordaient étaient à elle, il
lui semblait que celle qui ne s'appelait plus Aleth
Guépie portait à son front une auréole qui devait
s'apercevoir des quatre coins du monde.

Durant plusieurs mois, les jouissances que lui procurait la nue propriété de son royaume parurent suffire à son contentement, et elle se figurait qu'il en
serait toujours ainsi. Elle se tenait à sa place, ne
s'occupait de rien, n'entrait dans la laiterie ou dans
les étables que pour regarder et admirer, ne disait
son avis sur quoi que ce fût, à moins qu'on ne l'en
priât. Robert lui savait beaucoup de gré de cette

réserve, de cette abstention volontaire qu'il attribuait
à sa modestie et au louable désir de ne rien changer
à l'ordre établi, de n'empiéter sur les droits de personne, d'éviter soigneusement ces conflits de pouvoirs, ces compétitions fâcheuses qu'il avait tant
redoutées. Le fait est que cette reine constitutionnelle
se contentait de régner et ne se piquait point de gouverner. Une telle situation plaisait à son orgueil. Elle
laissait les autres agir, se remuer, se tracasser pour
elle ; son mari, sa belle-mère, Lesape, Mariette,
elle les considérait tous comme de bons et utiles tra-
vailleurs qui peinaient et suaient pour assurer sa
subsistance et son avenir, pour lui procurer une vie
large, commode et facile. Elle leur souriait d'un air
bénévole, elle les encourageait du regard dans leurs
efforts, elle daignait trouver qu'ils s'acquittaient assez
bien de leur ouvrage et de leurs devoirs.

Le seul travail qu'elle s'imposait à elle-même volontiers et de grand cœur était d'accompagner souvent Robert lorsqu'il allait inspecter ses ouvriers. Les
passants s'arrêtaient pour la regarder, pour contempler la gentille silhouette de cette petite femme, qui,
bien coiffée et bien chaussée, piétinait bravement
dans les sillons détrempés sans s'inquiéter d'y laisser
ses bottines. Les ouvriers la considéraient avec étonnement. Ils remarquaient que, crainte du hâle, elle
relevait rarement sa voilette et qu'elle n'ôtait jamais
ses gants, tant lui était chère la blancheur de ses
mains, qu'elle frottait chaque jour plus d'une fois
avec de la pâte d'amandes : mais tout ce qu'on peut
faire sans ôter ses gants, elle le faisait. Elle avait de
longs entretiens intimes avec les chevaux de labour,
qu'elle appelait chacun par son nom et à qui elle

présentait de gros morceaux de sucre, dont ses poches étaient toujours bourrées. Quelquefois aussi elle ramassait une motte bien grasse, bien luisante, et elle sentait avec délices dans sa main gantée le poids de cette terre qui lui appartenait et qu'elle émiettait entre ses doigts.

Si elle aimait à voir, elle aimait encore plus à se montrer. Il lui vint à ce sujet une idée que son mari n'approuva pas et qui donna lieu à leur premier différend, pour ne pas dire à leur première querelle. Depuis qu'il avait quelqu'un pour l'accompagner dans ses courses à travers champs, il ne montait la jument blanche que lorsqu'il poussait jusqu'à la Roseraie, et Dieu sait pourtant s'il avait du goût pour cette jument ! Ne leur avait-elle pas servi d'entremetteuse ? Aleth lui représenta un jour qu'elle se faisait une conscience de lui imposer sa compagnie, puisqu'elle l'obligeait ainsi d'aller à pied. Elle ajouta avec une pudeur rougissante qu'il y avait moyen de tout arranger : pourquoi n'iraient-ils pas tous les deux à cheval ? Il faut croire que des rêves d'amazone, de chapeau à panache lui avaient passé par la tête. Son idée fut mal reçue ; il lui répondit qu'une fermière à cheval, cela ne s'était jamais vu, que cela ferait mauvais effet, qu'on en causerait. Elle insista ; pour la première fois, cette voix charmante, dont il ne connaissait que les notes aimables, lui fit entendre une musique un peu moins douce ; c'était comme les premiers frémissements, comme le sourd grondement d'une volonté âpre et irritable qu'indignait toute résistance. Il persista pourtant dans la sienne, et la guêpe rentra son dard, attendant une meilleure occasion de le sortir. Elle fut bien récompensée d'avoir cédé. Une semaine après, elle aperçut dans la cour un petit panier attelé d'un petit poney, fier de son harnais tout neuf; elle apprit du même coup que ce joli attelage était un présent qu'on lui faisait. Ce fut un enchantement, une ivresse. Elle sut bientôt conduire, et, pour peu que le temps s'y prêtât, elle s'en allait presque chaque après-midi courir le pays dans son panier, montrer aux curieux son poney, qu'elle avait orné de deux pompons roses. Elle s'arrangeait pour passer près des endroits où elle avait jadis gardé les dindons et les porcs; au retour, elle traversait dans toute sa longueur l'unique rue de Mailly. On accourait sur le pas des portes pour la regarder; ces regards lui chatouillaient l'âme, et elle regagnait le Choquard aussi triomphante qu'une déesse marchant dans sa nuée.

C'était vraiment une déesse, et elle entendait qu'on l'adorât. Robert aimait à l'emmener, en sortant de table, dans ce jardin potager qu'il avait si souvent arpenté seul avant d'être heureux. Il ne songeait plus guère à regarder les étoiles. Un soir pourtant, il s'avisa de lui en montrer une et de lui en demander le nom. Elle confessa sans honte son ignorance.

« Quelle drôle d'astronomie vous enseignait-on au Gratteau? » lui dit-il.

Et il entreprit de lui faire la carte du ciel. Elle l'écoutait languissamment et en bâillant. Enfin elle lui dit :

« Tu m'ennuies avec ta Couronne boréale et tes Poissons. Tu ne m'as pas dit une seule fois ce soir que j'étais jolie. »

Il laissa là ses Poissons pour ne plus s'occuper que de réparer ses torts. Il lui déclara qu'elle avait les plus beaux yeux du monde, le plus joli nez de l'univers et toutes les grâces avec toutes les perfections.

Peut-être l'adorait-il encore plus qu'il ne l'aimait. Il lui savait gré de tout, même de son oisiveté. On n'avait pas besoin de ses services ; grâce à Dieu, il y avait assez de têtes pour gouverner le Choquard. Elle était son luxe, son superflu, son inutile richesse. Si elle avait servi à quelque chose, elle aurait perdu de son prix. Il oubliait et ses affaires et ses fatigues quand il tenait sur ses genoux cette ravissante créature dont la beauté éclairait sa vie, quand il plongeait des mains frémissantes au plus épais de sa chevelure et s'amusait tour à tour à la décoiffer et à la recoiffer, quand il se penchait sur ses yeux glauques qui lui rappelaient la couleur et le mystère de l'Océan, quand il la mangeait de baisers jusqu'à lui faire perdre le souffle et lui arracher un petit rire nerveux. Quoique son idole se prêtât à ses caresses sans les lui rendre, quoiqu'elle fût froide et comme accoutumée à recevoir sans rien donner, il se flattait de la posséder corps et âme, d'être tendrement aimé par ce petit animal ingrat, par cet adorable petit monstre passionnément personnel, qui ne connaissait d'autre loi que sa volonté propre et la tyrannie de son bon plaisir.

Il est fort désagréable de s'enfoncer une épine si profondément dans la main qu'on craint en l'extirpant d'attaquer le périoste. Il ne l'est pas moins quand on voyage en chemin de fer et qu'on met imprudemment la tête à la portière de recevoir dans l'œil un petit fragment de charbon ; il en résulte quelquefois une inflammation douloureuse. Il est fort déplaisant aussi, lorsqu'on habite la Brie, d'avoir affaire à ces

insectes presque invisibles, à cette sorte d'acares
qu'on appelle les *aoûtats*, lesquels, à l'époque des
moissons, viennent se loger dans la peau de l'homme
et surtout de la femme et leur causent d'insupportables cuissons ; par grand bonheur, ils meurent sur
leur victime avant d'avoir eu le temps de se repro-
duire. Cette bru, cette étrangère qui avait pénétré de
vive force dans sa maison et dans sa vie et s'y instal-
lait commodément, était pour Mme Paluel une écharde
dans sa main, un charbon dans son œil et lui causait
des irritations de la peau et des nerfs aussi désagréables que si tous les *aoûtats* de la Brie étaient venus
se loger dans son corps. Cette bru, qui avait toujours
des odeurs sur elle, la froissait dans toutes ses habitudes comme dans tous ses principes. Cette consom-
mation de pâte d'amandes, ces gants qu'on n'ôtait
jamais, sauf pour manger, ces cocardes dont on coif-
fait son poney l'exaspéraient ; elle n'avait jamais rien
vu de pareil. La première fois qu'elle entendit Aleth
racler de la guitare, il lui sembla qu'une habitante de
la lune venait de tomber inopinément en visite au
Choquard, et elle n'eût pas été surprise si le coucou
de famille, saisi de pâmoison, s'était laissé choir de
son haut, la face contre terre.

Mais elle s'était juré de ne rien dire, et ne disait
rien ; elle n'avait que des rages sourdes et rentrées.
On était poli, convenable, tout se passait en douceur ;
les deux femmes n'avaient jamais ensemble une parole plus haute que l'autre. Mme Paluel n'avait pu
prendre sur elle d'appeler Aleth par son petit nom ;
elle la traitait de madame, et Aleth lui rendait la
pareille. Au demeurant, on ne se voyait guère qu'à
table, et on s'y faisait presque bon visage. Sans avoir

pour elle aucune prévenance, la bru témoignait à sa
belle-mère quelques égards, certaines condescen-
dances qui semblaient lui coûter peu. De son côté,
la belle-mère ne faisait jamais aucune observation à
sa bru, qu'elle considérait comme un de ces malheurs
accomplis auxquels il n'y a rien à changer; tout au
plus avait-elle quelquefois au coin des lèvres des
plissements amers qui n'étaient point remarqués, ou
bien elle s'oubliait à regarder l'habitante de la lune
avec un immense ébahissement que celle-ci prenait
pour une immense admiration. Et Robert était heureux; il se disait :

« Qui donc s'attendait à des scènes? Tout chemine
comme sur des roulettes. »

Mme Paluel eût étouffé si, comme le barbier du roi
Midas, elle n'eût trouvé quelque part un roseau à
qui confier ses étonnements et ses scandales. Le
roseau était Mariette, qui, dans ce cas de nécessité
majeure, était devenue sa perpétuelle et unique con-
fidente. Quoique ce fût un avancement imprévu dont
elle aurait pu faire gloire, Mariette ne s'acquittait de
sa nouvelle charge qu'à regret et avec un peu de
scrupule; en écoutant les doléances et les réquisitoires de Mme Paluel, il lui semblait manquer de
respect à celui qu'à tort et à travers elle aimait toujours en silence. Mais le moyen de se dérober?
Mme Paluel lui disait au sujet du poney et de ses
cocardes :

« Comme elle aime la piaffe! »

Elle lui disait à propos de la guitare :

« Mon Dieu! que cette folle m'agace avec son éternelle romance! »

Elle lui disait encore, ce qui était plus grave :

« Je ne comprends pas qu'un homme qui se respecte se mette ainsi sous la pantoufle de sa femme. »

C'était là surtout ce qui indignait et navrait la
reine-mère. Elle envisageait sa bru comme une de
ces sorcières, de ces magiciennes qui apprivoisent les
hommes par des moyens indignes. Cette fille, qui
possédait le mauvais œil, avait jeté un charme funeste sur Robert Paluel, dont elle avait brisé la fierté,
avili le courage. Elle lui avait appris toutes les soumissions, toutes les obéissances; elle lui avait mis un
mors dans la bouche et elle le tenait en bride; elle lui
disait : « Va! » et il allait, et, ce qui était pire que
tout, cet homme, tombé en servitude, chérissait son
métier d'esclave, dont il faisait ses honteuses délices.
Dans ses prônes, le curé de Mailly prenait souvent à
partie les ivrognes; Mme Paluel avait retenu ces for-
tes paroles d'Isaïe, qu'il aimait à leur citer et dont
elle faisait une autre application : « Malheur, avait
dit le prophète, à celui que conseille la cervoise et
qui se laisse échauffer par le vin! La harpe, le luth,
le tambour et la flûte accompagnent ses banquets,
mais il ne regarde point l'œuvre de l'Éternel, et la
joie des tambours cessera, le bruit de ceux qui se
réjouissaient prendra fin, la cervoise sera amère à
ceux qui l'auront bue.' » Cette joie des tambours,
cette cervoise qui grise et donne de mauvais conseils
représentaient pour Mme Paluel les amours de la
chair et du démon, et elle maudissait les filles qui
font connaître aux hommes les mystères du démon,
les fêtes de la chair.

Les confidences de Mme Paluel et les versets du
prophète Isaïe mettaient Mariette mal à l'aise. Les
plaintes lui semblaient être un accompagnement inu-

tile des chagrins; le sort l'avait façonnée dès son bas
âge à l'humble patience qui ne dit rien. Hélas! il n'y
avait dans sa pauvre vie ni harpe, ni flûte, ni cervoise, mais une douleur qui se taisait, et elle serait
morte de honte si quelque indiscret s'était permis de
deviner la plaie cachée de son cœur. A ses peines ne
se mêlait aucune révolte. Elle respectait trop l'homme
qui s'était si profondément ancré dans ses affections
pour condamner légèrement ses apparentes folies.
Elle pensait qu'il avait su ce qu'il faisait, qu'il lui
était facile de trouver des raisons pour justifier son
choix. Être à part, il avait rencontré une fille qui ne
ressemblait pas aux autres, il l'avait épousée, il l'adorait, il était heureux. Elle voyait là un enchaînement
tout naturel de causes et d'effets, et elle se soumettait à la destinée sans accuser personne. Elle était
même tentée de croire que Mme Paluel avait des préventions et nourrissait trop d'animosité contre sa bru.
Elle osait lui représenter doucement qu'après tout
Mme Aleth était commode à vivre, qu'elle ne cherchait pas à commander ni à s'imposer, qu'elle n'avait
soulevé aucun conflit d'autorité, qu'elle laissait les
choses et les gens suivre leur train accoutumé sans
se mêler de rien.

« Je te conseille de l'admirer! lui répliquait l'aca-
riâtre Mme Paluel. Ne vois-tu pas que, si elle se garde
de mettre la main à la pâte, c'est que ses mains sont
trop blanches, trop mignonnes, et qu'elle aurait peur
de les gâter? »

Mariette avait bien envie de répondre qu'une personne aussi jolie que Mme Aleth avait le droit de ne pas
faire ce que faisaient les autres et même de ne rien
faire du tout, sauf de se promener dans un panier, de

soigner ses ongles et de fleurir au soleil comme les lis et les roses. Mais elle avait des doutes à ce sujet, elle préférait ne rien répondre.

Quand on met tout au pis, on est sujet à se tromper, car le pire, comme disent les Espagnols, n'est pas toujours certain. Mme Paluel avait dit plus d'une fois à Mariette :

« Mon fils est entré dans une famille de quémandeurs et de parasites, et tu verras qu'après avoir avalé la fille nous avalerons le père, la mère et les cinq demi-frères, ou plutôt ce sont eux qui nous avaleront. »

Cette prédiction ne s'accomplit point, et ce fut Aleth elle-même qui y mit bon ordre, comme en fait foi un entretien qui s'engagea un jour entre les blanchisseuses de Mailly et Catherine, la cuisinière du Choquard. La voyant passer, son panier au bras, près de leur lavoir, elles la hélèrent, et Catherine s'arrêta pour entrer en propos. Cette Bourguignonne drue, gaillarde et bien taillée aimait à dégoiser, elle avait la langue un peu longue, c'était son seul défaut. On lui demanda des nouvelles de ses maîtres, si l'on se chamaillait, s'il y avait un enfant en chemin et, de fil en aiguille, si les Guépie favorisaient souvent le Choquard de leurs visites.

« Ah ! ouiche ! répondit-elle, autrefois à la bonne heure, mais aujourd'hui on ne voit plus la queue d'un. Mme Aleth a bientôt fait d'en débarrasser nos planchers. C'est le coquetier qui est venu le premier, et c'est le cas de dire qu'il apportait un œuf pour avoir un bœuf. Il est entré dans ma cuisine en disant : « Je passais de vos côtés par hasard, et je suis entré « pour prendre des nouvelles de ma petite sœur. » Quel pataud, mon Dieu ! pour se payer des petites sœurs

comme celle-là! Elle le lui a bien fait voir; elle lui
parlait du haut de sa tête, on eût dit que cela tombait
d'un cinquième étage, et il marmottait entre ses
dents : « Pimbêche! » mais elle vous l'a traité comme
un chien, et il est parti sans demander son reste.
Ensuite est venu Thomas; elle l'a mis à la porte
comme l'autre. Jérémie le gabelou avait eu des renseignements, il n'a pas osé s'y frotter; mais sans
doute il écrivait de temps à autre pour lui demander
un billet de mille, car elle m'a prié de rendre ses
lettres au facteur.

— Et Polydore?

— Nous ne l'avons pas vu, celui-là; il faut croire
qu'il attend son moment. Le plus malin de tous a été
le petit Philippe, qui venait chaque soir crier à tue-
tête ses journaux sous nos fenêtres. Il avait son idée,
et la petite sœur a compris. Je me suis laissé dire
qu'elle lui a graissé la patte pour qu'il promît de ne
plus revenir.

— Mais la mère, vous la voyez souvent?

— On la voyait, on ne la voit plus. Dans les premiers temps, elle était toujours fourrée chez nous, et
Mme Aleth lui montrait sa chambre, sa toilette, son
tapis de moquette, ses bibelots, les écuries, les remises, et l'autre pleurait d'attendrissement, car elle
pleure toujours. Mais nous avons fini par en avoir
assez, c'était toujours la même chose, et puis cette
pleureuse nous appelait sa poulette par-devant le
monde et nous chiffonnait notre robe en nous embrassant. Nous lui avons fait sentir que ses visites
étaient trop fréquentes, et sans doute nous l'avons
traitée de vieille bassinoire, car aujourd'hui elle reste
chez elle.

— C'est égal, grommela une laveuse qui avait dix enfants, une mère est toujours une mère, et quand une fille a du cœur...

— Du cœur, dites-vous ! interrompit Catherine. Oh ! que vous êtes bonne avec votre cœur ! Ce n'est pas dans notre boutique qu'il faut venir en chercher, c'est un article que nous ne tenons pas. »

Et elle reprit son chemin en faisant danser l'anse de son panier. Il faut lui rendre cette justice qu'elle ne la faisait danser qu'en marchant. Quand elle aurait eu plus de malice que Polydore et Jérémie, elle était au service d'une maîtresse qui vous regardait soir et matin dans les mains pour s'assurer qu'elles étaient nettes.

Le récit de Catherine était assez exact dans le fond, mais elle avait brodé le détail. Aleth n'avait point traité sa mère de « vieille bassinoire » ; c'est un vocabulaire qu'elle avait laissé au Gratteau. Elle lui avait seulement représenté avec une éloquence un peu vive que ses visites n'étaient pas agréables à tout le monde, que Mme Paluel était une personne avec laquelle il fallait user de beaucoup de ménagement et d'une grande circonspection, que tous les visages ne lui plaisaient pas. Elle avait aussi remontré à son père qu'avant de tirer pied ou aile de son gendre, comme il se le promettait, il convenait de sauver les apparences en affectant pendant quelques mois au moins un absolu désintéressement. Il eut de la peine à comprendre ; mais il était si plein de confiance dans les bonnes intentions de sa fille à son égard et elle lui avait donné des preuves si éclatantes de son savoir-faire qu'il en passa par ce qu'elle voulut. Il n'avait en tête que son moulin, le fameux moulin du Rougeau, dont il espérait devenir avant peu le propriétaire avec le secours du ciel et des écus de son gendre. Son bail allait expirer ; il se décida quatre mois après le mariage à déménager, il dit adieu à la *Renommée*, il alla sans esprit de retour s'établir au Rougeau comme simple locataire, en attendant mieux. Les moulins de l'Yères ne font pas tous de bonnes affaires, il s'en faut bien ; la grande meunerie de Corbeil leur fait du tort ; nous vivons dans un siècle où plus que jamais les gros poissons mangent les petits. Mais Richard était persuadé qu'il avait jusque-là manqué sa vocation, qu'il était né pour être meunier, que le Rougeau serait en peu de temps le plus achalandé de tous les moulins. Il lui semblait toujours qu'en changeant de place il changerait de fortune ; il eût mieux fait de changer de caractère, mais c'est plus difficile. Ce déménagement causa un plaisir sensible à Aleth. Désormais il devait y avoir entre elle et ses parents une bonne lieue et demie de chemin. A vrai dire, si son père eût parlé d'émigrer au Chili, elle n'eût pas dit un mot pour l'en détourner.

Maître Guépie ne tint pas la parole qu'il avait donnée à sa fille ; sa passion fut la plus forte. A peine installé au Rougeau, il tomba amoureux de son moulin : l'idée de l'avoir à lui pour la vie le travaillait jour et nuit. Le propriétaire n'avait consenti qu'un bail d'un an ; ayant quitté depuis quelques années le pays, où il n'avait plus d'intérêts, il était désireux de se défaire du Rougeau, et Guépie craignait qu'un tiers, prenant les devants, ne lui ôtât le morceau de la bouche. Il était convaincu que l'affaire était superbe, l'occasion unique, et Palmyre acquiesçait. Depuis le mariage de sa fille, elle avait changé d'opinion sur son mari, elle ne se gaussait plus de ses chimères. L'événement impossible s'était accompli, la petite trônait au Choquard, et ce n'était pas un trône de vessies ; désormais tout semblait possible à Palmyre. « Eh bien ! ma vieille, lui disait quelquefois le triomphant Richard, qui de nous deux avait raison ? — J'en conviens, c'était toi, » répondait-elle, en s'inclinant devant son génie.

Dans les derniers jours d'octobre, ne maîtrisant plus l'impatience de ses convoitises, Richard se résolut à aller trouver son gendre. Pour lui faire honneur, il se débarbouilla avec soin, endossa son habit des dimanches, mit sur sa tête, en le penchant un peu sur son oreille, un grand chapeau gris qu'il avait acquis dernièrement et qui lui semblait symboliser toutes les gloires de la meunerie. Son bâton à la main, il s'achemina vers le Choquard. Il n'eut pas la peine de pousser jusque-là ; à vingt minutes de la ferme, il aperçut Robert occupé à faire marner l'un de ses champs. Il en fut bien accueilli, le propos s'engagea, mais Richard pelota quelque temps en attendant partie. Il parlait de la petite, vantait sa beauté, ses charmes, les grâces de son esprit, faisant claquer sa langue ou la passant sur ses lèvres. C'était une façon de dire : « Quel plat je vous ai servi là, mon gendre ! Vous me devez du retour. » Robert, impatienté, l'interrompit enfin en lui disant :

« C'est assez de tortillage, Guépie. Vous avez quelque chose à me demander ; accouchez. »

Il accoucha, demanda à titre d'emprunt les quarante mille francs nécessaires à l'acquisition du Rougeau, offrant d'en servir un gros intérêt, promettant toute garantie. Robert, qui l'écoutait froidement, finit par lui dire :

« Je ne refuse ni ne promets. Quarante mille francs sont un denier. Vous aurez une réponse dans huit jours. »

Là-dessus, l'optimiste Guépie s'en alla, se flattant d'avoir ville prise, d'en tenir déjà les clefs dans sa poche; il les y brassait, les faisait cliqueter, et ses oreilles se grisaient de cette musique. Il dit à sa femme en rentrant que l'affaire était dans le sac, que son gendre lui avait paru fort bien disposé, qu'Aleth ferait le reste, car il comptait sur sa fille aussi fermement qu'il croyait à la beauté de son chapeau gris.

De son côté, Robert ne doutait pas qu'avant de hasarder sa démarche Richard n'eût pressenti sa fille, et qu'elle n'épousât chaudement les intérêts de son père. Il lui en coûtait beaucoup de lui refuser quelque chose. « C'est avec elle, pensait-il, que je traiterai ce fâcheux incident. » Au préalable, il en toucha un mot à Lesape. Le circonspect et cauteleux Briard n'avait vu le Rougeau qu'en passant, mais tout ce qu'il voyait lui restait comme gravé dans les yeux. Il estimait que ce fameux moulin n'était qu'une baraque, ne tenait ni à fer ni à clou et demandait de coûteuses réparations. Il estimait également qu'y compris le jardinet, le morceau de terre et le bouquet d'arbres qui en formaient le clos, le tout ne valait guère plus de vingt-cinq mille francs. Mais il s'abstint de dire ce qu'il pensait. Il était persuadé comme son patron que Mme Aleth avait la main dans cette négociation, et pour rien au monde il ne se fût brouillé avec elle; on ne se brouille pas avec le soleil levant. Il avait pour principe de ménager les puissances supérieures et de ne jamais fourrer le doigt entre l'arbre et l'écorce.

14

« Je ne sais que vous dire, répondit-il. Il faudrait voir.

— Soit! informe-toi, » lui dit Robert.

Le soir de ce même jour, les deux époux venaient de se retirer dans leur appartement, et Aleth, debout devant sa glace, se mettait en devoir de se décoiffer, quand son mari lui dit :

« A propos, ton père est venu me trouver.

— Pour un emprunt? dit-elle en pivotant sur ses talons.

— Tu le savais?

— Je le devine, il n'y a pas besoin d'être sorcière pour cela. Et combien te demande-t-il?

— Quarante mille francs.

— Peste! il ne se gêne pas, fit-elle en venant s'asseoir à côté de lui.

— Mais oui, c'est une somme, et je crois que je pourrais mieux employer mon argent. Toutefois, si j'obtenais de sérieuses garanties et surtout si cela te faisait beaucoup de plaisir...

— Tu veux m'en faire? interrompit-elle. C'est bien à toi, et tu es gentil... Eh bien! sais-tu? je ne veux pas que tu lui prêtes un sou ni le quart d'un sou.

— Oh! oh! dit-il, le bon chien de garde que j'ai donné là à mes écus!... Mais, comme dit Lesape, il faudrait voir.

— Lesape est un imbécile. Il n'y a rien à voir, c'est tout vu, et je n'entends pas que tu fasses aucun marché avec mon père, il te mettrait dedans. Et puis fourre-toi bien dans la tête que sa roue ne tournera pas souvent, il est trop paresseux pour cela. Quant aux intérêts, tu n'en verras jamais un centime, et, s'il faut en venir à la contrainte, tu trouveras que, de gendre à beau-père, cela ne se peut pas. »

Et avec une charmante et naïve impudence, elle ajouta :

« Tu es trop bon, toi. Tu crois à ce qu'on te dit, tu te laisses prendre. »

Elle était arrivée et retirait l'échelle; elle n'entendait pas que personne autre montât. Comme son mari n'avait pas l'air assez convaincu, elle voulut faire pénétrer le clou plus avant dans cette tête rebelle, et faisant un grand geste avec son démêloir, qu'elle tenait encore dans sa main, elle s'écria :

« Vois-tu, Robert, ma famille, c'est tout de la canaille! »

Il trouvait le propos un peu cru, mais dans ce moment elle était jolie à croquer, et, lui passant un bras autour de la taille, il l'attira à lui pour l'embrasser. Elle se dégagea gentiment, se dressa sur ses pieds: « Quarante mille francs! y penses-tu? » Puis posant ses mains sur ses deux hanches, elle lui dit d'un air et d'un ton mystérieux :

« Celui qui est là n'entend pas qu'on le vole.

— Quoi! s'écria-t-il, transporté de joie, il y a quelqu'un, tu le crois?

— J'en suis sûre, M. Larrazet me l'a dit.

— Ah! bien, cette fois, tu ne m'empêcheras pas de t'embrasser. »

Elle n'y mit pas d'opposition. Mais la nuit ne changea pas le cours de ses idées. A la petite pointe du jour, soulevant à moitié sur l'oreiller sa tête ébouriffée, elle lui cria :

« Dors-tu? Moi, je ne dors pas, et j'ai découvert ce qu'il faut faire. Tu proposeras à mon père de lui avancer la moitié de la somme, pourvu qu'il trouve à emprunter l'autre. Il ne trouvera pas, et le tour sera joué... Mais je veux me charger moi-même de cette affaire, je saurai mieux ce qu'il faut dire. Tout à l'heure, je m'en irai au Rougeau dans mon panier.

— J'y consens, dit-il; mais tu prendras bien garde de ne pas verser. Il faut le soigner, l'autre, celui qui n'est pas encore. »

XI

L'Yères est une rivière charmante et fantasque :
elle n'aime pas à aller droit, elle s'amuse, elle s'égare,
elle serpente, décrit des courbes sinueuses et de
grands crochets qui la ramènent sur ses pas. A de
certains endroits, elle se perd dans de mystérieuses
fissures, on la croit tarie, et on la retrouve un peu
plus loin coulant à pleins bords. De place en place,
elle fait tourner des roues de moulin ou traverse des
parcs, et tantôt elle promène son cours paresseux à
ciel découvert entre des champs ou deux rangées de
saules creux, tantôt elle s'enfonce tout à coup sous
une voûte d'épais ombrages, au travers desquels
filtre à grand'peine un rayon de soleil, et ses eaux
vertes paraissent noires.

Le jour d'octobre où Aleth se mit en route pour le
Rougeau, les arbres étaient déjà fort dépouillés; ce
qui leur restait de feuilles faisait dans le gris argenté
du brouillard des taches de rouille ou de sang-dragon.
Elle ne perdit pas son temps à les admirer. Elle était
peu sensible au pittoresque, elle l'était beaucoup
plus aux regards qu'arrêtaient sur elle les passants.

Elle sentait qu'elle était à son avantage, qu'elle avait vraiment bon air, que son chapeau à plumes et son mantelet fourré lui allaient à merveille, et qu'une charmante femme conduisant de ses mains gantées un joli poney, dont elle hâte de temps à autre la marche par un léger coup de fouet, est un objet plus intéressant à considérer que les plus belles taches rouges ou jaunes.

En trois quarts d'heure, elle atteignit le Rougeau, moulin mal achalandé, quoique agréablement situé à l'un des coudes de la rivière, entre une petite île boisée et un coteau à pente rapide, planté de pommiers qui semblent se retenir avec effort pour ne pas tomber. Elle entra dans la cour, dont la porte charretière était ouverte à deux battants, et de prime abord tout ce qu'elle aperçut lui déplut. Quand on habite depuis cinq mois une maison tenue comme le Choquard, on devient difficile. Le moulin paternel lui fit l'effet d'un vilain monsieur, d'un rustre mal équipé, mal nettoyé et dont la barbe a huit jours. Il lui suffit d'un coup d'œil pour constater que, dans cette grande cour, rien n'était à sa place, rien n'était en état. Elle avisa des poules qui picoraient sans rien trouver, un jars très sale, accroupi dans la boue, une charrette privée d'une de ses ridelles et d'un de ses timons et qui se tenait en équilibre comme elle pouvait, une vieille roue qui encombrait le chemin, des auges qui traînaient au hasard, des crevasses pleines d'une eau noirâtre, un râteau renversé auquel manquaient trois dents et en revanche une chèvre attachée qui avait sûrement ses vingt-six côtes au grand complet, car on les voyait toutes, tant elle était maigre.

On l'avait entendue. Son père, qui s'occupait à muser dans son jardin, avança la tête par-dessus une barrière à claire-voie fort dégradée et leva les bras au ciel. Puis il courut à la cuisine pour y quérir sa femme, à qui il cria joyeusement :

« La voilà! elle a tenu à nous apporter la bonne nouvelle. Que t'avais-je dit? »

Ils accoururent tous deux à la rencontre de leur chère enfant, de leur poulette, de leur joie et de leur fortune, et ils lui faisaient fête à l'envi l'un de l'autre. Comme elle descendait de son panier, le jars, qui avait un mauvais caractère, voulut se jeter sur elle. Mme Guépie lui détacha un coup de pied, en lui disant :

« Grosse bête, ne sais-tu pas qu'elle est de la maison? car enfin c'est ma fille!

— Eh! eh! doucement, j'y suis bien pour quelque chose, » repartit Richard.

Puis ils se mirent tous deux à caresser, à flatter de la main le poney, que Palmyre baisa sur les naseaux, au vif déplaisir du poney, qui hocha la tête, et d'Aleth, à qui ces privautés semblaient fort indiscrètes. Elle y mit fin, en disant :

« Ne perdons pas notre temps, allons causer. »

On la conduisit en pompe dans la salle à manger, qui sentait un peu le moisi, l'Yères ayant débordé quelques semaines auparavant et inondé tout le rez-de-chaussée. Ce qui la contraria davantage, ce fut l'aspect graisseux de la chaise qu'on lui offrit; elle aurait craint, en s'asseyant, de maculer sa robe. Comme elle se retournait pour en chercher une autre, elle aperçut son frère Polydore, immobile dans un coin où il se trouvait bien, sans qu'il lui parût nécessaire de se déranger pour saluer sa demi-sœur. Le marquis Raoul, installé depuis quelques jours dans son château, avait dépêché son garde-chasse à Paris, avec l'ordre de lui ramener un basset dont on disait merveilles et qu'un de ses amis consentait à lui céder. En descendant du train, Polydore était entré au moulin pour s'y rafraîchir et y prendre langue. Assis dans un fauteuil dépenaillé, une bouteille et un verre vide devant lui, il tenait entre ses jambes allongées le basset, à qui il tirait par instants les oreilles. Polydore était de tous les Guépie celui qui ressemblait le plus de visage à son père, ayant comme lui le teint blême et des cheveux roussâtres. Mais il n'était ni patelin ni onctueux. Il avait servi pendant cinq ans et contracté dans les casernes une certaine raideur de tournure, un parler bref, sec, sifflant, qui convenait à son humeur gouailleuse et passablement cynique.

« Bonjour, Polydore! lui dit sa sœur en lui tendant majestueusement la main.

— Bonjour, ma belle! lui répondit-il sans se lever et en effleurant du bout de son index la main qu'elle lui présentait. Il y a longtemps que je n'ai eu l'honneur de te voir. Allons, je m'aperçois que tu ne dépéris pas. »

Et il la considérait des pieds à la tête avec une ironique admiration.

« Aleth, ma fille, tu vas nous rester à déjeuner, » lui dit sa mère.

Elle répondit qu'elle n'avait pas le temps. Elle avait tâté trop souvent des fricots de Palmyre pour avoir envie de renouer connaissance. On lui offrit un biscuit, elle le refusa, craignant d'y laisser une de ses dents.

« Alors causons, lui dit son père. Tu arrives ici comme un rayon de soleil, et je gagerais que les nouvelles sont bonnes.

— Couci-couci, c'est selon ; mais, après tout, elles ne sont pas mauvaises. Mon mari m'a chargé de te dire qu'il te prêtera vingt mille francs le jour où tu auras réussi à emprunter les vingt mille autres. »

La figure de Richard se décomposa ; il était consterné.

« Où les trouverai-je ? répondit-il. Autant dire qu'il ne veut rien faire pour moi.

— Ce n'est pas possible, dit Mme Guépie. Ton père a vu ton mari, et il avait rapporté de son entretien avec lui la meilleure impression.

— Je ne sais que vous dire, il ne consentira jamais à faire davantage, et il est inutile de lui en reparler.

— Quel pingre que ce monsieur ! dit Richard avec amertume. Quand on paye chaque année sans s'en apercevoir près de quatre mille francs d'impôts, quand on a chez le banquier vingt bonnes mille livres de rente ou peu s'en faut... car je le sais, c'est le notaire de Brie qui me l'a dit.

— Ma foi ! mes bonnes gens, répliqua-t-elle d'un ton dégagé, vous êtes fort exigeants. Aidez-vous et le bon Dieu vous aidera.

— Le bon Dieu ! s'écria Polydore, en tirant si énergiquement les oreilles du basset qu'il lui arracha un gémissement aigu ; si on se met à parler du bon Dieu, je m'en vais. « Ni Dieu ni maître ! » c'est ma devise, et on y viendra, c'est moi qui vous le dis. »

Le silence régna durant quelques minutes. Les deux époux se sentaient atterrés et comme accablés sous le poids de leurs espérances déçues, dont Poly-

dore se moquait, comme de tous les malheurs qui ne
lui arrivaient pas à lui-même.

Ce fut Mme Guépie qui renoua l'entretien, en
disant d'une voix attendrie :

« Aleth, ma fille, il est impossible que ton mari
nous refuse cette petite complaisance, car peut-il rien
te refuser, à toi? On le dit amoureux à en perdre les
yeux.

— Parbleu! dit Polydore, en pleins champs comme
au Choquard, il est toujours pendu à sa jupe.

— Tu t'y seras mal prise, reprit Richard, qui re-
naissait à l'espoir. Tu n'as pas su trouver ton heure
et ton endroit. Il y a des circonstances, vois-tu; où un
homme bien épris ne peut rien refuser... Choisis un
moment où tu seras en beauté...

— Et en corset, » interrompit de nouveau Polydore
avec un gros éclat de rire. Il ajouta : « L'autre jour,
on a décidé dans un club que les femmes à qui leur
mari refuserait quelque chose se mettraient en grève
de neuf heures du soir à six heures du matin.

— Tu nous ennuies avec tes plaisanteries, lui dit
son père. Eh! que diable! il y a des choses dont on
ne plaisante pas.

— Voyons, ma poulette, dit Mme Guépie en lar-
moyant, ce ne peut être le dernier mot de ton mari.
Tu le connais, tu sais comment le prendre, et nous
comptons sur tes bons sentiments. Eh! bon Dieu, de
quoi serions-nous sûrs si nous ne l'étions pas de toi?
Ah! je sais que tu as du cœur, c'est le moment de
nous le prouver.

— Ce sera difficile, répondit-elle d'un ton doctoral.
A qui ferez-vous croire que cette baraque vaut quarante mille francs?

— Et le terrain qui est autour, qu'en fais-tu? lui riposta son père. Il y a près de deux hectares.

— Sans compter les joncs, reprit Aleth, et tout cela est plus souvent sous l'eau que sur l'eau, car il sent bien le moisi chez vous... Eh! mon Dieu, si vous me demandez conseil, je n'en ai qu'un à vous donner. Prenez de la peine, remettez votre moulin en état, faites venir le grain à la meule, attirez le chaland, faites tourner votre roue qui ne tourne pas, et, quand tout ira bien, Robert se ravisera peut-être; mais, pour cela, il faut de l'ordre, beaucoup d'ordre, et vous n'en avez ni peu ni prou. Vous ne savez pas même remettre les palis qui manquent à la barrière de votre potager.

— Savez-vous que c'est un vrai curé que cette belle petite! » s'écria Polydore.

Mais, sans se laisser déconcerter par cette interruption irrévérencieuse : « Oui, il n'y a que l'ordre, poursuivit-elle, l'ordre et le travail. C'est avec cela qu'on arrive. Mais quand on attend les occasions, les heureuses rencontres et qu'on va chercher son bien dans la poche du prochain... Chez nous, tout le monde travaille et Dieu sait comme. Mon mari travaille, ma belle-mère travaille, Lesape, Mariette travaillent.

— Et toi, travailles-tu? demanda l'impertinent Polydore.

— Oh! moi, moi, dit-elle en l'écrasant d'un geste superbe, c'est autre chose. »

Elle fit cette réponse avec une sincérité parfaite de conviction. Elle n'admettait pas qu'il y eût rien de commun entre elle et les autres. Elle était un être exceptionnel, aucune règle générale n'était applicable à son cher petit moi.

Polydore remplit de nouveau son verre et murmura avec un sourd ricanement :

« Marquise, va! princesse du sang! impératrice!

— Mon Dieu! mon Dieu! qu'allons-nous devenir? dit Palmyre, qui s'essuyait les yeux.

— Ne dirait-on pas qu'il n'y a pas moyen de vivre sans être propriétaire?

— Je suis résolu à l'être, repartit Richard avec un accent de rage concentrée. Il y a assez longtemps que je vis chez les autres, je veux vivre chez moi dans ma maison.

— Tu en avais une dans le temps jadis, répliqua-t-elle brutalement. Qu'en as-tu fait? tu l'as mangée. »

Il fut sur le point de se fâcher, mais il conservait encore un fond d'espérance, et il dit :

« Allons, ma petite, promets-moi...

— Je ne promets rien, dit-elle d'un ton délibéré. Non, je ne peux rien promettre.

— Ingrate! fit-il avec emportement. Quand on pense à tous les soins, à toutes les tendresses que j'ai eues pour toi, aux sacrifices que je me suis imposés, à l'éducation que je t'ai fait donner...

— Qu'est-ce qu'elle t'a coûté, mon éducation? Si Mlle Bardèche n'avait eu que toi pour la payer!...

— Et t'imagines-tu, madame, que ce mariage se serait fait si je ne m'en étais mêlé?

— Vous verrez que c'est vous qu'il a épousés et non pas moi! répliqua-t-elle avec une ironie insolente, en contemplant l'image de sa divine beauté que lui renvoyait une glace brisée.

— Que vous êtes bêtes! dit Polydore, que cette discussion amusait royalement. Vous croyez que, si elle avait voulu, vous auriez les quarante mille francs.

Détrompez-vous bien vite. Je sais ce qui en est, je l'ai appris par Catherine, la cuisinière du Choquard, que j'ai rencontrée l'autre jour au marché de Brie. La belle fille que voici est au Choquard comme un coq en pâte; c'est une poupée qu'on pare, une relique dans sa châsse, mais elle n'est rien de plus. Elle a des gants, une voilette, de la fourrure, sauf votre respect, et un panier et un cheval à cocardes; mais elle n'a pas le droit d'avoir une volonté. Celle qui veut, celle qui voudra toujours, c'est Mme Joséphine Paluel, sa belle-mère. Voilà la femme qui ordonne, qui commande, et quand elle a dit : Je veux! nous filons doux, n'est-ce pas, ma mignonne? »

Elle était demeurée jusque-là fort insensible aux épigrammes de son frère; mais celle-ci, où il y avait une part de vérité, la mordit au cœur, et, le toisant d'un regard de mépris, elle lui dit :

« Imbécile! »

Puis l'orgueil l'emportant sur la prudence, elle s'écria tout d'une haleine :

« Si vous désirez savoir la vérité, mon mari voulait donner les quarante mille francs, et c'est moi qui n'ai pas voulu, parce que je savais que nous ne reverrions jamais notre argent. »

Cette hautaine déclaration produisit un effet désastreux, un véritable esclandre. Palmyre resta comme pétrifiée, ne pouvant croire à un forfait si énorme ni à l'audacieuse tranquillité avec laquelle cette fille dénaturée affichait son crime.

« Quoi! tu as fait cela? dit-elle d'un air éperdu. C'est une action que tu n'emporteras pas en paradis. »

Pour Richard, il avait frappé sur la table un formidable coup de poing qui fit trembler les vitres, et il s'était écrié :

« Quelle infamie! qui aurait pu supposer une pareille chose? »

Quand il avait à se louer de sa fille, il la prenait à son compte; quand il avait à s'en plaindre, il la repassait à sa femme : « C'est une jolie créature que ta fille! dit-il à Palmyre. O la scélérate! ô la maudite! »

Une fois parti, il n'était pas homme à s'arrêter sitôt, mais il ne put défiler son chapelet jusqu'au bout, un incident l'en empêcha. Les chiens, qui se permettent souvent à eux-mêmes de graves incongruités, sont des juges rigides des convenances humaines, et dans les occasions ils nous rappellent au respect de notre dignité. Cette discussion passionnée, ce bruit, ces exclamations, ce coup de poing, tous les détails de cette scène de famille avaient paru au basset souverainement inconvenants; il fit connaître son opinion en poussant tout à coup un aboiement énergique, qui couvrit la voix de Richard et lui fit perdre le fil de son discours.

« Bien parlé! dit Polydore en caressant son chien. Le dernier mot est à celui qui a le plus de voix.

— Feras-tu taire cet animal? » hurla Guépie.

Puis, recouvrant quelque chose de sa gravité patriarcale, il se retourna vers sa fille, lui montra du doigt la porte et lui dit :

« Vois-tu cette porte? elle te regarde et t'attend.

— Elle ne m'attendra pas longtemps. » répondit-elle.

Et quoique sa mère, qui ne désespérait pas encore de la ramener à de meilleurs sentiments, tâchât de la retenir par l'une des manches de son mantelet, elle fut en deux pas dans la cour, où son père ne la suivit point. Il resta sur le seuil de la cuisine, et saisissant de ses deux mains ses cheveux en désordre comme pour se les arracher, il proféra d'une voix caverneuse ces redoutables paroles :

« Ecoute-moi bien, mauvaise fille que tu es ! Je souhaite que tu sois un jour la plus malheureuse des femmes, que ton mari te chasse de chez lui, que tu te trouves sans sou ni maille, sans feu ni lieu, et que tu reviennes ici me demander asile et mendier mon assistance. Ce jour sera le plus beau de ma vie, et tu verras comme je marcherai sur toi ! »

Elle ne s'émut guère de cette menaçante apostrophe. Elle était allée droit au poney, elle avait détaché la bride de l'anneau de fer où elle l'avait passée ; puis elle s'élança dans son panier, prit les guides, toucha et partit. Elle se retourna quand elle fut sur le chemin. Elle n'aperçut à l'entrée de la cour que son frère Polydore, qui, appuyé contre un des montants de la porte et tenant le basset en laisse, lui cria :

« Bon voyage, ma petite ! nous nous reverrons avant que tu sois sans sou ni maille. Fais seulement trotter ton bidet, je te repincerai un jour ou l'autre. »

Elle lui répondit par une gracieuse inclination de tête et poursuivit sa route, en disant au poney :

« Trottons, mon fils, et allons-nous-en bien vite chez nous. »

Après le déjeuner, Robert la prit à part pour lui demander le récit de ce qui s'était passé. Elle lui fit grâce d'inutiles détails dont il eût été peu édifié et se contenta de lui répondre :

« L'affaire a été chaude, mais j'ai si bien parlé qu'ils ont fini par entendre raison. »

XII

L'événement semblait prendre plaisir à démentir l'une après l'autre les prévisions de Mme Paluel. Elle avait dit à Mariette : « Tu verras que ma bru n'est bonne à rien et qu'elle ne sait pas même faire un enfant. » Cependant le poupon s'annonçait bien, il était en bon chemin, Mme Paluel dut se rendre à l'évidence. Quoiqu'elle eût quelque dépit de s'être trompée et qu'il lui en coûtât d'avoir une erreur à confesser, les joies de l'espérance prévalurent bientôt sur le dépit. Elle se représentait que ce poupon serait pour sa mère un trouble-fête, un accident fâcheux, un gros embarras, et qu'à peine né elle s'en déchargerait sur sa belle-mère, heureuse de l'aventure et qui d'avance lui faisait grâce, lui pardonnait généreusement ses origines mêlées, desquelles le pauvre petit n'était point responsable, la source un peu trouble, un peu fangeuse où il avait puisé la vie. Cette incomparable ménagère n'avait qu'une connaissance insuffisante du cœur humain; le curé de Mailly dans ses prônes, le prophète Isaïe lui-même, dans ses anathèmes contre le tambour et la cervoise, ne lui en avaient pas révélé tous les mystères, tous les replis cachés. Chaque soir, en faisant aller son aiguille, elle brodait dans sa tête le canevas d'un drame qui lui promettait des satisfactions intimes. Il y avait trois rôles qu'elle croyait voir très nettement, un enfant dont le visage ressemblait comme deux gouttes d'eau à celui de son père, une mère qui continuait comme ci-devant à se promener dans un panier et à pincer de la guitare, une grand'mère enfin qui avait recueilli l'enfant abandonné et l'avait à elle tout entier, et cette grand'mère dorlotait la chère créature, l'élevait, la nourrissait dès son plus bas âge du lait sacré des antiques, des sages disciplines, lui faisait sucer avec ce lait toutes les opinions, toutes les doctrines, tous les principes des Paluel et des Larget.

Elle était vraiment loin de compte. Aleth avait rapporté de sa visite au Rougeau un mot de son frère Polydore qui s'était enfoncé dans son cœur comme une flèche empoisonnée et barbelée. Elle y pensait toujours, elle en reconnaissait la cruelle vérité, car, nous l'avons dit, elle avait beaucoup de judiciaire quand elle n'était pas folle. « Oui, Polydore a raison, se disait-elle. Si je suis le plus bel ornement du Choquard, je n'y jouis d'aucun pouvoir effectif, d'aucune autorité réelle. Chacun ici a sa fonction, son département dans lequel il est maître. Où est le mien? Mariette elle-même a le droit de dire au vacher : Je veux! Et Catherine donne des ordres à Anaïs, son aide de cuisine. A moi seule est refusé le plaisir de vouloir et d'ordonner. J'ai l'air d'être tout et je ne suis rien... Mais tout cela va changer, ajoutait-elle avec une ardente allégresse. L'enfant, l'hé-

15

ritier sera mon département, et ce sera le premier de
tous, et c'est alors vraiment que je primerai. Je ferai
de lui ma chose, mon affaire, et cette affaire aura le
pas sur toutes les autres; quand j'alléguerai l'intérêt
de mon fils, il faudra bien qu'on m'obéisse, et, l'ayant,
j'aurai tout. »

Oui, Mme Paluel s'abusait étrangement. D'avance
sa bru adorait l'enfant, parce que l'enfant était une
solution. Elle se promettait de se consacrer à lui, de
le nourrir elle-même, de le laver elle-même, de l'en-
tourer de ses jalouses sollicitudes, de ne le laisser
toucher par personne, surtout par sa belle-mère.
C'est elle qui le promènerait, qui l'amuserait et qui
plus tard ferait son éducation, lui apprendrait son
alphabet et tout ce qu'il y avait dans les douze cahiers
reliés en maroquin rouge ou du moins dans ce qu'il
en restait; car une bonne partie, y compris l'astronomie, s'en était allée en papillotes. Puis on l'enverrait
au lycée, et elle irait souvent l'y voir. Il ne cesserait
pas un moment d'être sous sa tutelle, et grâce à ses
soins vigilants, il deviendrait un personnage extraordinaire. Que sait-on? peut-être serait-il un jour président de la république, et on dirait partout : « Vous
savez, ce fameux président, c'est le fils d'Aleth Guépie. »

Aussi, dès qu'elle eut senti remuer ce petit être à
qui de si hautes destinées étaient promises, elle se
recueillit entièrement dans sa tendresse et dans ses
rêves. Sa grossesse fut pénible, elle supporta tous
les dégoûts, les nausées, les fatigues, les courbatures,
avec le courage d'une ambitieuse qui sacrifie sans
effort au dessein qu'elle a conçu et ses aises et ses
plaisirs favoris. M. Larrazet, qui venait la voir sou-

vent, lui commanda de se ménager beaucoup. Elle se
conforma à toutes ses prescriptions avec une docilité
dont il s'émerveillait. Elle renonça sans se plaindre à
ses promenades, à son poney. Ainsi le voulait l'enfant.

Elle en était récompensée, elle sentait croître son
importance, elle savourait déjà l'avant-goût de ses
grandeurs futures. On s'informait de sa santé, on lui
témoignait des égards, on la consultait sur la layette,
à laquelle on travaillait activement et qui était digne
d'un prince. Elle était devenue un objet intéressant,
le centre de toutes les préoccupations ; ses grâces
coquettes avaient fait place à une beauté touchante
qui lui gagnait les cœurs. Quand on la voyait paraître
dans un négligé qui contrastait avec ses élégances
accoutumées, Lesape la saluait plus bas encore que
de coutume ; Catherine, jusqu'alors à peine polie, avait
des attentions, et Mariette entrait presque dans la muraille comme pour laisser passer le saint sacrement.
Elle quittait peu sa chambre, elle restait des heures
étendue sur un canapé, enfoncée dans ses rêveries,
avare de ses mouvements, dans la crainte de compromettre l'avenir de cet héritier dont elle était l'esclave,
en attendant qu'il fît d'elle la vraie souveraine du
Choquard. Chose étonnante à dire, on vit entrer un
jour dans cette chambre Mme Paluel en personne,
qui, en présence de deux témoins stupéfaits, dit à sa
bru d'une voix presque douce :

« Eh bien ! ma petite, comment nous sentons-nous
ce matin ? »

A la vérité, Mme Paluel faisait ses réserves, elle
disait à Mariette :

« Je crains bien qu'elle ne sache faire qu'une fille. »
Elle se trompait encore, c'était bien d'un garçon

qu'Aleth était grosse jusqu'aux dents. Mais, hélas!
après des mois de laborieuse attente, malgré toutes
ses précautions, malgré la captivité qu'elle s'était
imposée, elle accoucha avant terme. Ses couches
furent très douloureuses, il fallut employer les fers,
et son héroïque vaillance plongea M. Larrazet dans
une vive admiration. O vanité des songes! l'enfant ne
vécut que quelques heures. Ce fut une désolation
générale, dont Mme Paluel prit plus que sa part.
Point d'enfant, et la bru lui restait! Elle ne put se
tenir d'en parler à son fils, à qui elle se faisait un
système de ne parler de rien. Elle lui représenta que,
depuis l'origine du monde, aucune Paluel et aucune
Larget n'avait accouché d'un enfant mort, que c'était
une tache sur la famille. Après un tel scandale, comment oser se montrer? qu'en diraient les Cambois?
Mais, quand on s'allie à des Guépie, ne faut-il pas
s'attendre à tout?

Ce cruel événement, cette déplorable déception
altérèrent l'humeur d'Aleth, lui mirent du sombre
dans l'âme. C'en était fait de ses espérances et de ses
projets. Elle contemplait tristement ce berceau vide,
cette layette inutile. En regardant deux manches de
camisole bien mignonnes et deux brodequins bien
gentils, qui semblaient s'étonner de ne servir à rien,
elle pensait à deux petits bras dont elle ne devait
jamais sentir l'étreinte, à deux petits pieds qu'elle ne
verrait jamais gigoter sur ses genoux. En vain son
mari cherchait-il à la consoler en lui disant : « C'est
une chose à recommencer, je te réponds du second. »
Un vague pressentiment l'avertissait que c'était partie
indéfiniment remise, qu'elle ne serait pas mère de
sitôt. Au chagrin se mêlait l'humiliation; mais, en vraie

Guêpie qu'elle était, elle s'en prenait aux autres, au docteur Larrazet, à sa belle-mère, à son mari, à tout le monde. Un jour que Robert lui pinçait le fin bout de l'oreille avec une amoureuse délicatesse, elle lui dit d'un ton sec :

« Prends donc garde! Tu es brusque et tu me fais mal. »

L'été se passa sans qu'elle eût secoué sa mélancolie et sa langueur. Robert s'inquiétait de son état. Pour la distraire, il l'emmena passer trois jours à Paris. Elle s'y ennuya, les plaisirs n'étaient pas son affaire ; tout ce qui ne mettait pas son amour-propre en jeu lui paraissait insipide et insignifiant. Une pensée la rongeait, elle ne sortait plus guère en voiture, et la cocarde de son poney la laissait indifférente ; elle s'était déjà blasée là-dessus. Robert s'étonnait de la voir froncer le sourcil à propos de rien et regarder dans le vide ou pendant plusieurs minutes mâchonner l'un des coins de son mouchoir entre ses dents bien coupantes. Il ne savait pas que, pour la seconde fois, elle était grosse, non d'un enfant, mais d'un projet. Cette grossesse serait-elle plus heureuse que l'autre? Elle se permettait de le croire.

Elle avait pour les bains de son un goût louable, qui dégénérait en fureur et fournissait un grief de plus à sa belle-mère. Ses meilleures heures étaient celles qu'elle passait dans sa baignoire. Elle s'y sentait envahie par une agréable mollesse, et plus son corps s'y détendait, plus son esprit s'excitait et s'exaltait. Pendant ces bains qu'elle prolongeait à plaisir, elle ruminait à son aise de menus incidents que son imagination grossissait. Elle croyait se souvenir que Mme Paluel avait ricané en lui parlant, que Catherine l'avait regardée par-dessus l'épaule, que Mariette ne la considérait plus comme autrefois avec crainte et tremblement. Le mot de son frère lui revenait, et elle entendait que tout cela changeât, que chacun rentrât dans son rôle naturel ; or le sien était de commander, celui des autres était d'obéir. « Je leur montrerai, pensait-elle, qui je suis et à qui le Choquard appartient. » C'était une révolution qu'elle méditait, sans vouloir attendre l'enfant ; savait-on quand il viendrait ? Mais, grande politique qu'elle était, elle avait du goût pour les voies obliques, et elle avait décidé que, pour parvenir à ses fins et commander au Choquard, il fallait avant tout épurer le personnel, casser aux gages Catherine et Mariette, qu'elle envisageait comme les âmes damnées de sa belle-mère, leur substituer des créatures de son choix, qui, lui devant leur place, seraient entièrement à sa dévotion. Congédier Catherine, renvoyer Mariette, mater et déposséder Mme Paluel, ce n'était pas une mince entreprise. Aussi voulait-elle attendre une bonne occasion pour engager la lutte. Sa belle-mère lui inspirait quelque frayeur et avait sur elle tous les avantages d'une longue possession. On hésite avant d'attaquer un coq sur son pailler.

Un incident fortuit porta une grave atteinte au respect mêlé de crainte qu'elle ressentait malgré elle pour la reine mère ; nos sentiments et nos résolutions tiennent souvent à bien peu de chose. Il lui tomba par hasard dans les mains une note de lessive, griffonnée à la hâte par Mme Paluel, qui, hors des affaires du ménage, ne se piquait pas d'en savoir bien long. Elle y releva plusieurs incorrections criantes, et entre autres le mot chemise écrit avec deux *m*. L'ex-pensionnaire du Gratteau n'admettait pas qu'une femme

qui sait l'orthographe se laisse gouverner par une
femme qui ne la sait pas. Ne tenait-elle pas de Mlle Bardèche elle-même que tant vaut l'orthographe, tant
vaut la femme? Forte de cet axiome, elle vit sa belle-
mère avec d'autres yeux. Écrire chemise avec deux
m! En un clin d'œil, le prestige s'était évanoui, et elle
s'étonnait d'avoir subi si patiemment l'empire d'une
personne sans éducation, qui se mêlait de tout mener
à la baguette et n'était faite que pour remplir les utiles et modestes fonctions d'un sous-ordre. Elle résolut de ne plus attendre, d'entrer immédiatement en
campagne.

Elle voulait commencer par Catherine, qu'elle avait
prise en aversion. N'était-ce pas cette florissante et
indiscrète cuisinière qui avait dit à Polydore Guépie
que Mme Aleth n'était rien au Choquard? Il était dans
son caractère de mûrir ses projets, mais, aussitôt décidée, de passer sans retard à l'exécution et de brusquer l'événement. Elle ouvrit sur-le-champ les hostilités. Depuis quinze mois qu'elle était mariée, il ne
lui était pas arrivé une seule fois de s'arrêter dans la
vaste cuisine de la ferme pour y faire un bout de causette, elle jugeait cela au-dessous d'elle. Jamais non
plus elle ne s'était abaissée à ordonner ou à discuter
le menu d'un repas, elle abandonnait de grand cœur
ce soin à sa belle-mère. Mais ses idées avaient changé.
Elle avait découvert que régner sans gouverner n'est
rien et que le gouvernement doit s'étendre à tout,
que qui n'est pas maître en bas ne l'est pas en haut.

Le lendemain matin, Catherine était occupée à allumer son fourneau, en devisant avec Anaïs, qui épluchait un gros poisson, lorsqu'elle devina à je ne sais
quelle sensation de sa moelle épinière qu'il y avait

quelqu'un derrière elle. Ayant tourné la tête, elle reconnut Mme Aleth, qui, les bras croisés, le front sévère,
semblait passer une revue et s'assurer, comme le faisait chaque jour sa belle-mère, que tout était propre,
à son rang, à sa place, qu'il n'y avait nulle part rien
qui clochât. Les bonnes cuisinières estiment que leur
cuisine leur appartient, elles y souffrent de mauvaise
grâce la présence de leur légitime maîtresse, et les
intrus leur sont odieux. Catherine regarda un instant
Aleth, puis elle lui dit avec un frémissement d'impatience :

« Madame cherche quelque chose?

— Non! répondit froidement Aleth. J'examine,
j'inspecte. »

Catherine crut tomber de son hant :

« A qui en a cette folle? » murmura-t-elle en s'adressant à Anaïs, qui, tout entière à son poisson, affecta
de n'avoir pas entendu.

Anaïs était depuis peu dans la maison, elle ne connaissait pas encore les êtres, et, à tout hasard, elle
s'observait, se ménageait avec tout le monde.

Aleth s'approcha d'elle, examina le poisson qu'elle
épluchait, sans toutefois y toucher, et lui dit :

« C'est une truite?

— Madame ne sait pas encore reconnaître une truite
d'avec un brochet? » dit Catherine avec un accent de
dédaigneuse ironie.

Quoique fille d'une cuisinière, Aleth se connaissait
peu en mangeaille; elle ne savait bien que ce qu'elle
était intéressée à savoir. A la vérité, elle discernait
comme tout le monde ce qui est bon de ce qui est
mauvais, mais elle n'était pas sur sa bouche, et en
général, quelles qu'elles fussent, les félicités sen-

suelles la touchaient médiocrement. Les seules jouissances auxquelles elle attachât tout leur prix étaient les voluptés de l'orgueil, qu'elle s'entendait comme personne à savourer.

« Oui, madame, c'est un brochet, lui dit avec son empressement et son accortise ordinaires la souple Anaïs, désireuse de réparer le fâcheux effet du propos de Catherine. Et, comme madame peut voir, il est de taille. C'est Julien, le fils du valet de ferme, qui l'a pêché dans l'Yères. Madame en mangera à son déjeuner et sûrement madame sera contente.

— En effet, il est de taille, et Julien a la main heureuse, » repartit Aleth en la caressant de la prunelle pour la récompenser de son empressement et lui prouver que, si elle ne savait pas distinguer une truite d'un brochet, elle faisait fort bien le discernement des boucs et des brebis.

Puis se retournant d'un air altier vers Catherine :

« Quel dîner nous ferez-vous aujourd'hui?

— C'est de mon déjeuner, madame, que je m'occupe pour le moment, répliqua brusquement Catherine, à la fois très surprise et très indignée.

— Et c'est de votre dîner que je vous parle, reprit Aleth.

— Eh! pardine, madame, je ferai le dîner qu'on m'a commandé.

— Pardine n'est pas une locution que j'accepte, dit Aleth, montant sur ses ergots, et je vous prie de vous en abstenir en répondant à ma question.

— J'avais l'honneur de dire à madame, reprit Catherine dont le sang bouillait, que je fais les dîners que Mme Paluel me commande de faire.

— De quelle Mme Paluel parlez-vous? A ma connaissance, il y en a deux.

— Eh! je m'entends, dit-elle, et personne ici ne peut s'y tromper, et j'ajoute que, si madame n'est pas contente de ma cuisine, c'est à une autre que moi que madame doit s'en plaindre. »

Catherine se fâchait; c'est ce que voulait Aleth. Aussi poursuivit-elle sa pointe; mais, pour ne pas se mettre dans ses torts, elle baissa la voix et le ton et repartit avec une douceur affectée :

« Je ne suis pas mécontente de votre cuisine, quoique je trouve que vous abusez un peu du lapin depuis quelque temps... Pour ce qui est du brochet que vous nous servirez tout à l'heure à déjeuner, je vous engage à soigner votre sauce verte. La dernière n'était pas assez liée. »

A ce hardi propos, Catherine éclata. L'affront que lui faisait cette ignorante qui se permettait de critiquer ses sauces vertes était plus qu'elle n'en pouvait supporter; son amour-propre de cordon-bleu avait été piqué jusqu'au vif. Elle répliqua sur un ton sarcastique :

« Madame est difficile, je le comprends, elle en a le droit. Élevée par une mère qui m'apprendrait mon métier...

— Vous êtes une insolente! » interrompit Aleth, qui l'eût volontiers dévisagée.

Ce cri fut entendu de Mme Paluel, qui était dans la salle à manger. Elle apparut sur le seuil et dit à sa belle-fille :

« Je vous prie, madame, qui traitez-vous d'insolente? »

Se rapprochant de trois pas, Aleth la regarda dans

les yeux, et, à l'expression provocante de ce regard, Mme Paluel comprit sur-le-champ qu'il se machinait quelque chose, qu'une révolution, une sorte de coup d'Etat était en train de s'accomplir. La couleuvre n'était plus couleuvre ; c'était une vraie vipère, aux crochets pointus, qui, travaillée par son venin, se dressait en sifflant. Mais Aleth n'avait garde de découvrir son jeu trop tôt, elle entendait que tout se fît en son lieu et en son temps. Elle éteignit la flamme de son regard comme on souffle sur une bougie et répondit à sa belle-mère avec une humble déférence :

« Oh ! madame, ce sont des misères qui ne méritent pas de vous être racontées. Je m'en expliquerai avec mon mari. »

Elle sortit aussitôt de la cuisine. Dès que Robert fut rentré, elle le chambra pour lui narrer l'incident sur un ton très échauffé. Puis, se calmant par degrés, elle déclara qu'à la vérité l'insolence de Catherine demandait un châtiment exemplaire, mais qu'elle consentait à lui faire grâce en considération de sa belle-mère, qui avait beaucoup d'attachement pour cette fille. Elle insinua que Catherine était peu digne de la confiance qu'on lui témoignait, qu'elle savait sur son compte certaines choses qui la faisaient douter de sa fidélité, mais qu'elle ne voulait pas les dire, qu'elle attendrait que Mme Paluel ouvrît d'elle-même les yeux. En définitive, tout ce qu'elle désirait était de ne plus avoir affaire à cette grossière créature et que ce ne fût plus elle, mais Anaïs, à qui revînt le soin de faire sa chambre le matin et sa couverture le soir. Robert s'empressa de laver la tête à Catherine, qui s'excusa de son mieux. Puis il parla à sa mère, lui vantant la douceur méritoire dont sa femme avait fait preuve dans cette circonstance. Mme Paluel lui repartit sèchement que Catherine était dans son droit, que sa bru n'avait rien à voir dans la cuisine, qu'au surplus, ce qu'elle demandait était absurde, que jamais aucune aide de cuisine n'avait fait les chambres, que c'était contraire à toutes les traditions, et que tout resterait dans l'état. Il se fâcha un peu ; mais, pensant avoir plus facilement raison de sa femme que de sa mère, il retourna auprès d'Aleth. A sa vive satisfaction, à peine eut-il ouvert la bouche, elle l'interrompit en lui répondant :

« Je retire ma demande, n'en parlons plus. Je suis capable de tout pour te faire plaisir.

— Tu es un ange, lui dit-il en l'embrassant, et ceux qui ne le voient pas sont des aveugles. »

Robert se flattait que l'incident était vidé ; quelques jours plus tard, il en survint un autre dont les suites furent plus graves. Aleth avait reçu jadis de sa marraine une petite croix en cornaline, qu'après l'avoir portée longtemps elle avait mise au rebut. Certains bijoux qu'elle avait trouvés au fond de sa corbeille de mariage lui avaient fait prendre en pitié les babioles qui font la joie des petites pensionnaires. Un matin, elle descendit au potager, s'approcha d'un grand puits qui de mémoire d'homme n'avait jamais tari, et, après s'être assurée que personne ne la voyait, elle y laissa tomber un petit objet qu'elle venait de tirer de sa poche : c'était la croix en cornaline.

Ce jour-là, Robert était à Paris, où ses affaires l'appelaient de loin en loin. Dans l'après-midi, on reçut une dépêche par laquelle il annonçait qu'il ne serait de retour qu'un peu avant dans la soirée. Il priait qu'on dînât sans lui et qu'on retînt Lesape jusqu'à son

arrivée, parce qu'il avait à lui parler. Mme Paluel
invita aussitôt Lesape à dîner, et Lesape fit bonne
mine à mauvaise fortune. Il n'aimait pas à dîner en
ville; on avait beau mettre, pour lui faire fête, les
petits plats dans les grands, aux mets les plus exquis
il préférait ce qu'il appelait « sa petite popote » et le
plaisir de la préparer lui-même, dans sa petite chambre bien tranquille, en disant longuement à Lesape
tout ce que Lesape avait dans l'esprit. Au surplus, il
croyait s'apercevoir depuis quelque temps que la
belle-mère et la bru ne s'entendaient qu'à moitié,
qu'il était survenu quelque chose, qu'il y avait des
tiraillements. Il sentait dans l'air une vague agitation
qui présageait des bourrasques, et il n'aimait pas à
se mêler aux querelles des autres, ni même à y assister, parce que bon gré mal gré il faut prendre parti
et qu'on se brouille toujours avec quelqu'un. Il avait
pour principe de tirer autant que possible son épingle du jeu, de ne pas compromettre son repos et sa
raison dans le conflit des déraisons du prochain. Lesape était un brave homme, mais il n'avait que les vertus négatives. Il y a tant de gens qui ne les ont pas !

Dès le commencement du repas, il s'avisa qu'il y
avait une légère acidité, comme une pointe de vinaigre dans les regards et dans les voix. Cependant le
légume succéda au rôti et au rôti le plat sucré, et
l'entretien ne tournait pas à l'aigre. Lesape espérait
déjà que tout se passerait en douceur et sans anicroche; par malheur, au dessert tout se gâta. Aleth, qui
était aux petits soins avec lui, venait de lui offrir la
moitié d'une poire qu'elle avait pelée de ses doigts
mignons, et il cherchait dans sa tête comment il
pourrait lui faire entendre, sans que Mme Paluel s'en

offusquât, qu'une poire pelée par elle était plus agréable à manger qu'une autre, lorsque, se renversant dans sa chaise et lançant à sa belle-mère un regard qui ressemblait à un coup droit :

« Vraiment, madame, lui dit-elle, il se passe des choses étranges dans cette maison.

— Et que se passe-t-il, madame, dans cette maison ? répondit Mme Paluel en faisant face à l'ennemi.

— Il s'y commet des vols.

— Qu'y vole-t-on, madame, je vous prie ?

— On y vole de jolies petites croix en cornaline... Mon Dieu ! ce n'est pas que la mienne eût coûté bien cher, mais c'était un souvenir, et j'y tenais. » Et elle ajouta, en s'adressant d'un air gracieux à Lesape : « N'est-il pas vrai que les choses valent souvent plus qu'elles ne coûtent ?

— Assurément, dit-il, et tenez, moi qui vous parle, il m'est arrivé de perdre un petit couteau de trois sous qui coupait mieux que les gros.

— Et à supposer, reprit-elle, que ce couteau vous eût été donné par une personne que vous aimiez, pour rien au monde vous n'auriez consenti à vous en défaire. C'est le sentiment qui fait le prix de ces bagatelles.

— Ah ! oui, le sentiment, répéta Lesape d'un ton pénétré.

— On vous a donc pris votre petite croix en cornaline, madame ? demanda Mme Paluel.

— Oui, madame. Elle était accrochée à un clou au-dessus de ma cheminée. Elle n'y est plus, elle a disparu... C'est singulier, n'est-ce pas, monsieur Lesape ?

— Très singulier, repartit Lesape, qui marchait sur des charbons ardents. Il est sûr que les choses dispa-

raissent quelquefois sans qu'on sache comment. Ainsi
ce petit couteau dont je vous parlais, pendant trois
jours j'ai cru l'avoir perdu. J'ai fini par le retrouver dans une des poches de ma limousine, et j'aurais
pourtant juré qu'il n'y était pas. »

Elle trouvait qu'il n'y allait pas de franc jeu, elle
n'aimait pas les neutres et les tièdes, et elle lui dit
sur un ton moitié figue moitié raisin :

« Il est possible que vous ayez retrouvé votre couteau, mais je ne retrouverai pas ma croix ; voilà la
différence.

— Ah! oui, dit-il, voilà la différence, et elle est
grande ; c'est ce que je disais.

— Lesape, lui dit Mme Paluel en le prenant à son
tour à partie, vous êtes depuis bientôt douze ans dans
cette maison. Pendant ces douze années, s'y est-il
commis un seul vol?

—Je ne le crois pas, madame. Il pourrait se faire
pourtant... Mais je ne le crois pas.

— Vous ne le croyez pas! reprit-elle d'un air gran-
diose. Lesape, je n'aime pas les gens qui croient,
j'aime les gens qui savent, et vous devriez savoir qu'il
n'y a jamais eu de voleurs dans cette maison, qu'on
ne les y souffrirait pas.

— Mais c'est précisément ce que je disais, madame.
Ah! pour une bonne maison, c'est une bonne maison
que celle-ci, et qui n'a pas sa pareille, et je l'ai toujours dit, et je veux qu'on me coupe le cou si j'avance
jamais le contraire. »

Il aurait voulu dans ce moment être à mille lieues
de cette bonne maison ; il maudissait sa destinée et
se disait :

« Mon Dieu! qu'on est bien chez soi!

— Mais êtes-vous bien sûre, madame, de n'avoir pas égaré quelque part votre croix? reprit Mme Paluel. Quand on n'a pas d'ordre, on est sujet à perdre beaucoup de choses.

— Je ne sais pas, madame, si je n'ai pas d'ordre, mais il ne tient qu'à vous de monter à l'instant dans ma chambre pour y chercher ma croix... Mes clefs sont aux armoires, je n'ai pas l'habitude, comme certaines gens, de les porter partout avec moi.

— Dieu me préserve d'aller dans votre chambre, madame! Ce n'est point mon habitude, je n'y suis entrée que l'autre jour, et bien malgré moi. Vous n'aviez pas daigné m'envoyer votre linge, et la blanchisseuse attendait... Il y avait un bonnet qui traînait d'un côté, un col de l'autre et ailleurs une chemise.

— Avec deux *m*, madame? demanda Aleth sur le ton narquois d'un Talleyrand au petit pied.

— Et quand il y en aurait trois, je ne vois pas ce que cela ferait à l'affaire, répondit Mme Paluel, qui ne comprenait pas l'allusion.

— Combien mettez-vous d'*m* à chemise? dit Aleth à l'infortuné Lesape.

— Le plus souvent, je n'en mets qu'une, répliqua-t-il en se tournant et se retournant sur sa sellette. Mais ceux qui en mettent deux ont peut-être leurs raisons. Il y a tant de micmac dans tout cela qu'on ne sait à quoi s'en tenir.

— Voilà bien du bavardage inutile, s'écria Mme Paluel, qui s'échauffait de minute en minute. Peut-on savoir qui vous soupçonnez d'avoir volé votre croix? Serait-ce moi par hasard?

— Me pardonnerez-vous de vous répondre que

voilà une question fort impertinente, et vous fâcherez-vous si j'ajoute qu'il m'est bien permis de soupçonner ceux qui entrent habituellement dans ma chambre? »

Jusqu'ici, la pacifique Mariette avait écouté sans souffler mot, c'était son habitude dans les querelles. Mais l'amour de la justice fut plus fort que la prudence, et elle s'écria :

« Oh! madame! soupçonner Catherine! C'est mal à vous. Catherine est une brave fille, incapable de dérober quoi que ce soit.

— Qui vous demandait votre avis, ma mie? lui repartit aigrement Aleth... Mais je suis bien aise de constater une fois de plus que tout le monde ici est ligué contre moi, à l'exception de M. Lesape, à qui je reproche seulement de ne pas oser dire ce qu'il pense.

— Moi, ne pas dire ce que je pense! fit Lesape. Oh! par exemple!... Mais vous le savez comme moi, ce que je pense, et Mme Paluel le sait comme vous, et Mlle Mariette aussi. Je l'ai dit, et, quand il faudrait aller en justice, je n'en démordrais pas. »

Il fut interrompu. Catherine avait écouté à la porte, qu'elle ouvrit brusquement. Elle apparut les poings sur les hanches, rouge de colère, et elle apostropha Aleth en disant :

« Je vois ce que c'est; madame a juré de me mettre à la porte. C'est un coup monté, et je gagerais bien qu'elle a jeté quelque part son bibelot de cornaline pour faire croire que je l'avais pris. »

Il n'y a que la vérité qui blesse. Aleth, qui jusqu'à ce moment avait conservé son calme, s'écria dans un transport de fureur :

« Que venez-vous faire ici? Je ne vous parle pas; allez-vous-en.

16

— Me traiter de voleuse! poursuivit Catherine, s'oubliant tout à fait. Je ne suis pas d'une famille où l'on vole, et mon père n'a jamais fait disparaître un billet de mille francs. »

A cette nouvelle insulte, Aleth ne se contint plus ; elle s'élançait déjà pour souffleter l'insolente quand la porte se rouvrit et Robert parut. Il arrivait plus tôt qu'on ne pensait. Tout le monde rentra dans le silence. Catherine s'adossa contre la muraille, en essuyant ses yeux avec le bord de son tablier. Aleth, pâle de rage, se laissa tomber sur sa chaise, tandis que Mme Paluel se rasseyait dans son fauteuil, l'œil sec et flamboyant. Robert promena autour de lui un regard étonné et dit :

« Là, que se passe-t-il encore? »

Et comme personne ne répondait :

« Voyons, Lesape, mettez-moi au fait. »

C'est une tâche dont Lesape se fût volontiers dispensé :

« Mon Dieu! monsieur Paluel, dit-il en tortillant les bouts de sa cravate entre ses doigts calleux, il s'agit de bien peu de chose, d'une misère... »

Il s'aperçut qu'Aleth lui faisait de gros yeux, et il s'empressa de rebrousser chemin :

« Quand je dis que c'est peu de chose, cette affaire a bien son importance, je dirais même beaucoup d'importance. Car enfin quand il s'agit d'un vol... »

Sur une exclamation que poussa Mme Paluel, il s'arrêta court; puis il reprit :

« Si toutefois ce vol était prouvé ; mais heureusement il ne l'est point, ce qui n'empêche pas qu'une petite croix en cornaline, qui n'a pas coûté cher, a beaucoup de prix quand on y met du sentiment. Il en résulte que de deux choses l'une : ou on l'a prise, ou on ne l'a pas prise. Si on ne l'a pas prise, elle se retrouvera comme mon petit couteau. Si on l'a prise, c'est peut-être une mauvaise plaisanterie qu'on a voulu faire, et il faut que celui qui l'a se dépêche de la rendre bien vite. Je ne sais pas si mon idée est bonne, mais c'est mon idée, et je dis toujours ce que je pense.

— J'y vois un peu moins clair qu'avant, dit Robert, et je demande un surplus d'explication. »

Alors les trois femmes se levèrent et se mirent à parler toutes à la fois, si bien qu'il s'impatienta, se boucha les oreilles et frappa du pied. Sur quoi elles disparurent comme des souris dans leur trou, regagnant chacune ou leur chambre à coucher ou leur cuisine, et Robert se trouva dans le vide, n'ayant pas même la ressource d'interroger de nouveau Lesape, qui, lui aussi, avait jugé à propos de s'éclipser. Seule, Mariette était restée, et ce fut d'elle que Robert obtint les éclaircissements qu'il désirait.

Il monta aussitôt vers sa femme, qui lui signifia qu'elle n'entendait pas que Catherine restât un jour de plus dans la maison. Puis il descendit auprès de sa mère, laquelle lui reprocha d'être tombé en servitude, d'être devenu l'esclave d'une folle qui était venue au monde dans un jour de malheur et qui le conduirait à sa perte. Elle ajouta que, si Catherine partait, elle s'en irait aussi. Il ne savait quel parti prendre quand Catherine lui fournit la solution qu'il cherchait en déclarant qu'elle n'entendait pas rester au service de la fille d'un voleur, laquelle soupçonnait les honnêtes gens de voler. Il entra dans une si violente colère qu'elle eut peur et lui fit ses excuses; il ne les accepta pas et lui donna incontinent son congé. Il en instruisit sa mère, qui ne parla plus de s'en aller, mais qui posa la question de cabinet. Jetant son trousseau de clefs sur la table, elle s'écria :

« Porte-les-lui. »

Il la prit par la douceur, lui représenta que personne n'en voulait à ses clefs, mais qu'Aleth avait eu un grand chagrin, que son humeur s'en ressentait et sa santé aussi, qu'il fallait avoir pour elle quelque indulgence, que peut-être au surplus s'ennuyait-elle de n'être rien dans la maison et que l'ennui la portait à l'irritation, qu'il était juste de lui faire sa petite part dans le gouvernement, de placer sous sa direction la cuisine et la cuisinière.

« Nous mangerons moins bien, ajouta-t-il en souriant, mais il n'y aura plus de scènes, et nous nous en porterons mieux. »

On put croire jusqu'à minuit que le cabinet s'obstinait à se retirer. Mais Robert fut si tendre, si éloquent, si persuasif, il cajola tant sa mère qu'après s'être écriée plus de cent fois qu'elle serait heureuse d'être morte, elle détacha de son trousseau une des clefs du cellier aux provisions, qu'elle avait en double, disant :

« Elle me demandera les autres une à une, et tu les lui donneras. Mais tu es le maître ; fais ce que tu veux. »

Il en résulta que la souple Anaïs remplaça l'irascible Catherine et qu'on mangea moins bien, comme l'avait prévu Robert ; heureusement qu'Anaïs avait des dispositions et l'esprit assez délié pour se démêler des embarras où la jetait sa nouvelle maîtresse par les ordres contradictoires qu'elle lui donnait tout le long du jour. Il en résulta aussi que la belle-mère et la bru ne se parlaient que dans les cas d'urgente nécessité.

L'une avait l'air d'une reine découronnée, l'autre avait aux lèvres les sourires triomphants d'une usurpatrice heureuse. Pour Robert, il prenait patience, en se souvenant du parfait bonheur dont il avait joui pendant quinze mois, et il se flattait que tout finirait par s'arranger.

XIII

Aleth ne s'endormit pas sur sa victoire; elle jugeait que rien n'était fait tant qu'il y avait quelque chose à faire. Encouragée et un peu grisée par son premier succès, elle ne doutait plus de rien. Elle avait évincé l'insupportable Catherine. Mariette devait avoir son tour et trousser avant peu son sac et ses quilles. Depuis longtemps, elle avait voué une aversion particulière à cette jeune personne, qui pourtant ne lui avait jamais manqué de respect. Il n'aurait tenu qu'à elle de se gagner son affection; dès le lendemain de ce mariage qui lui avait brisé le cœur, la pauvre enfant avait décidé qu'il était de son devoir d'admirer ce qu'*il* admirait, et elle tâchait d'aimer ce qu'*il* aimait. Mais Aleth l'avait surprise plus d'une fois dans un entretien réglé avec Mme Paluel, et, comme on s'était tu à son approche, elle en avait conclu qu'on se réunissait dans l'ombre pour la déchirer à belles dents et pour tramer contre elle de noirs petits complots. Elle ne pardonnait pas non plus à Mariette la bienveillance, l'amitié que lui témoignait Robert. Elle la considérait comme une intrigante qui s'appliquait à monter en faveur et cachait sous ses airs modestes beaucoup d'artifice, beaucoup de manège.

« Le Choquard ne sera vraiment à moi, pensait-elle, que lorsque cette fine mouche n'y sera plus. »

Cette proposition avait pour elle l'évidence d'un axiome.

Une circonstance bien imprévue la servit dans ses desseins. Mme Paluel, qui, depuis vingt ans au moins, n'avait pas découché du Choquard une seule nuit, se vit obligée de faire une absence de plusieurs jours et d'emmener son fils avec elle. On apprit par une lettre que ce fameux oncle Georges Larget, qui avait fait ses caravanes sans jamais donner de ses nouvelles, avait mené une existence beaucoup moins romantique qu'on ne se le figurait. Pendant qu'on le croyait au bout du monde occupé à ramasser quelque part des pépites, il avait fait tout simplement son tour de France, et, en fin de compte, il s'était fixé à Vervins, où il avait fabriqué durant de longues années des bannes, des corbeilles et des hottes. Ce vannier, ayant de l'industrie et peu de besoins, s'était amassé un modeste magot qui, à l'âge du repos, lui avait permis de vivre tranquillement de ses petites rentes. Tant qu'il s'était bien porté, il ne s'était point soucié de sa famille, dont il pensait avoir à se plaindre, et ne lui avait pas donné signe de vie. Devenu infirme, puis malade, sa mémoire s'était subitement réveillée; les visages qu'il avait vus dans sa jeunesse lui avaient paru tout à coup plus intéressants que ceux des étrangers qui l'entouraient et qui s'appliquaient sourdement à capter son bien. Il s'était enquis, informé, et son état s'étant récemment aggravé, il avait fait mander à sa nièce Joséphine, par l'entremise d'un notaire, qu'il désirait la revoir avant de

mourir et qu'elle eût à lui amener son fils, donnant à
entendre que ses dernières dispositions dépendaient
un peu du degré d'empressement qu'elle mettrait à lui
complaire. Mme Paluel n'était pas femme à se dérober
à un devoir de famille ni à faire fi d'un petit legs, soit
universel, soit particulier. En matière d'héritages, les
grosses rivières n'ont jamais méprisé les petits ruisseaux, et, ce qui est plus curieux, les petits ruisseaux
trouvent une sorte de gloire à s'aller perdre dans les
rivières. L'oncle Georges Larget en est bien la preuve.

Ce qu'elle venait d'apprendre avait un peu récon-
cilié Mme Paluel avec ce vagabond, contre qui elle
avait souvent déblatéré; son crime lui semblait moins
noir; elle y découvrait des circonstances atténuantes.
Quelque effroi que lui inspirât la pensée d'un voyage
et d'une absence, elle ne balança pas à partir et décida
son fils à l'accompagner. Qu'il lui en coûtait cependant! que de soucis! que d'inquiétudes! Abandonner
sa maison et la laisser entre les mains de qui! C'était
remettre au loup la garde du bercail.

Elle eut une longue conférence avec Mariette. Elle
passa en revue tous les accidents funestes qui pouvaient survenir, y compris l'incendie et la peste bovine,
et elle lui indiqua ce qu'il y avait à faire dans chaque
cas. Elle lui déclara qu'elle lui confiait le Choquard,
qu'elle l'en rendait responsable, et, lui donnant ses
clefs, elle lui commanda de s'en servir elle-même le
moins possible et ensuite de ne s'en dessaisir au profit
d'un tiers sous aucun prétexte. Cet ordre alarma
Mariette, qui en prévit les conséquences.

« Cependant, madame, lui dit-elle, si Mme Aleth me
demandait...?

— Quoi qu'elle te demande, interrompit Mme Paluel,

tu iras le chercher toi-même et tu le lui donneras;
mais je n'entends pas qu'elle fourrage dans mes armoires. C'est déjà trop de ce cellier dont elle a l'entrée
et où elle a mis le désordre. Tu m'entends, ma volonté
très expresse est que ces clefs ne sortent pas de tes
mains. Si tu contreviens à ma défense, tu auras affaire
à moi, et nous ne ferons pas longtemps ménage ensemble. »

A ces mots, Aleth entra; elle s'aperçut que Mariette
était très rouge, que Mme Paluel était fort échauffée,
et on ne fit pas disparaître les clefs assez vite pour
qu'elle ne devinât pas à peu près de quoi il était
question. Quelques instants plus tard, son mari lui
disait :

« J'espère qu'on sera bien sage pendant mon absence.

— Comme une image, répondit-elle. S'il ne tient
qu'à moi, tu retrouveras le Choquard comme tu le
laisses, avec ce qu'il y a dedans, y compris ta petite
femme, qui t'aime bien. »

Elle lui sauta au cou et l'embrassa. Il fut aussi
étonné que ravi de ce beau mouvement. D'ordinaire,
elle se laissait embrasser. En la quittant, il donna
tout au long ses instructions à Lesape, et, peu après,
il montait en voiture avec sa mère pour aller prendre
le chemin de fer à Brie. Aussi longtemps que le Choquard fut en vue, Mme Paluel retourna la tête en se
tordant le cou à la seule fin de contempler une fois
de plus sa chère maison et de s'assurer qu'elle était
encore debout et à sa place.

Pendant la moitié d'une semaine, tout parut che-
miner à merveille. Il y avait de l'huile dans les
rouages; point de secousses ni de frottements, la ma-

chine ne criait pas. Aleth était avenante, affable, gracieuse. De temps en temps, elle faisait une amitié à Mariette, lui passant la main sous le menton et l'appelant « sa mignonne ». Mariette n'en revenait pas ; elle était aux anges et ne savait qu'inventer pour se rendre agréable. Mme Paluel l'avait priée ou plutôt sommée de lui écrire chaque soir pour lui donner des nouvelles et l'assurer que la maison n'avait pas encore brûlé. Chaque soir, elle prenait la plume, et ses lettres, qui se ressemblaient beaucoup, contenaient à peu près ceci : « Chère madame Paluel, ne vous inquiétez pas, ne vous faites pas de mauvais sang, tout va bien, très bien, et soyez sûre que la maison ne brûlera pas. M. Lesape dit que les semailles vont aussi très bien, que le temps est favorable et qu'il a assez d'ouvriers pour les nouveaux travaux de la Roseraie. La basse-cour est en bon état, les oies engraissent ; je leur donne sept pâtons par repas. Les canetons ont les ailes croisées ; ils sont en chair ; nous aurons une dinde à manger le jour de votre arrivée. Anaïs dit que la provision de farine et de sucre que vous lui avez laissée est plus que suffisante. Elle nous a fait hier une tarte aux pommes. Si vous saviez comme Mme Aleth est bonne avec moi ! Elle est tout à fait douce et gentille ; elle a toujours son air et sa voix des dimanches. Ainsi vous voyez, chère madame Paluel, que tout va bien. Ne vous tourmentez pas. Votre bien respectueuse et dévouée. MARIETTE SORRIS. »

Le cinquième jour, Aleth reçut un mot de son mari, qui lui annonçait que le grand-oncle Georges était mort l'avant-veille, après avoir testé en sa faveur, que, tous frais déduits, la succession monterait à vingt mille francs, qu'il y avait des arrangements à prendre, des signatures à donner, que sa mère et lui comptaient rentrer au Choquard le surlendemain. Le jour suivant s'annonça aussi bien que les autres; mais, à la fin du dîner, la foudre éclata subitement, et c'est sur Mariette qu'elle tomba. Aleth lui dit :

« Ma mignonne, donnez-moi, je vous prie, la clef de l'armoire au linge. J'ai quelque chose à y prendre. »

Mariette devint rouge comme braise et demeura bouche béante.

« M'avez-vous entendue, ma mignonne? Je vous demande la clef de l'armoire au linge, et je crois savoir que vous l'avez. »

Elle ne dit pas non; elle ne savait pas mentir. Elle répondit en balbutiant :

« Si vous aviez la bonté de me dire ce qui vous fait besoin, madame, j'irais bien vite vous le chercher.

— Mais non, mais non, j'aime à faire moi-même mes petites affaires, et c'est la clef que je vous demande. »

Mariette prit son courage à deux mains et répliqua :

« Je vous en supplie, madame, n'insistez pas, ou vous me feriez gronder. Mme Paluel m'a sévèrement défendu...

— Achevez, mademoiselle, reprit Aleth en changeant de ton. Mme Paluel vous a défendu de me donner les clefs?... Ah! bien, voilà une insulte qui passe la mesure et à laquelle je ne m'attendais pas, quoique je dusse m'attendre à tout... Mais vraiment, je crois rêver. Vous vous connaissez assez peu en matière de convenances pour observer une telle consigne! Vous ne savez donc pas qui vous êtes et qui je suis?

— Assez ! assez ! madame, s'écria Mariette. Ce que vous me dites, je l'avais dit à Mme Paluel, qui n'a pas voulu m'écouter. Attendez un petit instant, je vais vous apporter la clef. »

Mais Aleth n'entendait pas que la querelle se terminât par un accommodement, et, s'échauffant de plus en plus dans son harnais :

« Je ne la veux plus, dit-elle. Vous me l'avez insolemment refusée, gardez-la... Non, c'est inutile, mademoiselle, ne vous dérangez pas. Que chacune de nous reste avec son bien, vous avec votre clef, moi avec mon affront, que j'aurai, je l'avoue, un peu de peine à digérer... Mais il y a quelqu'un qui prononcera entre nous, ajouta-t-elle d'une voix qui sonna aux oreilles de Mariette comme une des trompettes du jugement dernier, et, à votre place, je ne rentrerais dans ma chambre que pour y faire mon petit paquet. »

Elle sortit à ces mots, laissant Mariette atterrée et plus morte que vive. Elle n'avait pas fait d'autre crime que d'exécuter trop docilement les ordres de son impérieuse maîtresse, mais elle sentait que ce crime ne lui serait jamais pardonné.

« Il l'aime tant, pensait-elle, qu'il ne peut rien lui refuser. Elle veut que je parte ; il me renverra comme Catherine. »

Et elle faisait déjà ses adieux à cette maison, qui, après avoir été son paradis, était devenue son purgatoire ; mais s'en aller, c'était l'enfer. Quoiqu'elle pleurât facilement, elle ne réussit pas à pleurer. Elle passa dans sa chambre des heures entières assise sur une chaise, les yeux secs et brûlants, les bras allongés, les mains jointes. Pour la première fois, il se

mêlait à ses chagrins un sentiment de révolte amère
contre sa destinée. Il lui semblait que le monde était
mal fait, qu'il s'y passait des choses injustes, que les
sages petites filles avaient moins de chances que les
autres d'y accomplir leurs désirs, qu'être belle et
méchante était le sort le plus enviable, que cela menait sûrement au bonheur. Elle fut arrachée à ces
lugubres réflexions, luxe inutile de sa douleur, par le
souci de l'avenir. Si cruelle que soit sa croix et si injuste qu'elle lui paraisse, le pauvre n'a pas le temps
de disputer contre elle; avant tout, il faut s'occuper
de vivre. Mariette se demanda ce qu'elle devait faire,
ce qu'elle allait devenir, à qui elle s'adresserait pour
trouver un refuge et un gagne-pain. Elle se souvint
du couvent où elle avait été élevée; les sœurs étaient
bonnes et auraient une place à lui offrir ou l'aide-
raient à chercher Mais, quoi qu'elle imaginât, tout
lui semblait sombre, tout lui semblait répugnant; elle
ne voyait devant elle que de tristes dégoûts et ces
ennuis qui tuent. Peu à peu, son désespoir s'engourdit,
une torpeur s'empara de tout son être; il lui parut
qu'elle faisait à quelque puissance invisible qui disposait d'elle l'abandonnement d'elle-même, de sa volonté et de sa propre cause. Comme les animaux, les
enfants du peuple qui n'ont jamais quitté les champs
vivent dans un commerce intime avec cette nature
qui recommence éternellement les mêmes choses
sans chercher à savoir ce qu'elle fait; elle se soumet
en silence à des lois qu'elle ignore, elle obéit à un
dieu inconnu dont la fièvre la travaille et qui ne lui
dit pas son secret.

Le jour venait à peine de poindre quand Mariette
entendit frapper à la porte de la maison. Elle courut

ouvrir et se trouva nez à nez avec Mme Paluel, qui,
dans son impatience de revoir le Choquard et de
reprendre les rênes de son gouvernement, avait
voyagé de nuit et devancé de douze heures le retour
de son fils. Ne pouvant se douter que Mariette ne
s'était pas couchée :

« Allons, ma fille, je suis bien aise de te trouver
levée, lui dit-elle. Cela montre qu'on peut avoir confiance en toi. Mais peut-être aussi avais-tu deviné que
je te ménageais la surprise d'arriver plus tôt que je
n'avais dit. »

Puis, sans attendre sa réponse, sans prendre le
temps de déposer son sac de voyage et son parapluie
qu'elle tenait à la main, elle l'emmena sur-le-champ
reconnaître avec elle l'état des lieux. Elle retrouva
les murailles, les portes, les serrures à l'endroit où
elle les avait laissées, et elle en parut surprise. La
tournée fut complète ; elle entra partout, visita la
laiterie, les remises, les étables, le potager, furetant
dans tous les coins, et partout elle découvrit quelque
marque de négligence, quelque détail incorrect qui
offusquait ses yeux.

« Voilà ce que c'est que de s'en aller, disait-elle.
Quand les maîtres ne sont plus là, rien ne va. »

Comme elle rentrait dans la cour, s'étonnant du
silence prolongé de Mariette, elle s'avisa de la regarder et lui dit :

« Qu'y a-t-il donc ? Tu as la figure défaite. Es-tu
malade ?

— Il y a, madame, répondit Mariette, que dans
vingt-quatre heures je ne serai plus ici. »

Il fallut tout raconter. Sur la fin de ce récit, on
entendit au premier étage le bruit d'un volet qui

s'entr'ouvrait, et Mme Aleth passa discrètement entre les deux battants sa charmante tête et ses cheveux en papillotes.

« J'en apprends de belles, madame, » s'écria Mme Paluel en brandissant son parapluie.

Aleth posa ses deux coudes sur le rebord de la fenêtre et répondit avec beaucoup de calme :

« N'accusez que vous-même, madame. Quand vous me faites insulter par des subalternes, c'est à eux que je m'en prends.

— Et vous croyez que cette enfant partira ?

— Oui, madame, je le crois.

— Lorsqu'on épouse la fille d'un traîne-malheurs, vociféra Mme Paluel, on les fait entrer chez soi et ils y arrivent en bande comme les corbeaux.

— Mariette, puisque vous êtes encore ici, riposta Aleth sans s'émouvoir, soyez assez bonne pour prier Anaïs de me monter mon déjeuner dans ma chambre. Je ne la quitterai pas jusqu'au retour de celui qui a seul le droit de commander ici et qui peut seul me défendre contre les mauvais procédés et les injures. »

Là-dessus, elle referma sa fenêtre et tint parole ; de tout le jour elle ne parut pas. Dans les derniers temps de sa grossesse, on avait adopté le système des deux chambres, et depuis elle avait trouvé des raisons pour le maintenir ; elle y voyait un moyen de gouvernement. Mais elle ne passa pas toute la journée dans sa chambre particulière, elle visita celle de son mari, y mit tout en ordre, rangea, épousseta, se fit apporter par Anaïs les dernières fleurs de la saison pour en faire un bouquet, l'envoya acheter du tabac, afin que rien ne manquât au bonheur de ce cher mari et qu'il sût combien sa petite femme s'occupait de lui.

Il arriva comme Mme Paluel et Mariette achevaient de dîner tête à tête; son premier mot fut :

« Où est donc Aleth? Serait-elle malade?

— C'est bien pis, dit Mme Paluel; elle est devenue tout à fait folle. »

Les explications qu'on lui donnait lui parurent peu satisfaisantes. Il reprocha à sa mère avec véhémence les instructions qu'elle avait laissées à Mariette, déclara qu'il considérait les injures qu'on faisait à sa femme comme faites à lui-même. Elle voulut répliquer; mais il s'emporta, et elle dut baisser pavillon, d'autant qu'elle ne sentait pas sa conscience tout à fait nette. Il sortit en poussant violemment la porte, et Mariette dit à Mme Paluel :

« Vous le voyez, madame, je suis perdue.

— Ah! cette fois, je te le jure, répondit-elle, mon parti est pris, et, si tu t'en vas, je m'en irai. »

Qu'importait à la désolée Mariette? A quoi cela remédiait-il?

Aussitôt qu'Aleth entendit dans l'escalier le pas de son mari, elle courut à sa rencontre, se jeta dans ses bras, en disant :

« Ah! te voilà donc enfin! C'est bien heureux. Je croyais ne jamais te revoir... Oui, c'est toi. Me reconnais-tu?.. Si tu savais comme le temps m'a paru long, comme la maison me semblait déserte! Mon seul plaisir était d'arranger ta chambre. Elle est gentille, n'est-ce pas?... Promets-moi de ne plus voyager, de ne plus t'en aller. Je ne peux pas vivre sans toi, vois-tu, car tu es le chêne, je suis le lierre... Oh! je sais que tu aimes à courir; mais c'est égal, quand on a épousé une petite femme qui vous adore, on ne court plus, on reste chez soi... Voyez un peu ce méchant mari

qui s'en va se promener tout seul! Je me moque bien
de tes héritages! Je n'aime que toi, et rien que toi. »

Et, le conduisant par la main, elle l'assit dans un
fauteuil, puis elle s'installa sur ses genoux. Tantôt
elle couchait sa tête sur l'épaule de ce mari adoré,
tantôt reculant ou avançant le front, elle le contemplait tour à tour de très loin ou de très près, elle le
mangeait du regard, elle lui tirait les cheveux, la
moustache, l'impériale, elle lui présentait deux petites lèvres fraîches et rouges comme des cerises, en
lui disant : « Mets bien vite là ton petit bec. » Et du
même coup elle lui regardait le fond des yeux pour
s'assurer que par ses caresses elle avait suffisamment
amolli, attendri et pétri la volonté de ce maître condamné à n'être que le très humble serviteur de ses
caprices, qu'il était vraiment à elle, qu'elle le tenait
tout entier dans le creux de ses mains blanches,
qu'elle pouvait en faire tout ce qu'elle voulait.

Il se laissait faire. Cet accueil inattendu lui était
délicieux, il en savourait les séductions, et, comme il
craignait de mettre fin à son bonheur en abordant le
grand sujet, il souriait, embrassait et se taisait. Il fallut pourtant se résoudre à parler, et il dit :

« Eh bien! il y a encore du grabuge par ici!

— Tu le sais? dit-elle. J'aurais bien voulu pouvoir
te le cacher, j'étais sûre que cela te ferait de la peine.
Mais vraiment il n'y a pas de ma faute. Je m'étais promis que tu retrouverais ta maison bien tranquille et
ta petite femme bien contente, et hier encore tout a
bien cheminé jusqu'au soir, quand au moment où j'y
pensais le moins...

— On m'a tout dit, interrompit-il. Que veux-tu?
ma mère est une brave femme, un peu trop à cheval

sur ses droits, c'est son seul défaut. Je lui ai dit tantôt ce que j'avais sur le cœur, je le lui ai même dit avec un peu trop d'emportement. Je lui ai déclaré que j'entendais qu'on te respectât ici autant que moi. Elle m'a paru sentir ses torts, et tu peux compter que chose pareille ne se renouvellera point, j'y aurai l'œil et la main.

— C'est bien à toi, répondit-elle en le caressant de nouveau. Tu es un bon petit mari, et les bons petits maris prennent toujours la défense de leur petite femme et ne la laissent pas insulter. Mais cette pécore de Mariette, que lui as-tu dit?

— Rien du tout. Mariette n'est pas responsable de ce qui s'est passé. On lui avait commandé une sottise, et elle l'a faite, j'en suis sûr, par pure obéissance et bien à regret.

— Tu crois cela? On t'en a conté. Laisse-moi te dire et t'expliquer...

— C'est inutile, je sais tout.

— Permets, je tiens à rétablir les faits. Figure-toi que j'avais besoin de serviettes... Est-ce un crime d'avoir besoin de serviettes? Si c'est un crime, dis-le... Je demande donc à cette demoiselle la clef de l'armoire au linge, je la lui demande très gentiment, car j'étais décidée à être très douce, très gentille... Sais-tu ce qu'elle me répond? Elle monte sur ses ergots et me dit qu'en l'absence de ta mère cette clef est à elle et ne sortira pas de ses mains, qu'elle se garderait bien de me la confier, que je n'avais rien à voir dans l'armoire au linge, que j'y mettrais tout en désordre.. Et quel air! quel ton, grand Dieu! C'était une figure à gifler.

— En es-tu bien sûre? dit-il en souriant. Mariette

montant sur ses ergots! c'est si peu dans son caractère!

— Tu ne la connais pas. C'est une sainte-nitouche,
une petite hypocrite, qui a deux langues et deux visages. Quand tu es là, elle est tout sucre et tout miel;
dès que tu as le dos tourné, c'est autre chose... Tu
ne me crois pas? ajouta-t-elle en le regardant de nouveau dans les yeux.

— Là, j'ai beaucoup de peine à te croire. »

Ce qu'il avait prévu arriva. Elle détacha brusquement ses bras qu'elle lui avait passés autour du cou,
se leva, s'assit sur une chaise en face de lui, et dit
d'un ton sec :

« Soit! je suis une menteuse.

— Non, mille fois non! mais tu as l'humeur et
l'imagination un peu vives. »

L'instant d'après, il était à ses pieds, accroupi sur
un carreau, et il s'empara de force de ses deux mains
qu'elle lui refusait.

« Pour l'amour de Dieu, ne boudons pas, lui dit-il.
Je suis de ton avis, Mariette aurait dû te donner sur-
le-champ cette clef; mais un soldat ne connaît que
sa consigne. Il faut lui pardonner. Veux-tu qu'elle te
fasse des excuses?

— Oh! que non pas, je ne saurais qu'en faire. Elle
m'a manqué de respect, et ce n'est pas la première
fois. Si je te racontais!.. Mais tu ne me croiras pas,
je suis une menteuse.

— Dieu! que nous avons une mauvaise tête! dit-il
en essayant de plaisanter. Veux-tu donc sa mort? la
pendrons-nous?

— Je ne veux la mort de personne, je désire qu'elle
parte pour ne plus revenir. »

Il eut un tressaillement; il commençait à voir dans son jeu, à la comprendre et peut-être à la juger.

« Chasser cette pauvre enfant! reprit-il. Elle aimerait tout autant qu'on la pendit.

— On m'accuse d'exagérer, dit-elle. Qui donc exagère dans ce moment?... Ne dirait-on pas qu'il n'y a que le Choquard dans ce monde? Nous aiderons cette demoiselle à chercher une autre place, je m'y emploierai moi-même, car je suis bonne, quoi qu'on en dise, je suis même trop bonne; si je n'avais pas supporté en silence certaines choses, nous n'en serions pas où nous en sommes. »

Et voyant qu'il n'était pas encore persuadé :

« Tu tiens donc beaucoup à cette Mariette? Que lui trouves-tu de si merveilleux? C'est un génie?

— Elle fait très bien tout ce qu'elle fait. C'est quelque chose.

— Pétrir du beurre, gaver des canards, retourner des fromages, la belle affaire! Le premier venu s'en tirerait comme elle.

— Oh! que nenni. Attentive, consciencieuse, adroite, elle serait difficile à remplacer... Et puis elle était si malheureuse quand je l'ai fait entrer ici! C'est la meilleure action que j'aie faite de ma vie, et c'est un visage agréable à regarder que celui d'une bonne action.

— Dis-moi plutôt, reprit-elle avec aigreur, que tu es amoureux de son bec de moineau et de ses yeux de grenouille.

— Où prends-tu qu'elle ait des yeux de grenouille? Vrai, tu es injuste; ses yeux bruns ne sont pas vilains. Il y a du cœur dans ces yeux-là et une foule de bonnes intentions.

— Mais sais-tu que je commence à me sentir jalouse?... C'est égal, adore-la tant qu'il te plaira; je veux qu'elle parte, tu m'as entendue, je le veux. »

Il se recueillit un instant avant de lui répondre; il sentait que la parole qu'il avait sur les lèvres serait de grande conséquence, qu'il allait compromettre son bonheur pour longtemps peut-être. Enfin prenant sa résolution :

« Demande-moi toute autre chose, dit-il d'un ton ferme et grave, mais ceci n'est pas possible. »

Elle dégagea ses mains, qu'il tenait toujours dans les siennes, le repoussa de toute la longueur de ses deux bras, en disant :

« Ah! ce n'est pas possible! Il paraît que tout ce que je demande est impossible. Laisse-moi, laisse-moi donc... Des insultes et des refus, voilà le sort qu'on me fait dans cette maison, qui n'est plus tenable pour moi. »

Puis, se dressant sur ses pieds et donnant un libre cours à sa colère :

« Tu as beau dire, je ne suis plus rien pour toi, plus rien. Il y a beau jour déjà que je m'en aperçois. Jadis c'étaient des empressements, des adorations. Tu me trouvais jolie, tu me trouvais charmante, tu me le disais le matin, tu me le disais le soir et tu me réveillais dans la nuit pour me le redire. Mais cette belle ardeur s'est bien vite refroidie; aujourd'hui je ne suis plus bonne qu'à jeter aux chiens... Non, je ne suis rien pour toi; autrement, tu prendrais ma défense, tu me protégerais contre les affronts. Tout le monde me déteste ici, et tu t'es mis de la partie. Tu prétends avoir reproché ses torts à ta mère, je ne te crois pas, tu mens. Elle te fait peur, tu trembles de-

vant elle comme un petit garçon. Oh! ta mère, ta
mère, veux-tu que je te dise ce qu'est ta mère? Ta
mère est une...

— Mais tais-toi donc, malheureuse! lui cria-t-il en
lui mettant la main sur la bouche. Veux-tu donc que
je ne puisse plus t'aimer? »

Il était debout devant elle : l'œil en feu, le sourcil
contracté, les lèvres blanches et frémissantes, il lui
montrait un visage qu'elle n'avait pas encore vu, et
ce visage lui fit peur. Elle s'imagina follement qu'il
allait l'étrangler. Elle se laissa tomber sur sa chaise,
levant sur lui des yeux effarés. Mais elle s'aperçut
bien vite qu'un attendrissement l'avait pris, qu'il
regrettait sa violence, que cette grande colère s'était
fondue comme de la cire. Elle se remit par degrés de
sa frayeur, et, feignant de larmoyer, elle lui reprocha
de lui avoir fait mal, de l'avoir frappée. La frapper,
lui! Il était de nouveau à ses genoux et il cherchait à
l'attirer sur son cœur. Elle s'arracha de cette étreinte,
enleva de son cou un médaillon qu'il lui avait donné,
le jeta violemment contre le plancher et s'enfuit dans
sa chambre, où elle s'enferma à double tour. Il regardait tristement cette porte fermée, et un grand combat se livrait en lui. Il fut sur le point de parlementer,
de supplier, de demander grâce. Le souci de sa dignité l'emporta : il demeura debout et se tut.

La nuit ne changea rien à sa résolution. Il lui semblait qu'il ne pouvait renvoyer Mariette sans se désho-
norer, et dans les questions d'honneur il ne transigeait
pas. Elle fut la première personne qu'il rencontra en
entrant dans la salle à manger. Immobile, le teint
brouillé, les yeux battus, la bouche agitée de mouvements fiévreux, semblable à un chien qui cherche le

regard de son maître pour y lire sa volonté, elle attendait cette parole qui allait décider de son sort et la condamner à un éternel exil.

« Rassure-toi, Mariette, lui dit-il enfin. Quoi qu'il arrive, tu ne t'en iras pas. »

Elle n'en pouvait croire ses oreilles. Dans un transport de joie et de reconnaissance, cette fille si modeste, si réservée, si timide, courut à lui, se jeta à ses pieds ; elle lui avait saisi les genoux d'un geste passionné, elle les serrait étroitement dans ses bras, elle les couvrait de baisers. Elle restait là, pleurant, sanglotant, hors d'elle-même, à ce point qu'au milieu de ses sanglots elle s'oublia jusqu'à lui dire : « Oh ! que je vous aime ! » Mais à peine eut-elle prononcé ce mot, elle fut épouvantée de son audace, confuse de s'être trahie ; elle se releva, recula de quelques pas, et, toute honteuse et rougissante, elle ne savait où poser les yeux, parce qu'il lui semblait que les murs, les meubles, le coucou, tout le monde avait entendu et compris, à l'exception toutefois du héros de l'aventure, qui s'étonnait de cette démonstration de tendresse presque convulsive dont le sens lui avait échappé. Elle osa enfin le regarder, et, reprenant contenance, elle lui dit :

« Vous êtes mille fois trop bon, monsieur Paluel. Mais, je vous en prie, laissez-moi partir. Si je restais contre sa volonté, Mme Aleth ne vous le pardonnerait pas, et je ne veux pas que vous ayez des chagrins à cause de moi.

— Tu ne partiras pas, répondit-il. Tu vas me promettre d'être bien douce, bien polie, bien prévenante avec ma femme, comme je suis sûr du reste que tu l'as toujours été. Mais je ne veux pas que tu partes.

Ce ne serait pas juste, et la justice doit passer avant tout. »

Ce mot de justice parut à Mariette bien froid, bien triste, un peu cruel. Heureusement il en corrigea l'effet en ajoutant aussitôt :

« Et puis, j'ai toujours eu de l'amitié pour toi, et il me semble que, sans Mariette, le Choquard ne serait plus le Choquard. »

Il avait dit cela ! Eh ! oui vraiment ! il l'avait dit, ce n'était pas un rêve, et, puisqu'il l'avait dit, il fallait bien le croire. Oui, si elle s'en allait, il s'apercevrait de son absence, et il lui semblerait que le Choquard n'était plus le Choquard. Il l'avait dit et il le pensait, car il ne voulait pas qu'elle partît, et il avait refusé son renvoi à cette femme à qui il ne refusait rien, à cette belle et dangereuse créature qui l'avait ensorcelé. Quelle gloire pour Mariette et surtout quelle joie ! Elle ne savait plus où elle en était. Le Choquard, le monde, la vie, tout lui semblait nouveau, et tout le jour elle souhaita que le bon Dieu lui ménageât quelque occasion de donner à l'homme qu'elle aimait une grande preuve de son dévoûment, de faire pour lui quelque chose de très difficile et de très pénible, une de ces choses qu'on ne fait pas sans se briser le cœur, afin qu'une fois au moins elle pût lui montrer ce qu'il y avait dans le sien, dans ce cœur silencieux qui s'était donné pour la vie.

XIV

Le coup fut cruel pour Aleth; son orgueil saignait et criait. Pendant deux ou trois jours, elle se berça de l'espoir que son mari viendrait à résipiscence, que ses rigueurs auraient raison de lui, qu'elle le verrait tomber à ses genoux en implorant sa grâce. Quand elle vit qu'il tenait bon, qu'il ne chassait pas Mariette du Choquard, elle le chassa lui-même de son cœur, lui défendit d'y rentrer, lui en ferma la porte à jamais. A vrai dire, elle n'avait jamais aimé Robert Paluel, elle n'aimait que le possesseur d'une grande ferme et l'humble serviteur de ses fantaisies. Désormais elle conçut pour cet esclave en révolte un sentiment voisin de la haine. Il avait commis deux crimes irrémissibles : il lui avait refusé quelque chose, et un soir il s'était permis durant une minute de lui parler d'un ton et d'un air qui l'avaient effrayée. Il était dans sa nature de haïr tout ce qui lui résistait et encore plus ce qui lui faisait peur.

Elle se demanda ce qu'elle pouvait inventer pour punir son mari. Sa première pensée fut de se sauver, la seconde de se laisser mourir de faim. Ces deux projets, le second surtout, lui parurent offrir à l'exécution de sérieuses difficultés et des inconvénients encore plus sérieux. Attenter à ce corps charmant, lui infliger des souffrances imméritées, cet effort dépassait son courage. Sa petite personne lui était chère et sacrée ; c'était en vérité sa seule religion, et elle s'était promis d'en remplir tous les devoirs avec une inviolable fidélité.

Elle se rabattit sur quelque chose de plus facile et de moins dangereux. Elle résolut de jouer dorénavant le rôle d'un souffre-douleur, d'une triste victime, couronnée d'épines et d'humiliations, traînant sans cesse ses misères après elle, et de se rendre insupportable par l'excès de ses abaissements volontaires. Une figure impassible, de longs silences, des attitudes abandonnées et langoureuses, des regards éteints, des yeux morts, pas un désir, pas une marque d'impatience ou de tenir à quoi que ce fût, une profonde indifférence à tout, un acquiescement absolu à la volonté des autres, le sentiment continuel de son néant, parfois un sourire où se révélait la touchante résignation d'un cœur navré, des airs de branche brisée par l'orage, de fleur arrachée de sa tige et tombée à terre, qui se laisse rouler par le vent, voilà ce que les habitants du Choquard eurent l'agrément de contempler et d'admirer tous les jours. Elle leur servait ce plat à chacun de leurs repas, et leur appétit s'en ressentait. Elle avait commencé par signifier à Anaïs qu'elle n'avait plus d'ordres à lui donner, que la cuisine ne la regardait plus, qu'elle ne se mêlait de rien et n'était rien. Elle rendit à sa belle-mère la clef du cellier, en lui demandant humblement pardon d'avoir osé s'en servir et la garder pendant plusieurs semaines. Elle lui témoignait en toute occasion des déférences inouïes, des profondeurs de respect. Un jour, elle se rencontra à la porte de la salle à manger avec Mariette, qui s'effaça et se retira vivement pour lui céder le pas. « Mais comment donc, mademoiselle ! passez devant, lui dit-elle ; je sais trop ce que je vous dois. » C'était la part de Mme Paluel et de Mariette. Celle de son mari était de trouver soir et matin une porte fermée au verrou entre sa femme et lui.

Il était profondément malheureux, mais l'idée ne lui vint pas de céder. Il s'accusait d'avoir eu trop de docilité, trop de complaisance ; il l'avait gâtée par ses soumissions, et il se disait qu'une faiblesse de plus compromettrait pour toujours leur commun avenir, que, de défaite en défaite, son avilissement serait sans remède. Il ne s'abusait plus sur elle ; les écailles lui étaient subitement tombées des yeux ; elle venait de lui apparaître telle qu'elle était, dure, ingrate, orgueilleuse, âprement personnelle. Elle lui faisait quelquefois l'effet d'un serpent ; elle en avait le luisant, les grâces onduleuses et prenantes, l'œil qui fascine et le froid qui glace. Il ne laissait pas de l'adorer : les femmes-serpents sont celles qu'on adore le plus. Quand elle passait près de lui, l'effleurant de sa robe et affectant de ne pas le voir, il aurait voulu la happer de ses deux mains comme une proie, la maudire et la caresser, la meurtrir de ses baisers, l'étouffer, l'étrangler en l'embrassant. Après avoir savouré les douceurs de l'amour qui précède la connaissance, ne veut rien savoir et vit d'illusions, il éprouvait dans toute sa fureur cet autre amour qui a la vue claire et nette de ce qu'il aime, qui le juge, le condamne et ne l'en aime pas moins. Aussi souffrait-il cruellement. Le soir, en contemplant cette porte éternellement fermée, il avait des envies de pleurer ou des rages farouches; s'il se fût écouté, il l'eût enfoncée, fait voler en éclats. Mais une voix intérieure lui criait : « Si tu ne te rends pas maître de ton désir et de ta lâcheté, tu es un homme à jamais perdu. »

Tout casse et tout lasse. Le charme de la tragicomédie que jouait Aleth commençait à s'user et ne suffisait plus à sa consolation. Elle sentit le besoin de se procurer quelque autre passe-temps en sortant un peu de ce maudit Choquard, qu'elle avait pris en horreur depuis qu'elle désespérait de le gouverner en souveraine absolue. Il lui parut aussi que le meilleur moyen d'adoucir ses chagrins était de soulager son cœur en les racontant à quelqu'un. Après avoir cherché, elle se souvint de Mlle Bardèche, dont elle s'était souciée jusqu'alors comme d'un zeste d'orange et qui lui sembla la seule personne digne de l'écouter, capable de la comprendre. Un matin, après le déjeuner, elle s'approcha respectueusement de son mari, à qui elle n'avait pas adressé la parole depuis plus de huit jours, et lui demanda, sur le ton d'une humilité soumise, la permission de faire une visite au Gratteau. Il pensa qu'elle ouvrait ainsi la porte à une demi-réconciliation, et il fut si ravi de rentendre le son de sa voix qu'il lui répondit avec empressement :

« Eh ! tu sais bien que je te permets tout. »

Il alla aussitôt atteler lui-même le panier. En entrant dans le brancard, le poney, qui n'était pas sorti depuis longtemps, donna des signes d'impatience; le grand air le grisait; il piaffait, trépignait.

« Il est d'humeur folâtre, dit Robert. Conduis prudemment.

— Eh! bon Dieu! répondit-elle en prenant les guides, si je me cassais la tête en chemin, vous diriez
tous : Quelle délivrance! »

Mlle Bardèche, charmée de cette visite inattendue,
reçut Aleth à bras ouverts. Elle aimait que ses anciennes pensionnaires se souvinssent d'elle et la consul-
tassent dans toutes les circonstances importantes de
leur vie. Aleth épancha ses douleurs dans ce cœur
compatissant. Elle lui conta qu'elle s'était fait de
grandes illusions, qu'elle avait cru trouver le bonheur
au Choquard, qu'elle y était la moins heureuse des
femmes, qu'elle n'y avait rencontré personne qui fût
capable de savoir ce qu'elle valait, que ces gens ne li-
saient rien, qu'ils ne sortaient pas du terre-à-terre, que
sa belle-mère était une femme très commune, sans
éducation, sans orthographe et, partant, très jalouse
de celle de sa bru, que son mari avait l'esprit très
positif et l'humeur brusque, un peu sauvage, qu'elle
se sentait profondément isolée, que sa seule ressource
contre l'ennui était de relire constamment ses chers
douze cahiers, qui, tout à la fois, lui rappelaient le
temps de son heureuse jeunesse et lui rafraîchissaient
le souvenir de tant de belles choses qu'elle avait
apprises et qui, hélas! ne lui servaient plus de rien.
Ce cas parut fort intéressant à Mlle Bardèche; elle ne
ménagea ni ses attentions les plus flatteuses ni ses
caresses à cette jeune plante qui, après avoir grandi
dans la serre chaude du Gratteau, se voyait exposée
aux rigueurs d'une température inhumaine.

« Pauvre chère enfant! lui dit-elle en sucrant sur-
abondamment la tasse de thé qu'elle lui présentait,
voilà ce qu'est la vie! Mais ne me dites pas que les
connaissances que vous avez acquises ne vous servent

plus de rien; vous reconnaissez vous-même qu'elles servent à vous consoler. Dans quelque situation que le sort nous place, une instruction solide est un bien précieux. C'est l'ornement de notre bonheur, c'est le soulagement de nos chagrins. Ce qui les soulage aussi, ce sont les douceurs de l'amitié. Que n'êtes-vous venue plus tôt? Je vous aurais donné des conseils, je vous aurais fait du bien. »

Cette entrevue fut jugée si agréable, et par la plaignante et par la consolatrice, qu'on résolut de ne pas s'en tenir là, et on convint que, chaque samedi, si rien ne s'y opposait, Aleth se rendrait au Gratteau pour y déjeuner tête à tête avec Mlle Bardèche.

Elle avait eu le double plaisir d'être écoutée et d'être plainte; aussi sa visite au Gratteau l'avait mise en goût; elle trouvait que le samedi suivant était trop lent à venir. Pour s'aider à prendre patience, elle imagina d'aller confier ses peines à M. Larrazet. Après avoir été des ennemis jurés, ils étaient devenus d'assez bons amis. Pendant sa grossesse, elle l'avait vu souvent; il l'avait louée à plusieurs reprises de son courage, de sa patience, lui avait fait des compliments dont elle gardait un bon souvenir. Le surlendemain, de fort bonne heure, elle fit atteler, se rendit tout courant à Brie et arrêta son poney devant la porte du docteur. Il était dans son laboratoire, ayant résolu de consacrer sa matinée à des expériences délicates qui devaient lui fournir des matériaux pour son fameux traité de toxicologie végétale, et il avait fait défendre sa porte. Mais Aleth ne se laissait pas facilement éconduire; elle insista, et, tout en maugréant, il consentit à la recevoir. Il ne voulut pas l'introduire dans le sanctuaire, parmi

les malheureux cochons d'Inde sur lesquels il opérait.
Il ordonna qu'on la fît entrer dans une petite pièce
qui précédait le lieu très saint et dont le mobilier se
composait de deux fauteuils, de quelques tablettes
chargées de livres et d'une table en sapin couverte de
nombreuses petites fioles d'apparence inoffensive;
mais il ne faut juger personne sur la mine.

Il lui avança l'un des fauteuils, s'assit dans l'autre,
et, en face d'une cheminée où flambait un bon feu,
ils engagèrent l'entretien.

« Expliquez-moi bien vite, ma chère petite dame,
lui dit-il, ce qui me procure l'honneur de votre visite.
Seriez-vous malade, par hasard? »

Elle poussa un long soupir et répondit :

« C'est bien pis, monsieur Larrazet. Je suis horriblement malheureuse. »

Tout surpris, il fut tenté de lui dire que ces sortes
de choses ne le regardaient pas. Mais il était curieux,
assez commère, et il n'était pas fâché que les jolies
femmes le prissent pour leur confesseur. C'était peut-
être se confesser au renard; mais ce renard ne donnait que de bons conseils.

« Vous êtes horriblement malheureuse, dites-vous?
Et depuis quand cela vous a-t-il pris? »

Encouragée par l'air de recueillement sympathique
avec lequel il se disposait à l'écouter, elle entama
son petit récit, un peu différent de celui qu'elle avait
fait à Mlle Bardèche. Il faut servir les gens selon
leurs goûts, et elle avait affaire cette fois à un au-
diteur plus informé et moins crédule. Elle en dit
trop cependant, car il l'interrompit tout à coup en
s'écriant :

« Eh! quoi, vous prétendez que votre mari ne vous

aime plus, qu'il vous manque d'égards! Le bruit
court dans tout le pays qu'il est tellement féru de
vous que vous en faites tout ce que vous voulez, et on
ajoute, passez-moi l'expression, que, dans le ménage,
c'est vous qui portez la culotte. »

Elle répliqua d'un ton pincé qu'on se trompait
bien, que, grâce aux intrigues de sa belle-mère, son
mari s'était détaché d'elle. Cette odieuse belle-mère
l'avait prise en aversion, lui suscitait mille ennuis,
mille tracasseries. Elle lui attribua le projet bien
arrêté de la faire mourir à coups d'épingle.

« Je vous accorde, dit-il, que Mme Paluel n'est
pas une femme commode. Mais là, en conscience,
n'avons-nous pas eu nos petits torts? »

Elle se récria, prit le ciel à témoin, déclara avec
des airs d'innocente colombe qu'elle avait toujours
été accommodante, facile, qu'elle ne demandait qu'à
vivre en paix avec tout le monde.

« Vous fâcherez-vous, reprit-il, si je vous dis toute
ma pensée? J'imagine que nous aimons à commander,
que nous avions mis dans notre jolie tête de gouverner un peu le Choquard. Belle ambition, ma foi!
mais pour cela il aurait fallu se rendre utile et même
nécessaire, et je crains bien que nous n'ayons manqué
le coche... Savez-vous ce qui a tout perdu? Je m'en
prends à ces aimables petits gants à quatre ou cinq
boutons que nous frottons en ce moment l'un contre
l'autre et que, paraît-il, nous ne quittons pas volontiers. Il est positif que, quand on a les mains très
blanches, on ne se soucie pas de les gâter; mais il
est positif aussi qu'on ne gouverne pas une ferme
avec des gants. »

Elle se repentait d'être venue; elle le trouvait

désobligeant, désagréable, cavalier, impertinent, d'un
esprit si obtus qu'il ne se doutait pas de ce qu'elle
valait.

« Je vous ai raconté mes chagrins, lui dit-elle avec
aigreur; je croyais pouvoir compter sur votre sympathie.

— J'en ai beaucoup, reprit-il en s'inclinant.

— Il n'y paraît guère... Vous connaissez ma déplorable situation. Donnez-moi quelque conseil.

— Quand on a eu des déboires, il faut tâcher de les
oublier, reprit l'impitoyable docteur en se renversant
dans son fauteuil et faisant tourner ses pouces. J'ai
connu des hommes très malheureux, qui avaient réussi
à se consoler, l'un en collectionnant les tabatières,
l'autre les papillons. Un troisième se livrait pour se
distraire à toute sorte de petits calculs. Il se disait
par exemple : « Supposé que tous les œufs d'estur-
« geon qui périssent en vertu du combat pour la vie
« fussent mis par les soins de la Providence à l'abri de
« la destruction, combien faudrait-il de générations
« d'esturgeons pour produire une masse de caviar
« équivalente au poids de la terre?... » Ce sont là,
comme vous voyez, de petits exercices très amu-
sants, mais ils ne sont pas à votre usage. »

Puis, changeant tout à coup d'air et d'attitude, il
ajouta sur un ton paternel :

« Croyez-moi, ma chère enfant, pour être heureux,
il faut sortir de soi, tâcher d'aimer quelque chose.
Quoique je n'aie guère le temps de m'occuper de
morale, je me rappelle avoir lu dans je ne sais quel
livre que le secret du bonheur comme de la vertu est
la désappropriation. C'est un bien grand mot, aussi
profond qu'il est gros. Malheur à qui n'aime que soi!

18

Et, permettez-moi de vous le dire, je crains bien que vous ne vous aimiez un peu trop. »

Mécontente d'être sermonnée, furieuse de n'avoir pas réussi à l'émouvoir, elle voulut recourir aux grands moyens. Elle se leva tout d'une pièce et s'écria avec un accent tragique :

« Monsieur Larrazet, puisque vous ne savez pas aider les gens à vivre, aidez-les du moins à mourir.

— Eh! vraiment, en serions-nous là? dit-il en se levant aussi.

— N'en doutez pas. Tout à l'heure, en longeant le cimetière de Mailly, je me suis surprise à envier de toute mon âme les heureux qui dorment là sous leur grande pierre et leur petite croix... Je vous en conjure, monsieur Larrazet, donnez-moi du poison.

— Permettez, lui dit-il, il y a cette différence entre les assassins et les médecins que les médecins ne tuent les gens que sans le savoir et à leur corps défendant. »

Puis il se souvint de la petite comédie qu'elle avait jouée au Gratteau, et il eut envie de la mettre à l'épreuve. Feignant de se raviser :

« Au fait, lui dit-il, pourquoi pas? Regardez un peu par ici. Voyez-vous cette table en sapin et tous ces petits flacons?... Mon maudit domestique, qui casse tout, en a brisé hier trois ou quatre, mais ce qu'il en reste suffit pour que vous n'ayez que l'embarras du choix. Voici de l'acide oxalique, voilà de la belladone, de l'atropine, de la jusquiame, de l'aconit, de la noix vomique... Qu'est ceci? Ah! c'est de la conicine ou cicutine; on entend par là le principe actif et de nature alcaline des trois espèces de ciguë, de la *Cicuta major*, de la *Cicuta virosa* et de l'*Æthusa cynapium*, ou ache des chiens. Si vous buviez vingt gouttes de ce liquide, vous n'en auriez pas pour longtemps. Peu de minutes après l'ingestion surviendraient des éblouissements, des vertiges, une céphalalgie très aiguë. Vous sentiriez vos jambes flageoler, se dérober sous vous, et la déglutition deviendrait impossible. Vous auriez de violentes envies de vomir, mais sans résultat. Votre regard serait fixe et trouble, mais l'intelligence resterait nette, vous entendriez sans pouvoir parler. Aux mouvements spasmodiques, aux contractions tétaniques succéderait une profonde stupeur. Ce joli corps se refroidirait, cette charmante tête se gonflerait, ces beaux yeux deviendraient saillants, ces joues mignonnes seraient livides. Il y a des cas où la stupeur fait place au délire et à d'horribles convulsions; mais, qu'il y ait délire ou non, la mort est toujours rapide, et il ne resterait plus qu'à transporter la gracieuse petite femme que voici dans ce ravissant cimetière où l'on est si bien pour dormir sous une grande pierre et une petite croix. »

Ce discours l'avait rendue toute pâle, un peu blême, et ce fut par pure rodomontade qu'elle consentit à prendre cet aimable petit flacon qu'il lui présentait après l'avoir débouché. Il ne le quittait pas des yeux, il était prêt à le lui arracher des mains. Par un effort qui lui coûtait, elle l'approcha de son visage, en respira l'odeur, qui lui parut âcre, fort déplaisante, assez semblable à celle qu'exhale une souris morte. La fiole lui faisait horreur, mais elle fit la brave. La soulevant en l'air pour la mieux regarder, mais en réalité pour l'éloigner autant que possible de sa bouche, elle affectait de contempler avec attendrissement

ce liquide incolore et huileux. Puis elle se prit à parler et à dire :

« Chère petite fiole, que je t'aime! Tu es le repos,
tu es la délivrance. Que ne puis-je te vider d'un seul
trait et m'en aller bien vite dans un monde où il n'y
a point de maris oublieux et ingrats, point de belles-mères acariâtres et jalouses, point de domestiques insolentes, point de haines, ni d'insultes, ni de
misères! »

Après ce bel élan lyrique, elle s'empressa de resti-
tuer le flacon au docteur, qui le remit dans le tas. Il
riait sous cape, il se disait :

« Quelle comédienne! Si jamais celle-là se tue, je
déclare que tout est possible. »

Cependant, à peine Aleth eut-elle rendu son bien
à M. Larrazet, il lui vint à l'esprit que ce petit flacon
serait un accessoire très utile dans tel drame qu'il lui
plairait de jouer :

« Si M. Larrazet, pensait-elle, rapporte à Robert,
comme j'y compte bien, l'entretien que nous venons
d'avoir ensemble et s'il arrivait que, le même jour,
Robert entrât dans ma chambre, dont je rouvrirais
la porte pour la circonstance, et y trouvât du poison,
l'épouvante que cette découverte inattendue lui causerait pourrait bien produire en lui une révolution
salutaire. »

L'idée lui parut bonne. Mais comment s'y prendre
pour ravoir le flacon? Adossée contre la table en sapin, elle s'avisa de laisser tomber à terre son mouchoir. M. Larrazet se baissa aussitôt pour le ramasser,
opération qui, vu sa corpulence, lui prit un peu plus
de temps qu'à un autre. Ces courts instants furent si
bien utilisés par elle que, sans qu'il s'aperçût de rien,

coulant sa main droite derrière son dos, elle saisit
au hasard une des fioles, qu'elle escamota de ses
doigts mignons et fit disparaître dans la poche de sa
robe.

Quelques minutes après, Aleth roulait rapidement
sur la route de Mailly. La conversation de M. Larrazet, qui lui paraissait beaucoup moins savoureuse
que celle de Mlle Bardèche, ne lui avait laissé que de
fâcheux souvenirs; mais elle était enchantée du petit
larcin qu'elle venait de commettre. Chemin faisant,
elle tira le flacon de sa poche et apprit par l'étiquette
qu'il contenait comme l'autre de la conicine. Peut-
être était-ce le même, mais que lui importait? Elle
pensa que, si le docteur venait à le chercher sans le
trouver, il s'en prendrait à son domestique, qui cassait tout. Elle le remit avec précaution dans sa poche
et employa le reste du temps à bâtir dans sa tête le
scénario du petit drame dont elle espérait de si heureux résultats. Sa tête travaillait et, laissant aller sur
sa bonne foi le poney, qui connaissait le chemin
aussi bien que son orageuse maîtresse, elle se trouva
en vue du Choquard lorsqu'elle s'en croyait encore
bien loin.

En arrivant dans la cour, elle entendit un concert
d'aboiements furieux. Deux chiens étrangers, dont un
basset, y étaient aux prises avec ceux de la ferme, qui
les recevaient de la belle manière. On se montrait les
dents, on cherchait à s'attraper les oreilles. Les deux
intrus, qui avaient du dessous et qui se voyaient mena-
cés d'être éconduits à grands coups de crocs, s'étaient
réfugiés dans les jambes d'un grand jeune homme
en costume de chasseur. Habillé de velours brun,
un chapeau mou sur la tête, le fusil en bandoulière, le

carnier au côté, le pantalon engagé dans la guêtre, il assistait sans s'émouvoir à ce grand hourvari. Il disait d'une voix tranquille aux combattants :

« Tout beau, mes enfants, vous vous êtes déjà vus l'an dernier. Comment se fait-il que vous ne vous reconnaissiez pas? »

Cette froide éloquence ne produisait aucun effet. Il fallut, pour calmer la tempête, que Robert, attiré par le bruit, vînt mettre le holà. Caressant les uns, grondant les autres, il apaisa les esprits échauffés; on lui promit non de s'aimer, mais de se tolérer jusqu'à nouvel ordre. Au même instant, il aperçut Aleth, qui venait de descendre de voiture. Il se tourna vers le chasseur et lui dit :

« Monsieur le marquis, je n'ai pas besoin de vous présenter ma femme. »

Le marquis s'inclina respectueusement devant elle, et de son côté elle le salua du bout du menton. Quoiqu'elle l'eût vu de près et pendant plusieurs heures le jour de son mariage, elle le reconnaissait à peine; dans ce jour de triomphe, elle n'avait vu personne. Elle reconnut plus facilement le basset; elle avait eu le plaisir de le rencontrer dans le moulin du Rougeau.

Le marquis Raoul, comme on sait, louait la chasse du Choquard. L'année précédente, il y avait fait, en nombreuse compagnie, un grand massacre de lièvres et de perdreaux; mais, couvant une rancune dont il ne parlait à personne, il s'était bien gardé de s'arrêter à la ferme. Cette année, le vent ayant sauté, ou, pour mieux dire, la curiosité ayant prévalu sur la rancune, il avait eu soin d'annoncer à Robert qu'il ouvrirait la chasse seul avec ses deux chiens, et il l'avait engagé à se mettre de la partie. Fort occupé, Robert avait décliné l'invitation; mais, ne voulant pas être en reste de politesse, il avait retenu le marquis à déjeuner, et le marquis ne s'était point fait prier.

Vu la circonstance, Mme Paluel avait mis elle-même la main à la pâte, et le déjeuner fut exquis. Malgré son grand détachement des plaisirs de ce monde, qu'il avait depuis longtemps épuisés, le marquis mangea beaucoup et but sec. Il fit honneur aux omelettes dorées de Mme Paluel, à ses andouillettes croustillantes, à ses saucisses au vin blanc, à ses côtelettes panées, à son merveilleux fromage à la crème. Il fit honneur aussi au médoc, déclara que c'était du vin de propriétaire, qu'il fallait venir au Choquard pour y boire de vrai bordeaux. Jusqu'au bout, il fut très aimable avec Mme Paluel, très empressé à l'égard de Robert, à qui, selon sa coutume, il rappela leurs communes aventures de jeunesse dans le bois de la Roseraie.

Tout en causant et sans en avoir l'air, il s'occupait beaucoup de la silencieuse Aleth, tout à fait absente de la conversation et qui par instants semblait convertie en statue. Il observait son peu d'appétit, ses manières compassées, le nuage de mélancolie qui pesait sur son front, certains regards qu'elle adressait à sa belle-mère, les froideurs marquées qu'elle avait pour son mari. « Oh! oh! pensait-il, on ne s'entend plus, à ce qu'il paraît; hier ou avant-hier, il y a eu quelque scène. On n'est pourtant marié que depuis dix-huit mois. »

Sur la fin du repas, il entama le chapitre des élections, qui devaient se faire l'année suivante. Il s'ouvrit à Robert de ses projets, de ses espérances; il lui insinua qu'il se permettait de compter sur lui, qu'il attendait beaucoup de son assistance. A son vif regret, Robert se tint sur la réserve, lui répondit que le député en possession était solidement assis et n'entendait pas céder la place, qu'il l'engageait à reporter ses vues sur un autre arrondissement. Il ajouta qu'il ne se mêlait guère de politique, que les comités électoraux étaient composés de politiciens de profession, dont les opinions n'étaient pas les siennes. « La France, dit-il en souriant, est un pays bleu gouverné par des comités rouges. Pour acquérir de l'influence, il faut forcer la note, et je craindrais de me gâter la voix. » Très contrarié, un peu piqué, Raoul sut dissimuler son dépit, et, quand on servit le café et le cognac, il affirma de plus belle qu'il fallait déjeuner au Choquard pour savoir ce que c'était que de vrai cognac et de vrai café.

Bientôt après, il se leva pour aller retrouver ses chiens et ses perdrix. Tout le monde, hormis l'indifférente Aleth, le reconduisit jusqu'à la porte de la cour. Comme elle se disposait à quitter à son tour la salle à manger et à regagner sa chambre, il reparut tout à coup; il venait chercher sa carnassière qu'il avait oubliée. Elle sortant, lui rentrant, ils se rencontrèrent sur le seuil, nez à nez, face à face. Il inclina légèrement sa grande taille pour examiner de près les yeux de cette rousse. Il attachait sur elle un de ces regards qui en moins d'une seconde font le tour d'une femme, de ce qu'on en voit et de ce qu'on n'en voit pas, qui la fouillent, la jaugent, la pèsent, la soupèsent et signifient : « Combien vaut-elle? Et serait-elle facile à avoir? »

La brutalité de ce regard révolta Aleth, la fit rougir

de colère. Elle recula de deux pas, fronça le sourcil ;
sa figure disait clairement qu'Aleth Guépie n'admettait pas qu'un marquis lui manquât de respect. Il
comprit, fit le plongeon. Elle lui livra passage pour
qu'il allât reprendre son carnier. Lorsqu'il retourna
la tête, cette rousse n'était plus là.

XV

Quand le marquis Raoul, harassé sans être las, rentra le soir à Montaillé, il y rapportait un carnier plein et un cas de conscience, ou, si l'expression paraît trop forte, une question de conduite à résoudre. Il dîna tête à tête avec sa mère, qui aimait à causer et désirait qu'on l'écoutât; elle le trouva distrait et s'en plaignit. En sortant de table, elle lui proposa une partie de trictrac. Il oublia plus d'une fois de marquer, et elle lui prenait ses points.

Il se retira de bonne heure dans son cabinet de travail, où son courrier l'attendait. Il se hâta de le dépouiller. Parmi quelques paperasses encombrantes, qu'il jeta au feu d'une main dédaigneuse, il démêla sur-le-champ deux lettres d'affaires qui réclamaient ses soins. Recouvrant aussitôt toute la lucidité de son esprit, il les lut et les médita. Puis il écrivit la réponse d'un style aussi net que concis. Lorsqu'une jolie femme et une belle affaire se disputaient son attention, il donnait toujours le pas à la belle affaire, et, au beau milieu du plus doux transport, il ne se fût pas embrouillé dans une addition. C'est une faculté bien précieuse.

Dès qu'il eut fini, il alluma un cigare, s'installa dans un fauteuil les pieds sur les chenets, et il eut avec lui-même l'entretien que voici :

« C'est dommage qu'elle soit un peu courte de taille. Que n'a-t-elle deux pouces de plus! Ce serait parfait. Il me semble aussi que, depuis son mariage, elle a pris un peu trop de rondeur. Cette sorte de femmes ont un malheureux penchant à l'embonpoint; avant dix ans, celle-ci sera replète. Mais, quoi qu'il arrive, et malgré ses petites tares, il faut avouer qu'elle est diablement jolie. Quels cheveux! quels yeux! quelle bouche! quelle fraîcheur et quelle finesse de teint! Comment donc ce père et cette mère s'y sont-ils pris?... On prétend que, pour faire une bonne salade, il faut l'association d'un avare, d'un prodigue, d'un sage et d'un fou; c'est le prodigue qui met l'huile et le fou se charge de la moutarde. Une jolie femme est une salade bien faite. Du moelleux et du haut goût, nous avons de l'un et de l'autre, et jamais le proverbe n'a dit plus vrai, il y a de fines épices dans cette petite boîte. »

Son cigare brûlait mal; il se leva pour le rallumer, et, après s'être rassis :

« Eh! vraiment, reprit-il, l'avoir à soi, ne fût-ce qu'un mois, mettons-en trois ou quatre, ce serait un vrai régal. Faudrait-il se donner beaucoup de peine? Il n'y a pas d'apparence. Elle a trouvé tantôt que je la regardais de trop près; j'ai cru qu'elle allait me manger; mais nous connaissons ces petites simagrées. Le fait est que j'arrive à point nommé, dans le moment psychologique. Pendant tout ce déjeuner, elle avait l'air de la fille de Jephté pleurant sa virginité sur la montagne, avec cette différence que l'autre l'avait

encore, dont elle enrageait, tandis que celle-ci l'a
perdue et regrette peut-être de n'en avoir pas fait
un meilleur placement. Ce ménage ne va pas. Cet
imbécile de Robert lui aura refusé quelque bijou, ou
il prétend l'obliger à préparer la pâtée pour ses
chapons. Le maladroit n'a pas su la prendre; elle a
contre lui quelque grosse rancune. Je me trompe
bien, ou son heure est venue; elle appelle le loup...
Et le loup, ma foi! n'est pas loin, ajouta-t-il en se
caressant la moustache. Raoul, cette aventure sent
la chair fraîche, et c'est le ciel qui me l'envoie, car on
ne s'amuse pas ici tous les jours. Ma mère a l'intention d'y rester jusqu'au commencement de février; il
faudra que je fasse la navette entre Paris et Montaillé.
Elle a invité, paraît-il, les Sirmoise et je ne sais qui;
triste divertissement. Je vois clair dans son jeu, elle
s'est mis en tête de me marier; son idée est que les
bons mariages ne se font que dans les châteaux,
l'ennui aidant. Mon Dieu! si elle y tient beaucoup, je
ne dis pas non, tout en me réservant le bénéfice
d'inventaire. Mais cela n'empêche rien, et ce pavillon
de chasse qui est au bas du parc semble avoir été
inventé tout exprès pour certain genre de rendez-
vous. C'est une vraie solitude, très ombragée, très
discrète, communiquant par une étroite allée couverte
avec une petite grille qui s'ouvre sur une route où il
ne passe pas grand monde... Il me semble que je la
vois d'ici pousser cette grille d'un doigt timide et,
trottant menu, apparaître tout au bout de l'allée
comme un joli point gris ou lilas, la couleur ne fait
rien à l'affaire :

« — C'est vous, ma belle?

« — Oui, c'est moi. Ah! monsieur le marquis, comme

le cœur me bat! Je me repens d'être venue.....

« — Dame! quand on voit pour la première fois le loup, il est bien permis de sentir battre son cœur... Petite rousse, si jamais le loup te tient, tu verras beau jeu! »

Décidément son cigare brûlait mal, ne tirait pas. Il le jeta au feu, prit la pincette, se mit à tisonner, et, tout en tisonnant, il lui vint des inquiétudes qui ressemblaient à des scrupules.

« Ce qui m'ennuie dans cette affaire, pensait-il, c'est le mari. Cet animal-là ne m'a jamais rendu que de bons services. Une fois surtout, il s'est montré fort obligeant, fort empressé à me venir en aide dans mes embarras. Sans lui, que serais-je devenu? Le récompenser de ce beau trait en lui prenant sa femme, c'est un peu dur, sans compter que j'ai la fâcheuse habitude de ne jamais le rencontrer sans lui toucher la main. Vous verrez que dorénavant il ne manquera pas une occasion de me la tendre; c'est une manie commune à tous les maris trompés. Et il faudra la prendre, la secouer. Cela se fait tous les jours; mais on a beau dire, c'est désagréable. Et puis s'il venait à savoir!.. car tout finit par se savoir. C'est mon garde-chasse, c'est ce Polydore qui m'ennuie aussi. Le drôle a toute sorte de curiosités indiscrètes, et, au moment où l'on s'y attend le moins, on le voit sortir de terre sans crier gare. S'il surprenait un jour sa petite sœur se glissant en tapinois le long de l'allée couverte, il serait trop flatté de l'aventure pour pouvoir se tenir d'en parler, et, de proche en proche, notre petit secret irait se promener au Choquard. »

Pour dissiper les fâcheuses pensées qui lui étaient venues, il lâcha sa pincette, attira à lui sa caisse de cigares, en alluma un second qui brûla beaucoup mieux que le premier, et ses objections ne tardèrent pas à s'évanouir.

« Bon Dieu ! reprit-il, à quelles misères vais-je m'arrêter ! Comme s'il était bien difficile de se débarrasser de ce Polydore et de ses indiscrétions ! Parbleu ! les jours de rendez-vous, j'aurai bien soin de le tenir à distance, je l'enverrai faire quelque course lointaine, je donnerai de l'exercice à ses jambes de chamois. Et, pour ce qui est du mari, lui ai-je donc tant d'obligations ? Quand il m'a avancé cette petite somme, il était bien sûr de rentrer dans son argent, que dis-je ? de faire par-dessus le marché une bonne affaire. Je lui achète de la paille, je lui loue sa chasse, je lui ai fait l'honneur de lui servir de témoin dans l'auguste cérémonie de son mariage. Vraiment, ce Robert est un ingrat. Je comptais sur lui pour me venir en aide dans ma campagne électorale ; j'espérais qu'il me tiendrait l'étrier. Il a très mal répondu aux ouvertures que je lui faisais tantôt. Il a battu froid, il m'a allégué ses opinions bleues, belle couleur, ma foi ! mais je n'apprécie, pour ma part, que les opinions utiles, ce seront toujours les miennes. Ah ! mon bel ami, tu fais le fendant, le puritain ! A ton aise, je reprends ma liberté, me voilà dégagé de tous mes scrupules. Je l'aurai, cette charmante femme que tu négliges, à qui tu fais des chagrins, et, au surplus, en te la prenant, c'est un service que je te rendrai. Elle a de l'humeur, du noir ; je me chargerai de la distraire, de la consoler ; elle n'en sera que plus aimable dans son intérieur, et tout le monde s'en trouvera bien. »

Il fit quelques tours dans sa chambre, et, de minute

en minute, il se sentait plus convaincu de la justesse
de son raisonnement et de la beauté de son projet.
Le refrain de sa litanie était : « Fermier du Choquard,
en te croquant ta poule, je te ferai beaucoup d'honneur. » Nous avons dit qu'il y avait en lui deux
hommes, un marquis greffé d'un bourgeois, lequel,
sans se refuser tous les plaisirs coûteux, donnait
la préférence à ceux qui coûtaient peu. Ce bourgeois représenta au marquis que la femme dont il
s'agissait n'était pas seulement beaucoup plus jolie
que telle ou telle, mais qu'il n'aurait à lui payer ni
robes ni soupers fins, qu'elle ne lui demanderait ni
une loge à l'Opéra, ni un petit hôtel, ni deux pur
sang pour son coupé, qu'il s'en tirerait à bon compte,
qu'il aurait beaucoup de plaisir à peu de frais, que
c'était une belle affaire, qu'il serait fou de la laisser
échapper. Ce raisonnement ajouté à l'autre lui parut
décisif; il lui sembla que la cause était jugée, qu'il
n'y avait pas à y revenir, et cependant, un quart
d'heure plus tard, il avait changé d'avis. Adossé
contre sa cheminée, les bras croisés sur la poitrine,
il se disait :

« Raoul, mon fils, prenez-y garde ; je vous vois en
train de faire une sottise, et un candidat à la députation qui se respecte n'en fait jamais dans son arrondissement électoral ; quand il veut s'amuser, il passe
dans l'arrondissement voisin. Ce Robert, qui se déclare
impuissant à vous servir, pourrait bien avoir les bras
très longs pour vous desservir. Oui, malgré toutes
vos précautions, il pourrait résulter de cette affaire
quelque esclandre qui vous ferait du tort. Et d'ailleurs,
êtes-vous né d'hier ? Vous feriez-vous encore des
illusions ? Vous vous figurez que cette petite rousse

ne ressemble pas à toutes les femmes, et cette aventure, qui vous sort des voies battues, a je ne sais quel
piquant de nouveauté qui vous séduit. Détrompez-
vous; on croit qu'il y a plusieurs femmes, il n'y en a
qu'une, toujours la même. On se flatte de manger un
nouveau plat, on reconnaît bien vite le vieux plat ré-
chauffé. Et qui vous répond que cette petite fermière
ne se mettrait pas à vous aimer sérieusement, à vous
adorer tout de bon? Comment vous en débarrasser?
Il y aurait des scènes, des tragédies, et vous ne les
aimez pas... Raoul, mon fils et mon vieil adolescent,
dans le doute, abstiens-toi; c'est le mot de la sagesse.
Quoi qu'il t'en coûte, tu vas me jurer de ne pas remettre les pieds au Choquard. Cours après tes faisans,
mais laisse tranquilles les perdrix du prochain, et ne
prends pas sa poule à celui qui l'engraisse. Crois-moi,
occupe-toi plutôt de Mlle de Sirmoise. Elle est fort
laide, paraît-il, mais son père est fort riche. Il con-
vient de se préparer de loin aux austères devoirs du
mariage. Considère-toi comme entré dans l'octave du
saint sacrement; fais une retraite et mets-toi en état
de grâce. Le ciel et tes électeurs récompenseront peut-
être ta vertu. »

Ce fut dans ces louables sentiments que Raoul
gagna son lit, et il s'endormit sur sa bonne résolution. A vrai dire, il ne dormit pas longtemps; à neuf
heures du matin, il était déjà au Choquard, courant
après les perdrix du prochain, peut-être après sa
poule. Il allait, il venait, regardait de ci, de là, sans
rien tuer et sans rien prendre, ni poil ni plumes. Un
beau lièvre lui passa presque entre les jambes; il le
manqua honteusement. Son chien, Velox, le contemplait avec des yeux de mépris, et rien n'est plus sen-

sible à un chasseur que les mépris de son chien. Mais
il n'en avait cure; son esprit était autre part. Il vit
tout à coup Velox s'élancer à toutes jambes dans un
taillis qui servait de bordure à une terre labourée; il
l'y suivit. Le basset s'était dirigé vers un tas de bourrées et de fagots qui séchaient au soleil, et, sans
doute, il avait découvert quelque gros gibier, car il
jappait avec fureur. Raoul continuait d'avancer, épau-
lant déjà son fusil, le doigt sur la détente, quand il
vit sortir de derrière les bourrées un capuchon en
cachemire blanc et la tête d'une jolie femme qui
tenait un livre à la main. C'était à elle qu'en avait
Velox; près d'un an auparavant, il l'avait prise à partie dans un moulin, et il suffit qu'un chien vous ait
aboyé une fois pour qu'il vous aboie toujours. Comme
elle se défendait de son mieux contre lui, elle aperçut
Raoul et son fusil, et d'un air demi effrayé, demi
souriant :

« Monsieur le marquis, lui dit-elle, je ne suis pas
un lièvre; ne me tuez pas. »

Depuis le déjeuner de la veille, Aleth avait repensé
plus d'une fois au marquis Raoul de Montaillé. Sa
figure ne lui disait pas grand'chose. On a vu que,
dans ses entretiens avec lui-même, Raoul se traitait
sans façon de vieil adolescent. C'était une impression
de ce genre qu'il avait faite à la jeune femme. Elle
lui avait trouvé l'air un peu vieillot, la physionomie
d'un geai déplumé. Mais ce n'est pas sur leur visage
qu'elle jugeait les hommes; peu lui importait qu'ils
eussent le nez bien troussé ou la jambe bien faite;
elle ne regardait qu'au rang, à la situation qu'ils occupaient dans le monde, à l'importance de leur personnage. Elle avait su reconnaitre que, malgré son

19

air vieillot, Raoul avait dans les manières une aisance, une noble désinvolture qui annonçait un marquis, un de ces hommes qui sont nés avec des éperons aux talons. Le prince imaginaire que son père avait rêvé de lui voir épouser au Gratteau et qui ne s'était jamais présenté l'avait dégoûtée des grands de la terre. Elle se disait qu'ils n'avaient aucun rôle à jouer dans son existence, qu'ils n'avaient pas été créés pour son usage, et elle les laissait trôner dans leur empyrée sans s'inquiéter d'eux plus que de l'étoile du matin ou du baudrier d'Orion, dont elle ne savait que faire. Ils ne faisaient pas partie du monde où habitaient ses pensées; il lui semblait prouvé qu'il ne se passerait jamais rien entre elle et un marquis. Pénétrer avec effraction dans l'aristocratie de la grande culture avait été le suprême effort de son ambition et de son génie. Elle s'était flattée de devenir la noble souveraine d'une grande ferme; c'était pour elle le comble de l'humaine grandeur et de l'humaine félicité; elle ne désirait, ne voyait rien au-delà. Hélas! qu'était-il advenu de cette souveraineté, objet de ses ardentes convoitises? Son sceptre et sa couronne gisaient dans la poussière à ses pieds.

Les marquis l'intéressaient si peu, et celui-ci en particulier lui plaisait si médiocrement, que, pendant tout le déjeuner, elle ne s'était occupée de lui qu'à ses moments perdus. Mais certain regard qu'il s'était avisé de lui jeter avait triomphé de son indifférence. Si l'insolente brutalité de ce regard l'avait indignée, l'intensité, la violence de désir qu'il annonçait lui avait causé quelque émotion en lui révélant qu'il pouvait se passer quelque chose entre un marquis et

Aleth Guépie. Elle ne savait qu'en penser, elle n'avait pas encore assis son opinion sur le compte de M. de Montaillé, elle se posait des questions, l'enquête était ouverte, et dans l'état d'esprit où elle se trouvait, cette distraction fut la bienvenue; c'était un bien autre passe-temps qu'une visite au Gratteau. Bref, elle était fort intriguée, fort désireuse de revoir le marquis pour approfondir le point qui l'occupait, pour éclaircir un mystère qui faisait travailler son cerveau. A plusieurs reprises, elle s'était dit : « Reviendra-t-il? » Il était revenu, elle l'avait aperçu de sa fenêtre, car il avait eu soin de se montrer beaucoup. Elle jeta sur sa tête son capuchon de cachemire, et, avisant sur sa table un bel exemplaire de *Jocelyn*, doré sur tranches, que Mlle Bardèche lui avait prêté dans l'espoir qu'elle y trouverait des consolations, elle jugea qu'il pouvait lui servir à quelque chose. Elle l'avait à peine ouvert, il n'y avait là rien qui pût la toucher, point d'Aleth Guépie haïssant sa belle-mère et brouillée avec son mari. Comme l'avait dit M. Larrazet, elle ne sortait jamais d'elle-même, n'aimait rien hors de soi. Mais un *Jocelyn*, qu'on fait semblant de lire, peut servir à se donner une contenance. Le mettant sous son bras, elle descendit au jardin, d'où elle s'échappa par une petite porte qui s'ouvrait sur un sentier. Elle se trouva bientôt dans le taillis, incertaine de ce qu'elle voulait faire, guettant au travers de ce qui restait de feuilles tous les mouvements de Raoul. Puis, le voyant se diriger de son côté, elle s'était réfugiée derrière les fagots, où le basset était venu la surprendre.

« Excusez-moi, madame, lui dit-il en la saluant

avec empressement, de vous avoir dérangée dans votre retraite; mais ne craignez point. Quoique j'aie eu tout le matin des distractions qui m'ont rendu fort maladroit, elles ne vont pas jusqu'à me faire confondre une charmante femme avec le lièvre que j'ai manqué tout à l'heure. Ce qui m'amuse, c'est la sottise de mon chien, qui a pensé se venger de mes maladresses en me conduisant sur une fausse piste. Ce stupide animal ne se doute pas que je donnerais tous les lièvres de la terre pour avoir le plaisir de faire quelquefois une rencontre pareille à celle-ci. »

Ce compliment, débité d'un ton respectueux, lui parut bien tourné, ne lui déplut pas, mais elle l'écouta d'un air assez froid. Elle se sentait en pays inconnu, elle était décidée à n'avancer que bride en main. Comme elle se taisait, il renoua l'entretien en lui disant d'un ton familier :

« Quel livre lisez-vous là?

— *Jocelyn*.

— Vous aimez les vers?

— Beaucoup. Mlle Bardèche me disait l'autre jour qu'il n'est rien de tel que la poésie pour nous faire oublier nos chagrins. »

Cette réponse l'inquiéta. Les femmes qui aiment les vers lui agréaient peu, et ce n'était pas un bas-bleu qu'il était venu chercher au Choquard.

« Peut-on savoir, lui demanda-t-il, quel est votre poète favori?

— Vous le voyez, c'est Jocelyn. »

Un poids se détacha de sa poitrine, il n'était plus inquiet, et, de nouveau, il se sentit violemment attiré vers cette petite personne qui embrouillait le titre des ouvrages et le nom des auteurs.

« Moi aussi, reprit-il pour se prêter à son humeur, j'adore la poésie et je trouve comme vous que c'est la grande consolatrice.

— Vous avez donc besoin de vous consoler? » demanda-t-elle avec étonnement.

Là-dessus, il s'embarqua dans un grand discours sur la vanité des plaisirs et des affaires, sur le vide de l'existence, sur les dégoûts, les sécheresses de ce désert qu'on appelle le monde. On eût dit un voyageur dans le Sahara, en quête d'une oasis et d'un puits, et ses yeux semblaient dire : « Voilà l'oasis; que je voudrais m'y reposer! Voilà le puits; que je serais heureux de m'y désaltérer! » Il manqua son effet comme il avait manqué son lièvre; Aleth trouva qu'il y avait un peu de galimatias dans son homélie. Faute de se bien connaître, ils avaient fait fausse route tous les deux. Ils ressemblaient en ce moment à deux violons qui cherchent à s'accorder, à prendre le *la* et n'y parviennent point. Le plus sûr moyen de s'entendre est quelquefois d'y aller de franc jeu. Par une déplorable méprise, ces deux esprits très positifs, dont l'un ne s'intéressait qu'à ses divers appétits, dont l'autre n'était sensible qu'aux défaites ou aux triomphes de son orgueil, se donnaient rendez-vous dans l'azur; ils étaient sûrs de ne jamais s'y rencontrer.

« Je ne comprends pas que vous ayez des chagrins, répondit-elle avec un peu de brusquerie. Vous êtes homme, vous êtes riche, vous êtes marquis, vous faites ce qui vous plaît, vous n'avez que la peine de commander et on obéit. »

Persistant dans son erreur, il répondit d'un ton sentimental :

« Croyez, chère madame, que la plus triste des soli-
tudes est souvent un grand château. »

Heureusement le dernier mot de sa phrase sauva le
reste en faisant vibrer une grosse corde. Dans son
enfance, Aleth avait souvent ouï parler de ce fameux
château de Montaillé et des sommes énormes em-
ployées à sa restauration. Mais Montaillé était un lieu
absolument clos, personne n'y pénétrait. L'immense
parc était entouré de toutes parts d'un mur très élevé.
La grille d'honneur, qui faisait face à la Roseraie, ne
laissait voir qu'un tournant d'allée bordée de noirs
sapins ; les sauts-de-loup ne découvraient au regard
qu'un dessous de bois et, de temps à autre, un chevreuil bondissant ou les gambades d'un écureuil dé-
valant de branche en branche. C'est tout au plus si de
la route de Melun, qui côtoyait au midi l'enceinte for-
tifiée de cette vaste garenne, on apercevait quelques
clochetons, quelques girouettes dépassant la cime
des arbres, tant le feu marquis avait tenu à cacher sa
vie au monde, à n'être contemplé que des habitants
du ciel. L'envie vint à Aleth de visiter ce lieu si hermétiquement clos. Elle se disait que pour savoir nettement ce qu'elle devait penser du châtelain il fallait
commencer par voir le château. En toute chose, elle
procédait du dehors au dedans, et c'est sur la chape
qu'elle jugeait de l'évêque.

« On assure, monsieur le marquis, que votre parc
est superbe, » reprit-elle après un silence.

Il se hâta d'empaumer la voie :

« Si vous étiez curieuse de le visiter, s'écria-t-il,
je serais bien charmé de vous faire les honneurs de
mes grands chênes, et je vous garantis que, d'aussi
loin qu'il leur en souvienne, ils n'auront jamais vu

passer au pied de leurs vieux troncs un visage de femme plus frais et plus gracieux. »

On prétend qu'on ne peut retenir le chat quand il a goûté de la crème; mais, avant qu'il y touche, que de cérémonies! Il tourne autour de son écuelle en affectant de ne pas la voir. Il fait le gros dos, se frotte aux meubles, se lèche les babines, et tour à tour il recule, il avance, il se ravise. Enfin l'y voilà, vous croyez qu'il va boire; un peu de patience! ce n'est pas encore pour cette fois, tant il a peur qu'on ne l'échaude ou ne l'empoisonne.

« Je vous remercie, répondit Aleth; mais Montaillé est à une bonne lieue d'ici.

— N'allez-vous jamais à Melun? reprit-il d'un ton pressant.

— Quelquefois... le samedi.

— A votre retour, au bas d'une côte, tournez la tête à droite. Vous verrez un petit chemin bordé de deux murs en pierres sèches. Ce petit chemin conduit à une grille, et cette grille est une des entrées de mon parc.

— Et que fait-on de sa voiture? dit-elle en levant le menton.

— Presque en face de ce petit chemin, il y a une méchante auberge, un tournebride où les rouliers s'arrêtent volontiers pour donner à leurs chevaux un picotin d'avoine.

— Les aubergistes sont souvent indiscrets, fit-elle en froissant entre ses doigts l'une des pages de son *Jocelyn*.

— Oh! bien, quand les aubergistes se mêlent de ce qui ne les regarde pas, on leur répond que le parc de Montaillé est célèbre pour ses bolets, pour ses oronges, et qu'on a reçu du propriétaire la permission d'en aller cueillir. »

Le chat s'approchait par degrés de son écuelle, il trempa dans la crème le fin bout de son museau, tout annonçait qu'il allait boire. Fermant résolûment son livre, Aleth répondit :

« Je ne dis pas non. Il est possible qu'un samedi, en revenant de Melun, vers trois heures...

— Pourquoi pas samedi prochain? interrompit-il avec la vivacité d'un homme qui prend feu. Gardez-vous d'attendre que mes arbres aient perdu leurs dernières feuilles, je tiens à vous les montrer à leur avantage. Permettez-moi d'espérer que, dans cinq jours au plus tard, à trois heures... Je prends acte de cette promesse. Il me semble que nos chagrins ont des confidences à se faire et que pendant quelques instants au moins j'oublierai ma solitude, mes ennuis. »

Puis, par une nouvelle maladresse, contemplant dans une sorte d'extase les bourrées et les fagots, impassibles témoins de ses exploits oratoires, de ses débuts dans l'éloquence ornée et lyrique, il s'écria :

« Voilà un endroit dont le souvenir me sera toujours cher. Il s'y est passé quelque chose. »

Elle trouva qu'il allait beaucoup trop vite et surtout beaucoup trop loin ; elle en était encore aux préliminaires de son enquête, elle n'avait garde de s'engager. Elle battit aussitôt en retraite et repartit sèchement :

« Monsieur le marquis, ne comptez pas sur moi. Je n'ai rien promis. »

Il n'eut pas le temps de lui répondre. Le bruit d'un pas se fit entendre, et, ayant tourné la tête, il recon-

nut ce mari qu'il soupçonnait de refuser des bijoux à
sa femme ou de la contraindre à préparer la pâtée
pour ses chapons. En revenant d'un de ses champs,
Robert avait aperçu le capuchon blanc d'Aleth et fait
un crochet pour la rejoindre. Cette brusque apparition causa au marquis une surprise désagréable ; mais
les vieux adolescents sont toujours à la hauteur des
circonstances.

« Arrivez donc pour recevoir mes excuses, mon
cher Robert, lui dit-il en lui tendant la main. Figurez-
vous que j'ai failli faire un malheur, et vous me voyez
encore tout ému de mon aventure. Si je l'avais lâché
ce malheureux coup de fusil, là, que m'auriez-vous
fait ?

— Je me serais dit, répliqua froidement Robert,
qu'il est très imprudent à une femme de se promener
dans une remise quand les chasseurs y sont, et qu'au
surplus les malheurs ne se guérissent pas par des
malheurs. »

Puis jetant un coup d'œil sur le carnier vide de
Raoul :

« Il me semble, monsieur le marquis, que vous
revenez bredouille.

— J'en suis si honteux que vous ne me reverrez
pas de la saison. Mauvaise année ; le gibier est rare. »

Ils reprirent le chemin de la ferme, et il ne fut
plus question que de la pluie et du beau temps, des
divers accidents qui dérangent les couvées. Aleth
marchait à quelques pas devant eux, balançant son
livre qu'elle tenait à la main et agitant peut-être une
question dans son esprit. Raoul ne tarda pas à prendre congé, et, à peine eut-il disparu, Robert dit à sa
femme :

« J'ai menti tout à l'heure. S'il t'avait tuée, je lui aurais cassé la tête.

— Le mal ne serait pas grand, répliqua-t-elle en haussant les épaules, mais ne fais donc pas des phrases. »

Au même instant, Raoul se disait à lui-même :

« Vous verrez qu'elle viendra. Je parierais volontiers mes deux cents actions de la nouvelle Union des asphaltes qu'elle viendra. »

XVI

Le lendemain, Raoul se rendit à Paris; ses affaires.
ses conseils d'administration, son agent de change,
ses banquiers, l'y rappelaient sans cesse. Il ne fut de
retour que le samedi à la première heure, et il eut le
chagrin, en arrivant, de trouver installés à Montaillé
le duc de Sirmoise, la duchesse, leur fils et leurs
deux filles. Le duc était impatient de se mettre en
chasse. Chevreuil, faisan, lapin ou renard, tous les
coups de fusil lui étaient bons. Raoul, vivement contrarié, dut inventer des défaites pour faire entendre
raison à cet enragé tireur, pour obtenir que la partie
fût remise au dimanche. Il allégua qu'on ne pouvait
rien faire sans Polydore, son garde, qui était un fort
habile homme et que malheureusement il était obligé
d'envoyer en course. Il n'admettait pas qu'on lui
gâtât son après-midi; il attendait une visite, il y
comptait.

Il avait tort d'y trop compter. Lorsqu'elle partit
pour le Gratteau, Aleth ne savait absolument pas ce
qu'elle ferait au retour. Elle quitta Mlle Bardèche tout
de suite après le déjeuner, afin de pouvoir revenir

tranquillement et délibérer à son aise. Elle mit son
cheval au petit trot, puis au pas. Mais plus elle allait,
plus elle se sentait partagée entre une vive curiosité
qui l'entraînait à Montaillé et une sourde et lancinante
inquiétude qui lui conseillait de brûler l'étape.

Son indécision l'étonnait elle-même. Le plus souvent, elle n'avait pris pour règle de sa conduite que
les soudaines illuminations de son génie, elle avait
agi par une sorte d'impétuosité naturelle, et ses fou-
gues l'avaient bien servie. Elle avait bientôt fait de
bander son arc, la flèche volait, frappait la cible en
plein noir. Il n'en était plus ainsi. Elle hésitait, tergi-
versait, balançait le pour et le contre; elle raisonnait
et déraisonnait. C'est que jusque-là les rêves et les
calculs les plus hardis de son ambition avaient porté
à cru, reposé sur un terrain solide, sur des données
certaines empruntées à l'expérience. Sans sortir de
l'auberge de son père, elle avait pu deviner tant bien
que mal ce que c'était qu'une grande ferme et un
grand fermier. Mais depuis trois jours elle se trouvait
hors de son élément, en face d'une grande inconnue.
Les marquis et les châteaux étaient pour elle un monde
tout nouveau, où son imagination ne s'aventurait qu'à
pas comptés, tâtonnait dans le brouillard et craignait
de se perdre. Elle appréhendait que, dans ce monde
plein de mystères, rien ne se passât comme dans
l'autre, que sa volonté n'y eût affaire à trop forte partie ou ne donnât dans quelque embûche, que les
événements ne fussent ses maîtres. A déjeuner, elle
avait tâché de tirer de Mlle Bardèche, sans faire semblant de rien, quelques éclaircissements à ce sujet;
la directrice du Gratteau n'avait point connu de marquis. Elle se doutait bien que comme tout le monde

ils avaient le nez à peu près au milieu du visage ; mais elle n'avait point approfondi les mœurs de cette variété curieuse du règne animal.

En arrivant au tournebride, Aleth faillit passer outre. Elle se ravisa cependant ; elle se dit : « Bah ! la vue n'en coûte rien. » Elle entendait par là qu'elle voulait voir le parc du dehors et s'en aller bien vite. Elle descendit de voiture. Un garçon d'écurie lui offrit ses services, elle le pria de donner un picotin à son poney, qui n'en sentait guère le besoin. L'instant d'après, se dérobant aux regards, elle s'engageait furtivement dans un chemin enfermé entre deux murs en pierres sèches, qui la conduisit en moins de trois minutes à la grille du parc.

Là, elle s'arrêta soudain ; cette grille lui fit peur, quoiqu'elle n'eût rien d'effrayant. Ce n'était pas la porte de l'enfer, on n'y lisait point cette inscription : « Toi qui entres, laisse toute espérance. » Ce n'était pas non plus cette porte tragique, décrite par un poète espagnol, sur le linteau de laquelle un mari jaloux avait marqué en guise d'enseigne l'empreinte de sa main rougie dans le sang d'une épouse infidèle. C'était une jolie petite grille en fer forgé et ouvragé. A travers les barreaux, on apercevait une allée étroite, bien sablée, bordée par des charmes qui se rejoignaient en berceau, cheminant droit devant elle jusqu'à un carrefour en forme d'étoile. Au milieu de ce carrefour, il y avait un pavillon moitié pierre, moitié brique. Et pourtant cette grille lui faisait peur. Il lui semblait qu'il était dangereux de l'ouvrir, qu'on ne savait pas bien où elle menait, qu'on n'était pas sûr d'en ressortir comme on y était entré, et le long de l'allée couverte elle devinait des pièges, des chausse-trapes. Il lui semblait surtout que tout près de là se tenait en embuscade un portier qu'elle ne voyait pas et qui noterait au passage son nom et sa figure. Cet invisible portier, dont elle sentait la présence à je ne sais quel frissonnement de tout son être, était sans doute sa destinée, qui l'attendait et la guettait.

Elle retourna précipitamment sur ses pas; mais elle rentra bientôt dans son bon petit naturel, et la nature l'avait faite si peu timide qu'à peine eut-elle perdu de vue cette maudite grille qui l'épouvantait, sa peur lui sembla ridicule et lui fit honte. Elle regarda sa montre; il était deux heures un quart. Ceci la décida. « Il ne m'attend qu'à trois heures, pensa-t-elle. J'ai le temps de satisfaire ma curiosité avant qu'il vienne. » En définitive, ce n'était pas le château, c'était le châtelain, le cicerone qui l'effrayait. « Si jamais je le revois, pensa-t-elle encore, je lui dirai que je me suis promenée sans lui dans son parc, il sera bien attrapé. Entrons, regardons et sauvons-nous. »

Elle fit volte-face, rebroussa chemin, ouvrit la grille, qui grinça lamentablement sur ses gonds. Puis, sans regarder ni à droite ni à gauche, elle enfila au pas de course l'allée couverte, atteignit le carrefour, d'où elle espérait entrevoir ce mystérieux château dont elle voulait pouvoir dire qu'elle l'avait vu. Mais un épais rideau de fourrés et d'arbres de haute futaie le lui cachait entièrement. Des cinq chemins qui s'offraient à son choix, elle prit celui qui semblait sortir le plus vite de la garenne. Peu à peu, les fourrés s'éclaircirent, une ouverture se fit dans les branches entre-croisées des chênes, et, sans aller plus loin, elle vit ce qu'elle voulait voir. Une immense pelouse se déployait devant elle; il y avait au milieu une pièce d'eau où voguaient des cygnes. Tout au bout de la pelouse, qui se relevait en pente douce, le château de Montaillé, occupant toute la longueur d'une terrasse entourée de balustres et soutenue par des contreforts, lui apparaissait dans sa gloire, avec son corps de logis central aux larges baies cintrées, avec ses pavillons aux toits aigus, avec ses tours rondes percées de fenêtres à croix de pierre et couronnées de mâchicoulis, avec les pinacles qui surmontaient ses lucarnes, avec la flèche à jour de sa chapelle, dont un beau soleil de fin d'octobre faisait étinceler les vitraux. Elle ne pouvait distinguer aucun détail, mais l'effet imposant de l'ensemble l'éblouit. Une soudaine révolution se faisait dans ses pensées; sa mesure des choses et du possible changeait subitement. Elle se rappela qu'un soir elle était tombée en pâmoison devant trois charrues attelées chacune de trois chevaux, devant quatre cents moutons et un champ de luzerne. Elle prenait en pitié ses étonnements, ses extases d'autrefois. Ce qui lui avait paru grand lui paraissait étriqué et mesquin; ce qui lui avait semblé merveilleux lui semblait méprisable. Qu'était-ce qu'une grande ferme? Qu'était-ce que ce monde étroit où s'agitaient obscurément les Lanterneux et les Cambois? Il n'y avait d'admirable qu'un grand château et un grand marquis. Elle pensa à Robert Paluel, et Robert Paluel lui fit l'effet d'un tout petit homme, d'un nain. Comment avait-elle pu se méprendre, s'abuser à ce point? Figurez-vous un habitant de notre humble planète transporté tout à coup dans Sirius, et qui rougit de confusion en songeant à la taupinière que son esprit avait eu la faiblesse de trouver grande.

En sortant de sa rêverie, elle crut démêler sur la terrasse des formes vagues qui se mouvaient. Ce devaient être des marquis et des marquises; elle aurait bien voulu les considérer de plus près, les marquises surtout. Elle cherchait à se les représenter, elle les composait à l'image et sur le patron de ce château, belles, nobles, imposantes, majestueuses, pleines de pompe et de morgue, disant des choses étonnantes avec de grands airs de tête et des gestes solennels. Quoiqu'elle n'eût jamais été au théâtre, elle en faisait des princesses d'opéra. Elle ne savait pas que les vraies marquises ne diffèrent des bourgeoises, quand toutefois elles s'en distinguent, que par l'exquis dans le simple, par l'aisance parfaite avec laquelle elles vont et viennent dans la vie comme dans un endroit qui leur est connu depuis des siècles, où elles se sentent comme chez elles.

A force d'y penser, son imagination se familiarisa par degrés avec ces nobles créatures qui vivaient entre ciel et terre, dans le luxe et l'éclat d'un monde à part, loin des vulgarités humaines, exemptes de tout mal et de tout déplaisir, du travail qui gâte les mains, de l'ennui qui ronge le cœur, de la pluie qui mouille et de la crotte qui salit. Peu à peu, elle s'apprivoisait avec leurs grandeurs et se permettait de les toiser; elle faisait la réflexion que ces reines n'avaient eu que la peine de naître, qu'elles devaient tout à une complaisance injuste de la fortune, qu'il y avait en ce moment dans le parc de Montaillé une petite femme que personne ne voyait et à qui il ne manquait peut-être qu'un peu d'école pour être digne de frayer avec des marquises. Après les avoir contemplées humblement et d'en bas, comme un grillon regarde une étoile, elle les regardait avec les yeux verts de l'envie, elle les jalousait, les haïssait. Un serpent venait de la mordre au cœur. Elle s'était dit que l'homme qui l'avait invitée à faire un tour dans son parc était sûrement là-haut, sur cette terrasse, auprès de ces belles dames, qu'il coquetait avec elles, souriait à leurs propos, leur faisait la cour, oubliant le rendez-vous qu'il avait donné, s'inquiétant peu qu'Aleth Guépie se morfondît à l'attendre.

Elle voulut en avoir le cœur net, s'assurer s'il l'avait oubliée ou sacrifiée. Elle résolut d'aller s'embusquer quelque part et de s'échapper furtivement dès qu'elle saurait à quoi s'en tenir. Elle tira sa montre pour y regarder l'heure. Au même instant, elle entendit le marteau de l'horloge de Montaillé frapper sur son timbre trois grands coups, dont le retentissement sec et glapissant fit tressaillir ses nerfs, si solides qu'ils fussent. Au milieu de ses rêves, le temps s'était enfui, elle n'avait plus un moment à perdre. Elle se mit aussitôt en chemin pour exécuter son projet; il était trop tard. Elle vit apparaître devant elle l'homme qu'elle soupçonnait de l'avoir oubliée et qui s'avançait à sa rencontre, la tête haute, d'un air empressé et vainqueur, heureux d'avoir gagné sa gageure, charmé que la colombe se fût prise au trébuchet.

Il la salua du menton plus que du chapeau, et lui prenant les deux mains, qu'il garda dans les siennes, il lui dit :

« Vous ai-je fait attendre? Je ne m'en consolerais pas. »

Elle lui retira ses mains et répondit d'une voix un peu tremblante :

« Monsieur le marquis, j'ai vu ce que je voulais voir et je m'en vais.

— Je ne l'entends pas ainsi, reprit-il sur un ton presque impérieux. Jetez au moins un coup d'œil dans ce pavillon de chasse. La décoration en est assez curieuse. »

A ces mots, il lui offrit son bras, un bras de marquis, qu'elle n'osa refuser. En arrivant à la porte du pavillon, il la fit passer la première. Après avoir traversé un vestibule, elle pénétra dans une salle lambrissée de stuc, dont le plafond s'arrondissait en coupole et dont le parquet disparaissait sous un moelleux tapis de Perse. On avait fait des préparatifs pour l'y recevoir, car, dans la cheminée au manteau sculpté, trois énormes bûches achevaient de se consumer. Elle s'était refroidi les pieds pendant sa longue station dans l'herbe humide ; elle s'approcha de la cheminée pour prendre un air de feu, et, levant la tête, elle parcourut des yeux les murailles que tapissaient toute sorte de dépouilles d'animaux. On y voyait des défenses d'éléphant, des ramures de cerf, un massacre de daim, une hure de sanglier, un museau de renard, des têtes de loup, d'ours et de bison, qu'elle n'eut pas le loisir d'examiner en détail. Quelqu'un venait de lui dire, en se penchant à son oreille :

« Que vous êtes gentille d'être venue, ma chère mignonne ! »

En même temps, elle avait senti un bras s'enlacer autour de sa taille, un souffle brûlant passer sur ses joues et une bouche qui cherchait la sienne. Ses muscles se tendirent comme un ressort d'acier, elle se dégagea violemment, fit un bond en arrière, et, pâle d'indignation, jeta à Raoul un regard de hautain défi :

« Ah çà, monsieur le marquis, s'écria-t-elle, pour qui donc me prenez-vous ? »

Il eut l'air fort ennuyé, et il l'était en effet. L'ingrate ne savait pas combien il avait eu de peine à se dérober à ses hôtes et particulièrement au duc de Sirmoise, qui lui avait proposé une partie de billard. Il n'était parvenu à s'échapper qu'en prétextant des ordres à donner. Il s'était dit : « Quinze minutes pour descendre au pavillon, trente pour faire entendre raison à cette petite femme, quinze autres pour remonter au château, cela fait soixante, et le duc peut bien se passer de moi pendant une heure. » Mais il risquait de ne pas trouver son compte. A son vif déplaisir, cette petite femme n'était pas commode, les préliminaires seraient longs ; il fallait des cérémonies, du respect, et le respect fait perdre beaucoup de temps.

Il se croyait intelligent ; dès qu'il ne s'agissait plus d'affaires et des moyens d'encaisser de gros dividendes, il ne l'était plus. Il ne comprenait rien à la colère d'Aleth, qu'il attribuait à une simple révolte de sa pudeur. Il ne savait pas que ce qui la révoltait le plus dans ce monde, c'étaient les marchés de dupe. Elle n'admettait point qu'on lui demandât quelque chose sans lui rien offrir en retour ; elle voulait bien donner, mais elle voulait prendre. Elle avait accordé sans regret à Robert les deux baisers qu'il lui avait dérobés sur le chemin de la Roseraie, parce qu'elle comptait qu'il lui donnerait en échange le Choquard et tout ce qu'il y avait dedans. Mais le marquis, qu'avait-il à lui offrir ? Son cœur ? elle n'en avait que faire. Les restes de sa jeunesse et ses derniers cheveux ? Bel hommage, en vérité ! De l'argent ? S'il s'en fût avisé, elle lui aurait jeté ses écus à la figure. Ce qui lui plaisait, ce qu'elle admirait, c'était son château. Pouvait-il le lui donner? Et il se permettait de lui pincer la taille et de l'appeler sa chère mignonne! Si elle avait été plus grande ou s'il avait été plus petit, elle eût souffleté ce fat, tout marquis qu'il était. Pour qui donc la prenait-il? Se hérissant dans sa colère comme un porc-épic qui redresse ses dards, elle se dirigeait déjà vers la porte, elle allait lui échapper. Quelle humiliation et quel chagrin! La résistance qu'il rencontrait venait de changer sa fantaisie en passion. Il s'échauffait à la chasse. Quand la bête était difficile à forcer, son amour-propre se piquait au jeu et s'acharnait. Sa première idée fut de fermer la porte à double tour et de mettre la clef dans sa poche, mais il lui répugnait d'user de violence, il préférait les moyens doux. Quoi qu'il pût lui en coûter, il prit subitement le parti de traiter Aleth en duchesse, de lui barrer le chemin en tombant à genoux et en disant :

« Vous ne partirez pas avant de m'avoir pardonné, et vous me pardonneriez si vous saviez combien je vous aime. »

Il avait été bien inspiré. Sa contrition la désarma, son attitude la toucha sensiblement. Elle abaissa sur lui des yeux qui n'étaient plus farouches, il crut y voir passer un éclair de triomphe, et il en augura bien. C'était la première fois qu'elle voyait un marquis à ses pieds, cela faisait événement dans sa vie. Elle se disait : « Si ces belles dames qui sont là-haut sur leur terrasse et qu'il a quittées pour moi le contemplaient dans cette posture, qu'en penseraient-elles? » Cependant il s'était relevé, mais il se tenait à distance, pour ne pas l'inquiéter. Il avait commencé un long discours, qu'il débitait d'une voix douce et pénétrante. Il lui faisait l'histoire de sa passion, qui datait du premier jour où il l'avait vue. Il lui disait ses sombres mélancolies, ses fureurs jalouses qui l'avaient rendu malade. Il s'était juré de la fuir, de tâcher de l'oublier; il s'était tenu parole durant dix-huit mois, après quoi il avait succombé à la tentation de la revoir, et en la revoyant il l'avait trouvée encore plus charmante que le jour où elle était devenue la femme d'un autre. Il était bien puni d'avoir cédé à un entraînement fatal, comme le papillon retourne à la flamme. Mais vraiment elle était trop cruelle; les femmes ne doivent-elles pas avoir un peu de pitié pour les maux qu'elles causent, un peu d'indulgence pour les passions qu'elles allument? Il y avait dans ce qu'il disait un petit grain de vérité dont il faisait une montagne. C'est à cela que sert la rhétorique.

Voyant qu'elle s'était alarmée à tort, qu'elle n'avait à craindre aucune entreprise violente, elle se fit un devoir de l'écouter jusqu'au bout. La musique de sa chanson lui plaisait assez, quoiqu'il n'eût pas su trouver les paroles magiques qui avaient seules la puissance d'enchanter un cœur rebelle et d'en forcer l'entrée. S'appuyant de la main droite au dossier d'un fauteuil, dont le bras rembourré lui servait de siège, elle lui répondit avec beaucoup de flegme :

« Je ne peux pas vous en vouloir de m'aimer, et je ne peux pas non plus vous en empêcher. Mais je ne vous aime pas. Pourquoi vous aimerais-je? »

Il n'était pas content; cette réponse lui parut aussi inquiétante pour ses projets que désagréable pour son amour-propre. Il craignait de s'être abusé. Il

avait cru que la zizanie s'était déjà glissée dans le
ménage du Choquard ; peut-être ne s'agissait-il que
d'une brouillerie passagère, d'un de ces orages qui
ramènent le beau temps. Il fut sur le point d'abandonner la partie ; il répondit avec un accent de résignation et un sourire de fatuité :

« J'arrive ou trop tôt ou trop tard. Votre cœur n'est
pas libre.

— Vous vous trompez bien, répliqua-t-elle vivement. Je n'aime personne. »

La netteté de cette déclaration, aussi sincère que
catégorique, le remplit d'allégresse, lui rendit tout
son courage. Il se rapprocha un peu, mais pas trop,
et lui dit :

« Le ciel soit loué ! je n'ai pas de rival... Mais ce
petit cœur ne peut pas rester vide. Comment s'y
prend-on pour y entrer, pour en crocheter la porte ?
Que puis-je inventer pour vous plaire ? »

Et, en parlant ainsi, il attachait sur elle des regards
assassins, qui la laissaient absolument insensible.

« Mon Dieu ! dit-elle, l'autre jour dans le petit bois,
vous me plaisiez assez ; vous aviez l'air poli et respectueux. Mais aujourd'hui c'est autre chose et vous
m'avez beaucoup déplu. Vous vous êtes permis des
libertés, vous m'avez traitée comme la première
venue, vous m'avez appelée votre chère mignonne.
Ce sont là des manières qui ne me conviennent pas. »

Il se rapprocha encore, tenta de lui expliquer qu'elle
s'était méprise sur ses sentiments, sur ses intentions
comme sur le sens de ses paroles. Elle avait pris
pour une expression familière le cri d'une passion
qui ne se possédait plus ; en l'appelant sa chère mignonne, il avait voulu dire : mon bien suprême,

mon ange adoré. Puis, il se jeta de nouveau dans le sentiment, et le duc de Sirmoise, qui croquait le marmot dans la salle de billard, aurait été en droit de lui reprocher sa sottise, laquelle lui fit perdre cinq grandes minutes sans aucun profit ni aucun plaisir pour personne.

« Oh! je sais ce que j'en dois penser, reprit-elle. Vous m'avez dit l'autre jour qu'il vous arrivait quelquefois de vous ennuyer dans votre grand château. Vous ne seriez pas fâché de recevoir les visites d'une jolie femme qui vous amuserait... car je suis jolie, ce n'est pas la peine de me le dire, on me l'a beaucoup dit, et je le sais de reste. Mais servir à désennuyer de temps à autre un homme, fût-ce un marquis, ce n'est pas mon affaire. »

Et, se redressant de toute la hauteur de sa petite taille, elle ajouta :

« Voyez-vous, monsieur le marquis, je vaux plus que cela. »

En vrai balourd, il se trompa une fois de plus. « Oh! Oh! pensa-t-il, elle me met le marché à la main. Cette innocente a le génie des affaires, et, pour avoir accès dans son petit cœur, il faut payer en entrant. Messieurs, passez au bureau. » Heureusement pour lui, craignant qu'elle ne demandât trop, il affecta de n'avoir pas compris et n'offrit rien. Il aima mieux commencer un nouveau discours pour établir que ce n'était pas une heure de plaisir, mais toute une vie de bonheur qu'il rêvait de passer auprès d'elle. Que ne pouvaient-ils s'enfuir ensemble dans quelque solitude, où ils s'appartiendraient tout entiers l'un à l'autre! Une chaumière et ton cœur! Il broda quelques ornements d'un goût douteux sur ce thème fort usé, sans s'apercevoir qu'elle l'écoutait avec une impatience croissante. Elle lui trouvait l'intelligence très épaisse ; elle aurait voulu qu'il devinât, il ne devinait pas. L'humble et obscur bonheur qu'il lui proposait au fond d'un désert la tentait peu. Il fallait que le château de Montaillé fût de la partie ; point de château, point d'affaires. Elle finit par l'interrompre en lui disant d'un air mortifié :

« Vous croyez me faire plaisir, vous me faites du chagrin, car vous me donnez à entendre... »

Elle n'acheva pas sa pensée, une pudeur la retenait. Elle sentait sa langue se coller à son palais, et les paroles qu'elle avait sur les lèvres lui rentraient dans la bouche. Il songea aussitôt à profiter de ce grand embarras où il la voyait ; désormais le corsaire avait l'avantage du vent sur le trois-mâts qu'il s'était promis de capturer. Elle avait quitté le bras du fauteuil qui lui servait de siège, elle s'était assise à l'un des bouts du divan. Il s'installa sur une chaise, à quelques pas d'elle, et il la priait de lui dire ce qu'elle avait sur le cœur. Elle répondait qu'il se moquerait d'elle, il jurait de ne pas se moquer ; se moque-t-on de ce qu'on adore ? A son air, à son accent, il avait enfin reconnu qu'il ne s'agissait pas de billets de banque. Libre de tout souci désagréable, il l'adjurait de s'expliquer, il devenait pressant, et la distance de la chaise au divan se raccourcissait de minute en minute. Enfin, elle se décida à parler, et, toute rouge de confusion, elle lui dit :

« Vous m'avez donné à entendre que je n'étais pas du bois dont on fait les marquises. »

Il la regarda d'un air fort étonné, il venait enfin de la comprendre, de pénétrer son secret et sa folie.

Mais qu'à cela ne tînt, il s'empressa d'entrer dans son idée, de flatter sa chimère. Les petites considérations étant le tombeau des grandes choses et des grands bonheurs, il entendait la servir selon ses goûts. Il lui déclara que par la distinction de sa beauté, de ses allures et de toute sa personne, elle était une vraie grande dame, aussi marquise qu'aucune marquise, qu'elle avait grand air, qu'il lui suffirait d'un court apprentissage pour faire figure dans un salon, que, si jamais elle se trouvait transportée par miracle à la cour de Russie ou d'Angleterre, il n'y aurait point d'homme qui ne la trouvât charmante, point de femme qui ne fût jalouse de son succès.

Il avait enfin prononcé les paroles d'une vertu magique qui apprivoisent un cœur rebelle. Elle buvait à longs traits ce nectar; en écoutant ces délicieuses flatteries, il lui semblait absorber du bonheur par tous les pores, elle sentait circuler dans son sang une douce chaleur et comme une mousse de joie et d'orgueilleuse béatitude.

Dans son ivresse, elle se décida à lâcher le grand mot. D'une voix haletante :

« Voyez-vous, monsieur le marquis, dit-elle, il me serait impossible d'aimer un homme qui aurait honte de m'épouser... Jurez-moi que, si j'étais libre, vous seriez heureux de me choisir pour votre femme. »

Cette fois, ce ne fut pas de l'étonnement qu'il éprouva, mais une véritable stupéfaction. Il n'en croyait pas ses oreilles; il avait rencontré dans sa vie plus d'un fou ou d'une folle qui lui avaient fait des propositions absurdes, mais aucune n'était de cette force. Il demeura interdit, suffoqué, comme un homme

qui vient de recevoir une bourrade dans l'estomac.
Son saisissement fut tel qu'il eut peine à reprendre
ses esprits, et son silence, qui se prolongeait, faillit
le perdre.

« Je vois, dit-elle avec un dépit amer, que je ne
serai jamais pour vous qu'une chère mignonne... Je
veux m'en aller, laissez-moi partir. »

A cette parole de menace, il revint subitement à
lui-même. Il fit la réflexion qu'il ne lui en coûtait
guère de se plier aux fantaisies de cette toquée, qui,
par bonheur, était enchaînée dans les liens d'un mariage très légitime ; il en savait quelque chose, ayant
servi de témoin dans cette cérémonie. Il se dit aussi
que Robert Paluel était un homme vigoureux, vert,
fortement constitué, qui ferait sûrement de vieux os,
et qu'au surplus la loi du divorce n'avait pas encore
été votée par le sénat. Aleth s'était levée, elle partait,
il la ramena, l'obligea de se rasseoir et lui dit :

« Vous n'avez donc pas compris que c'était l'émotion qui m'empêchait de parler ?... A la pensée de ce
bonheur impossible dont vous me faisiez fête, j'ai
été saisi tour à tour d'une joie folle et du plus cruel
chagrin. »

Elle consentit à le croire, son front s'épanouit, son
visage s'éclaira d'un sourire. Puis elle baissa la tête,
une langueur l'avait prise, elle rêvait ; quand on rêve,
on ne songe pas à se défendre. Il n'était plus ni assis,
ni debout devant elle ; il était à ses pieds, il s'empara
de deux mains, qu'il retint captives dans sa main
droite ; de l'autre, il froissait et caressait un pli de
robe. Elle se pencha vers lui, en lui disant :

« Bien sûr, monsieur le marquis, vous m'épouse-
riez ?

— Bien sûr, répondit-il, en lui baisant passionnément les genoux.

— Vous le jurez? reprit-elle d'une voix qui se mourait.

— Je vous le jure, » dit-il, et il entourait de son bras droit une taille souple, qui s'abandonnait. Il ajouta : « Je te le jure par ce que j'aime le plus au monde, par tes cheveux d'or, par tes yeux qui ne sont plus farouches, par ta bouche qui me sourit, par le délicieux petit corps de celle qui est à la fois ma marquise et ma chère mignonne. »

Et, tout en lui parlant, il se disait à lui-même : « Que de temps et de paroles il a fallu, et que M. de Sirmoise doit s'ennuyer! Mais enfin, nous y voilà! »

Quand il remonta au château, il était non seulement fort satisfait de son aventure, mais plus ému, plus excité qu'il ne s'y était attendu. Cette petite femme qui se rendait au premier assaut et qui pourtant n'était pas facile, qui exigeait beaucoup et ne demandait rien, lui semblait valoir son pesant d'or. Il la comparait à l'une de ces boîtes à secret, dont on a raison comme par enchantement quand on pose le doigt par hasard sur le petit ressort qui les ouvre. Elle lui faisait aussi l'effet d'un plat tout nouveau et savamment cuisiné, qui avait été une surprise pour son palais. Mais il n'avait pas mangé à sa faim, il restait sur son appétit. On s'était promis de se revoir le samedi suivant; il craignait que ce samedi n'arrivât jamais, que la semaine qui commençait ne fût la plus longue de toute sa vie.

« Eh bien! Raoul, d'où sortez-vous? lui dit sa mère en le voyant apparaître sur la terrasse; on vous a cherché partout sans vous trouver. » Puis, d'un ton mystérieux : « Comment la trouves-tu? » demanda-t-elle. Il ne put s'empêcher d'ouvrir de grands yeux. Heureusement elle ajouta : « Je parle de l'aînée. »

Il comprit alors qu'il s'agissait de Mlle Louise de Sirmoise, et il répondit :

« Laissez-moi respirer; je n'ai pas encore eu le temps de l'examiner. »

Pendant toute la soirée, l'attitude et les manières d'Aleth surprirent les habitants du Choquard. Les glaces avaient fondu, le marbre s'était animé, la statue parlait et souriait. A table, elle fut gracieuse, causante, affable avec tout le monde; elle eut presque des attentions pour sa belle-mère. Robert était dans le ravissement de cette métamorphose, dont il attribuait tout le mérite à Mlle Bardèche, à ses bons avis, à ses bienfaisantes prédications. Il se promit qu'il engagerait sa femme à la voir souvent.

Quand il monta dans sa chambre, il s'aperçut que, pour la première fois depuis trois semaines, Aleth avait laissé sa porte ouverte. Il se coula bien vite auprès d'elle. Il la trouva nonchalamment assise sur son canapé, les yeux au plafond, l'esprit perdu dans un songe. Il s'assit à côté d'elle, puis il la prit sur ses genoux. Elle le laissa faire. Il lui saisit la tête entre ses deux mains, la baisa sur le front, en lui disant :

« Comme autrefois, n'est-ce pas? »

Elle répondit oui. Et elle revoyait en idée une petite grille s'ouvrant sur une allée couverte d'où l'on ne ressortait pas comme on y était entrée.

« Comme tu as été sage ce soir! lui dit-il. Oh! que voilà une bonne petite femme! Il ne tient qu'à nous d'être heureux, mais il faut pour cela que chacun y mette du sien.

— Oui, » répondit-elle encore.

Et elle se promenait dans un grand parc, d'où elle contemplait un grand château.

« Si tu savais combien j'ai été malheureux pendant ces dernières semaines ! Figure-toi que j'en étais venu à croire que tu ne m'aimais plus. C'était une bêtise, n'est-ce pas ?

— Oui, » répondit-elle pour la troisième fois.

Et elle était dans un pavillon de chasse, où il y avait des têtes d'ours et de bisons, dont les gros yeux d'émail observaient fixement quelque chose qui se passait devant eux ; ils avaient l'air de tout comprendre, heureusement qu'ils ne comprenaient pas.

« Tu m'aimes encore ? continua-t-il ; tu m'aimeras toujours ? »

Elle lui fit un signe affirmatif, et elle sentait les lèvres d'un marquis se coller sur les siennes ; comme on sait, les lèvres de marquis ne ressemblent pas aux autres.

Alors, saisi d'un accès d'enthousiasme, il lui dit : « Il me faut une signature. Signe ici. » Il lui montrait du doigt sa tempe droite.

Elle eut un tressaillement, un mouvement de recul. Puis, se faisant une raison, elle avança une petite bouche pincée vers cette tempe droite qu'il lui montrait, et elle signa. Il y avait dans ce baiser un effort de résolution et de volonté. Il ne s'en formalisa pas, tant il était heureux. Qu'elle boudât encore un peu, c'était bien naturel, il ne fallait pas lui en vouloir, il y a commencement à tout. Transporté de joie, il la regardait avec des yeux pleins de larmes, et elle le regardait avec des yeux très secs, qu'il s'avisa de trouver tendres. Il ne se doutait pas que le bonheur dont elle lui faisait l'aumône était la rançon d'une faute, qu'elle avait quelque chose à expier et à sauver, et qu'il était l'obligé de l'adultère. Il se doutait encore moins qu'en le regardant elle murmurait en elle-même :

« Pourtant, si cet homme n'existait pas, je pourrais être marquise ! »

XVII

Les semaines succédaient aux semaines, et chaque samedi était pour Aleth un jour de fête. Elle ne connaissait point d'obstacle. Ni le froid, ni la neige, ni aucune intempérie n'aurait pu l'empêcher d'aller revoir son cher Gratteau, mais tout la favorisait, le ciel se fit son complice, l'hiver fut clément. Enveloppée dans ses fourrures, les pieds dans une bonne chancelière qui contenait une boule d'eau chaude, elle partait de bon matin et prenait plaisir à voir courir son poney ; si l'onglée la surprenait en route, elle frappait joyeusement ses deux mains gantées l'une contre l'autre, et la chaleur revenait bien vite. Il n'est rien de plus réchauffant que les grands bonheurs.

En arrivant au Gratteau, elle sautait au cou de Mlle Bardèche, lui faisait des grâces, des caresses, témoignant ainsi sa gratitude des bons services que lui rendait cette excellente personne, à qui elle était redevable des meilleurs moments de sa vie. De son côté, Mlle Bardèche lui savait gré de sa belle humeur quelquefois folâtre, de son air de santé, de résurrection, de la gaieté qui pétillait dans ses yeux et des

roses de son teint. Elle s'applaudissait en secret de la
cure presque miraculeuse qu'elle avait opérée par ses
sages remontrances ; elle sentait plus que jamais le
prix des bons conseils, la bienfaisante vertu de l'éducation intégrale.

Au retour, on mettait le poney sur les dents, à force
de le faire trotter ; mais il n'avait pas le droit de se
plaindre, il était sûr de trouver un bon picotin au tournebride et d'avoir plus d'une grande heure pour reprendre haleine. Quoique les gens du tournebride
eussent l'esprit fort court, cette petite dame qui revenait à jour fixe et qu'ils avaient surnommée « la dame
des samedis » eût donné prise à leurs gloses si elle
n'avait eu soin de leur faire une petite histoire qu'ils
acceptèrent de confiance. Contrefaisant à ravir la pro-
nonciation et l'accent de sa marraine, Mme Blackmore,
elle s'était fait passer pour une Anglaise établie dans
les environs de Melun et s'occupant de peinture à ses
moments perdus. On lui avait vanté les ombrages, les
chênes séculaires du parc de Montaillé, et elle désirait les croquer dans son calepin, ces croquis devant
lui servir pour un grand paysage qu'elle avait sur le
métier. Seulement elle priait qu'on fût discret, le
marquis de Montaillé pouvant trouver mauvais qu'on
entrât chez lui sans sa permission ; il est vrai qu'elle
aurait pu la demander, mais les Anglaises n'aiment
pas à demander, surtout quand elles n'ont pas été
présentées. Aleth avait débité cette histoire avec son
aplomb accoutumé. Sa jolie bouche mentait si bien !
Cela coulait de source, avec abondance, et au surplus
le petit album qu'elle tenait à la main faisait foi de sa
véracité ; heureusement que personne ne s'avisa d'en
regarder le dedans.

A peine le valet d'écurie avait-il commencé de débrider son cheval, déjà la dame des samedis avait atteint l'entrée du parc, elle cheminait tout essoufflée le long de la charmille, et à un certain endroit, toujours le même, elle voyait paraître l'homme qui l'attendait et qui de loin lui jetait un baiser. On s'était bientôt rejoint. Avant de se rien dire, on se prenait par la taille et on se regardait dans les yeux. Les uns étaient d'un gris terne, les autres étaient verts. Les gris, s'animant d'un beau feu, exprimaient l'impatience brutale du désir, les verts le désordre d'une imagination malade. Les gris disaient : « J'entends avoir aujourd'hui assez de plaisir pour couvrir mes frais, pour me dédommager des sacrifices d'orgueil que j'ai la bonté de faire. » Les verts disaient : « J'entends avoir des jouissances d'orgueil pour tout le plaisir que je donnerai ; j'en donne tant que le solde est toujours à mon crédit. » Quelle que fût leur couleur, il ne fallait pas chercher du sentiment dans ces yeux-là ; on n'y voyait que des comptes courants, avec cette différence que les comptes de Raoul étaient parfaitement exacts, bien tenus, dignes d'un homme d'affaires, tandis que ceux d'Aleth étaient de vrais contes de fées.

En entrant dans le pavillon, elle jetait son chapeau d'un côté, son manteau de l'autre, ses gants par terre, courait se chauffer à un grand feu allumé dès le matin à son intention et regardait autour d'elle pour s'assurer que la hure de sanglier et la tête de bison étaient à leur place, que son tapis de Perse, ses meubles, ses fauteuils, ses bibelots étaient en bon état, car elle avait fait main basse sur tout ce qui était là, elle en avait pris possession, tout lui appartenait, et ne pouvant pas dire : mon château, elle disait : mon pavillon de chasse. On aurait pu croire que c'était elle qui y recevait Raoul. Mais il interrompait bientôt ses contemplations en l'enlevant dans ses grands bras comme une plume, et la plume s'en allait où l'emportait le vent.

Elle était quelquefois complaisante. Plus souvent, elle se défendait, disputait le terrain pied à pied; il fallait la conquérir de nouveau. Quand elle disait non, Raoul se soumettait. Dès leur seconde entrevue, elle avait pris le ton de l'autorité, du commandement, et moitié par jeu, moitié par crainte, il pliait sous ses caprices; s'il la possédait, elle le tenait. Il lui reprochait ses froideurs, et il est certain qu'elle préférait les chimères au plaisir. Ses sens la laissaient tranquille, son imagination ne l'était jamais. Il semblait que toute la chaleur de son âme et de son sang se fût réfugiée dans son cerveau, aussi brûlant qu'un désert d'Afrique, dont il avait la sécheresse, l'aridité, les pluies de soleil, les dévorants simouns et leurs tourbillons, sans parler de ces mirages qui transforment des rochers en châteaux et font voir des sources jaillissantes dans des sables où habite la soif. Il entrait aussi du calcul, de la politique dans ses résistances et dans ses refus. Elle voulait faire vie qui dure, que les désirs et les transports qu'elle excitait ne fussent pas un feu de paille, qu'au moment des adieux Raoul fût content sans être satisfait. Il avait beau la supplier, elle ne lui accordait que rarement un quart d'heure de grâce et jamais un rendez-vous entre deux samedis. Elle alléguait son mari, qui n'était pas commode, la difficulté des explications qu'il faudrait donner. Pour le consoler, pour lui faire prendre patience,

elle lui écrivait de temps à autre des billets courts
et piquants, auxquels il avait grand soin de ne pas
répondre. Elle n'était pas fâchée de lui faire admirer
l'élégance de son écriture, la savante correction de
son orthographe.

Malgré les reproches qu'il lui faisait, il était sous le
charme, elle lui plaisait infiniment. Outre qu'elle était
jolie à croquer, elle le divertissait par ses allures, par
ses manières, par les bizarreries de son esprit, par les
énormités de son orgueil, par l'extravagance de ses
prétentions, par un mélange incroyable de finesse, de
calcul, de subtilité, d'ignorances et de candeurs à faire
pleurer. Il trouvait « à cette toquée » des grâces sau-
vageonnes, du fumet, un goût de venaison, tout ce qui
fait la supériorité d'un civet de lièvre sur une gibelotte
de lapin de clapier. Il va sans dire qu'il gardait pour
lui ces comparaisons culinaires, qu'elle eût peu goû-
tées. Il affectait de la prendre au grand sérieux, et
quand elle avait de l'humeur, ce qui lui arrivait quelquefois, il la déridait bientôt en l'appelant sa chère
marquise ou, le cas échéant, madame la marquise.
Elle vivait de fumée, il lui en servait à profusion :
c'étaient des largesses qui ne le ruinaient pas. De son
côté, elle l'appelait monsieur le marquis et le tutoyait,
constatant ainsi tout à la fois la grandeur du personnage et la familiarité de leurs relations.

Ce qu'elle avait le plus de peine à lui pardonner,
c'étaient les hôtes qu'il hébergeait dans son château
et qui furent très nombreux pendant trois semaines.
Elle le questionnait à leur sujet avec une jalouse insistance. Ces intrus qui se prélassaient dans un château
où elle n'avait pas accès lui semblaient avoir envahi
son héritage; elle disait à Raoul : « Quand donc les

mettras-tu à la porte? » On avait organisé de grandes
chasses en leur honneur; ces fêtes dont elle n'était
pas allumaient sa bile. Mais le principal objet de ses
préoccupations était Mlle Louise de Sirmoise, qu'il
avait eu l'imprudence de lui nommer. Elle respira plus
librement le jour où il lui annonça le départ de cette
fille de duc qui la gênait et l'offusquait.

Dans ses quintes de jalousie et d'humeur noire, elle
devenait peu maniable, et, quand elle mettait son bonnet de travers, elle inquiétait Raoul; peu s'en fallait
qu'elle ne lui fît peur. Il craignait que cette manie des
grandeurs, qu'il trouvait drôle, ne fût le commencement d'une incurable folie, qu'elle n'eût la cervelle
attaquée. Mais ces quintes ne duraient guère, elle re-
couvrait toute la gaieté de ses espérances, et, se rassu-
rant, il ne songeait plus qu'à s'amuser de ses turlu-
taines; elle lui procurait de bons moments en lui faisant
tinter aux oreilles les joyeux grelots de sa marotte,
qu'elle secouait d'une main fiévreuse.

Elle l'interrogeait beaucoup, elle avait une foule de
renseignements à lui demander. Elle voulait savoir
par quels signes visibles ou cachés les femmes du
monde différaient des autres, à quoi on les reconnaissait, en quoi elles étaient faites, tous les caractères de
l'espèce, les dessus et les dessous, le pelage, les habitudes, les mœurs, comment les marquises s'habillaient
et se déshabillaient, comment elles s'y prenaient pour
marcher, pour s'asseoir, pour manger, pour démontrer
à tout l'univers qu'elles étaient de vraies marquises.
Puis elle essayait de les imiter, elle répétait le rôle.
Après s'être retirée derrière la porte pour y composer
son visage et ses manières, elle la rouvrait avec majesté et se figurait entrer dans un salon. Elle avait eu

soin auparavant de ranger en demi-cercle cinq ou six chaises, que, selon les circonstances, elle abordait d'un air compassé ou familier. Elle s'informait de leur santé et des nouvelles de toute leur maison, trouvait quelque chose à dire à chacune, adressait à celle-ci, qu'elle traitait de madame la duchesse, un sourire de sucre et de miel, à celle-là, qu'elle appelait tout uniment ma chère, quelque propos plaisant, débité d'une voix argentée, avec des regards de velours. Raoul battait des mains, la proclamait marquise de la tête aux pieds.

Pour donner plus de sérieux à ces représentations qui la charmaient, elle le supplia de lui prêter une des robes de sa mère, qui ne pouvait manquer de lui aller comme un gant, disait-elle. On croira sans peine qu'il s'y refusa. Mais, comme il était dangereux de la contrarier, il s'avisa d'un expédient. Avant que son père se fût jeté dans le mysticisme et eût construit son calvaire, on jouait quelquefois la comédie à Montaillé. Il était resté au fond d'un galetas un petit magasin de décors et de costumes, abandonnés à la merci des rats. Pour ménager à Aleth une agréable surprise, il en rapporta dans le courant de la semaine une robe de brocart à grands ramages, des nœuds de rubans, des pompons, des oripeaux fanés, un grand chasse-mouches en plumes de perroquet, dont la monture était disloquée. Il se fit une fête de l'habiller, de la parer de pied en cap. Elle était si jolie que ce burlesque accoutrement la rendait plaisante sans qu'elle fût ridicule. Son chasse-mouches à la main, sa queue de brocart traînant derrière elle, plus que duchesse, impératrice des Indes, elle consentit pour la première fois à boire du champagne, sa tête se prit tout à fait, elle fit des folies. Il l'eut ce jour-là à sa discrétion, et il déclara avec une sincérité touchante que c'était le meilleur de ses samedis. Elle rentra au Choquard à une heure indue; il fallut imaginer une histoire.

Mais, le samedi suivant, elle lui plut beaucoup moins par une demande qu'elle lui adressa et qui ressemblait à un ordre. Elle l'aborda en lui disant :

« Monsieur le marquis, voilà près de deux mois que je suis ta petite femme, ta chère marquise. Les hommes ne le savent pas, mais Dieu le sait. » Et elle montrait le ciel du doigt. Elle ajouta : « Eh bien ! tu n'es pas gentil pour moi, jusqu'à ce jour, tu ne m'as rien donné.

— Qu'est-ce à dire? pensa-t-il. Le quart d'heure de Rabelais aurait-il sonné? »

Ce qu'elle lui demanda n'était point ce qu'il pensait, mais il ne fut pas plus content pour cela. Elle lui signifia que, dans tous les mariages sérieux, le marié donne à sa femme une alliance. Elle voulait avoir sa bague, et que cette bague d'or fût ornée d'une couronne de marquise, qu'on y gravât leurs chiffres entrelacés et au-dessous ces deux mots : *For ever*, l'anglais lui paraissant une langue plus sérieuse que le français. Il employa toutes les ressources de sa rhétorique pour la faire démordre de son idée, multiplia les objections, se buta; mais elle se fâcha tout de bon, s'emporta, déclara qu'elle ne remettrait plus les pieds dans le pavillon, que ce serait fini, qu'il ne la reverrait plus. Bon gré mal gré, il dut s'exécuter, et quinze jours plus tard elle avait sa bague, qu'elle contempla longtemps d'un air pensif et qu'elle pressa à plusieurs reprises sur ses lèvres. Puis elle la mit à son doigt et elle ne se lassait pas de la regarder. Il lui semblait que cette fois l'affaire était en règle, que c'était arrivé, que la chose était écrite dans le livre où sont enregistrés les événements irrévocables, que ce qui venait de se faire, ni les hommes, ni Dieu lui-même, ni aucune volonté, ni aucun cataclysme ne pourrait le défaire. O puissance d'un orfèvre !

En partant, elle eut la précaution d'ôter sa bague de son doigt et de la serrer dans son porte-monnaie. Ses esprits étaient si échauffés qu'elle regagna le tournebride et monta en voiture sans s'en apercevoir. Jusqu'au haut de la côte, elle eut des visions béatifiques, elle ne s'était jamais sentie si emmarquisée, elle se parlait à elle-même avec respect, elle s'agenouillait devant sa propre gloire. Ce qui la chagrinait était la discrétion que lui imposait la prudence. Elle était condamnée à ne dire à personne ce qui lui arrivait, à garder pour elle son bonheur, à l'enfouir. Cette contrainte lui était si dure que l'idée lui vint d'écrire au premier jour à sa marraine, pour l'informer que le mariage qu'elle avait fait et que Mme Blackmore avait trouvé si brillant était bien peu de chose auprès de celui qu'elle aurait pu faire, qu'il n'avait tenu qu'à elle d'épouser un marquis. Elle se promettait, bien entendu, d'ajouter qu'il ne s'agissait dans cette affaire que d'un amour tout platonique, que ce marquis ne lui avait jamais touché et ne lui toucherait jamais le bout du doigt.

Elle tournait et retournait dans sa tête les termes de cette épître, lorsqu'un incident imprévu l'arracha tout à coup à sa méditation. Elle aperçut un croquant qui s'avançait à sa rencontre et qui, la voyant venir, fit un grand geste et fut se poster au milieu de la route pour l'attendre. Ce croquant était son frère Polydore. Elle avait pensé plus d'une fois à lui dans ses premières visites au pavillon de chasse; elle eût été fort marrie de le rencontrer aux abords de la grille. Mais Raoul lui avait mis l'esprit en repos en l'assurant qu'il avait prévu le cas et que chaque samedi il envoyait son garde-chasse en course. Il faut croire que ce samedi-là Polydore avait couru, volé, pour être de retour avant l'heure. Peut-être avait-il des bottes de sept lieues; il est possible aussi qu'il ne s'acquittât pas toujours des commissions dont on le chargeait. Quoi qu'il en fût, il était là, c'était bien lui, et il attendait.

Il avait sur la tête sa casquette galonnée, il portait son fusil en bandoulière, et il venait de relever le collet de sa houppelande, que dépassaient deux oreilles rouges. Le froid était vif; il était tombé, la veille, une neige fine et menue comme de la farine, et il avait brouillassé tout le jour, l'air était d'un gris blafard, la campagne était blanche, les arbres étaient poudrés de frimas. Mais ce qu'il y avait en ce moment de plus désagréable à voir sur la route qui conduit de Melun à Mailly, sans conteste, c'était Polydore, et Aleth se proposait de lui brûler la politesse, non qu'il l'inquiétât, mais il l'ennuyait, il l'humiliait. Il était son demi-frère, et elle se sentait si marquise!

Il venait de se découvrir et de la saluer jusqu'à terre.

« Bonsoir, Polydore! » lui dit-elle du haut de ses nues.

Et, ce disant, elle sangla un coup de fouet au poney, qui allongea son trot. Mais Polydore l'eut bien vite rattrapé, l'arrêta, et une main sur la bride, l'autre dans sa poche :

« Tu es bien pressée, ma petite, dit-il en ricanant. Que diable! on a si rarement l'occasion de te voir qu'il

est naturel d'en profiter. Ingrate ! tu ne penses jamais
à ton pauvre petit frère. Tu sais pourtant comme il
t'aime. Voilà plusieurs semaines que je n'ai que toi
dans la tête. Je me dis à chaque instant : Que devient-
elle ? que fait-elle ? où est-elle ? Dame ! je suis heureux
de te rencontrer enfin. Mais, dis-moi, d'où viens-tu
comme cela ?

— De Melun, où je suis allée voir Mlle Bardèche.

— Oh ! cette chère demoiselle Bardèche ! C'est elle
qui a cultivé avec tant de soin cette jolie plante ; c'est
elle qui nous a appris tant de belles choses, tous les
principes qui font le bonheur domestique, toutes les
vertus, tous les bons dieux, quoi ! Je conçois que nous
ayons du plaisir à la voir, ce n'est pas trop pour cela
d'un jour par semaine. Mais la route est longue et on
aime les distractions. Retournes-tu en droiture au Choquard ou si tu t'arrêtes quelquefois en chemin ?

— Je n'ai pas le temps de causer, dit-elle sur un ton
d'impatience. Il fait froid et la nuit tombe.

— Ah ! je conviens qu'au cœur de l'hiver on cause
avec plus d'agrément dans une chambre bien chauffée,
dans une salle d'auberge ou même dans un pavillon
de chasse... Il y en a un pas loin d'ici. Il est gentil,
n'est-ce pas ? »

Elle avait abaissé sa voilette sur son visage ; autrement il aurait constaté qu'elle était rouge comme
braise.

« Je ne sais pas ce que tu veux dire, répliqua-t-elle
en payant d'audace. Laisse-moi passer. »

Il lâcha la bride en disant : « Libre à toi, va, trotte,
galope ; mais j'avais des choses intéressantes à te
dire, et il t'en cuira de n'avoir pas voulu m'écouter. »

Sa voix et son air étaient si menaçants qu'elle retint

le poney, qui se remettait en marche. Polydore se rapprocha. Posant sur le garde-crotte du panier l'une de ses bottes ferrées, se dandinant sur l'autre :

« Figure-toi, reprit-il, que depuis quelque temps j'étais fort intrigué. J'avais remarqué qu'on m'envoyait souvent battre le pays, qu'on me faisait faire beaucoup d'exercice et que c'était toujours le samedi. Je suis curieux comme une chatte, et, quand une idée me tracasse, j'ai bientôt fait de découvrir le pot aux roses ; il n'y a pas de couvercle qui tienne, j'ai un œil qui fait trou. Il y a au bas de la côte une auberge que tu connais peut-être. J'y entre un soir pour faire un bout de causette. J'entends parler d'un trésor d'Anglaise, qu'ils ont surnommée la dame des samedis. Je questionne et je me dis : « Voilà mon affaire. » Mais je me le dis tout bas, sans faire semblant de rien ; il ne faut compromettre personne... Écoute-moi bien, voici où mon histoire se corse. Il y a juste trois semaines, comme je rôdais autour du pavillon de chasse, je ne fais ni une ni deux, j'ôte mes bottes, je me glisse à pas de loup dans le vestibule. Ces portes-là me connaissent, elles n'ont pas dit mot. J'avance, je colle mon œil à la serrure, et qu'est-ce que je vois ? L'Anglaise, mais là, comme je te vois... Mille carabines ! comme vous aviez bon air, ma toute belle, dans cette grande robe de brocart, et surtout quelle femme de chambre vous aviez pour planter vos épingles ! Et puis comme tu sables le champagne !... Ma parole ! il est fou de toi, mon marquis. Je le comprends, j'ai toujours été fier de ma petite sœur, j'ai toujours pensé qu'il ne tiendrait qu'à elle d'aller faire ses orges à Paris, mais tu as trouvé ton affaire plus près de chez toi ; c'est plus commode et

moins risqué. Je crains seulement que ton monsieur
ne soit un peu dur à la détente; tu n'en tireras pas
tout ce que tu espères. Je gagerais bien qu'il te faut
la croix et la bannière pour le faire chanter, il n'est
pas souvent en voix. Ah çà, je te prie, date-t-elle de
loin, votre connaissance? Comment l'affaire s'est-
elle arrangée? Es-tu depuis longtemps dans le commerce? »

Elle se donnait l'air de ne pas l'écouter; elle avait
détourné la tête; du bout de son fouet, elle taquinait
un buisson et faisait tomber en pluie le givre qui le
couvrait. Mais elle ne perdait pas une syllabe.

« Laisse-moi tranquille, s'écria-t-elle; je n'ai pas de
comptes à te rendre.

— Tu as raison, je suis un indiscret, et j'ai tort d'en
demander si long. Je devrais me contenter de ce que
j'ai vu. »

Et il ajouta d'une voix qui sifflait comme la bise :

« Oh! nous avons des yeux, et, par-dessus le marché,
nous avons une langue. »

Cette dernière parole la fit frissonner, et elle garda
le silence.

« Sapristi! poursuivit-il, qu'on est bête dans notre
famille! Depuis le père et la mère jusqu'à Thomas,
jusqu'à cet idiot de Jérémie, ils s'étaient tous imaginé que tu serais leur vache grasse, qu'ils n'auraient
que la peine de te traire. Ils sont venus les uns après
les autres te demander l'aumône, et tu les as envoyés
se promener. Que diable! quand on est arrivé, on
tire le verrou derrière soi, on se met à la fenêtre et
on fait un grand pied de nez à ceux qui pataugent
dehors dans la boue : « Bonne nuit! vous autres; qui
« êtes-vous? je ne vous connais pas. » Ma chère petite,

tu m'as traité un jour d'imbécile, tu as eu tort; je suis un peu moins nigaud qu'eux tous. J'ai attendu mon moment, il est venu, et mon affaire n'est pas mauvaise. Ne t'avais-je pas dit que je te repincerais? Je t'ai repincée, et je te tiens. »

Elle le toisa d'un air méprisant qui déguisait mal son anxiété.

« Si tu parles, lui dit-elle, le marquis te cassera aux gages et t'empêchera de te replacer.

— C'est possible. Mais, auparavant, j'aurai eu le plaisir d'aller trouver quelqu'un de ta connaissance, qui est plus musclé qu'un marquis et qui passe pour n'avoir pas l'humeur endurante. Quand il est en colère, il n'est pas prudent de se jouer à lui. Eh bien! je lui ferai une scène, à cet homme; je lui dirai que l'honneur de la famille m'est plus cher que la vie, et qu'il le surveille bien mal, l'honneur de la famille, qu'il laisse les marquis chasser sur ses terres. Ma foi! s'il se contente de te passer les yeux au beurre noir et ne t'étrangle pas sur place, tu pourras te vanter d'avoir de la chance. »

Elle crut revoir la figure de son mari lui mettant la main sur la bouche et lui disant :

« Malheureuse, veux-tu donc que je ne puisse plus t'aimer? »

Elle se ressouvint de la peur qu'il lui avait faite. Se penchant vers son frère, elle lui dit d'un ton bref :

« Combien veux-tu? »

A ces mots, elle porta la main à sa poche comme pour en tirer sa bourse, qui contenait quelques pièces d'or et un peu de monnaie blanche. Il l'arrêta du geste et lui dit :

« Vraiment tu n'es pas aussi intelligente que jolie.

Tu crois donc qu'on se débarrasse à si bon compte de mes yeux et de ma langue ? Ah ! dame, la vie est si dure ! Quand on a trouvé une occasion pareille, on serait bien bête de ne pas presser le citron. Mais je veux être bon frère et te ménager. C'est deux billets de mille qu'il me faut. Les as-tu sur toi par hasard ?

— Deux billets de mille ! s'écria-t-elle épouvantée. Tu es fou. Où veux-tu que je les prenne ?

— Allons donc ! tu ne me feras pas croire que, si ladre qu'il soit, tu n'en aies pas tiré au moins dix du monsieur qui te sert de femme de chambre. Tu écorneras le magot. »

Peu s'en fallut qu'elle ne lui cinglât la figure d'un coup de fouet.

« Me prends-tu donc, lui cria-t-elle, pour une femme qu'on paye ?

— Alors je n'y comprends plus rien, répondit-il avec un sincère étonnement. Si l'on ne te paye pas, avec quoi couvres-tu tes frais ? Serais-tu amoureuse de lui ? Ma foi, je trouve l'autre plus beau. Après cela, peut-être qu'il t'en faut deux. Mais ce ne sont pas mes affaires. Tu prendras les deux billets où tu voudras ; seulement, écoute-moi bien : si tu les demandes à mon marquis, tu ne lui diras pas ce que tu en veux faire. Je le pincerai, lui aussi ; il aura son tour. J'ai voulu commencer par toi ; c'est un honneur que je te fais, et tu puiseras dans ta caisse particulière, tu me donneras de ton argent mignon. J'ai juré que j'en verrais la couleur, et je fais toujours ce que je dis. »

Comme elle protestait de nouveau qu'elle était hors d'état de le satisfaire, il retira son pied du garde-crotte, recula de quelques pas, et, la regardant de côté, il lui dit :

« Ingénie-toi. Samedi prochain, en allant à Melun,
entre dix et onze heures, tu me retrouveras à la
même place. Si je n'ai pas les deux billets, je donnerai un coup de pied jusqu'au Choquard, et la petite
femme que voici pourrait bien aller chercher des
marquis dans l'autre monde. Ce serait dommage. Elle
a de si beaux cheveux ! »

Il était trop loin pour qu'elle pût lui cracher au
visage. Elle le souffleta du regard en lui disant :

« Je savais bien que tu n'étais qu'un drôle !

— Et toi, ma belle, qu'es-tu donc? » lui répliqua-t-il
avec un rire goguenard et féroce.

Sur quoi, l'ayant saluée de nouveau jusqu'à terre,
il se remit en chemin.

La réplique de son frère l'avait laissée tout à fait
insensible. N'ayant aucune règle de jugement, elle
était capable de tout, sauf de se voir telle qu'elle
était. Elle avait toujours haï le visage de la vérité et
tourné le dos à ce qui lui déplaisait. Mais elle était fort
émue de l'incident, très perplexe, très tourmentée.
On chemine sur un sentier fleuri, parmi des buissons
où chante l'oiseau bleu; tout à coup le sol manque
sous le pied, le précipice est là, on tombe le nez
contre terre, on se cramponne à des ronces qui cou-
pent les doigts, on se relève le front taché de boue,
les mains en sang, et l'oiseau ne chante plus. Celui
d'Aleth chantait encore ; il devait chanter toujours.
L'avertissement qu'elle venait de recevoir ne l'avait pas
fait rentrer en elle-même ; elle le considérait comme
une impertinence gratuite de sa destinée, et elle en
tirait la conclusion que le sort le plus cruel comme le
plus humiliant est d'avoir pour père un triste cabaretier qui, par une malédiction du ciel, a eu cinq fils

de sa première femme. C'était la seule moralité qu'elle dégageât de cette aventure.

Un autre point lui semblait clair : elle devait se procurer à tout prix et sans retard deux billets de mille francs. Comment s'y prendre? Polydore lui avait défendu de recourir au marquis, et, quand Polydore eût dit oui, son orgueil eût dit non. Lorsqu'on demande à un homme une couronne de marquise, on ne tire pas sur lui. A qui donc s'adresser? A M. Larrazet? C'était bien compromettant; il était si curieux! A Mlle Bardèche? Quelles explications lui donner? A sa marraine? Mme Blackmore était en Angleterre, et Mme Blackmore, en payant le trousseau d'une filleule dont l'éducation lui était revenue cher, avait déclaré nettement qu'elle ne donnerait plus un sou. Lorsque Aleth arriva au Choquard, elle ne savait à quel diable ou à quel saint se vouer. Heureusement pour elle, la première personne qui se présenta fut François Lesape, qui traversait la cour. Toujours empressé, il vint au-devant d'elle et lui fit la gracieuseté de dételer lui-même le poney.

« Comment n'y avais-je pas pensé? se dit-elle. Lesape sera mon salut. »

Le lendemain, comme elle descendait de sa chambre, elle rencontra dans l'escalier Lesape, qui montait. Il avait à parler à son patron.

« Il vient de sortir pour aller à la Roseraie, lui dit Aleth. Mais montez tout de même; j'ai un mot à vous dire. »

Elle le conduisit dans la chambre de Robert, et, après avoir refermé la porte avec précaution, elle le fit asseoir, à quoi il ne consentit qu'après avoir demandé pardon de la liberté grande.

« Mon cher monsieur Lesape, lui dit-elle d'un ton mystérieux, je sais que vous m'êtes fort attaché, que vous êtes un homme parfaitement sûr, que je puis compter sur vous. »

Il lui répondit qu'il était son très humble serviteur, prêt à faire tout ce qu'elle lui commanderait.

« Je n'en doute pas, dit-elle, et c'est là ce qui m'encourage à vous demander un service de conséquence dont je vous serais fort obligée. Mais vous allez d'abord me promettre que ceci restera entre nous, que vous n'en ouvrirez la bouche à personne, que mon mari surtout n'en saura rien. Vous me le jurez, n'est-ce pas? »

Il le jura solennellement, quoique sans enthousiasme. Elle attendait de lui un service de conséquence; ce mot lui avait mis la puce à l'oreille, il était visiblement inquiet.

« Voici ce dont il s'agit, reprit-elle. Un de mes frères, dont il est inutile de vous dire le nom, se trouve dans un cruel embarras. Il avait emprunté deux mille francs, son créancier devient pressant, menace de le saisir. Il s'est adressé à moi. Dans le temps, j'avais défendu à mon mari de rien prêter à mon père. C'est que mon père demandait trop, tandis que dans le cas présent... Et puis, le frère dont je parle est mon préféré, je me suis toujours senti quelque faiblesse pour lui... Il m'est bien dur de le refuser. Vous savez la puissance des liens de famille, car vous avez encore votre mère, monsieur Lesape, et on dit que vous êtes un très bon fils. Elle se porte bien, madame votre mère? »

Il lui sut beaucoup de gré de la traverse qu'elle lui indiquait pour sortir d'un mauvais chemin.

« Oh! pour ce qui est de la santé, madame, répon-

dit-il avec empressement, elle se porte bien. Allez,
c'est une fameuse gaillarde. Vienne la Saint-Martin,
elle aura ses soixante-seize ans, et elle vous a bon
pied, bon œil. Elle distinguerait un grain de mil dans
un boisseau d'avoine. Avec cela, toutes ses dents. Pas
plus tard qu'il y a trois semaines, elle me les a fait
voir, nous les avons comptées ensemble. Figurez-
vous... »

Il enfilait la venelle. Le rappelant à la question :

« Vous voyez donc que c'est deux mille francs qu'il
me faut, et j'ose espérer...

— Rien de plus simple, interrompit-il. Vous n'avez,
madame, qu'à les demander à M. Paluel. Il n'y a pas
dans toute la Brie un mari qui aime autant sa femme,
il sera bien charmé de vous faire ce plaisir.

— Je vous le répète, dit-elle vivement, je me gar-
derais bien de lui en dire un mot. Peut-être savez-vous
qu'il y a eu entre nous quelque bisbille au sujet de
certaines affaires de ménage que nous ne comprenons
pas de la même manière. Grâce à Dieu, tout est oublié, je lui ai pardonné des vivacités de langage qui
m'avaient blessée. Mais je n'irai pas choisir ce moment
pour lui demander quelque chose, j'aurais l'air de
vouloir me faire acheter mon pardon. Je suis sûre que
vous comprenez ma délicatesse, monsieur Lesape. »

Il s'inclina en signe d'adhésion, mais en même temps
il se grattait l'oreille, sa puce l'incommodait.

« Il ne s'agit d'ailleurs, reprit Aleth en le caressant
de la prunelle, que d'un emprunt à courte échéance ;
mon frère sera prochainement en état de s'acquitter.
Je crois savoir que vous êtes un homme sage, rangé,
que vous avez fait beaucoup d'économies, et je compte
sur votre obligeance pour m'avancer les deux mille

francs, qui avant peu vous seront remboursés jusqu'au dernier centime. »

Lesape avait bondi sur sa chaise, tant la proposition qu'on venait de lui faire lui semblait exorbitante, énorme. Parmi les choses qui lui paraissaient certaines, il y en avait deux dont il était absolument sûr : il tenait pour démontré que, tant qu'ils étaient, les Guépie ne rendaient jamais ce qu'ils empruntaient, et il savait par expérience que le moins prêteur des hommes était François Lesape.

« Moi, des économies ! s'écria-t-il avec autant d'indignation que si on l'eût accusé du crime le plus noir. Qui vous a dit cela ? Il ne faut pas croire les mauvaises langues. On vivote, on noue les deux petits bouts de ses petites années. Mais ceux qui mettent de côté sont fort heureux, je voudrais savoir comme ils s'y prennent. C'est à ce point que, si je devenais infirme...

— Rassurez-vous, c'est moi qui vous soignerais, interrompit-elle avec un accent suave.

— Que le bon Dieu vous le rende ! » repartit en se courbant en deux le reconnaissant Lesape, qui se disait à lui-même : « Oui-da ! si je n'avais qu'elle pour garde-malade, j'aurais le temps de crever dix fois avant de savoir le goût qu'a la tisane.

— Je vous en prie, poursuivit-elle de sa voix la plus gentille, la plus persuasive, avancez-moi ces deux mille francs.

— Il faudrait les avoir, madame, dit-il en se trémoussant comme un diable dans un bénitier. Si je les avais, vous pouvez m'en croire, ils ne feraient qu'un saut de ma poche dans la vôtre. Le malheur est que je ne les ai pas, c'est là l'empêchement. » Et

usant d'une figure de rhétorique qu'il affectionnait :
« De deux choses l'une, ou on aime les gens ou on
ne les aime pas. Eh bien! je dis que, quand on les
aime, il faut se mettre en quatre pour leur être agréable, dût-on se gêner un peu. C'est mon idée, je ne sais
pas si vous l'approuvez, mais c'est mon idée.

— Et c'est pour cela, dit-elle d'un ton piqué, que
vous me refusez les deux mille francs?

— Ordonnez-moi de me jeter au feu pour vous. Mais,
je vous le jure, vous auriez moins de peine à tirer
une jarre d'huile du mur que voici que les deux mille
francs du fond de mon armoire, car tous ceux qui la
connaissent savent bien qu'ils n'y sont pas.

— Je ne dis pas qu'ils y soient, mais je dis avec
tout le monde que vous avez des fonds chez le banquier.

— Des fonds chez le banquier! Voyez un peu les
langues! Et dire que je ne sais pas seulement quelle
figure ils ont, les banquiers! Il y en aurait douze ici,
je n'en connaîtrais pas un. S'ils ne comptaient que
sur moi pour faire aller leur petit négoce, ils n'auraient
pas trouvé leur homme. Je suis arrivé au monde nu
comme un ver, c'est ma mère qui me l'a dit, et je
m'en irai tout nu, sauf le respect de la compagnie. »

A ces mots, prenant entre ses dents l'un des angles
de son mouchoir à carreaux, il se moucha à grand
bruit et dit en faisant le plongeon :

« Votre serviteur très humble, madame. »

Elle était profondément déçue et vivement irritée,
comme il lui arrivait toujours quand elle rencontrait
un obstacle. Elle partait du principe que rien ne lui
était impossible, que lorsqu'elle commandait, tout
devait être souple, que ses yeux et ses désirs avaient

la puissance de fondre les volontés comme le feu les métaux. Mais elle avait eu des déboires. Si jolie qu'elle fût, Robert lui avait refusé le renvoi de Mariette, et, quoiqu'elle eût dans son porte-monnaie une bague de marquise, Lesape lui refusait deux mille francs. Deux fois elle s'était heurtée contre des résistances, deux fois elle avait trouvé le mur; on finit toujours par le trouver.

Elle ne se fâcha pas; la détresse où elle se voyait et le pressant besoin qu'elle avait de Lesape l'en empêchèrent. Après s'être recueillie un instant :

« Soit! dit-elle, vous n'avez pas deux mille francs à me prêter; je veux le croire pour vous faire plaisir. Aidez-moi du moins à me les procurer. »

Puis, baissant la voix et fixant sur le bonhomme une paire d'yeux qui lançaient des fusées :

« On est très riche en ce moment, on a fait de grosses ventes de blé, la caisse doit être pleine. »

Si ses yeux lançaient des fusées, les pupilles de Lesape, qui d'habitude étaient étroites et longues comme celles des chats, venaient de se dilater subitement; c'était l'effet que produisaient sur elles la surprise ou l'émotion.

« Lesape, continua-t-elle, vous avez toute la confiance de mon mari. Je suis sûre qu'il ne compte jamais avec vous.

— Ah! madame, vous vous trompez bien, nous comptons très souvent.

— A époques fixes?

— Permettez, c'est comme le jour du Seigneur dont on ne sait pas quand il arrive. Au moment que j'y pense le moins, M. Paluel me dit : « Lesape, mets tes « livres en ordre, nous compterons après-demain. »

Elle prit une attitude de douce langueur pour lui dire : « Lesape, vous ne savez pas profiter de votre situation. Depuis l'incident de la voiture déchargée, mon mari ménage beaucoup votre fierté, il croit tout ce que vous lui dites, et il se garderait bien de vous regarder dans les mains. »

Elle s'arrêta court. Les yeux de Lesape étaient devenus ronds comme deux fromages ou comme deux lunes et lui firent peur. Elle se replia aussitôt en désordre, comme une compagnie d'éclaireurs tombée dans une embuscade.

« Pourquoi me regardez-vous ainsi? lui demanda-t-elle avec hauteur. On croirait vraiment que je vous propose quelque chose de mal... Vous imaginez-vous par hasard?...

— Ah! madame, repartit Lesape, confus d'avoir été surpris en flagrant délit d'étonnement et reprenant bien vite sa physionomie de tous les jours, je m'imagine tout simplement que vous êtes un amour de petite femme qui n'aurait qu'un mot à dire à son mari pour en avoir dix mille francs, si elle voulait.

— Je vous ai averti déjà que mon mari ne doit rien savoir, répliqua-t-elle aigrement, et je me suis donné la peine de vous expliquer ma raison. J'espérais que vous l'aviez comprise.

— Si je l'ai comprise, madame! Il n'y a pas un homme comme moi pour comprendre ces choses-là, et il n'y en a pas un qui fût si content de vous être agréable, à ce point que, si vous me commandiez de me mettre au feu, — car je vous le dis, c'est mon idée, quand on aime les gens, il faut savoir se gêner pour eux...

— Et la mienne est que je n'ai que faire de vos beaux

discours, mais qu'il me faut deux mille francs et que vous aurez la bonté de les prendre dans la caisse sans en rien dire. Quand mon mari vous annoncera son intention de compter, vous voudrez bien m'en prévenir, et on vous les remboursera, vos deux mille francs.

— Oh! bien, madame, dit-il, voilà une affaire arrangée, on peut dire qu'elle est arrangée, seulement...

— Vous allez encore me faire des difficultés?

— Mais quand je vous dis, madame, qu'elle est arrangée, cette affaire! Seulement il me faudrait...

— Quoi donc?

— Bien peu de chose, une bagatelle... un petit mot d'écrit, sans vouloir vous désobliger. »

Elle grillait d'envie de l'étrangler :

« Vous ne vous fiez pas à ma parole, monsieur Lesape?

— Oh! par exemple!... Mais, madame, vous me diriez que le pape est mort ou que l'empereur — celui d'autrefois, — est encore en vie, que, sur mon honneur, tout de suite je vous croirais. Si je vous demande la faveur d'un petit mot d'écrit, c'est par rapport à ma santé, car, le bon Dieu me bénisse! je peux mourir d'ici à demain, et c'est aussi par rapport à votre mémoire... On oublie tant de choses, moi tout le premier!... tandis qu'avec un petit mot d'écrit...

— Qu'à cela ne tienne, vous allez l'avoir votre petit mot d'écrit, » lui dit-elle toute pétillante de colère.

Et se précipitant sur son encrier, en même temps qu'elle déchirait un feuillet de son calepin, elle écrivit d'une seule plumée : « Emprunté sur la caisse, le 5 février, deux mille francs pour venir en aide à une personne de ma famille. » Quand elle eut signé de toutes les lettres de son nom :

« Cela suffit-il? » demanda-t-elle à Lesape, qui, après avoir examiné l'écriture, descendit à la caisse, d'où il rapporta deux liasses épinglées de billets de cent francs, qu'il compta et recompta lentement devant elle.

Ces liasses étaient deux poèmes dont il tenait à lui faire déguster en détail toutes les beautés, et à chaque fois, pour tourner la page, il portait son pouce à sa bouche et l'imprégnait fortement de salive. Sans doute Lesape trouvait que les billets de banque ne sont pas seulement jolis à regarder, mais que la saveur en est agréable.

« Quelle maison! quelle baraque! » dit Aleth à demi-voix, dès qu'il fut sorti.

Et elle promenait sur tout ce qui l'entourait un regard de méprisant courroux : telle une reine emprisonnée contemplant les murs qui la gardent et l'étouffent.

« Du moins, pensa-t-elle, Polydore aura son argent; mais, pour rembourser cet imbécile de Lesape, il faudra que je m'adresse à Raoul. Bah! nous avons le temps d'aviser. »

Quelques jours plus tard, Polydore eut son argent. Aleth le rencontra à l'endroit qu'il avait dit. Du plus loin qu'elle l'aperçut, elle tira de sa poche un pli cacheté qu'elle lui jeta à la volée en plein visage, tandis qu'elle fouettait à tour de bras son poney, qui faillit s'emporter.

« Merci, ma petite belle! lui cria son frère en riant. Tu es si gentille que j'aime tout ce qui me vient de toi, jusqu'à tes soufflets, et, quand il te plaira de recommencer, je serai ton homme. »

XVIII

La haine a des yeux redoutables qui voient dans la nuit comme ceux des chouettes. Ce qui ne se laisse pas voir, elle le flaire; ce qui n'a pas d'odeur, elle le devine par une sorte de perception confuse; il y a des vérités qui lui entrent par la peau.

Depuis longtemps, Mme Paluel roulait dans son esprit des doutes, des soupçons vagues et ténébreux qu'elle n'osait confier à personne, pas même à Mariette. Il faut lui rendre le témoignage qu'elle essayait de les écarter; mais il en est des soupçons comme des hirondelles, ils retournent toujours à leur nid. Une semaine plus tard, il lui arriva de traverser la cour au moment où Robert, selon son habitude et en vertu de cette fatalité à laquelle n'échappe aucun mari, attelait de ses propres mains le panier qui allait emmener Aleth au Gratteau. Il tenait à s'assurer par ses yeux que les traits, le collier, la têtière, le mors étaient en bon état, que celle qui, en dépit de tout, était restée la chair de sa chair et la moelle de ses os, voyagerait sans encombre et lui reviendrait telle quelle, puisqu'il l'aimait telle quelle. En voyant l'ap-

plication qu'il mettait à brider le poney, la reine mère
sentit son cerveau s'allumer, les lèvres lui démangè-
rent. Elle ne vit pas plus tôt sa bru saisir les guides
et le poney s'ébranler qu'elle s'approcha de son fils
et lui dit :

« Je ne sais pas ce qu'a ta femme depuis quelque
temps, mais elle a quelque chose.

— Elle a, répondit-il, une belle-mère qui ne lui
veut pas du bien. »

Sans répliquer à ce reproche :

« Tu as beau dire, poursuivit-elle, je lui trouve un
drôle d'air.

— Explique-toi, » dit-il brusquement.

Elle détourna les yeux et marmotta entre ses dents :

« Es-tu bien sûr que c'est au Gratteau qu'elle s'en
va tous les samedis? »

Il éprouva une telle secousse qu'il faillit perdre
l'équilibre, et il devint si pâle qu'elle regretta d'avoir
parlé. Il ne répondit mot. Une demi-heure plus tard,
elle apprit de Mariette qu'il venait de partir sur ses
deux jambes, disant qu'on déjeunât sans lui. Rien
n'était plus vrai. Aussi Aleth eut-elle la surprise de
le voir apparaître au Gratteau comme elle devisait
tête à tête avec Mlle Bardèche. Il lui expliqua qu'il
avait reçu subitement une dépêche qui l'appelait à
Melun pour une affaire pressée et qu'il était venu la
prier de le prendre à l'hôtel en passant, si toutefois
elle consentait à lui offrir une place dans son panier.
Il était si heureux, si frémissant de joie, qu'il fut sur
le point d'embrasser tendrement Mlle Bardèche, peu
accoutumée à inspirer des transports si vifs. Aleth
était moins contente, mais il n'y parut pas. Deux
heures après, on se remettait en chemin pour le Cho-

quard, et, par exception, la dame des samedis ne s'arrêta point au tournebride. Le poney en fut étonné, même un peu vexé, car elle lui fit monter la côte au petit trot. A peine fut-on rentré chez soi, Robert prit sa mère à part et lui dit d'un ton amer :

« Quand on s'amuse à soupçonner des infamies, on devrait garder pour soi ses hallucinations. »

Après avoir joué de bonheur, Aleth était battue de l'oiseau. Quelques jours plus tard, Lesape l'aborda d'un air embarrassé et lui dit :

« Madame, c'est comme un fait exprès; M. Paluel m'a prévenu tout à l'heure que nous compterions à la fin de la semaine. Il doit se rendre demain à Paris, où ses affaires le retiendront jusqu'à samedi matin. Mais, à peine arrivé, vous le connaissez comme moi, avant de s'être débotté, il me dira : « Lesape, voyons « tes livres et ta caisse. »

Elle ne se faisait plus d'illusions sur le bonhomme; il l'avait dégoûtée de négocier avec lui. Elle lui répondit sèchement que c'était bien, qu'elle se mettrait en mesure de le satisfaire, et, surmontant ses répugnances, elle résolut de recourir au marquis. Il n'y avait plus personne à Montaillé; Raoul n'y revenait que pour ses rendez-vous du samedi et repartait dès le soir. C'était à Paris qu'Aleth lui adressait ses lettres, qu'elle avait la précaution de porter elle-même à Brie et qui, de courtes et rares, étaient devenues fréquentes et un peu prolixes. Il avait reçu le dimanche précédent une longue missive où elle lui racontait sa déconvenue et comment son tyran était venu la surprendre au Gratteau. Elle reprit la plume et lui écrivit en hâte :

« Mon cher marquis, ta pauvre petite femme est

poursuivie par la malechance. Il s'agit d'une affaire de vie ou de mort. Par des raisons que je t'expliquerai tout au long, j'ai dû emprunter deux mille francs, et il faut que je les rende samedi matin, sinon il arrivera des malheurs, et je serai peut-être à jamais perdue pour toi. Envoie-moi la somme en billets le plus tôt possible. Je suis bien chagrinée de te faire cette demande; c'est une dure nécessité. Tu sais que je ne veux de toi que tes baisers et l'assurance que tu aimeras toujours ta petite femme qui t'adore. »

Elle avait déjà mis sa lettre dans l'enveloppe; mais, se ravisant, elle l'en retira et ajouta ce *post-scriptum :*

« Fais mieux; ne m'envoie pas les billets par la poste; ce serait dangereux. Je suis entourée d'espions. Si le pli tombait aux mains de la sotte Mariette ou de mon odieuse belle-mère, cela ferait toute une histoire. Voici ce qu'il faut faire. Au lieu d'arriver à Montaillé samedi matin, pars la veille. Mon tyran doit aller demain à Paris et y passer la nuit. Que le ciel soit loué! ce sera la première nuit de liberté que j'aurai eue depuis des siècles. Demain, à dix heures du soir, quand tout le monde dormira, je me glisserai dans le potager, qui a une porte de sortie sur la route. J'ouvrirai cette porte et je t'attendrai. Quelles délices! Ce sera un acompte sur ton plaisir du lendemain, et puis tu iras coucher tout seul dans ton grand château, où le souvenir et l'espérance des baisers de ta petite femme te tiendront chaud. »

La haine n'a pas seulement de bons yeux, elle a l'ouïe finie et le sommeil léger. Le lendemain soir, Mme Paluel venait de s'endormir lorsqu'elle fut réveillée brusquement par un bruit de pas presque imperceptible, et on peut dire qu'il y avait du miracle

dans cette affaire, puisque une grande salle à manger
et une vaste cuisine séparaient sa chambre du corps
de logis qu'habitait sa bru. Elle se mit sur son séant,
écouta, se dit :

« Ou je rêve ou quelqu'un a descendu l'escalier,
traversé le vestibule, tiré deux verrous et ouvert une
porte. »

Elle n'était pas femme à se rendormir sur un doute.
Elle se leva discrètement, alluma une grosse lanterne,
dont elle se munissait toujours pour les cas d'alerte,
chaussa des pantoufles de lisière, passa une jupe,
jeta un châle sur ses épaules, remplaça sa coiffe de
nuit par une cornette, et, sa lanterne à la main, elle
entreprit sa tournée d'exploration. Elle n'avait pas
rêvé, les verrous n'étaient plus dans leur crampon.
Laissant la lanterne sur la première marche du petit
degré, elle s'avança dans la cour, où elle ne trouva
rien de suspect. Mais, après quelques instants, elle
s'aperçut que la barrière à claire-voie qui fermait
l'entrée du potager était ouverte. Elle se glissa dans
le jardin, prêta de nouveau l'oreille, crut entendre
au bout de l'allée qui conduisait à la route le chuchotement d'une voix de femme, à laquelle répondait en
sourdine une voix d'homme. Il lui parut qu'à ce chuchotement se mêlait de temps à autre un bruit de baisers, et bientôt ses yeux de lynx distinguèrent un
point noir et un point blanc qui avaient tous deux
forme humaine.

Elle avait deviné qui était la femme; elle voulut
savoir qui était l'homme, en quoi elle eut tort. Elle
s'achemina à pas de loup; mais, malgré ses précautions, le sable cria sous ses pieds. Aussitôt une porte
se referma. L'un des délinquants avait pris sa volée,

l'autre se tenait blotti dans une encoignure. Elle doubla le pas; dans sa précipitation, elle se heurta si violemment contre une branche de poirier qu'elle trébucha et perdit une de ses pantoufles. Le temps qu'elle employa à la retrouver et à rajuster sa cornette fut mis à profit par le gibier qu'elle poursuivait. C'était un lièvre fort agile, qui traversa comme un éclair un carré de choux, atteignit en trois bonds la barrière à claire-voie et, tout haletant, se précipita dans la cour, puis dans la maison. Quelque diligence que fît Mme Paluel pour lui couper le passage, elle arriva trop tard, et elle eût entièrement perdu ses peines sans le secours de la lanterne qu'elle avait laissée au haut du degré et dont la vive clarté lui permit de reconnaître sa bru coiffée de son capuchon de cachemire blanc. Elle resta quelques minutes immobile, combattue par deux passions contraires, tantôt songeant avec horreur qu'il y avait dans le monde un homme assez audacieux pour avoir jeté les yeux sur la femme de son fils et une tache de boue sur l'honneur immaculé des Paluel, tantôt frissonnant de joie à la pensée qu'elle tenait enfin sa bru à sa merci, que, dans quelques heures, elle détromperait son fils à jamais et assouvirait sa haine.

Robert, comme il l'avait dit, fut de retour dans le courant de la matinée, et, à peine arrivé, il s'enferma avec Lesape. Aleth était partie pour le Gratteau, d'où elle revint de bonne heure. Mme Paluel avait son visage accoutumé, et rien, ni dans sa voix ni dans ses manières, ne trahissait l'émotion de douleur et de joie dont elle était dévorée. De quoi qu'il s'agît, elle fût morte plutôt que de déroger aux traditions, et de temps immémorial il était d'usage au Choquard que,

lorsqu'on avait des choses désagréables ou pénibles à
se dire, on les gardât pour les dernières heures du
soir. Cet usage avait cela de bon qu'il permettait de
vaquer tout le jour à ses occupations ordinaires, de
déjeuner, de dîner en paix. Il n'y avait que le sommeil qui en pâtît.

Quand Anaïs eut ôté le couvert, Mme Paluel trouva
un prétexte pour éloigner Mariette, qu'elle ne voulait
pas initier à de si horribles mystères. Elle l'envoya
faire une commission dans une maison voisine. Aussitôt que Mariette fut sortie, se tournant vers son fils,
elle lui dit :

« Que cela te plaise ou non, je m'amuse à soupçonner des infamies, et je veux te faire part de mes
hallucinations. »

Il mit sa tête dans ses mains et dit :

« Mais tu veux donc ma mort? »

Puis, se redressant :

« Allons, parle, ne me fais pas languir, ne me tiens
pas plus longtemps le couteau sur la gorge.

— Demande, lui répliqua cette inexorable femme,
demande, je te prie, à madame que voici où elle était
hier soir à dix heures. »

Aleth, qui avait eu toute la journée pour se préparer à cette scène et se faire un front d'airain, répondit tranquillement :

« Mais, madame, votre question m'étonne. Hier
soir, à dix heures, j'étais dans mon lit, et je crois
même que je dormais.

— Robert, reprit Mme Paluel, hier soir madame
était à la porte du potager avec un homme qui lui
parlait et qui l'embrassait. »

Il s'écria d'une voix tonnante:

« Qui était cet homme ?

— Il s'est sauvé avant que j'aie pu le reconnaître ; mais la femme, je l'ai vue. »

Robert regarda Aleth ; ce regard était si menaçant qu'elle laissa échapper un cri d'effroi. Il se contint et dit :

« Ne crains rien. Je ne châtie personne avant d'être sûr. »

Alors elle se mit à larmoyer, et, au milieu de ses gémissements, elle disait que les soupçons qu'on faisait peser sur elle étaient infâmes, que la haine dont la poursuivait sa belle-mère ne reculait plus devant rien, mais qu'elle n'aurait jamais cru que son Robert d'autrefois pût ouvrir l'oreille à d'outrageantes et monstrueuses calomnies.

« Ah ! vois-tu, disait-elle, si tu crois ta mère, je ne pourrai plus t'aimer. »

Il l'écoutait en silence. Il lui parut qu'elle se défendait mal, que ses larmes étaient de mauvais aloi, et sa colère fit place à un affreux desespoir. Il dit d'une voix entrecoupée :

« Je demande qu'on ait pitié de moi, je demande qu'on ne fasse pas de phrases, je demande qu'on s'explique aussi simplement que s'il s'agissait des affaires des autres. »

Puis, regardant sa mère : « Tu l'as vue ? tu es sûre de l'avoir vue ? Si tu n'en es pas sûre, je ne te pardonnerai de ma vie.

« Je l'ai vue, » dit-elle.

L'attendrissement de Robert avait rendu confiance à Aleth. Elle recouvra sa voix, son aplomb et répondit :

« Vraiment, Robert, je ne sais que te dire. Je respecte trop ta mère pour douter de sa sincérité ; mais es-tu bien certain qu'elle ait encore sa tête ?

— Je commence à douter de son affection pour moi, répondit-il, car elle est sans pitié, mais je ne puis douter de ses yeux.

— Eh! quoi, madame, vous m'avez vue? reprit Aleth en s'échauffant. Où étais-je donc, selon vous? Dans le potager, paraît-il. Mais il me semble que la nuit était fort sombre. De grâce, comment vous y êtes-vous prise pour me reconnaître? Aviez-vous une lumière?

— Non, madame, j'avais laissé ma lanterne au haut du degré; mais, quand vous avez passé près de cette lanterne, je vous ai reconnue, vous et votre capuchon blanc.

— Ah! c'est mon capuchon blanc que vous avez reconnu! Ah! c'est au capuchon que vous reconnaissez les gens! Mais n'y a-t-il dans cette maison qu'un seul capuchon blanc? J'en connais deux pour ma part. Il est vrai que l'un est en cachemire, que l'autre est une marmotte en laine. Avez-vous la vue si fine que vous en ayez fait la différence?

— Quoi! s'écria Mme Paluel, à qui les bras en tombaient, vous osez accuser Mariette?

— Je n'accuse personne; mais je dis que, s'il y avait hier soir dans le jardin une femme en capuchon blanc, ce pouvait être Mariette aussi bien que moi. »

Elle en était réduite à accuser Mariette! Il la condamna dans son cœur, il venait d'asseoir sa conviction. Il fut sur le point de se jeter sur cette coupable qui ne pouvait plus se défendre qu'en calomniant autrui, de l'agenouiller devant lui, de lui arracher l'aveu de sa faute, quand tout à coup Mariette entra. Elle revenait plus tôt qu'on ne l'attendait.

Il lui cria :

« Mariette, il y avait hier soir à la porte du potager
une femme qu'un homme embrassait, — tu m'as
entendu, il l'embrassait. Ma mère ose prétendre que
cette femme était la mienne, oui, la mienne ; mais
madame que voici insinue...

— Robert, interrompit vivement Aleth, je n'ai rien
insinué, j'ai dit seulement...

— Silence ! répliqua-t-il en frappant du poing sur
la table ; je ne crois qu'à la parole de Mariette. »

Il y avait là trois personnes, mais Mariette n'en
voyait qu'une. Elle tenait son regard fixé sur Robert,
dont le visage l'épouvantait. Elle contemplait ses
traits bouleversés, ses lèvres frémissantes qui se
tordaient, ses yeux injectés de sang, sa livide pâleur ;
elle ne pouvait douter qu'il ne fût en proie à la plus
atroce torture et capable de faire un crime dont il
serait inconsolable, peut-être aussi de se tuer après.
Elle songea que, lorsque son père était tombé au milieu de la cour du Choquard, dans une attaque de
delirium tremens, l'homme qui était là et qu'elle regardait lui avait tendu la main, en lui disant : « Ne
t'inquiète de rien, je te ferai un sort, je te garderai
avec moi. » Elle se souvint de toutes les bontés qu'il
avait eues pour elle, de l'effort qu'il avait dû faire sur
lui-même pour refuser son bannissement à la femme
qu'il adorait, de ce mot qu'il avait dit : « Sans Mariette, le Choquard ne serait plus le Choquard. »
Elle se rappela aussi qu'à ce moment elle avait
souhaité de faire un jour pour lui une chose très
pénible, très difficile, de lui prouver une fois dans sa
vie sa reconnaissance et son amour par quelque douloureux sacrifice. Elle ne consulta que son cœur, et
pendant qu'Aleth, se sentant d'avance vaincue par la

23

foudroyante réplique de l'innocence indignée, cour-
bait déjà la tête et tremblait comme la feuille, elle
répondit d'une voix sourde, mais distincte :

« Monsieur, c'était moi. »

Il eut peur d'avoir mal entendu, il la regardait avec
des yeux de fou. Aleth n'en croyait pas non plus ses
oreilles. Être sauvée par celle qui avait de si bonnes
raisons pour la perdre ! Comme un cerf échappé par
miracle à la dent des chiens, elle sondait le mystère
de sa délivrance inespérée et respirait bruyamment.
Mais Mme Paluel se leva, terrible, et, menaçant Mariette de ses deux poings fermés, elle lui dit :

« Tu mens ! Seigneur Dieu ! tu mens ! Ce n'était
pas toi.

— Je vous demande pardon, madame, c'était moi,
répondit-elle avec une douce obstination.

— Tu mens ! te dis-je. En rentrant dans ma chambre,
j'ai passé par la tienne. Tu étais couchée, tu dormais.

— Je faisais semblant de dormir. Pardonnez-moi,
madame, et croyez bien... »

Elle n'acheva pas sa phrase, ses forces l'abandon-
naient.

Au Gratteau, Robert avait failli se jeter au cou de
Mlle Bardèche. Cette fois, il aurait voulu embrasser
les chaises, les tables, tout ce qu'il touchait, tout ce
qu'il voyait. L'âme inondée de joie, il dit à sa mère :

« Pourquoi veux-tu qu'elle mente, cette Mariette
qui n'a jamais menti ? Eh ! je te prie, quel intérêt
peut-elle avoir à s'accuser ? »

Le cruel et l'ingrat ! il demandait quel intérêt la
faisait mentir ! Devait-il donc mourir sans s'être
aperçu qu'elle avait le cœur tout plein de lui ?

« Demain, tu seras hors d'ici! lui cria Mme Paluel, qui avait de l'écume aux lèvres.

— Oh! que non, dit-il, on lui fera grâce en faveur de sa sincérité. »

Mais Mme Paluel n'était plus là; elle s'était précipitée comme une furie dans sa chambre, dont elle referma la porte avec fracas.

« Non, Robert, il ne faut pas qu'on la chasse; promets-moi de la bien défendre, » soupira doucement Aleth, qui ressemblait à une sainte Vierge au cœur navré, riche en miséricorde pour les pécheurs.

Le fait est que désormais elle tenait à garder Mariette auprès d'elle.

« Quand je te disais, Mariette, que ma femme est une mauvaise tête, mais qu'elle a bon cœur! Eh quoi! n'aurait-elle pas le droit de t'en vouloir? Il y a ici des gens disposés à la charger de tous les crimes des autres. Vois un peu la conséquence de ta fredaine. Quelle scène! j'ai cru en mourir. »

Il essuya son front, baigné de sueur. Puis, changeant de note :

« Petite Mariette! que le ciel vous bénisse, toi et tes amours! Mais dorénavant à qui se fier? Cette fille si sage, à qui l'on aurait donné le bon Dieu sans confession et qui s'en va causer la nuit avec un homme!... Tu as donc un amoureux? Est-il joli garçon au moins? L'aimes-tu beaucoup? Comment se nomme-t-il? »

Elle ne répondit rien. Non! il n'y avait personne qui l'aimât, mais il y avait dans le monde un homme qu'elle aimait beaucoup, et cet homme s'en doutait si peu qu'il lui demandait le nom de son amoureux.

« Ah! il faudra bien que tu le nommes, car te voilà compromise, et j'entends qu'il t'épouse bien vite. »

Elle hocha tristement la tête. Cet homme qu'elle aimait, elle ne pouvait pas l'épouser.

« Or çà, serait-ce un homme marié? reprit-il, affectant une mine sévère.

— Ah! monsieur Paluel! fit-elle en joignant les mains, comme pour le supplier de ne plus lui tourner le poignard dans le cœur.

— J'étais sûr que non. Mais il est trop jeune, il n'a pas le sou, il n'est pas en état d'entretenir une femme... Ma fille, ma fille, il faudra savoir attendre... J'espère au moins qu'il ne s'est passé rien de grave entre vous. C'était la première fois, n'est-ce pas? qu'il venait. Mais tu vas me promettre de ne plus le revoir cet homme, autrement il ne faudrait pas songer à rester ici. »

Toujours debout, le regard à terre, tortillant entre ses doigts le bord de son tablier blanc, de grosses larmes coulaient quatre à quatre le long de ses joues, et elle était résolue à ne plus ouvrir la bouche; il n'en fût sorti que des sanglots.

« Et maintenant, Aleth, continua Robert en prenant sa femme par le menton, pardonne-moi et pardonne à ma mère.

— Je tâcherai de pardonner, dit-elle; il me sera plus difficile d'oublier. »

A son tour, elle quitta la salle à manger. Les émotions diverses par lesquelles elle venait de passer l'avaient troublée si profondément qu'il lui tardait de se retrouver seule avec elle-même. Mais à peine fut-elle sortie que Mme Paluel reparut, fondit sur Mariette, la saisit par les deux épaules et, farouche comme une tigresse qui sent sa proie sous ses ongles, lui cria :

« Maintenant que celle qui te faisait peur n'est plus là, confesse que tu as menti.

— Non, non, madame, murmura-t-elle plus morte que vive, j'ai dit la vérité, c'était moi.

— O la malheureuse ! poursuivit Mme Paluel en la secouant comme si elle eût voulu la disloquer. Ils t'ont donné de l'argent. A quoi monte la somme ? »

Robert lui enleva des mains sa victime et s'écria :

« Mille tonnerres ! en as-tu fini ? Tu veux la mettre à la question pour la faire mentir ? »

Il ajouta d'un ton plus calme, mais en la regardant en dessous :

« Mais tu ne savais donc pas quel jeu d'enfer tu jouais ! Vous aurez beau faire et beau dire, la femme que tu hais m'est entrée si avant dans le cœur que je te défie de l'en arracher, et si tes yeux ne t'avaient pas trompée, je te le jure, elle, l'autre ou moi, j'aurais tué quelqu'un. »

Pour la troisième fois depuis qu'elle habitait cette maison où elle avait eu des jours si heureux, Mariette passa la nuit à sangloter ; mais elle ne regrettait rien.

Le lendemain, Aleth réussit à se ménager un tête-à-tête avec elle. D'un air de reine qui daigne reconnaître les services de ses sujets, elle lui dit :

« Tu es une bonne fille, Mariette, je t'avais fait tort, excuse-moi. A la vérité, il n'y avait pas dans ce qui s'est passé l'autre nuit de quoi fouetter un chat. J'étais allée causer avec un de mes frères, qui avait quelque chose à me demander. Je n'ai pas osé le dire, ma belle-mère a tant de venin dans le cœur qu'elle voit des crimes partout... Sois sûre que je te récompenserai quelque jour ; en attendant, prends ceci. »

A ces mots, elle lui tendait deux pièces d'or. Les

âmes douces ont leurs saintes colères ; le Dieu qui se fâche et qui tonne visite quelquefois les humbles, qui sont ses élus. Mariette repoussa avec tant de violence la main qu'on lui tendait qu'elle envoya rouler à terre les deux pièces, et ce ne fut pas elle qui les ramassa. Puis elle répondit d'un ton presque altier :

« Vous ne me devez rien, madame. Croyez-vous donc que j'aie menti pour vous être agréable ? »

XIX

Si absorbé qu'il fût par ses affaires, auxquelles était venue se joindre une négociation très importanttante qui lui prenait du temps, le marquis Raoul de Montaillé ne manqua pas une seule fois de se trouver dans le pavillon de chasse à l'heure des rendez-vous. Cependant son ardeur s'était un peu refroidie; il commençait à discuter son plaisir, à balancer son compte, et il lui paraissait que, tout pesé, tout débattu, les charges, les assujettissements, les tracas l'emportaient sur la jouissance. Il n'était plus aussi content; son joug lui était moins doux, son fardeau moins léger. Il avait payé les cent louis avec empressement, mais sans joie. Contre son habitude, Aleth avait dit toute la vérité en lui racontant ce qui s'était passé entre elle et son frère. Il avait dû jurer que Polydore n'en saurait rien, que, par mesure de prudence, il le garderait quelque temps encore à son service. Quand il arrivait le samedi à Montaillé, il supportait mal l'ennui d'y rencontrer cet effronté personnage, à qui il mourait d'envie de témoigner toute son estime en lui appliquant un grand coup de pied à la chute des reins. La vue de cette face blême et la contrainte qu'il devait s'imposer lui gâtaient son voyage à Cythère. Il y avait un cheveu dans son bonheur.

Ce n'était pas là son seul sujet de mécontentement ou d'inquiétude. Après l'avoir diverti royalement par ses chimères, par sa manie des grandeurs, Aleth l'amusait beaucoup moins. On a beau dire, le bon sens est le plus agréable compagnon qu'on puisse souhaiter dans cette vie, et il n'a jamais fait de tort aux grâces d'une jolie femme. Raoul trouvait que sa fantasque maîtresse abusait du droit d'extravaguer. Qui lui avait brouillé la cervelle? pouvait-il s'en prendre à un autre que lui-même? Il aurait voulu faire rentrer dans son lit le fleuve débordé qu'il avait aidé à rompre ses digues. Certain apprenti sorcier avait appris de son maître la formule magique qu'il suffit de prononcer pour envoyer un manche à balai puiser de l'eau dans la rivière, mais il ignorait l'autre formule par laquelle on lui fait comprendre qu'on en a assez, qu'on n'en veut plus. Les apprentis sorciers sont souvent fort empêchés, et plus d'une fois Raoul fut sur le point de s'expliquer brutalement avec Aleth, de lui signifier qu'il avait eu trop de complaisance pour ses folles imaginations, que le monde est le monde, que le premier devoir d'une petite femme est d'avoir le sens commun et de se tenir à sa place. Il n'osa pas; il craignit qu'elle ne lui fît une de ces scènes violentes qui font trembler les portes et les vitres. Hors des affaires, il ne goûtait que l'opérette et les maillots roses; la tragédie l'assommait.

Cependant, un jour qu'elle le prenait trop haut, il se saisit d'une cravache, et la lui montrant :

« Voilà, dit-il, un instrument qui sert à mater les petites bêtes sauvages qui mordent et qui ruent. »

Elle le désarma par son audace, se précipita sur lui, parvint à lui arracher la cravache, l'en menaça à son tour, puis, se ravisant et accompagnant son repentir d'un noble geste à la Louis XIV, elle la lança dans la cheminée. Le raccommodement fut exquis.

Elle le désolait surtout par une nouvelle fantaisie qui lui était venue. Sa bague de marquise ne lui suffisait plus, elle rêvait de se procurer un autre gage en célébrant une petite cérémonie à laquelle le bon Dieu serait mêlé. Il ne faut pas croire que tous les Guépie fussent des mécréants; il y avait parmi eux des demi-croyants qui ne valaient guère mieux que les autres. Il ne faut pas croire non plus que le Gratteau fût une officine d'incrédulité; l'instruction y était laïque, mais non irréligieuse. On y enseignait que les trois angles d'un triangle sont égaux à deux droits et que l'air est un mélange d'oxygène et d'azote; mais Mlle Bardèche ne doutait point que Dieu n'y fût pour quelque chose, et elle le donnait à entendre à ses élèves. Aleth avait conservé à travers les vicissitudes de sa vie un petit fonds de religion; en vraie Guépie, elle considérait le bon Dieu comme un très puissant compère, qu'il est utile d'avoir dans sa manche pour réussir dans ce monde et dans l'autre. Bref, elle se leurrait de l'espoir d'emmener un jour Raoul dans la chapelle du château pour qu'il lui engageât à jamais son cœur à la face d'un autel et de dix cierges allumés. Il eut beaucoup de peine à la convaincre que, depuis la mort de son père, il n'y avait plus de cierges dans la chapelle, et qu'au surplus il en avait perdu les clefs. Il lui promettait de les chercher et se gardait bien de les trouver. « Mon Dieu! qu'elle est jolie! et quels bons moments je lui dois! se disait-il souvent; mais elle tourne au crampon. » Elle était déjà pour lui le passé qu'on regrette, elle n'était pas encore le passé qui étonne ou celui qu'on oublie. Mais, de samedi en samedi, il inclinait davantage à penser qu'il était temps d'en finir, de dénouer ou de rompre. Plus d'une fois, si elle avait eu la tête moins fumeuse ou des yeux plus pénétrants, elle lui aurait trouvé l'air d'un homme qui cherche de la main son chapeau en se disant : « On est bien ici, mais par où s'en va-t-on? »

A quelque temps de là, il vit la porte s'ouvrir d'elle-même, et il sortit, se déroba lâchement, sans oser avouer qu'il ne reviendrait pas, que c'était pour toujours. Depuis la terrible soirée qui avait failli lui être fatale et dont elle gardait un cruel souvenir, Aleth ne tarissait pas en invectives, en imprécations contre tous les habitants du Choquard, particulièrement contre son mari, qu'elle traitait tour à tour de pauvre hère ou de vilain homme et d'odieux tyran. Impatienté de ses réquisitoires, Raoul lui représenta qu'elle exagérait, que ce mari, à qui elle voulait tant de mal, n'était ni odieux ni méprisable, qu'il avait bien ses qualités, que pour sa part il n'avait jamais eu à se plaindre de lui. Elle lui ferma la bouche en disant :

« Alors, s'il est si brave homme, pourquoi lui as-tu pris sa femme? »

Une semaine plus tard, vers le milieu de mars, il la vit entrer dans le pavillon comme un coup de vent. Elle était en proie à la plus vive excitation, elle avait l'air d'une femme dont la tête est perdue. Elle courut à lui, et, lui prenant les mains, elle s'écria :

« Figure-toi qu'il est malade, gravement malade. Il s'agit d'une gastrite compliquée de je ne sais quoi. M. Larrazet commence à s'inquiéter et demande une consultation. »

Elle s'avisa que le visage de Raoul s'allongeait sensiblement, elle jugea qu'il la trouvait féroce.

« Que veux-tu? reprit-elle. Ce n'est pas ma faute, je n'y suis pour rien. je m'en lave les mains, et s'il venait à mourir... »

L'émotion l'empêcha d'achever. Elle se mit à arpenter la chambre, glissant plutôt qu'elle ne marchait, remuant les meubles et les remettant en place, prenant l'un après l'autre dans ses mains pour les examiner des potiches, des bibelots qu'elle avait vus bien souvent et qu'elle semblait voir pour la première fois. Mais elle ne regardait rien, ou du moins elle ne voyait que son idée. Puis se retournant vers Raoul, fixant sur lui des yeux de désir, d'espérance et de fièvre :

« Eh bien! oui, lui dit-elle, il peut se faire qu'avant peu tu me voies entrer ici, te disant : Il n'y a plus d'obstacle entre nous, je suis libre. »

Dieu soit loué! elle ne voyait que son idée; autrement la figure de Raoul lui aurait causé quelque inquiétude. Il avait, lui aussi, une nouvelle à lui annoncer, et il était résolu à la dire. Mais décidément les tragédies l'assommaient, et, en fin de compte, il aima mieux se taire, d'autant plus qu'elle ajouta :

« Ce qui me chagrine dans tout cela, mon petit Raoul, c'est qu'il faudra rester quelque temps sans nous voir. J'en serai quitte pour t'écrire souvent, mais on trouverait mal que je m'en allasse quand il est en danger, cela ferait causer, et je veux qu'on puisse dire que ta petite femme a été d'une convenance parfaite. D'ailleurs, tu connais les termes de notre contrat, j'ai droit à une pension de veuve, raison de plus pour qu'il y ait des bienséances à garder, et aujourd'hui même, mon pauvre chat, je n'ai que peu de minutes à te donner. »

Une demi-heure après, selon son habitude, il la reconduisit jusqu'à la petite grille. Au moment de l'ouvrir, elle lui dit :

« Embrasse-moi bien et ne prends pas cet air désolé. J'ai vingt-deux ans, tu en as vingt-six, nous avons la vie devant nous. »

Puis, se baissant, elle arracha une touffe d'herbe nouvelle, toute fraîche, qu'elle couvrit de baisers et qu'elle lui donna, en disant :

« Tu les y chercheras, ils sont pour toi. »

Elle partit, il la suivit quelques instants du regard, après quoi il revint le long de la charmille à pas lents, le front bas, l'œil terne, tenant à la main le paquet d'herbes dont il semait brin à brin le sable de l'allée, le cœur mordu par cette mélancolie qui nous prend toujours quand nous faisons une chose pour la dernière fois. Les vieux adolescents eux-mêmes en sont atteints.

Après avoir langui, traîné quelque temps, Robert avait dû s'aliter. M. Larrazet eut bientôt fait le diagnostic de sa maladie, qui était une gastrite aiguë, et il lui avait suffi de regarder autour de lui pour s'assurer que cette gastrite avait été causée par de grandes peines morales. Aux cruelles émotions par lesquelles avait passé le fermier du Choquard avaient succédé des chagrins moins poignants, mais bien amers, qui lui ôtaient, disait-il, le goût du pain. Sa

maison n'était plus habitable, la paix et le bonheur
en semblaient bannis pour toujours, il n'y voyait que
des faces mornes, défaites ou irritées, des yeux sombres qui faisaient assaut de défis et d'insultes. Sa
mère semblait avoir enveloppé et Mariette et lui-
même dans la haine qu'elle avait vouée à sa bru. Elle
lui avait annoncé qu'elle était fermement résolue à
s'en aller, qu'une de ses sœurs lui offrait un asile où
elle finirait le peu d'années qu'elle avait encore à
vivre.

« Tu pourras te vanter de m'avoir tuée, » ajouta-t-
elle.

En attendant, ce n'était pas elle, c'était lui qui
paraissait se disposer à quitter cette vallée de larmes.
Son état, qui allait s'aggravant de semaine en semaine
et même de jour en jour, inspirait à M. Larrazet de
vives inquiétudes, dont il ne faisait pas mystère. Il
réunit un matin les trois femmes pour leur déclarer
que le cas était grave, qu'il craignait que cette gastrite ne se compliquât d'un abcès des parois ou d'un
phlegmon diffus. Ce grand mot qu'il ne mâcha pas et
la voix dont il le prononça firent sur toutes trois une
forte impression, causant à l'une un sérieux repentir,
à la seconde un mortel effroi, à la troisième des pal-
pitations de cœur et de folle espérance dont le parc
de Montaillé avait entendu l'écho. Il ne s'en tint pas
là ; il leur enjoignit de faire trêve à leurs zizanies,
dont il voulait ignorer la cause, disait-il, mais dont il
appréhendait les effets. Il les somma de conclure au
moins une suspension d'hostilités dans l'intérêt de
son malade.

« Aidez-moi à le sauver, leur dit-il, après quoi
vous aurez tout le temps de vous arracher les yeux. »

Dorénavant, Robert eut trois gardes-malades pour le soigner et le veiller à tour de rôle. Le docteur avait organisé le service dans toutes les règles, chacune d'elles avait son jour et sa nuit de garde, et pendant tout ce temps elle restait maîtresse de la place, fermant la porte à tout le monde. On se relayait à quatre heures du matin. Comme une sentinelle qui en relève une autre, on se disait le mot d'ordre, la consigne, sans se regarder, sans faire un geste, et on était avare de paroles inutiles : elles s'arrêtaient au gosier. De ces trois gardes-malades, également infatigables, deux étaient sujettes aux distractions, l'une parce qu'elle était trop émue, l'autre parce qu'elle était trop agitée. Mme Paluel seule n'en avait point, elle gardait son sang-froid, sa parfaite tranquillité ne se démentit pas un moment. Elle était sûre que son fils en réchapperait; elle savait pertinemment que les Paluel avaient la vie dure, qu'à l'exception de son mari, qui était tombé d'une échelle, la mort ne s'était jamais permis d'en prendre aucun avant l'âge de soixante-dix ans révolus. Aleth, au contraire, avait acquis la certitude que le malade n'en reviendrait pas, et en effet, comme le disait Anaïs, la seule personne avec qui elle causât quelquefois, « il semblait filer un mauvais coton; » on eût dit que la vie se retirait de lui, et M. Larrazet s'alarmait de plus en plus. Quant à Mariette, elle vivait suspendue entre la crainte et l'espoir. Elle ne pouvait croire, en y réfléchissant, qu'un si grand malheur fût possible, et, comptant sur le bon Dieu pour y mettre ordre, elle le cajolait, lui disait des douceurs, lui prodiguait ses grâces, ses coquetteries, ses séductions, s'engageait à faire des oraisons particulières, des neuvaines, lui promettait, en un mot, tout ce qui

le rend heureux et content, toutes les friandises dont
il se délecte.

Le malade sentait la gravité de son état, et il s'abandonnait mollement au courant qui l'emportait, il s'en
allait à la dérive. M. Larrazet lui reprochait avec
aigreur de ne pas se défendre, de ne pas l'aider, de
lui laisser toute la peine. Dans les intervalles de ses
souffrances et de ses angoisses, il considérait sa gastrite comme une amie bienfaisante, qui l'avait tiré
d'un cas sans ressource et sans remède. Elle le dis-
pensait de s'inquiéter de rien, il n'avait plus à se dire
cent fois par jour : « La situation n'est plus tenable ;
que puis-je inventer pour en sortir ? » Après avoir
gardé la chambre, il gardait le lit, et peut-être que la
terre, notre bonne mère, s'occupait déjà de lui en
préparer un autre, un de ces lits sans matelas qui
sont pourtant les seuls où l'on se repose tout à fait.
Ce serait la solution.

Au préalable, son cerveau surmené se délassait de
ses fatigues comme un champ soumis à une culture
trop intense à qui l'on fait la faveur de le laisser en
friche. Il avait le bonheur de ne plus penser qu'à ses
tisanes, à ses cataplasmes et à ses sangsues. Dans
son apathie croissante, il ne lui importait plus même
de savoir qui le soignait. Sa mère, sa femme, Mariette
n'obtenaient de lui qu'une attention languissante et,
de temps à autre, un regard éteint, à qui les visages
ne disaient pas grand'chose et qui n'avait pas grand'
chose à leur dire. De jour en jour, le cercle de ses
idées et de ses soins se rétrécissait davantage ; il
n'avait plus que la vie de sensation, il en était
réduit à sa machine : le monde commençait pour lui
à son oreiller, finissait à la frange de ses rideaux, et

il n'employait ses yeux qu'à en compter les bouquets.

Il avait pourtant des rêvasseries, des accès de délire, et alors son imagination, se réveillant tout à coup, partait en voyage, laissait le Choquard bien loin derrière elle, s'en allait de plein vol aux Antilles. Ce fut dans un de ces accès qu'il dit à Lesape, qui s'obstinait à venir lui demander des ordres : « Faites le palan avec la drisse de flamme. » Mais le plus souvent il avait le pouls petit, déprimé, et il tombait dans de longs assoupissements, où il lui restait tout juste assez de conscience pour se sentir comme détaché de son moi. Qu'il tînt ses yeux ouverts ou fermés, il s'enfonçait par degrés dans cette profonde et morne indifférence qui accompagne les grandes maladies et qui semble nous préparer de loin à la douceur de ne plus être.

Un soir, en sortant de chez son malade qu'il avait laissé sous la garde de la reine mère, M. Larrazet rencontra Aleth au bas de l'escalier; elle l'attendait pour lui demander des nouvelles. Il ne répondit à ses questions que par un léger mouvement d'épaules et par ces simples mots :

« Je reviendrai demain de très bonne heure, à moins que vous ne me fassiez dire de ne pas venir. »

Elle comprit ce que cela signifiait et se retira aussitôt chez elle pour écrire à bride abattue une de ces longues lettres auxquelles Raoul ne répondait jamais et que depuis peu il ne lisait plus jusqu'au bout. Quand elle eut posé la plume, elle se coucha, mais elle avait l'esprit tellement en l'air que le sommeil ne venait pas. Elle était persuadée que d'un moment à l'autre on l'appellerait pour lui annoncer que c'était fini. Par intervalles, elle se relevait, s'approchait à pieds nus du couloir qui séparait sa chambre de celle du mourant, collait son oreille à la porte ; mais elle n'entendait aucun bruit, elle en était réduite à écouter le silence, après quoi elle retournait se blottir sous ses couvertures. Elle n'y perdait pas son temps, elle taillait de l'ouvrage à son cerveau. Entrant déjà dans son rôle de veuve, elle rédigeait dans sa tête une série de phrases bien tournées par lesquelles elle se proposait de répondre aux diverses questions, aux divers compliments de condoléance qui lui seraient adressés. N'avait-elle pas promis à Raoul que sa petite femme serait d'une convenance parfaite ?

Le sommeil finit cependant par venir, et il était déjà grand jour quand elle se réveilla. C'était la première fois qu'il lui arrivait de se trouver en retard pour relayer sa belle-mère. Elle se leva précipitamment, fit une toilette fort sommaire, se glissa dans le couloir, puis dans la chambre du malade, où le premier objet qui se présenta fut le docteur Larrazet, qui disait à Mme Paluel :

« Allez donc vous reposer un peu, puisque désormais on n'a plus besoin de vous.

— Il est mort ! » pensa Aleth.

Et cette pensée lui causa une si violente émotion qu'elle en fut comme secouée de la tête aux pieds. Mais au même instant, ayant jeté les yeux sur le lit, elle s'aperçut que le mort la regardait, et M. Larrazet, venant à elle, lui dit :

« Oui, chère madame, comme je le disais à Mme Paluel, vous voilà au bout de vos fatigues. L'abcès s'est résolu de lui-même, il a percé du bon côté, et avant une semaine notre homme sera sur pied. »

Durant toute la journée, Aleth ressembla à l'une
de ces âmes douloureuses que Dante nous représente
dans un des cercles de son enfer, éternellement battues et pourchassées par un vent de tempête qui les
fouette de ses noirs tourbillons. Elle errait sans cesse
de la maison à la cour, de la cour au jardin, sans
trouver le repos nulle part, portant de place en place
avec elle l'inquiétude de son cœur houleux, dont elle
ne parvenait pas à endormir les vagues. Il lui restait
un peu d'espoir. Elle faisait une médiocre estime de
la clairvoyance et des talents de M. Larrazet. Ne pouvait-il pas se faire qu'il se fût trompé? Mais elle dut
se rendre à l'évidence. Celui qu'elle avait cru mort
ressuscitait d'heure en heure. La fièvre était tombée,
ses yeux s'étaient rouverts, regardaient et voyaient;
il demandait à manger, il répondait aux gens qui lui
parlaient et les appelait par leur nom. La mort n'ayant
pas voulu de lui, il lui tardait de faire sa rentrée
parmi les vivants; comme tous les hommes robustes,
il ressentait une sorte de honte d'avoir gardé si longtemps le lit, il imputait sa maladie à une faiblesse, à
une défaillance de sa volonté, il en demandait pardon
à ceux qui l'avaient soigné. Il déclarait lui-même
qu'il était hors d'affaire, que sa convalescence serait
courte, que dans peu de jours il serait debout, que
pour commencer il n'entendait plus qu'on le veillât,
qu'il était désormais assez fort et assez raisonnable
pour prendre ses potions et ses tisanes aux heures
réglementaires. Bien avant minuit, il renvoya tout le
monde et pria sa femme de s'aller coucher, en lui
disant :

« Si j'ai besoin de toi, je frapperai contre la paroi
ou je t'appellerai. »

Elle se retira dans sa chambre, mais elle ne se coucha pas. A quoi bon? elle était sûre de ne pouvoir dormir. Elle se laissa tomber dans un fauteuil, où elle resta longtemps, la tête basse, les yeux à demi clos, les bras ballants. Elle n'était plus perplexe, ni anxieuse, ni agitée; elle était possédée d'une sourde et froide colère. Quelle déception, quelle horrible déconvenue ne venait-elle pas d'essuyer! Après de si beaux rêves, quel réveil, quelle banqueroute de toutes ses espérances! Elle avait cru voir le ciel s'ouvrir, le ciel s'était refermé brusquement, et elle se sentait comme précipitée de ce bonheur dont elle allait s'emparer.

Il lui semblait naïvement qu'on l'avait attirée dans un piège, qu'il y avait quelque chose d'inique dans sa disgrâce, qu'elle était la victime d'une machination perfide et déloyale, qu'elle avait le droit de haïr ce faux mort, ce ressuscité, qui avait surpris sa bonne foi, déçu traîtreusement son attente, recouvré comme par miracle le souffle et la voix pour lui crier en rouvrant son cercueil: « Non, tu auras beau faire, tu ne seras pas marquise! »

Elle pensa à la lettre qu'elle avait écrite la veille à Raoul et qu'heureusement elle n'avait pas envoyée. Cette lettre se terminait par ces mots: « Je t'annoncerai demain qu'il n'y a plus d'obstacle entre nous. » Hélas! l'obstacle existait toujours, et il fallait se dédire, recommencer à se voir en secret, cacher ses amours comme un crime, en tremblant sans cesse sous la menace du châtiment.

« Je veux du moins le revoir dès samedi, se dit-elle; il n'y a que son chagrin qui puisse consoler le mien. »

Elle résolut de lui écrire sur-le-champ; mais elle

avait tant écrit les jours précédents que son buvard ne renfermait plus une seule feuille de papier à lettres. Elle crut se souvenir qu'il y en avait dans son secrétaire quelques cahiers en réserve. Elle l'ouvrit, et de ses doigts fiévreux elle fouillait tiroir après tiroir sans y rien trouver, quand tout à coup il lui tomba sous la main une petite fiole qu'elle avait complètement oubliée, n'ayant eu aucune occasion de s'en servir ni d'y repenser depuis le jour où elle avait donné son cœur à un marquis, ou du moins ce qu'elle prenait pour son cœur. Elle pâlit, elle frissonna : il lui était venu tout à la fois à la pensée que le liquide contenu dans cette fiole était un poison mortel et qu'il avait une couleur blanchâtre comme la nouvelle tisane que M. Larrazet avait ordonnée à son mari.

Ce n'est pas une fable que la fascination exercée par le serpent sur sa proie. Un paysan nous racontait que, étant un jour à travailler dans un champ, il remarqua un pierrot perché sur un tas de pierres, où il semblait retenu malgré lui par d'invisibles liens. Le cou gonflé et tendu, la plume hérissée, il poussait des cris inquiets, presque désespérés. On eût dit que, par instants, il cherchait à s'envoler, mais qu'une puissance mystérieuse paralysait l'effort de son aile, le condamnait à demeurer en place. Ayant tourné la tête, le paysan vit sortir d'un buisson une énorme couleuvre, qui rampait lentement, puis s'arrêtait, puis recommençait à ramper, sans quitter des yeux le malheureux moineau, qu'elle s'apprêtait à dévorer. Un vigoureux coup de bêche la partagea en deux tronçons, et, délivré subitement de l'obsession où elle le tenait, celui qui était le prisonnier de son regard partit comme un trait, se perdit dans l'espace. Aleth regardait le serpent et le serpent la regardait; il ne se trouva là personne pour rompre ce charme funeste, pour couper en deux la couleuvre.

Elle avait, ainsi que l'oiseau, le cou gonflé et tendu, et, ainsi que lui, elle frémissait, elle sentait comme un hérissement de tout son être. Ses lèvres étaient sèches, sa peau était brûlante, ses cheveux lui faisaient mal. La fiole était là, sur son secrétaire; elle n'en pouvait détacher ses yeux. Elle y voyait tour à tour des horreurs ou des joies, des misères ou des gloires, des hontes, des infamies, des scènes de cour d'assises ou des triomphes, d'ineffables délices, les voluptés d'un orgueil qui faisait la roue, des robes à traîne, des couronnes de marquise, un grand château qu'une petite femme emplissait de son moi.

Elle passa toute la nuit à peser le pour et le contre dans une balance affolée qui se démentait d'une minute à l'autre, cherchant à lire l'avenir, à lui arracher son secret, maudissant son incertitude, qui lui causait des souffrances aiguës, tentée par instants de s'en remettre au hasard, de le prendre pour juge et pour arbitre, de jouer son crime à pile ou face. Plus elle allait, plus l'action qu'elle méditait lui inspirait d'épouvante, et, de guerre lasse, elle la commit pour se délivrer de sa peur.

Elle entr'ouvrit sa fenêtre, puis son volet; une lueur douteuse entra dans sa chambre et l'avertit que l'aube approchait. Elle comprit qu'il ne fallait plus tarder, que si les indiscrètes curiosités du soleil levant la surprenaient dans son irrésolution, c'en était fait du peu de courage qui lui restait. Elle éteignit brusquement sa lampe comme pour supprimer un témoin. L'instant d'après, elle pénétrait sans bruit dans la chambre du malade. Il y régnait un grand silence et une profonde obscurité; quelques heures auparavant, il avait soufflé sur sa veilleuse, qui gênait son sommeil. Elle savait son chemin. Marchant sur la pointe du pied et retenant son souffle, elle s'avança vers une petite table en sapin, placée près du chevet du lit. Elle trouva en tâtonnant le verre qu'elle cherchait et qui n'était plus qu'à demi plein. Elle y vida au juger la moitié de la fiole, qu'elle se hâta de reboucher et de couler dans sa poche. Mais peu s'en fallut qu'elle ne la laissât tomber, si vive fut son émotion d'entendre quelqu'un qui disait :

« Qui est là? »

Pendant quelques secondes, elle crut que son cœur avait cessé de battre, ses jambes flageolaient sous elle, et, si elle ne se fût retenue au dossier d'une chaise, elle se serait affaissée sur le plancher.

« Aleth, est-ce toi? reprit Robert.

— Oui, c'est moi, dit-elle en s'efforçant de secouer la terreur qui la glaçait.

— Tu es venue savoir si j'avais besoin de toi. Tu as eu raison. Je ne peux pas te voir, mais je voudrais te sentir près de moi. Assieds-toi sur le bord de mon lit. »

Elle fit ce qu'il disait, et bientôt une main brûlante se posa sur son poignet; puis, se glissant dans la manche ouverte de son peignoir, cette main remonta le long d'un bras potelé, qu'elle pressait mollement. A peine rentré en possession de la vie, le malade voulait toucher et tâter cette chair, délicieuse à son cœur. Pouvait-il mieux célébrer la fête de sa résurrection?

« Je ne te demande pas de m'embrasser, reprit-il.
Je dois sentir la fièvre. C'est une vilaine chose qu'un
malade. Mais parle-moi.

— Souffres-tu encore? demanda-t-elle d'un ton
rauque.

— Non; je me sens très faible, voilà tout.

— Ah! c'est que tu reviens de loin, dit-elle en cherchant ses mots.

— De très loin. Figure-toi que j'ai passé des jours
entiers sans penser à toi. Tu m'étais sortie du cœur
et de l'esprit, et, pour dire toute la vérité, cela me
reposait. Enfin me revoici et te revoilà. C'est une
nouvelle connaissance à faire... Cela ne te fait pas de
peine ce que je te dis? »

Ce qu'il disait ne faisait à Aleth ni peine ni plaisir;
elle n'avait rien entendu.

« Oh! je t'aime bien, toi; je t'aime et pour le bonheur que tu m'as procuré et pour les chagrins que tu
m'as causés, car tu fais bien souffrir les gens quand
tu t'en mêles. Tu es une vraie chatte, et dès que tu
joues de la griffe... Mais c'est du velours aujourd'hui
que cette petite patte... Enfin je t'aime à tort et à
travers, je t'aime malgré tout, et je crois que les
hommes qui n'aiment pas malgré tout n'ont jamais
aimé. »

Il avait raison, mais il perdait ses paroles; elle ne
l'écoutait pas.

« C'est égal, continua-t-il en s'animant, il faut que
la paix rentre dans cette maison troublée et que pour
cela chacun y mette du sien. Ma maladie a été un
bonheur pour tous, vous avez fait trêve à vos dis-
cordes, à vos éternelles disputes, et je suis sûr que
ma mère ne songe plus à s'en aller... Veux-tu me

faire un plaisir, donne-lui la main dès aujourd'hui, je te réponds qu'elle la prendra, que tout sera oublié, que nous serons tous heureux. »

Elle avait entendu ces derniers mots. Ne se souvenant plus de ses terreurs ni de ses remords, elle sentit son cœur se soulever à la pensée de l'avenir qu'il lui promettait, des réjouissances qu'il lui proposait, de la lie d'amertumes qu'il la condamnait à boire jusqu'à la dernière goutte. Elle n'avait jamais mieux compris que le Choquard était un enfer et qu'il y avait un paradis qui l'attendait.

« Tu te fatigues, lui dit-elle, tu parles trop.

— C'est vrai, nous causerons plus tard... Mais quoi que j'en aie dit, c'est plus fort que moi, il faut que je t'embrasse. »

Et, l'attirant à lui, il la baisa sur les cheveux, sur le front, sur les deux joues, ne faisant grâce qu'à sa bouche, qui se détournait avec horreur comme pour préserver de toute souillure d'autres baisers qui faisaient sa gloire. Elle s'échappa des bras qui la tenaient comme on sort d'une prison, et elle dit d'une voix étranglée, presque inintelligible :

« As-tu soif?

— Non, répondit-il en laissant retomber sa tête sur l'oreiller. A bientôt! »

Elle n'osa pas insister, ses lèvres ne lui eussent pas obéi; cette apprentie avait vingt-deux ans et des pudeurs de novice. A peine eut-elle regagné sa chambre que ses perplexités la reprirent. Rien n'était fait, il n'avait pas bu, elle pouvait encore opter, et cette liberté de choix lui pesait sur les épaules et sur la poitrine comme une montagne, l'empêchait de respirer. Elle rouvrit sa fenêtre, s'y accouda. L'aube

blanchissait déjà le ciel et jetait la déroute dans
l'armée des étoiles, où elle faisait çà et là de grands
vides; on les voyait l'une après l'autre pâlir et
s'éteindre. Les coudes posés sur la pierre froide,
aspirant de ses narines frémissantes la fraîcheur du
matin, qui n'apaisait pas sa fièvre, elle contemplait la
poussière d'un chemin dont elle connaissait tous les
tournants et jusqu'au moindre caillou. C'était un
chemin fort tranquille, qui ondulait entre les champs
du Choquard pour s'en aller à Mailly. Dans son trouble, elle lui demandait s'il savait bien où il allait, s'il
ne menait pas à un abîme.

Elle entendit tout à coup un piétinement de chevaux et elle referma brusquement sa fenêtre. Elle
venait d'apercevoir deux tricornes, deux carabines
accompagnées d'une buffleterie jaune. Cette apparition la bouleversa, elle crut y reconnaître un avertissement décisif de sa destinée, l'avenir venait de lui
dire son secret. Dieu sait pourtant que ces deux gendarmes à cheval, qui causaient paisiblement de leurs
petites affaires, ne lui voulaient aucun mal. L'un
d'eux, qui s'était rafraîchi quelquefois à l'auberge de
la *Renommée*, dit à l'autre avant qu'elle disparût :
« Tiens! c'est la petite Guépic. » Saisie d'une soudaine panique, elle résolut aussitôt de défaire l'ouvrage qu'elle avait commencé, de sortir d'un jeu où
régnaient de funestes hasards, de quitter à jamais une
aventure où l'on rencontrait des gendarmes. Mais
nous ne sommes maîtres que de nos pensées, nos
actions ne sont pas à nous, nous ne pouvons pas
plus les ravoir qu'un oiseau que nous laissons s'envoler, elles appartiennent à la fortune, qui en dispose
comme il lui plaît. Les secondes lui duraient, tant

elle était impatiente de remettre tout en état, de
pouvoir montrer patte blanche à la gendarmerie. Que
n'avait-elle déjà escamoté cette tisane empoisonnée
qui l'accusait! Elle allait se glisser de nouveau dans
la chambre de son mari, quand elle s'avisa qu'il était
trop tard. Mariette venait d'y entrer et, sur l'ordre du
malade, elle avait poussé les volets pour lui donner
du jour. Presque au même instant, Aleth entendit ces
mots :

« Quoique je n'aie pas soif, je vais boire, puisque
tu le veux. »

Elle s'enfuit, elle se sentait incapable d'assister à
ce qui allait suivre sans que ses forces et ses nerfs la
trahissent. Elle jeta en hâte sur sa tête son capuchon
de cachemire, descendit précipitamment l'escalier,
apparut en peignoir et en pantoufles au milieu de la
cour du Choquard, qui ne l'avait jamais contemplée
dans son négligé du matin. Quoiqu'on ne fût pas au
temps des moissons, quelques Belges étaient venus
la veille demander de l'ouvrage; on les avait couchés
dans le colombier. Ils en sortaient à la file, les yeux
gros de sommeil, détachant le foulard dont ils s'étaient
enveloppé la tête, puis s'étirant les bras et bâillant.
Il est des heures où les orgueils s'apprivoisent, des-
cendent de leurs sommets, sont affables à tout le
monde, conversent avec les derniers des humains et
daignent leur expliquer leurs affaires. Aleth s'approcha d'un de ces Belges, le regarda de ses yeux les plus
doux, et, tandis que ses doigts de marquise l'aidaient
machinalement à débarrasser sa barbe fauve des brins
de paille qui y étaient restés attachés, elle lui disait :

« Je vais me promener sur la route, j'ai besoin de
me réchauffer les pieds. »

S'étant retournée, elle aperçut Lesape, qui, depuis que son patron était tombé malade, couchait à la ferme. Il lui demanda des nouvelles de la nuit. Elle lui répondit :

« Je suis inquiète, je crains toujours une rechute. »

Et elle lui répétait ce qu'elle avait dit au Belge :

« Je vais faire un tour pour me dégourdir les jambes. Je marcherai vite, très vite. »

Il l'accompagna jusqu'à la porte charretière, enleva lui-même les barres de fer qui la fixaient. Elle le trouvait trop lent dans ses mouvements. Il lui semblait à chaque seconde qu'elle entendait un gémissement, ou un cri, qu'une fenêtre allait s'ouvrir, que quelqu'un dirait : « Ne la laissez pas sortir, elle a mis quelque chose dans un verre. » Pendant qu'il faisait glisser les verrous dans leurs crampons, elle frottait l'une contre l'autre ses mains blanches, qu'elle avait oublié de ganter ; son petit pied, frétillant d'impatience, battait la terre, et elle répétait :

« Je marcherai très vite. »

Quand il eut fini, elle le remercia d'un air empressé, avec un sourire enchanteur, sans se douter que ce sourire lui paraissait étrange comme son accoutrement, et qu'il se disait :

« Que lui est-il donc arrivé ? »

XX

Dès qu'elle eut le champ libre, elle partit comme
un trait. Elle ne se dirigea pas du côté de Mailly, elle
descendit la côte, ayant résolu de pousser jusqu'à
l'Yères pour y jeter la fiole qu'elle emportait dans sa
poche, et pendant quelque temps, comme elle l'avait
dit, elle marcha très vite. Lorsqu'elle eut perdu de
vue la ferme du Choquard, elle éprouva un grand
soulagement, et, à mesure qu'elle avançait, la griffe
de fer qui lui serrait le cœur relâchait son étreinte.
Cette matinée d'avril lui semblait pareille à toutes
les autres. Le jour naissant la regardait avec ses yeux
gris qui ne lui faisaient aucun reproche. Les champs,
les bornes, les barrières, les arbres qui bourgeon-
naient ou poussaient leurs premières feuilles avaient
leur visage accoutumé. Des fumées bleues sortaient
de quelques toits épars et se berçaient nonchalamment dans l'air. Des coqs chantaient sur leur pailler ;
évidemment, ils ne savaient rien.

Aussitôt que les inquiétudes qui la poignaient l'eurent quittée et qu'elle eut l'esprit plus libre, se sentant rassurée, elle s'occupa de s'absoudre. Elle décida

que la fatalité avait tout fait. Était-ce sa faute, en bonne justice, si en ouvrant son secrétaire elle y avait retrouvé une fiole de poison qui lui était sortie de la mémoire? Avait-elle pensé jusqu'alors à s'en servir? Était-ce sa faute si ce poison et la tisane que buvait son mari avaient à peu près la même couleur? Le hasard l'avait voulu, et si Mariette, se jetant à la traverse de son repentir, avait donné à boire à un homme qui n'avait pas soif, c'était encore le hasard que cela regardait, elle n'y était pour rien. Vraiment sa volonté avait eu bien peu de part à l'événement. Le grand coupable n'est pas celui qui succombe, mais celui qui tente. Était-il une seule femme, même la plus vertueuse, qui eût résisté à une telle tentation? Était-ce sa faute si un marquis l'adorait et voulait l'épouser? Là-dessus, elle songeait à tout ce qu'il y avait eu d'extraordinaire dans la conduite de sa vie, à la série d'étapes par lesquelles pas à pas elle s'était acheminée, comme poussée par un doigt invisible, vers les grandeurs qui l'attendaient. C'était un mystère qu'il fallait adorer. Elle en revenait toujours à cette idée qu'elle était un être à part, que les règles communes ne lui étaient point applicables, que son cas était unique, qu'elle ne relevait d'aucun juge, et sa conscience, qui ne l'avait jamais jugée, lui répondait : « Tu as raison, et au surplus tout sera fini dans quelques heures, sans que personne devine ce qui s'est passé, car cette matinée d'avril ressemble à toutes les autres, et les coqs chantent, ils ne savent rien. »

Comme elle approchait de la rivière, elle entendit un autre chant que celui des coqs. Elle aperçut de loin, marchant à sa rencontre, un homme armé d'une grosse trique, dont il faisait le moulinet. D'une voix éraillée, il fredonnait tour à tour ou entonnait à pleine tête sur un air de son invention les charmants vers que voici :

> Les aristos à la lanterne !
> A nous, le sac ! Flambez, châteaux !
> Prenons-y tisons et copeaux
> Pour enfumer dans sa caverne
> Le Vieux à la face paterne,
> Le Vieux qui créa les corbeaux.
> Mort aux tyrans, à la calotte !
> Que tout tremble sous notre bras !
> Que dans le ciel comme ici-bas,
> Tout obéisse au sans-culotte !

En attendant mieux, ses jambes ne lui obéissaient qu'à moitié, car il était entre deux vins. Quand il eut dépassé le milieu du pont, Aleth reconnut son frère Polydore, qui sortait d'un mauvais lieu où il avait fait ribote toute la nuit. Depuis qu'il faisait de bonnes affaires, Polydore se dérangeait, étant impossible à un Guépie de mettre quoi que ce fût de côté.

En toute autre circonstance, Aleth aurait maudit cette rencontre et tenté de s'y soustraire. Mais, dans les dispositions où elle se trouvait, il semblait qu'elle voulût frayer avec tout le monde, se faire bien voir de ce qu'elle méprisait le plus, n'avoir que des amis dans toute la création. Si Polydore n'était pas trop solide sur ses jambes, il avait sa tête, il ne la perdait jamais. Malgré le simple appareil où il voyait sa chère petite sœur, il devina sur-le-champ que c'était elle, et se campant au milieu de la route, il lui cria :

« Tiens ! que fais-tu donc à cette heure sur les grands chemins ?

— Je me réchauffe les pieds, répondit-elle d'un air gracieux.

— Je me suis laissé dire que ton homme est bien malade. C'est en le veillant que tu t'es refroidie ?

— Oui, et puis le souci, l'inquiétude... M. Larrazet prétend qu'il s'en remettra ; mais les médecins sont si bêtes ! Je crains bien qu'il ne soit très bas.

— A ce compte, ton affaire n'est pas mauvaise. N'as-tu pas droit à une pension de veuve ?

— Mais tais-toi donc, dit-elle avec une extrême vivacité. Tu sais bien que je ne suis pas une femme qui aime l'argent.

— A ce qu'il paraît, tu es assez folle pour préférer la bagatelle. En ce cas, ton affaire est mauvaise. Tu vas te trouver sans homme, après en avoir eu deux, car les convenances avant tout, et il faudra bien que l'autre reste quelque temps sans te voir.

— De qui parles-tu ? dit-elle en se rapprochant de lui. Du marquis ? Serait-il malade ?

— Lui malade ! Il ne l'est jamais... Ah çà, ne t'aurait-il pas prévenue ?

— De quoi ?

— Eh ! parbleu, de ce que tout le monde sait depuis hier, excepté toi, ma belle petite. »

Elle eut le pressentiment d'une catastrophe ; elle n'osait ni remuer ni parler. Les oreilles lui bourdonnaient ; elle croyait entendre le grondement de la foudre et craignait de l'attirer sur elle par un geste ou par un mot. Polydore avait tiré de sa poche sa blague à tabac, et paisiblement il s'occupait de bourrer son brûle-gueule, puis de l'allumer. Elle attendait toujours.

« Que disions-nous ? reprit-il, sa pipe entre les

dents. Ah! j'y suis. J'étais en train de te demander si mon bourgeois ne t'avait pas prévenue qu'il se mariait? »

Elle crut que la terre se dérobait et ondulait sous ses pieds. Elle se raidit sur ses deux jambes pour résister aux vagues qui la poussaient et dont elle s'imaginait ouïr le bruit rauque.

« Le mal n'est pas grand, continua Polydore. Il ne démolira pas son pavillon, et, dans quelques mois d'ici, vous pourrez recommencer vos causettes. »

Rassemblant tout ce qui lui restait de clartés dans l'esprit, elle imposa un suprême effort à sa volonté. Elle courut à son frère, lui saisit le bras et lui dit :

« Tu es ivre ou tu mens! Il ne se marie pas.

— Que tu es entêtée! Mais ne serre pas si fort, que diable! tu me brises les os. Fouille plutôt dans ma gibecière. Tu y trouveras sûrement les lettres de faire part que M. Balan, l'intendant du château, a reçues hier matin pour qu'il y mît les adresses. Il m'avait chargé de les distribuer, mais j'étais de noce, on ne peut pas être partout à la fois... J'espère qu'elles ne sont pas perdues. Les tiens-tu? »

Elle fouillait dans la gibecière, elle en ramena une de ces lettres qui était destinée au curé de Mailly. Les mains lui tremblaient si fort qu'elle la laissa tomber. Ce fut Polydore qui la releva, non sans peine. Puis, l'ayant dépliée, il la tenait ouverte devant elle et disait :

« Lis. »

Elle eut bientôt fait, il lui suffit d'un regard pour s'assurer que la marquise de Montaillé avait l'honneur de lui faire part du mariage de son fils Raoul avec Mlle Louise de Sirmoise, et de lui annoncer que la

bénédiction religieuse serait donnée aux mariés le
18 avril dans l'église de Sainte-Clotilde. Certaines
vérités sont des éclairs dévorants qui éblouissent et
aveuglent. Les dix lignes dont se composait cette lettre
lui étaient entrées toutes à la fois dans les yeux. Elle
les ferma; quand elle les rouvrit, elle ne savait plus
ce que lui voulait ce papier que son frère semblait
lui montrer.

« Comme tu vois, reprit-il, c'est pour aujourd'hui,
dans quelques heures tout sera bâclé, et on partira ce
soir pour l'Italie, car on dit qu'ils y vont. »

Il replia la lettre, la remit en place, et il s'avisa de
trouver que sa chère petite sœur avait un air singulier.

« Ne fais donc pas cette tête, lui dit-il. Qu'est-ce
qui te prend? Comptais-tu par hasard te faire épouser
quand tu aurais perdu ton fermier? O la bonne
charge! Tu n'es pas assez sotte pour cela. »

Elle attachait sur lui de grands yeux vides, et
lui-même la regardait avec tant d'attention qu'elle
prit peur. Elle se rappela qu'il la battait quelquefois lorsqu'elle était petite, et elle ne se souvenait
plus guère que de son enfance. Elle lui dit d'un ton
suppliant :

« Polydore, je t'en prie, je ne t'ai rien fait, ne me
fais pas de mal.

— Quel mal veux-tu que je te fasse? Console-toi,
tu trouveras un autre marquis, je t'y aiderai, si tu
veux. Ne sais-tu pas comme je t'aime? Tiens, je veux
te le prouver en t'embrassant. »

Elle recula vivement et ramassa une pierre pour se
défendre contre lui, comme elle en ramassait jadis,
quand elle gardait les dindons et qu'un mauvais chien

25

lui montrait les dents. Malgré les fumées du vin, il eut le sentiment qu'elle n'était plus elle-même, qu'elle avait perdu la raison, et, si peu tendre qu'il fût, il lui vint au cœur une pitié.

« Viens-t'en avec moi, lui dit-il. Je ne veux pas te laisser seule sur ce grand chemin. »

Mais elle reculait toujours en le menaçant de sa pierre. Les pitiés de Polydore étaient courtes. Il haussa les épaules, et, lui tournant le dos, il dit :

« Là, tu n'es pas gentille. A une autre fois ! »

Il poursuivit aussitôt sa route, et peu à peu il oublia sa petite sœur, se laissa reprendre par l'engrenage d'idées d'où sa rencontre avec elle l'avait tiré. L'instant d'après, il s'était remis à chanter, et sa chanson, qu'il débitait d'un ton sentimental et langoureux, disait ceci :

> Frères, dès demain nous pendrons
> Marguilliers, bourgeois et barons.
> Mais laissons vivre la bourgeoise,
> Nous lui ferons voir du pays.
> Qu'elle ait pour moi des soins exquis !
> Que son vin sente la framboise !
> Je la veux digne d'un marquis,
> Poil roux, peau blanche, un peu grivoise,
> Aimant l'amour plus que la noise,
> Et disant : Zut ! tout est permis.

Comme son frère, Aleth s'était remise en marche, ne sachant pas où elle allait. Elle voulut pourtant le savoir, et, quand elle eut atteint le pont, elle s'arrêta. S'accoudant sur la balustrade, sa joue dans sa main, elle regardait l'eau couler et cherchait à se ressaisir, à retrouver le fil de son histoire, qu'une funeste aventure avait rompu brusquement. Le collier s'était défait, les grains s'étaient éparpillés ; elle tâchait d'en ramasser quelques-uns, de les réunir, mais ce n'était plus un collier. Ce qui avait précédé son entrée au Gratteau, elle en avait une vision très nette. Elle se rappelait ses dindons, le champ où elle les gardait, la gaule qu'elle tenait à la main, ses sabots, certaine robe brune dont les accrocs laissaient voir sa chemise, les buissons qu'elle dépouillait de leurs mûres, les noisettes qu'elle cassait entre ses dents, les heures qu'elle employait à ne penser à rien, les longs sommeils de son esprit, que ne troublait aucune espérance, une vie semblable aux hivers des marmottes. Mais, en vraie marmotte qui, entrée toute grasse dans son terrier, en sort toute maigre, elle était sortie un jour de son trou, tourmentée par la faim, le cœur vide, l'œil inquiet, honteuse du peu qu'elle était, jalouse de posséder tout ce qu'elle voyait, et depuis lors, quoi qu'elle fît pour se procurer l'abondance et l'assouvissement, le désir l'avait comme appauvrie d'année en année ; elle avait mené une vie très fatigante, très agitée, très soucieuse, se donnant beaucoup de peine pour avoir peu de joie, courant après des ombres qui couraient plus vite qu'elle et lui échappaient.

Par un effet douloureux de son attention, elle réussissait à revoir le Gratteau. Elle savait qu'elle s'était mariée ; mais, sans en être sûre, elle inclinait à croire que son mari était mort. Elle se rappelait par instants une petite grille devant laquelle elle s'était arrêtée, en se disant : « Entrerai-je ? n'entrerai-je pas ? » Ce qu'elle avait trouvé derrière cette grille, elle l'avait entièrement oublié. Quant aux derniers chapitres de son histoire, ce n'était que confusion, ténèbres, mys-

tère. Elle croyait seulement se souvenir qu'il lui
était arrivé quelque chose et que c'était une de ces
choses qu'on est heureux de ne pas savoir et qu'il ne
faut redire à personne. De quoi s'agissait-il? Elle le
demandait aux eaux vertes et herbeuses d'une rivière
qui continuait de couler nonchalamment sans lui répondre.

Elle finit par s'impatienter. Elle se redressa, releva
la tête, aperçut à main droite une pointe de clocher
que surmontait un gros oiseau. Elle tressaillit et dit
à demi-voix, en posant son doigt sur sa bouche :

« C'est le clocher du Choquard, mais il ne faut pas
le dire. »

Il lui parut en même temps qu'il devait y avoir
quelque part sur la route des gens qui la cherchaient.
Elle gagna rapidement l'autre extrémité du pont,
descendit par un sentier au bord de l'eau, et se mit
à marcher devant elle, résolue de ne pas s'écarter de
l'Yères, qui pouvait seule, à ce qu'il semblait, lui
apprendre le secret qu'elle voulait savoir.

Elle allait d'un pas régulier, toujours égal, sans
regarder ni à droite ni à gauche, comme si sa destinée
lui eût marqué son chemin ou qu'elle eût fait la
gageure de prouver à la plus sinueuse des rivières
que ses caprices ne lassaient pas l'obstination d'une
folle. Cependant le sentier lui manqua bientôt. Elle
prit à travers champs, parcourant sans fatigue des
terres labourées où son pied enfonçait; plus d'une
fois ses pantoufles y restèrent embourbées. Quand
elle entendait quelque bruit qui l'inquiétait, elle s'asseyait sur une motte, se faisant toute petite, et demeurait immobile comme une perdrix qui se blottit au
fond d'un sillon pour échapper au chasseur. Puis elle

se remettait en voyage, doublant le pas pour rattraper
le temps perdu. Les murs ne l'arrêtaient pas, elle les
longeait jusqu'à ce qu'elle découvrît une brèche, et,
si quelque haie lui barrait le passage, elle y pratiquait
un trou, sans s'apercevoir que les ronces égratignaient
ses beaux bras à demi nus. Dans une de ces rencontres,
elle fit une déchirure à son peignoir, et de grosses
larmes lui vinrent aux yeux; elle craignait qu'on ne
la grondât.

Après quelques heures, elle atteignit une passerelle, qui était en réparation. On en avait enlevé les
barrières et quelques-unes des solives du tablier.
Elle la franchit sans encombre, tout lui était facile.
Quand elle fut à l'autre bout, elle crut reconnaître
l'endroit où elle se trouvait, elle y était sûrement
venue. Elle aperçut un moulin, et elle se dit :

« C'est le Rougeau, c'est là qu'ils demeurent. »

Ce fut pour elle un grand soulagement, une grande
joie; elle savait enfin où elle allait. Ce moulin était
sa maison, elle y était attendue. Ce qui gâtait un peu
son plaisir était la peur qu'on ne lui reprochât de
rentrer trop tard et d'avoir déchiré sa robe en
chemin.

Elle avait mal choisi son moment pour se présenter
au Rougeau. Les habitants de ce moulin n'étaient pas
de belle humeur; les affaires allaient mal; on était
dans de mauvais draps et sur le point d'être mis à la
porte. On devait deux termes au propriétaire, qui
réfusait de nouveaux sursis. Le grain manquant et la
roue ne tournant pas, on était revenu par nécessité
à ses première amours. On tenait un restaurant champêtre, on avait construit dans le jardin, au bord de
l'eau, des ajoupas, des pavillons treillissés, dans l'es-

pérance que le dimanche les Parisiens en villégiature y viendraient. Mais les Parisiens du dimanche ne vont pas toujours où on les espère, ils n'étaient pas venus, et on était en butte aux plaintes, aux assignations des fournisseurs. On avait reçu tantôt la visite d'un huissier, on avait parlementé avec lui, car c'est l'usage de parlementer avec les huissiers, quoiqu'il soit bien établi que cela ne sert de rien.

Richard et Palmyre venaient de le reconduire jusqu'à la porte de la cour, lui faisant force courbettes, lui débitant de longues antiennes qu'il n'écoutait pas, et, la mine piteuse, du noir dans l'âme, ils le regardaient s'éloigner, lorsque leur attention fut détournée sur quelque chose de plus étonnant qu'un huissier. Ils avaient aperçu une jeune femme en peignoir, qui traînait à ses pieds des pantoufles éculées et cherchait à cacher sous son capuchon blanc de magnifiques cheveux roux que la sueur collait à ses joues. Dix-huit mois auparavant, elle avait paru au Rougeau dans un bien autre équipage, conduisant d'une main triomphante un poney fier de sa double cocarde, tout enveloppée de fourrure, portant des plumes sur sa tête et son orgueil dans ses yeux. Depuis ce jour, ils ne l'avaient pas revue, mais ils la reconnaissaient, et ils ne pouvaient douter que cette déguenillée ne fût leur fille.

Pétrifiés par l'étonnement, ils la regardaient en silence. Quand elle se fut approchée, elle s'arrêta, s'efforça de sourire, comme une personne qui se sent en faute et tâche de désarmer ses juges par sa bonne grâce.

« Comme te voilà faite? d'où viens-tu? d'où sors-tu? lui cria son père d'une voix dure.

— De là-bas, répondit-elle doucement, mais il ne faut pas le dire.

— Tu t'es sauvée de chez toi? Je croirais plutôt que tu as fait un trait à ton mari, qu'il s'est fâché et t'a priée d'aller respirer le grand air. »

Elle ne répondit pas. Elle s'appliquait à rassembler et à débrouiller ses souvenirs pour savoir si c'était bien là ce qui lui était arrivé ; mais cet effort lui était pénible. Se rabattant sur quelque chose de plus réel et pensant à l'accroc de sa robe, elle dit :

« Le mal n'est pas si grand que vous croyez. Maman n'aura qu'un point à faire ; si elle ne veut pas, je le ferai.

— Ma parole d'honneur! elle est devenue folle, » s'écria Richard, pendant que Palmyre faisait un grand signe de croix comme pour exorciser le démon.

Les yeux qu'il attachait sur cette folle n'étaient pas tendres. A l'étonnement avait succédé la colère. Ses espérances trompées, ses affaires en déroute, les deux termes qu'il n'avait pu payer, les menaces de son propriétaire, ce Rougeau qu'il s'était flatté d'acquérir et d'où l'on voulait le chasser, les assignations, l'huissier dont il avait reçu la visite, tous ses malheurs lui étaient revenus à l'esprit, et la cause de tout était cette fille indigne qui avait empêché son mari de rien faire pour lui. Cette grande criminelle semblait avoir perdu la raison, et en tout cas elle était fort malheureuse. C'était un juste retour, le ciel s'était chargé de sa vengeance. Ne comprenant pas qu'on la retînt à la porte, elle voulut pénétrer dans la cour. Il se posta devant elle et lui dit :

« Halte là! on n'entre pas! »

Et, comme elle essayait de forcer le passage, il la repoussa brutalement et lui cria :

« Te souvient-il qu'il y a dix-huit mois j'ai souhaité
que tu fusses un jour sans feu ni lieu, sans sou ni
maille, réduite à venir me demander un asile? Je
t'avais dit que ce jour-là je marcherais sur toi. Je ne
marche pas sur toi, mais va-t'en bien vite d'où tu
viens.

— Oh! non, dit-elle, je ne m'en vais pas. Il y a des
gens qui me cherchent. Je veux rester. »

Et, se tournant vers sa mère, elle l'implorait du regard. Palmyre n'était pas encore bien remise de sa
stupeur, et, la curiosité prévalant sur ses rancunes,
elle dit à son mari :

« Laisse-la entrer. Quand elle aura l'esprit plus
tranquille, elle nous dira ce qui s'est passé.

— Eh! que m'importent ses histoires? dit-il. Qu'elle
aille chercher ailleurs qui la plaigne! »

Quoique Palmyre fût convaincue que sa fille avait
le cerveau dérangé, se figurant qu'il en est des fous
comme des sourds, elle pensa qu'en lui parlant très
haut elle lui ferait entendre raison.

« Je suis de l'avis de ton père, lui dit-elle d'une
voix perçante. Il faut t'en retourner tranquillement
au Choquard; si fâché que soit ton mari, quand il te
verra dans cet état, il aura compassion de toi. Mais
tu vois ce qui arrive aux mauvaises filles, aux filles
ingrates, qui ne viennent pas au secours de leurs parents. Tu nous a méprisés, repoussés, et quels embarras que les nôtres! C'est à en perdre la tête. Si tu
nous avais aidés à acheter le Rougeau, nous serions
tous contents et tu ne serais pas folle. Il faut que
cette leçon te profite et que tu fasses quelque chose
pour nous, quand tu seras réconciliée avec ton Paluel. M'as-tu entendue? m'as-tu comprise?

— Oh ! oui, dit-elle ; tu parles si haut ! »

Puis, se rappelant confusément quelques détails de la scène à laquelle sa mère, après son père, avait fait allusion, elle ajouta :

« Laissez-moi entrer. Je te promets de vous acheter le moulin; et je te donnerai toutes mes vieilles robes. J'en ai une armoire toute pleine. »

Si aigrie que fût Palmyre, elle avait le cœur moins dur que son mari.

« Laisse-la donc entrer, lui dit-elle. Nous enverrons dire au Choquard qu'elle est ici, et ils viendront la chercher.

— Tu ne les connais guère, répliqua Richard. Ils ne demandent sans doute qu'à se débarrasser d'elle; ils diront : « Puisqu'elle est chez ses parents, qu'elle « y reste ! » Et nous en serons réduits à nourrir de notre pain cette vilaine qui a renié son père.

— Je n'ai pas faim, dit Aleth; j'ai soif.

— Apporte-lui bien vite un verre d'eau, dit-il à sa femme ; c'est plus qu'elle ne mérite, et qu'elle s'en aille après ! »

Palmyre obéit. En prenant le verre que sa mère lui présentait, Aleth eut un tressaillement. Elle l'exa-minait d'un œil inquiet, craignant qu'il ne contînt quelque breuvage suspect, et, tour à tour, elle le rap-prochait ou l'éloignait de sa bouche. Elle finit par boire, ayant l'air d'accomplir un acte de courage.

« Et à présent déguerpis, » lui dit son père.

Mais elle répéta :

« Oh ! non, il y a des gens là-bas; je veux rester. »

Comme il la sommait de partir, elle se mit à pleu-rer. Elle disait en sanglotant :

« Je t'en prie, garde-moi. Je serai bien sage, bien

gentille; je ferai tout ce que tu voudras. Je couperai
de l'herbe pour ta chèvre, je donnerai du grain à tes
poules, j'aiderai maman à laver la vaisselle, et, si tu veux
que je balaye, je balayerai... Et puis je vous dirai ce
qui m'est arrivé, car il m'est arrivé quelque chose,
mais il ne faudra pas le redire... Oh! garde-moi, je t'en
prie, garde-moi. Il y a des gens qui me cherchent;
nous fermerons la porte, ils ne me trouveront pas...
Pourquoi ne veux-tu pas me garder? Je te promets
de ne pas manger; je n'ai pas faim, et je n'aime que
l'eau; je ne boirai que de l'eau... Non, je ne veux pas
m'en aller. On est si bien ici! C'est ma maison, puisqu'elle est à vous... Maman! maman! dis-lui donc
que tu veux qu'il me garde. »

Et elle essuyait ses larmes avec ses cheveux. Palmyre éprouvait quelque attendrissement, Richard
n'en avait point. Il pensait à son huissier, à son propriétaire, et les doucereux sont les plus cruels des
hommes. Aleth avait réussi à pénétrer dans la cour.
Comme il cherchait à la pousser dehors, elle étrei-
gnit de ses deux bras l'un des montants de la porte, et
ses ongles de folle s'y cramponnaient si fortement
qu'il ne put l'en arracher.

« Ah! tu ne veux pas partir! s'écria-t-il, échauffé
par cette lutte. Nous allons voir cela tout à l'heure. »

Il se dirigea aussitôt vers une cabane de chien, à
laquelle était enchaîné un dogue au museau court,
aux lèvres noires et pendantes. Mal nourri, la faim
l'avait rendu féroce. Depuis quelques minutes, s'avisant qu'on se disputait et désireux de se mêler à la
querelle, il poussait des aboiements frénétiques. Richard détacha sa chaîne, et, la tenant dans sa
main :

« Si tu ne pars pas, cria-t-il, je lance Vorace après toi. »

Dès son enfance, elle avait eu peu de goût pour les chiens. Celui-ci lui fit peur, et, lâchant prise, elle s'enfuit le long du sentier. Furieux de voir le gibier gagner le large, Vorace tira violemment sur sa chaîne, lui imprima une telle secousse qu'il s'échappa de la main qui le retenait, et il partit comme une flèche dans la direction d'une passerelle pleine de trous et sans barrières.

« Rappelle-le donc! dit Palmyre à son mari. Pour l'amour de Dieu, rappelle-le donc! »

Il le rappela; mais, entraîné par l'impétuosité de sa course, le dogue ne revint pas. Ils entendirent bientôt un cri déchirant et l'instant d'après le bruit d'une chute et d'une eau qui rejaillissait. Quand ils arrivèrent tout effarés sur la passerelle, ils n'y virent qu'un chien qui aboyait dans le vide, et, au milieu de la rivière, où elle se débattait entraînée par le courant, ils aperçurent la forme confuse d'une femme cherchant à se retenir à de longues herbes pliantes qui se dérobaient sous elle, comme les espérances et les chimères dont s'était bercé son orgueil.

XXI

La disparition d'Aleth, comme on pense bien, avait fait événement au Choquard, et les conjectures y allaient leur train. Qu'était-elle devenue? que lui était-il arrivé? Lesape, qui l'avait vue le dernier à quatre heures du matin, ne pouvait dire que ce qu'il avait vu, qu'il lui avait trouvé un air fort étrange et qu'elle était allée dans un simple négligé se promener sur la grande route pour se réchauffer les pieds. Sans la circonstance du peignoir, Mme Paluel en aurait conclu qu'elle s'était sauvée quelque part avec l'inconnu, avec l'homme mystérieux qui lui donnait des rendez-vous à la petite porte du potager; mais s'en va-t-on courir le monde en peignoir et en pantoufles? Mariette était la seule qui, dans ses suppositions, s'approchât de la vérité. Elle avait vu de ses yeux quelque chose qui l'avait terrifiée et dont elle avait fait part en confidence à M. Larrazet; mais elle gardait ses pensées pour elle, tout le jour elle fut sombre et taciturne. Le grand embarras était de répondre aux questions d'un malade qui n'était pas mort et qui s'étonnait de ne pas voir sa femme. On lui persuada qu'une forte migraine la retenait dans son lit, et, comme on lui avait défendu de quitter le sien, il en était réduit à croire ce qu'on lui disait.

Vers trois heures de l'après-midi, un exprès remit à Mme Paluel une lettre qui lui causa l'une des plus vives surprises et des plus profondes émotions qu'elle eût jamais ressenties. En la lisant, elle pâlit et rougit coup sur coup, et ses yeux jetèrent une telle flamme qu'elle se détourna brusquement dans la crainte que Lesape, qui la regardait, ne formât quelque jugement téméraire. Cette missive était ainsi conçue :

« Madame Paluel, — ayant appris que M. votre fils était malade, c'est à vous que j'ai l'honneur d'écrire cette lettre et la douleur d'annoncer que ma pauvre fille, ma pauvre chère enfant, s'est noyée ce matin dans l'Yères. Avant de se tuer, elle avait voulu revoir son père et sa mère, qui l'aimaient tant, les embrasser une dernière fois. Nous avons cru reconnaître qu'elle avait le cerveau un peu dérangé, et elle nous a dit qu'on lui faisait tant de misères au Choquard qu'elle en avait assez de la vie. Nous lui avons donné de bons conseils, ce que nous avons toujours fait, l'engageant à ne pas se monter la tête, à user de patience. Nous étions bien loin de nous attendre à ce qu'elle allait faire. Au moment où nous la reconduisions jusqu'à la passerelle du Rougeau, elle a sauté dans la rivière, et quand nous l'avons eu repêchée avec l'aide de mon bateau et du garde-champêtre, qui se trouvait par là, elle n'était plus en vie. Le médecin est venu, mais rien n'y a fait. Jugez un peu, madame Paluel, de ce qu'on dirait de vous si l'on savait dans le pays qu'elle s'est tuée à cause des misères que vous lui faisiez ! Ce ne serait qu'un cri contre vous.

« Pour cette raison, quoique je n'aie guère à me louer de votre famille et particulièrement de mon gendre, j'ai fait accroire au garde champêtre et au maire, qui est venu plus tard, et à tout le monde, qu'elle ne s'était pas tuée exprès, que le pied lui avait manqué, que c'était un accident, car, si l'on savait la vérité, ce ne serait qu'un cri contre vous. Et, pour qu'ils ne se défiassent pas, je leur ai dit que j'avais besoin de six mille francs pour me tirer des gros embarras où je suis, tellement que, si je ne les ai pas tout de suite, ces six mille francs, je ne saurai où donner de la tête, et je leur ai dit, vous dis-je, que cette pauvre chère enfant était venue me les apporter de votre part, qu'elle s'était levée matin pour cela, et puis que le pied lui avait manqué.

« Il faut aussi que je vous dise, madame Paluel, que, si elle est venue se noyer à côté de notre moulin, c'est qu'elle voulait, la pauvre chère enfant, que ce fussent son père et sa mère qui s'occupassent de son enterrement et lui rendissent les derniers devoirs. Je sais bien que cela fera clabauder contre vous, mais il ne faut pas aller contre la dernière volonté des mourants, et ainsi nous garderons ce pauvre corps, que Dieu sait la peine que cela nous fait.

« Croyez-moi, madame Paluel, votre très dévoué serviteur,

« RICHARD GUÉPIE, meunier. »

Dès qu'elle fut parvenue à maîtriser son trouble et à composer son visage, Mme Paluel appela Lesape, lui tendit la lettre, et, quand il eut achevé de la lire, ils restèrent quelques secondes à se regarder.

« C'est de l'argent qu'ils veulent, dit-elle enfin.

— Cela me paraît clair comme à vous, répondit-il, et ils ont même eu soin de fixer la somme.

— Ils n'ont rien pu tirer de nous quand elle vivait, reprit Mme Paluel; ils veulent battre monnaie avec le cadavre... Ils en seront pour leurs frais d'écriture; nos écus ne s'en iront pas dans ces mains sales. »

Le bonhomme Lesape était un arbitre peu courageux, mais un excellent conseiller. Il lui représenta, en secouant sa grosse tête, qu'elle aurait tort de regarder à six mille francs pour éviter un scandale, et qu'au surplus il se faisait fort d'obtenir un rabais. Il eut beaucoup de peine à la convaincre.

« S'ils la gardent, disait-il, cela fera mauvais effet, et ils crieront partout que vous l'avez tuée.

— Qu'ils crient! qu'ils crient! Que serions-nous si nous avions peur de leurs cris?

— Ah! oui, madame, répondit-il; mais pensez à M. votre fils. Il ne vous le pardonnerait de sa vie, et, Dieu me bénisse! s'il se doutait de quelque chose, il serait capable de sauter à bas de son lit et de sa fenêtre pour aller réclamer ce corps. »

Elle finit par se rendre; cet argument lui avait paru décisif. Elle poussa un grand soupir qui témoignait de la violence qu'elle se faisait, du déplaisir, des amertumes que lui causait un si triste emploi de son argent, qui s'en allait dans des mains sales. Puis elle ordonna à Lesape de se munir de son portefeuille, de s'habiller, d'atteler le break et de la conduire lui-même au Rougeau.

Une idée ne lui en faisait jamais lâcher une autre. Comme elle sortait de sa chambre, où elle avait changé de robe et de bonnet, elle rencontra Mariette dans la salle à manger. Il y avait plusieurs semaines qu'elle ne lui parlait plus, et Mariette crut rêver en voyant cette terrible femme s'approcher pour lui demander si son châle était droit et si les rubans de son chapeau n'étaient pas froissés. La minute d'après, une main sèche la prit à la gorge et la poussa contre le mur.

« A présent qu'elle est morte, lui dit Mme Paluel, avoue que ce n'était pas toi.

— Elle est morte! murmura Mariette en se signant.

— Quand je le dis et te le répète! Mais pourquoi, je te prie, avais-tu menti?

— Eh! madame, répondit-elle dès qu'elle eut repris son souffle, vous l'avez entendu lui-même. Vouliez-vous donc qu'il tuât quelqu'un? »

Mme Paluel et Lesape furent bientôt en route. Ils eurent soin de s'arrêter chemin faisant à la mairie de la commune à laquelle ressortissait le Rougeau, pour s'y assurer que les formalités nécessaires avaient été remplies, qu'ils pouvaient procéder à l'enlèvement du corps. Une demi-heure plus tard, ils arrivaient au moulin. Les deux époux les attendaient avec une égale impatience, mais pour des raisons fort différentes, leurs dispositions d'esprit n'étant pas les mêmes. Palmyre avait été touchée au vif par l'événement, et, quoiqu'elle n'en fût pas responsable, elle en éprouvait seule du remords. En songeant à ce qui s'était passé, elle était assaillie de terreurs superstitieuses; il lui semblait qu'il y a des choses qui se payent et qui portent malheur. A peine le corps avait-il été retiré de l'eau, elle s'était empressée de l'envelopper d'un grand drap pour ne plus le voir, et encore croyait-elle, en approchant du lit où il reposait, voir au travers du suaire remuer une bouche d'où sortaient des plaintes et des accusations. Aussi lui tardait-il de s'en débarrasser à jamais, elle l'eût volontiers donné gratis, et Richard avait dû dépenser beaucoup de paroles pour qu'elle se prêtât à son ingénieuse opération de commerce. Cependant ceux qui jugent sur les apparences l'auraient crue moins affligée que lui. Tandis que ce beau comédien traînait partout son deuil après lui, s'arrachait les cheveux, poussait des hélas! éclatait en sanglots, elle avait les yeux secs et la gorge si serrée qu'elle ne pouvait dire un mot.

Les arrivants furent conduits auprès de la morte, précédés par Richard, qui leur montrait le chemin avec de grands gestes de mélodrame, ayant en queue Palmyre, qui ne les accompagnait qu'à regret, résolue de rester à distance de cette bouche qu'elle avait cru voir remuer. Dès qu'on fut entré dans la chambre, Richard, s'approchant du lit, s'écria :

« Voilà tout ce qui me reste de ma pauvre enfant!... Ah! madame Paluel, n'avez-vous pas du repentir? N'est-ce pas vous qui l'avez tuée? »

Toute bouillonnante de colère, elle lui répondit de son air le plus impérial :

« Taisez-vous donc. Savez-vous qui l'a tuée? C'est vous. »

Palmyre ne put retenir un cri, elle s'imagina qu'un rêve ou quelque somnambule avait tout révélé à Mme Paluel; mais la suite du discours la rassura :

« Oui, continua la reine mère, c'est vous qui l'avez tuée en lui mettant dans le cœur tous les mauvais désirs, en lui apprenant à détester le travail, à croire que le bonheur consiste dans la paresse et dans le désordre... Pour s'en convaincre, il suffit de traverser votre cour, où traînent pêle-mêle de vieilles ferrailles, des arro-

26

soirs troués et des charrettes qui n'ont qu'une roue.
Vous ne savez pas même nourrir votre chèvre; je l'ai
vue; c'est une honte pour vous que cette chèvre...
Ah! vous osez dire que nous avons fait des misères à
votre fille! Que direz-vous des misères qu'elle nous a
faites, de celles que nous savons et de celles qu'on ne
sait pas?... Dieu m'est témoin que j'avais ce mariage
en horreur. Je devinais bien ce qui arriverait si une
Guépie entrait au Choquard. Pouvait-elle y apporter
autre chose que la fainéantise, le mensonge, l'incon-
duite, tous vos vices enfin? Seigneur Dieu!.. pourquoi mon fils s'est-il laissé ensorceler? »

Et, se tournant vers le lit :

« Oui, madame, vous lui aviez jeté un sort, et je
vous déclare... »

Elle s'arrêta court, s'avisant qu'elle parlait à quelqu'un qui n'entendait plus et honteuse de son incar-
tade. Elle s'était promis de respecter la mort; sa bru
lui ayant fait la grâce de quitter ce monde, elle s'était
juré de ne plus avoir un mot dur à son endroit. Touchée de repentir, elle changea de ton et dit :

« Enfin elle n'est plus, il ne nous reste qu'à l'enterrer, et nous sommes venus chercher son corps.

— Emportez le bien vite, » murmura Palmyre, qui
était restée dans le fond de la chambre.

Mais Richard se plaça devant le lit, et, les bras
étendus comme pour protéger son bien contre toute
violence, il s'écria :

« Ce corps est à moi! Je le garde. »

Mme Paluel haussa les épaules et dit à Lesape :
« Parlez à ces gens-là, ma patience est à bout. » Puis
elle descendit dans la cour, où elle se promena en
long et en large entre une chèvre dont elle comptait

les côtes et une cabane de chien dans laquelle un
dogue, qui se croyait sans reproche, grondait sourdement; mais cette petite femme imposante le tenait
en respect, il n'osait l'aboyer.

D'habitude, Lesape était tatillon en affaires; il ru-
sait, il biaisait et tantôt il voyait venir son homme,
tantôt il le faisait aller. Mais, quand il traitait avec
ceux qu'il appelait « des fripouilles », il ne tirait plus
de long, il procédait rondement, il avait le ton dégagé. Cette fois il alla droit au fait, et, après s'être
mouché à grand bruit, il dit à Richard :

« Voyons, Guépie, combien vous faut-il? »

Sur quoi l'autre se récria, s'indigna. Vouloir lui
acheter sa fille à prix d'argent! Quelle insulte! quel
outrage!

« Ne perdons pas de temps, je suis un peu pressé,
interrompit Lesape. Vous avez un gros chagrin,
Guépie; cela se voit sur votre visage. Consolez-vous
en tirant sur nous. Mais, quant à nous demander six
mille francs, ce n'est pas raisonnable, et la consolation serait trop forte. Je vous offre la moitié, c'est à
prendre ou à laisser. Vous avez l'air de croire que
Mme Paluel tient beaucoup à remporter chez elle la
petite dame que voici, qui dort sous son grand drap.
Détrompez-vous, elle n'aimait pas beaucoup sa bru,
et ce qu'elle en fait, c'est pour la forme. Si vos condi-
tions sont trop dures, elle partira bien vite en se frottant les mains. Pour ce qui est de M. Paluel, il a la
fièvre, il bat la campagne, impossible de lui parler
de rien. Savez-vous que cette petite dame pourrait
bien vous rester pour compte? A vous la peine et les
frais de l'enterrement. Croyez-moi, prenez mes trois
mille francs. C'est une bonne affaire que vous ferez,

et je gagerais bien que votre femme, qui boude là-bas, est de mon avis. Décidez-vous, je vous donne trois minutes, pas une de plus. »

Il avait raison; Palmyre, à qui cette conférence portait sur les nerfs, appela son mari par un geste énergique, et l'emmenant dans un coin :

« Accepte tout de suite, lui dit-elle, ou je raconte l'histoire du chien. »

Richard n'ignorait pas que, lorsqu'elle avait ses maudits nerfs, elle était capable de tout. Partagé entre la colère que lui inspirait la sottise de sa femme qui refusait d'entrer dans son jeu et l'inquiétude que lui avaient causée certaines paroles de Lesape, il perdit un peu la tête et dit au bonhomme :

« Allons, puisque vous le voulez, Lesape... Mais c'est bien pour vous accommoder, car convenez que c'est pour rien.

— Eh! eh! qu'en savez-vous? répliqua l'autre en souriant. Ce genre d'articles n'est pas coté dans la mercuriale des grains. Mais ce n'est pas tout; j'ai des comptes à rendre, et il me faut un reçu. »

D'un air de mauvaise grâce, Guépie prit une feuille de papier, où il écrivit : « Reçu trois mille francs de M. Paluel pour marchandise à lui livrée. »

« Oh! que nenni, dit Lesape en jetant les yeux sur cette quittance. Ce n'est pas suffisant, mettons les points sur les i. La lettre que vous nous avez envoyée tantôt n'était pas gentille; celui qui l'a signée nous menaçait de nous faire passer dans le pays pour de mauvais maris et de méchantes belles-mères... De deux choses l'une, Guépie : ou les gens nous tiennent ou nous les tenons, et nous voulons vous tenir... Vous allez prendre une autre feuille de papier et y écrire de votre plus belle écriture : « Reçu trois mille francs de M. Paluel pour lui avoir remis le corps de ma fille qui est tombée dans l'Yères, en passant un pont que j'avais oublié de réparer. » Je vous jure que ce petit papier ne sortira pas de notre bureau, à moins qu'il ne nous revienne aux oreilles que vous ne ménagez pas assez notre petite réputation. »

Après quelque résistance, Richard s'exécuta, et Lesape lui remit trois billets de banque, en lui disant :

« A présent, mon brave homme, aidez-moi à transporter la marchandise que vous nous livrez. »

Richard n'avait pas eu ses six mille francs, mais il venait d'en toucher trois mille; dans ce cœur combattu, le contentement l'emporta par degrés sur le chagrin. Il redevint doucereux, et lorsqu'à la vive satisfaction de Palmyre, qui respirait enfin et croyait revivre, il aida Lesape à déposer dans le break tout ce qui lui restait de sa chère enfant, ce fut sur un ton de politesse rampante qu'il offrit à Mme Paluel de prendre un petit rafraîchissement, un petit verre de cassis avant de partir.

« Hors de mes yeux, racaille! lui cria-t-elle du haut de sa tête. On vous renverra votre drap. »

Et la joie qu'elle venait d'éprouver en l'appelant par son nom fut si grande qu'il lui sembla qu'elle était rentrée dans son argent. Le break se mit en marche. Assise sur le siège à côté de Lesape, qui, le dos arrondi, la figure impassible, conduisait tranquillement ses deux chevaux, elle retournait la tête par intervalles comme pour prendre possession de cette morte qu'une épaisse litière toute fraîche protégeait contre les cahots. Elle semblait la couver du regard, s'en re-

paître, et il lui entrait au cœur quelque chose de ce
que ressentit le fils de Pélée lorsqu'il promena autour
de Troie le cadavre d'un ennemi. Mais elle se repentait de sa joie, et, pour tout arranger, elle disait à
Dieu : « Qu'avez-vous à me reprocher? N'est-ce pas
vous qui l'avez frappée? Pour vous plaire, je la traiterai comme si je l'aimais. »

En arrivant au Choquard, elle tint parole. Elle avait
résolu de laisser son fils dans l'ignorance de tout
aussi longtemps qu'il serait possible. Elle fit transporter le corps dans sa propre chambre, le fit coucher
sur son propre lit, se mit en devoir de l'habiller et de
le parer comme il convenait. Mariette l'y aidait, mais
Mariette l'aidait mal, elle en savait trop long, elle
avait l'imagination frappée. Cette grande criminelle
dont elle avait pénétré le secret lui inspirait une horreur mêlée d'effroi, elle n'en pouvait approcher sans
un frissonnement d'inquiétude, comme si le crime eût
été une maladie contagieuse, un miasme putride, et
qu'elle eût craint l'infection.

Ce fut Mme Paluel qui fit tout, et tout fut bien fait.
Elle eut des soins pieux pour des cheveux roux, aussi
lourds que souples, qu'elle s'occupa de sécher, de
brosser, d'arranger avec une véritable sollicitude.
Elle toucha d'une main presque maternelle des yeux
qui avaient jeté des sorts, une bouche riche en insultes, abondante en mensonges, des oreilles où aucune vérité n'était jamais entrée, des doigts qui haïs-
saient le travail, des pieds accoutumés à marcher sur
les nues, une poitrine délicate et charmante où l'on
eût cherché vainement un cœur et qu'avait habitée
l'âme d'une Guêpie. Quand elle eut accompli son ingrat office et placé au chevet du lit un crucifix entre

deux bougies allumées, elle se pencha sur un visage
qui n'avait rien perdu de sa beauté, et deux sentiments se combattirent en elle. Il y avait là, sous ses
yeux, une pécheresse qui s'était fait justice à elle-
même, et, si elle était tentée de maudire la pécheresse, le juge, l'exécuteur lui imposait une sorte de
respect. Contemplant d'un œil fixe ce visage immobile
sur lequel la mort appesantissait sa main de glace,
elle se prit à dire tout bas :

« Tu étais impudente et perverse, tu n'avais ni foi
ni loi, tu ne respectais rien, tu mentais à journée
faite. Tu as fait chasser Catherine, et Dieu sait qu'elle
ne t'avait pas volé ta croix ; tu aurais voulu chasser
Mariette, parce qu'elle était honnête et que tu ne
l'étais pas, tu as pris un amant, et je l'ai vu t'embrasser à la porte du potager. Mais tes hontes ont fini
par te peser à toi-même, tu t'es jugée, et tu n'as pas
attendu que la mort vînt te chercher. Aussi tu es
couchée sur mon lit, ta tête repose sur mon oreiller,
et j'ai fait ta toilette comme si tu étais ma fille et que
je t'eusse aimée. Puisse le bon Dieu te pardonner
et ton sort n'être pas trop misérable dans l'autre
monde ! »

Cependant, comme il faut être prudent, prendre
toutes ses précautions et savoir ce qu'on dit, elle
ajoutait aussitôt :

« Dieu me fasse la grâce toutefois de ne t'y jamais
rencontrer ! »

Au moment où elle terminait son apostrophe, la
porte s'ouvrit toute grande, et Robert entra. Las de
questionner, et les réponses embarrassées qu'on lui
faisait lui paraissant un peu suspectes, il avait profité
d'un instant où personne ne le gardait pour quitter

furtivement son lit. S'entortillant dans ses couvertures, il s'était glissé dans la chambre de sa femme, qu'il trouva vide. De plus en plus alarmé, il avait, malgré son extrême faiblesse, descendu l'escalier, traversé la salle à manger, et, entendant du bruit dans la chambre de sa mère, il en avait poussé la porte. Le crucifix et les deux cierges lui causèrent un frisson, mais il ne pouvait croire à son malheur, et il dit à sa mère :

« Il faut qu'elle soit bien malade pour que tu lui cèdes ta chambre. »

Puis s'avançant de deux pas :

« Aleth ! fit-il, c'est moi. »

Tout à coup, la réalité lui apparut dans son horreur, il fut saisi de ce désespoir qui doute de ce qu'il voit, de ce qu'il entend et de ce qu'il touche; il jeta un grand cri, et il fût tombé à la renverse si sa mère et Mariette ne l'avaient reçu dans leurs bras. On appela Anaïs, on fit venir Lesape, on se mit quatre pour le reporter dans son lit. A peine eut-il repris connaissance, il déclara, en se débattant, qu'il entendait retourner auprès du corps. On eut beaucoup de peine à le maintenir sous ses couvertures, ce ne fut pas trop pour cela des robustes poignets de Lesape. A tout ce qu'on pouvait lui dire il répondait :

« Je veux la revoir, je veux la veiller, je ne veux pas la laisser dans vos mains. Vous la détestiez, vous lui avez causé mille ennuis, je ne l'ai pas assez défendue contre vous. Si elle s'est tuée, comme vous le dites, c'est que vous avez profité de mon état pour lui faire un nouvel affront que j'ignore. Croyez-vous qu'après l'avoir perdue je resterai deux jours dans cette maison? Si vous voulez que je vive, rendez-la-

moi. Qu'elle me fasse tous les chagrins qu'il lui
plaira, je ne me plaindrai de rien. J'aime mieux souffrir par elle qu'être heureux par les autres. Je la
veux, il me la faut... Mais parlez donc, et dites-moi
qu'elle n'est pas morte! »

Comme il se laissait retomber, épuisé de cris et
d'efforts inutiles, il entendit la voix de M. Larrazet
qui venait d'entrer et qui disait :

« Que tout le monde sorte! Je me charge de lui
faire entendre raison. »

Dès qu'on eut quitté la chambre, le docteur s'assit
auprès de son malade, lui prit les mains. Puis d'un
ton ferme, presque dur :

« Vraiment, mon pauvre ami, lui dit-il, vous regrettez un peu trop une femme qui, la nuit dernière,
a tenté de vous empoisonner. »

Robert le regarda quelques instants dans les yeux,
comme pour s'assurer que celui qui venait de parler
était bien un médecin de sa connaissance qui demeurait à Brie et passait pour jouir de son bon sens.
Après un long silence, il lui dit :

« J'espère, monsieur Larrazet, que vous êtes incapable de calomnier une morte.

— Assurément, répliqua le docteur; aussi ne vous
dirai-je que ce que je sais, pour l'avoir appris ce matin d'une personne fort discrète, qui n'en a parlé qu'à
moi. Mon pauvre ami, on enseigne beaucoup de
choses au Gratteau, même la chimie; mais on avait
oublié d'enseigner à la femme que vous regrettez un
peu trop que, quand on verse quelques gouttes d'un
poison mortel, appelé la conicine, dans une tisane
qui contient de l'acide chlorhydrique, de blanche
qu'elle était, cette tisane devient, selon la dose, ou

rouge ou bleue. Or il se trouve que Mariette se défie
des tisanes bleues; elle a mis celle-ci de côté pour
me la montrer, et je l'ai analysée; c'est un métier dont
j'ai la pratique. S'il vous restait quelque doute, ap-
prenez qu'on a retrouvé dans la poche d'un peignoir
la petite fiole que voici, laquelle m'avait été dérobée
je ne sais comment. Ah! mon cher Paluel, vous savoir empoisonné par ma propre conicine, c'eût été
dur pour moi. »

Robert avait fermé les yeux et ne disait mot; mais
le docteur aurait eu tort d'en conclure qu'il ne l'avait
pas écouté. Il recueillait ses esprits et ses souvenirs,
il se rappelait la visite nocturne que lui avait faite sa
femme, il se rappelait aussi qu'elle lui avait dit :
« As-tu soif? » Comme son imagination ne s'arrêtait
jamais en chemin, il avait décidé que sa mère avait
vu clair, qu'il y avait un homme là-dessous, qu'il saurait son nom et qu'il le tuerait. Il se disait tout cela
à lui-même, bien résolu de n'en parler à âme qui
vive, et déjà il avisait aux moyens de découvrir le
nom qu'il cherchait, de savoir quel était le misérable
qui avait eu l'insolence d'envahir sa propriété, de
lui prendre son trésor, ce qu'il aimait jusqu'à la dé-
raison, ce qui lui était plus précieux que la vie. Mais
avant tout il fallait guérir, recouvrer ses forces, sa
tête et ses jambes, et il se promettait à cet effet d'être
sage, de ne plus faire d'imprudences, de se conformer
docilement aux prescriptions de M. Larrazet. Quand le
docteur le quitta, il était calme, tranquille, à cela près
que ses yeux exprimaient l'ardente curiosité d'un juge
d'instruction et l'appétit farouche d'une vengeance.

M. Larrazet ne partit pas sans avoir causé quelques
instants avec Mme Paluel.

« Est-il bien possible, lui disait-elle, qu'un homme aime à ce point une créature abandonnée et maudite de Dieu?

— Que voulez-vous, ma chère dame? répondait-il; nous vivons dans un siècle où les hommes ont plus que jamais l'âme tout près de la peau... Allons, ne vous fâchez pas, et veillez votre morte. Je vous garantis que votre fils ne viendra pas vous déranger. »

Effectivement, Robert ne demanda point à sortir de son lit; mais, pendant toutes les heures qui suivirent, ses regards, traversant les murailles, s'en allaient chercher dans une chambre du rez-de-chaussée un pâle visage aux traits rigides et tâchaient d'arracher son secret à une bouche qui ne parlait plus.

La nouvelle du tragique événement s'était déjà répandue et faisait grand bruit dans tout le pays. Dès le lendemain, elle devint le sujet de toutes les conversations, fournit matière à de vifs débats. On ne causait plus d'autre chose, et dans les maisons comme dans les cabarets, comme au lavoir, chacun racontait l'affaire à sa façon, les langues allaient, on prenait parti, on se disputait. Ce Choquard, où jusqu'alors tout s'était passé au grand jour, avait désormais ses mystères. On se détournait de son chemin pour jeter un coup d'œil dans une cour vide à travers une porte entre-bâillée. On regardait les fenêtres, les volets à demi clos, comme on examine une bête curieuse; il semblait que les murs eussent changé de visage, ils avaient cette figure qu'ont les événements, et on chuchotait en se poussant le coude. Les plus audacieux entraient, interrogeaient. Lesape était chargé de les éconduire. La seule conclusion qu'on pût tirer de ses discours était qu'il n'y a dans ce monde rien de plus dangereux qu'un pont qui n'est qu'à moitié réparé.

L'Eglise fut indulgente; malgré les rumeurs qui couraient, elle ne crut point au suicide. On vit arriver à l'heure fixée la croix d'argent, qui venait chercher le corps, accompagnée du curé, de son étole et de ses enfants de chœur tondus de près, vêtus de rouge. La fanfare au complet les avait précédés. L'assistance était fort nombreuse. Mme Paluel en grand deuil, escortée de Mariette et de Lesape, était le point de mire de tous les regards. Les curieux perdirent leurs peines. Durant tout le trajet de la ferme à Mailly, qui dura plus de vingt minutes, son visage fut impénétrable, ses yeux noirs ne trahissaient point les secrets de son âme.

Quoiqu'on fût en avril, il faisait un vrai temps de mars; c'était un de ces jours où le proverbe dit que le diable bat sa femme. Un vent lourd soufflait par rafales, et la pluie tombait tout à coup dans une telle abondance qu'au milieu de cette inondation la fanfare, qui jouait ou croyait jouer la marche funèbre de Chopin, s'interrompait subitement. Les questions et les curiosités cessaient, on ne s'occupait plus que de faire tête à la bourrasque ou de choisir ses pas sur une route détrempée, car la vie humaine est ainsi faite que, dans les circonstances les plus solennelles, il y a des moments où l'on n'a plus d'autre pensée que la crainte de voir son parapluie s'envoler ou le souci de ne pas mettre le pied dans une flaque. L'instant d'après, comme par enchantement, la tourmente et les giboulées s'apaisaient, il se faisait une éclaircie au ciel, on apercevait un coin d'azur. Un rayon de soleil, perçant entre deux nuages, faisait resplendir les robes rouges des enfants de chœur, des buissons d'épine

fleurie envoyaient comme un sourire à la grande
croix d'argent qui se détachait lumineuse sur un
sombre horizon, et il semblait qu'une pitié d'en haut
vînt apporter sa grâce au cercueil où dormaient une
pécheresse et son crime. D'autres auraient pu penser
que cette souveraine indifférence qui a créé et gouverne le monde voit tout d'un œil égal, qu'elle a les
mêmes attentions, les mêmes caresses trompeuses
pour les roses, les lis, les orties et la ciguë.

Après le service, le curé engagea Mme Paluel, vu
son âge et le mauvais temps, à retourner au Choquard
sans pousser jusqu'au cimetière. Elle s'y refusa, elle
était résolue à remplir son devoir jusqu'au bout. D'ailleurs il s'était fait une embellie pendant la messe; à
mesure que le soleil baissait, le grain avait perdu de
sa violence. En sortant de l'église, il s'éleva une aigre
discussion; il s'agissait de savoir à qui c'était le tour
de porter la morte. De quoi les hommes ne disputent-
ils pas? Il fallut que Mme Paluel intervînt, fît rentrer
dans l'ordre et dans le silence ceux qui parlaient le
plus haut.

L'étroit chemin qu'on suivit était bordé de deux
murailles que dépassaient des têtes de lilas en fleurs;
secoués par le vent, ils égouttaient leur rosée sur le
convoi. Un arc-en-ciel déployait au levant son cintre
magnifique, dont un pied reposait sur la vallée de
l'Yères, l'autre sur le clocher d'un village. Par ce
porche béant on apercevait un grand paysage brouillé
et couleur d'encre, que le soleil commençait à disputer à la pluie. Des îlots de lumière émergeaient çà
et là du sein des ombres noires. Des hirondelles fraîchement revenues passaient et repassaient, dessinant
sur les vives couleurs de l'arc céleste leurs ailes allon-

gées et leur ventre blanchâtre. C'étaient les mêmes hirondelles que, le jour de ses noces, Aleth avait vues glisser comme des flèches entre les roues de sa voiture.

Quand elle entendit le grincement des cordes qui descendaient la bière dans la fosse, Mme Paluel sentit un frémissement d'émotion qu'elle eut peine à dissimuler. Quoiqu'il eût été convenu qu'on ne dirait rien, le maire de Mailly, cédant à l'intempérance de sa langue, répandit toutes les fleurs de sa rhétorique sur cette jeune femme enlevée si cruellement à l'affection des siens; il célébra ses grâces et ses vertus, il ne marchanda pas les consolations à ceux qui la perdaient. Pendant qu'il débitait son discours, Mme Paluel était sur les épines, et lorsqu'il le termina en disant : « Aleth Guépie, femme Paluel, au revoir ! » elle tressaillit de la tête aux pieds. On lui présenta le goupillon, elle le secoua trois fois et laissa tomber sur un cercueil qui allait disparaître toute la pesanteur de son pardon, accompagné de cette oraison mentale : « Pourvu que je ne te revoie jamais ! » Elle reçut à la porte du cimetière, en rang de parents, les serrements de main de toute l'assistance, faisant de courtes réponses à tout ce qu'on lui disait, sans paraître éprouver aucun dégoût de cette longue et fatigante cérémonie ni se douter de la présence de Richard Guépie. dont elle sentait le coude, et qui tour à tour lui prodiguait ses empressements ou essuyait ses yeux convertis en deux fontaines.

Lorsque tout fut fini, elle reprit gravement le chemin du Choquard, seule avec Mariette, qu'agitaient mille sentiments contraires et qui était hors d'état de les débrouiller. La reine mère ne fut pas plus tôt rentrée au Choquard qu'elle monta rapidement à la chambre de son fils. La tête enfoncée dans son oreiller et presque enfouie sous ses couvertures, il avait passé trois heures dans une sombre extase, détaché et comme absent de lui-même, en proie à cette stupeur qui s'empare d'un homme lorsqu'il a pris un masque pour un visage et que la vie lui montre sa vraie figure qui l'épouvante. Il entendit la porte s'ouvrir, regarda, vit sa mère s'approcher de lui. Elle le contempla quelques instants en silence; puis tout à coup, lasse de la longue contrainte qu'elle venait de s'imposer, rendue subitement à elle-même, elle se jeta sur son fils, lui prit la tête entre ses deux mains, la pressa contre sa poitrine et s'écria dans un emportement de joie sauvage :

« Que le grand Dieu du ciel soit béni ! Enfin mon fils est à moi ! »

Au même moment, Polydore Guépie entrait au cabaret. Il sentait le besoin de noyer son chagrin, inconsolable qu'il était d'avoir perdu sa chère petite sœur qui était une si bonne affaire, une ressource pour les mauvais jours, ce qu'il appelait du pain sur la planche. Accoudé sur une table, la figure renversée, on ne pouvait lui arracher une parole, jusqu'à ce qu'ayant vidé deux ou trois chopines il s'écria :

« Dire qu'une si jolie petite femme n'a plus d'autre amusement que de causer avec les taupes et de déranger leurs ménages ! »

Après cette belle explosion de sentiment, il redevint taciturne. Il minutait dans sa tête les termes d'une lettre qu'il se proposait d'écrire dès le lendemain, car il entendait que cette jolie petite femme qui causait avec les taupes lui servît encore à quelque chose.

XXII

Le marquis Raoul ne reparut que six mois plus tard à Montaillé, où il vint faire un séjour en garçon, tandis que sa femme passait de son côté quelques semaines en Bourgogne chez ses parents. Il prenait facilement son parti de rester quelque temps sans la voir. Le mariage brillant qu'il avait fait était une excellente opération qui avait répondu à toutes ses espérances. N'étant pas ingrat, il avait pour la nouvelle marquise de Montaillé tous les égards qu'elle méritait. Malheureusement elle ressemblait beaucoup à l'une de ces villes banales qui n'offrent aux voyageurs que fort peu de curiosités; on en fait façon en un jour, après quoi on est tourmenté du désir de s'en aller, et Raoul se promettait de s'en aller souvent.

Peu après son arrivée, son garde-chasse, qui n'était plus Polydore Guépie, lui donna des nouvelles dont il conçut de l'humeur. Ce brave homme lui annonça qu'il avait découvert à plusieurs reprises des collets tendus dans certains passages du parc, qu'il n'hésitait pas à charger son prédécesseur de ce méfait, que, l'ayant rencontré l'avant-veille, il lui avait dit : « Si

« jamais je te pince, ton affaire est faite. » A quoi l'impudent Polydore avait répliqué en haussant les
épaules : « Allons donc ! ne sais-tu pas que M. le
« marquis a de bonnes raisons de ne pas se brouiller
« avec moi ? »

— Pince-le seulement, répondit le marquis en frappant du pied, le drôle a besoin d'une correction, et il
verra si j'ai des raisons de le ménager. »

Il était en colère et à bon droit. Polydore, qui, en vérité, abusait de ses avantages, lui avait écrit une lettre
d'invectives et de menaces où il le rendait responsable de la mort de sa sœur, insinuant que, si l'on désirait qu'il fût discret, il fallait lui acheter son silence.
Les candidats à la députation font à leurs électeurs
des sacrifices de fierté souvent fort amers. Le marquis Raoul avait prié son intendant de régler les
comptes de ce drôle, de lui allouer une gratification
de quelque conséquence en sus de ses appointements,
de le mettre poliment à la porte et de lui intimer en
termes choisis la défense de reparaître à Montaillé.
Polydore avait empoché la somme, quoiqu'elle lui
semblât un peu maigre ; mais il ne tenait pas sa promesse, on le voyait rôder autour du parc, et il y pénétrait quelquefois par-dessus les murs, les lapins qui
se prenaient à ses collets en savaient quelque chose.

« Il faut que cela finisse, pensait Raoul en suivant
une des allées de sa vaste garenne. Ce lâche coquin
se permet de croire et de dire qu'il me fait peur ; je
lui ferai rentrer son propos dans la gorge. »

Le hasard de sa promenade le conduisit à la porte
du pavillon de chasse, dont il trouva la clef dans une
des poches de son veston de campagne. Il entra, se
ressouvint, s'attendrit. Le sanctuaire dans lequel avait

27

trôné durant quelques mois une idole trop fragile
était resté comme imprégné de sa présence. Personne
n'y étant entré depuis, la chaise où elle s'était assise
pour la dernière fois était à la place où elle l'avait
laissée. Il y avait sur un guéridon les restes d'un biscuit qu'elle avait grignoté en buvant un doigt de ma-
dère ; ce biscuit gardait l'empreinte de ses jolies dents
de souris. On eût dit que la glace de Venise qui l'avait
vue se recoiffer à la hâte avant de partir eût conservé
son image, et Raoul crut y démêler deux grands yeux
verts qui le regardaient.

Etait-il bien vrai que, dans leurs dernières entre-
vues, il eût ressenti quelque lassitude, accompagnée
d'un peu d'effroi ? Il en éprouvait un sérieux repentir ;
que ne pouvait-il réparer ses torts ! Il se reprochait
ses mouvements d'impatience comme une erreur,
comme une odieuse injustice. Il décida en profond
philosophe qu'il y a dans l'âme humaine quelque
chose de mauvais qui lui fait méconnaître les bien-
faits du ciel, qui la porte à se révolter contre son
bonheur. Touché de la grâce, il regrettait amèrement
le délicieux jouet que la destinée avait brisé dans ses
mains. Il alluma un cigare, et s'adossant à une cheminée sans feu, la tête basse, il fit un mélancolique
retour sur le passé.

En recevant à Pise la lettre de Polydore Guépie, il
avait eu beaucoup d'émotion et n'avait pas songé un
instant à se défendre contre les accusations d'un frère
irrité qui lui imputait la mort de sa sœur. Il s'était
persuadé sans effort que son mariage avait plongé
Aleth dans le désespoir, qu'elle n'avait pu y survivre.
Nous avons dit qu'il n'était pas ingrat ; ce délire
amoureux, ce suicide, lui avaient paru touchants ; il

eût mis volontiers cette aventure en rimes plates ou
croisées, s'il avait eu le don de rimer. Rien n'est plus
flatteur pour un homme que de savoir qu'une femme
s'est tuée pour lui, rien ne lui donne une idée plus
nette, plus satisfaisante de ce qu'il vaut, rien ne met
plus de distance entre les autres hommes et lui. Aux
reproches qu'il s'était adressés se mêlaient d'agréables chatouillements d'amour-propre; il y avait de la
volupté dans ses remords. Mais, en ce moment, il
voyait les choses sous un autre aspect, il appartenait
tout entier à ses regrets. Dans la disposition d'humeur
où il était depuis dix minutes, il eût consenti à vendre
avec perte quelques-unes des actions qui lui rappor-
taient les plus beaux dividendes, s'il avait pu à ce prix
ressusciter la charmante créature dont le souvenir
l'avait ressaisi. Il lui semblait par intervalles qu'il
entendait le bruit de son pas dans le vestibule, qu'elle
allait ouvrir la porte, lui apparaître orageuse ou sou-
riante, l'air pimpant ou la bouche boudeuse, les yeux
pleins de soleil ou assombris par un nuage et couvant
quelque grosse colère. Avec quel empressement il
eût couru au-devant d'elle! Avec quelle vivacité il lui
eût prouvé sa tendresse! Les femmes étaient sa littérature, il n'avait pas lu son livre jusqu'au bout.
Avec quelle joie il l'eût feuilleté de nouveau, page
après page, sans se presser d'arriver à la dernière!

« Pauvre folle, pensait-il, quel bel exploit tu as fait
là! On ne se tue pas quand on est si jolie. Non, je ne
te pardonnerai jamais. Si tu avais eu ce petit grain
de bon sens qui te manquait, rien ne serait arrivé, et
tu serais ici; je te verrais et je t'aurais. Quelles heures
délicieuses nous pouvions encore passer ensemble!
C'est du bonheur que tu m'as volé. Hélas! tu n'étais

qu'un sauvageon mal greffé, on s'y était mal pris, on t'avait trop civilisée ou pas assez, tu croyais savoir et tu ne savais pas, tu ne voyais pas le monde tel qu'il est, les chimères t'ont tourné la tête, tu t'es jetée dans l'Yères, et voilà les fruits d'une éducation incomplète ! »

Comme il achevait cette oraison funèbre, il avisa quelque chose qui traînait sous un meuble. C'était un joli fichu en soie rose, sur lequel il se précipita comme sur une proie. Il l'avait vu autour d'un cou bien fait et très blanc qui aimait à se balancer sur deux épaules tombantes comme un roseau bercé par le vent. Il le ramassa, le froissa entre ses doigts ; il ne pouvait en détacher ses yeux aux paupières blêmes, gonflées par les veilles ; il en respirait le parfum depuis long-temps éventé ; il croyait respirer Aleth elle-même, Aleth tout entière. L'émotion le gagnait. Il ne pleura pas, la nature lui ayant refusé le don des larmes comme celui des vers. Mais il décida qu'il resterait plusieurs semaines sans rentrer dans ce pavillon plein de souvenirs trop agréables et trop pénibles. Il dé-cida aussi qu'il avait besoin de faire une promenade à cheval pour secouer son chagrin.

Après avoir serré dans une cachette le mouchoir oublié, il sortit, retourna au château, et pendant qu'on sellait son alezan, qu'il n'avait pas monté de-puis plusieurs mois, il lui vint une idée peu bour-geoise, tout à fait romantique, qui prouvait à quel point il se sentait touché au vif. Il jugea qu'il avait une dette de cœur à payer à celle qui était morte pour lui et par lui. Il entra dans sa serre, y cueillit de sa main un superbe camellia double panaché de blanc qu'il passa à sa boutonnière pour l'aller porter et déposer sur une tombe. Son idée lui plaisait beaucoup; il lui parut que c'était la meilleure manière de réparer son injustice, d'arranger les choses, que la chère créature qu'il avait comparée à un sauvageon mal greffé lui saurait gré de son attention, que sous la terre et dessus tout le monde serait content, qu'après cela il sera quitte. Que pouvait-on lui demander de plus?

Il sortit par la grille qui s'ouvrait sur le chemin de la Roseraie. Ayant tourné la tête à droite, il vit des ouvriers occupés à fumer un champ. Leur patron n'était point avec eux, et Raoul n'en fut pas fâché. Il se souciait peu de rencontrer ce pauvre homme, qui, apparemment, ne savait rien et qui attendait de lui sans aucun doute un compliment de condoléance. Il fit en chemin des réflexions sur l'incroyable candeur des maris trompés. Il en avait connu et pratiqué plusieurs; il les passa en revue l'un après l'autre, tout en gourmandant les caprices de son cheval, qui, pour être resté plusieurs jours à l'écurie, était vif comme la poudre, tantôt courait comme le vent, tantôt dansait sur place. En arrivant à l'entrée du cimetière, il l'attacha par la bride à un anneau de fer scellé dans la muraille, et il se mit en quête de la tombe qu'il voulait fleurir. Il eut de la peine à la trouver. Le cimetière était assez grand; il en fit vainement le tour. Il allait renoncer à ses recherches et revenait déjà sur ses pas quand il aperçut près de la porte une grande pierre blanche devant laquelle il avait passé sans la voir et qui portait cette inscription : « Ici repose Aleth Guépie, épouse de Robert Paluel, morte dans sa vingt-troisième année. Priez pour elle ! » On lisait plus bas ces mots : « Tu es morte, mais tu n'es pas oubliée. »

« Eh! oui, pensa Raoul, voilà vraiment une bonne
pâte de mari, une âme généreuse et débonnaire.
Puisse la race s'en perpétuer à jamais! »

Il remarqua du même coup le soin qu'on prenait
de cette tombe. La croix qui la surmontait était revê-
tue d'un lierre touffu et ornée de couronnes fraîches.
On avait planté alentour des rosiers de Provins, et,
grâce à Mariette, qui, par l'ordre de Mme Paluel, les
visitait à époques fixes, ces rosiers prospéraient.
Mais, dans ce moment, les roses violacées qu'ils donnaient encore faisaient une pauvre figure à côté du
camellia double qu'un marquis portait à sa boutonnière. Il l'en retira, l'effleura de ses lèvres, le déposa
pieusement au milieu de la pierre sans s'inquiéter
autrement de ce qu'en pourraient penser les gens qui
l'y trouveraient. Au même instant, il entendit une
voix qui lui disait avec un accent bien étrange :

« Elle est donc à vous, monsieur le marquis? »

Il se retourna vivement et se trouva face à face
avec un mari débonnaire et généreux qui, les bras
croisés, l'œil en feu, le regardait faire. Cette rencontre inattendue lui parut fort déplaisante; il en conclut
que les idées romantiques sont bien dangereuses, et
il se promit de n'en plus avoir jusqu'à la fin de ses
jours.

Depuis six mois, Robert Paluel se tenait au courant
des faits et gestes du marquis Raoul, qu'il était impatient de revoir. Le hasard venait de le bien servir.
En quittant Mailly, où il était allé prendre des nouvelles de Lesape, qu'une indisposition obligeait à
garder la chambre, il avait suivi, pour se rendre à la
Roseraie, le chemin qui longeait le mur d'un cimetière dans lequel il avait fait vœu de ne jamais entrer.

Tout à coup il avait aperçu près d'une porte ouverte un alezan qui lui était bien connu, et, malgré son vœu, il était entré. Il la tenait enfin cette vengeance qu'à l'insu de tout le monde il méditait depuis six mois. Il avait renfermé sa colère au plus profond de ses entrailles, où elle s'était accrue dans le silence. Elle venait de faire explosion; il la sentait monter à ses yeux, à ses lèvres, courir en longs frémissements jusqu'au bout de ses doigts. Il attachait des yeux d'horreur et de haine sur l'homme qui lui avait pris son bien, qui avait tué son bonheur. Il aurait voulu le saisir de ses mains puissantes, le coucher tout de son long sur cette tombe, le piétiner, lui écraser la tête sous son talon. Il n'en fit rien; il se dompta, et, sans décroiser les bras, il lui dit :

« Les bons comptes font les bons amis, monsieur. La femme que vous avez tuée est si touchée de la fleur dont vous lui faites gracieusement l'aumône qu'elle ne veut pas demeurer en reste avec vous. Veuillez accepter ce qu'elle me charge de vous rendre. »

A ces mots, il tira d'un papier une bague d'or qu'il avait trouvée dans un porte-monnaie et dont le chaton était orné d'une couronne de marquise. Raoul la reçut en plein visage. Mais il avait eu le temps de se remettre de sa surprise; il s'était redressé, et ce fut d'un air hautain et cavalier qu'il répondit :

« Vous avez mal choisi votre heure et votre endroit; on ne se dispute pas dans un cimetière. Je resterai chez moi demain toute la journée. Si vous avez des explications à me demander, il ne tiendra qu'à vous de venir les y chercher. »

Robert était rentré en possession de lui-même. Il s'inclina avec une politesse ironique et répondit :

« Je vous remercie, monsieur le marquis, de la petite leçon de bienséance que vous voulez bien me donner ; il est certain qu'un cimetière est un endroit mal choisi pour y vider une querelle. Mais qu'irais-je faire à Montaillé ? Je sais tout ce que je désire savoir. Votre maîtresse, monsieur, avait une marraine, qui lui écrivait quelquefois en anglais. J'ai retrouvé ses lettres au fond d'un secrétaire, et, dans la dernière en date, j'ai découvert un passage qui vous concerne et dont voici la traduction fort exacte : « Vous me « dites que je vous félicite un peu trop de votre ma- « riage, qu'il ne tenait qu'à vous d'en faire un plus « beau, que certain marquis de votre connaissance « serait charmé de vous épouser. Pures folies, sottes « visions ! Il ne faut pas croire ce que disent les mar- « quis, et vous ferez bien de vous défier de celui-là, « petite oie que vous êtes ! » La petite oie, monsieur, ne s'est pas défiée, et elle est morte, mais je ne l'oublie pas ; c'est écrit sur cette pierre. Il en résulte que votre figure, qui, à la vérité, ne m'avait jamais plu, me déplaît énormément, et que je suis résolu à ne plus la rencontrer. C'est un avis que je vous donne en souvenir de nos anciennes relations. Tel que vous me voyez, je m'en vais à la Roseraie et j'y resterai jusqu'au soir. Le chemin qui longe mes champs est fort solitaire. En revenant de votre promenade, pre- nez-en un autre pour rentrer à Montaillé. Si j'avais le malheur de vous apercevoir, je ne répondrais pas de moi ; quand les figures me déplaisent, je suis ca- pable de tout, même d'assommer les gens à coups de bâton.

— Monsieur Robert Paluel, répliqua Raoul d'un ton fort insolent, je suis désolé que ma figure ne vous revienne pas, et je vous remercie à mon tour du charitable avis que vous voulez bien me donner. Mais le chemin solitaire dont vous parlez me plaît beaucoup, et j'ai l'habitude, en rentrant chez moi, de prendre toujours les chemins qui me plaisent. »

Robert ne l'écoutait plus; il s'était mis en route. Ayant laissé ce jour-là sa jument blanche au Choquard, il s'en allait à grands pas, impatient de gagner son poste et se sentant, comme il l'avait dit, capable de tout. Raoul voulut lui laisser tout le temps d'arriver, de prendre ses mesures, et, tournant le dos au château de Montaillé, il alla courir le pays à franc étrier. Il ne se faisait aucune illusion; il ne doutait pas que la rencontre qui se préparait ne fût chaude, sanglante, dangereuse pour le vaincu. Il avait éprouvé dès son enfance la redoutable solidité des jarrets, des bras et des poignets bien emmanchés de Robert Paluel. Mais il connaissait trop aussi son humeur fière et loyale pour ne pas être certain que Robert ne s'attaquerait point à un homme désarmé, qu'il y aurait deux bâtons de longueur et de grosseur à peu près égales. Il avait pratiqué tous les genres d'escrime, et il comptait sur l'agilité, sur la prestesse de sa main autant que sur sa grande taille pour racheter ses désavantages. Au surplus, la colère lui fouettait le sang, et il lui tardait d'être aux prises avec son terrible adversaire. Il ne cherchait pas les hasards; mais, quand ils venaient le trouver, il y faisait bonne figure.

Au bout de deux heures, il arrivait à l'entrée du chemin dont on lui avait interdit l'accès et que bordent d'un côté des buissons bas, de l'autre un petit bois. Ce chemin s'en va droit devant lui jusqu'à la grille du parc de Montaillé qu'on aperçoit de l'autre bout. Raoul eut beau le balayer du regard, il n'y vit personne. Il promena ses yeux dans les champs voisins, point de Robert. Il mit son cheval au pas, en se disant :

« Il pourrait se faire que notre matamore eût changé d'idée. Il n'est rien de tel que de parler haut à ces gens-là. »

Comme il approchait d'un étang qu'on appelle la Mare aux grillons, il vit déboucher d'une traverse un homme qui venait d'entonner à gorge déployée un refrain qu'il ne se lassait pas de chanter lorsqu'il avait quelques verres de vin dans la tête :

> Mort aux tyrans, à la calotte !
> Que tout tremble sous notre bras !
> Que dans le ciel, comme ici-bas,
> Tout obéisse au sans-culotte !

Le marquis reconnut aussitôt son ancien garde-chasse, et il fut bien aise de le rencontrer. Il lui parut que c'était le ciel qui l'envoyait. Puisque Robert lui laissait le champ libre, il était heureux de pouvoir décharger sa bile sur un croquant à qui il s'était promis de dire son fait.

« Quoi ! c'est vous, maître Polydore Guépie, lui cria-t-il. Enchanté de vous voir. Nous avons eu encore de vos nouvelles, nous avons retrouvé de vos maudits collets. »

Polydore, qui s'était arrêté sur la lisière du taillis, enjamba un fossé, s'avança au milieu de la route, regarda le marquis en dessous et lui dit avec un léger haussement d'épaules :

« Qui prouve que je les aie tendus, ces collets ?

Mais vraiment, monsieur le marquis, votre nouveau garde n'est pas un homme intelligent. Je n'ai pas réussi à lui faire comprendre que vous aviez des raisons de ne pas faire le méchant avec moi.

— Prends-y garde, sacré drôle! ma patience est à bout. On a eu grand tort de te donner de l'argent. c'est de la prison que tu mérites, et tu l'auras.

— Allons donc, monsieur le marquis! Si je m'avisais de raconter certaines choses à cet imbécile de Robert Paluel qui n'a rien su deviner, il pourrait vous en cuire. C'est un vrai diable, quand il s'y met, que le fermier du Choquard.

— Je me moque de tous les Robert, de tous les diables et de tous les Choquard de la terre. Raconte ce que tu voudras; mais, si tu as l'effronterie de revenir te promener par ici, je t'en préviens, cela finira mal pour toi.

— Et pour vous, monsieur le marquis. Ma parole! j'en rirai tout mon soûl; j'aimais tant ma petite sœur!»

Pendant cet entretien, l'alezan, qui n'y prenait aucun plaisir, avait donné des signes d'inquiétude, et il eut bientôt un nouvel accès de mutinerie. Il recommençait à danser, se mettait en travers de la route, tournait sur lui-même, s'encapuchonnait, détachait des ruades. Polydore l'animait par des claquements de langue et de doigts, par des grognements sourds. Le frère d'Aleth fut imprudent, il voulut contempler de plus près un spectacle qui excitait sa gaieté. Raoul, qui écumait de rage, voyant à la portée de son bras cette narquoise et vilaine figure, la cingla d'un formidable coup de cravache.

« Tu avais besoin d'une correction, la voilà! » s'écria-t-il.

Mais, au même instant, l'alezan fit un écart si brusque que son cavalier, quelque solide qu'il fût en selle, vida les arçons et fut lancé sur le chemin, où il s'étendit tout de son long. Sa chute avait été rude, pendant quelques secondes il perdit connaissance. Il fut tiré de son étourdissement par un genou qui se posait sur sa poitrine; ayant rouvert les yeux, il aperçut au-dessus de lui un visage ensanglanté et l'éclair d'une lame. Quoique Polydore, comme tous les gens de sa famille, fût plus disposé à faire chanter un marquis qu'à le poignarder, la fureur avait triomphé de son naturel, et la violence du coup qu'il avait reçu lui avait causé un de ces désordres d'esprit où l'homme le plus circonspect oublie les conséquences, les dangers, les gendarmes, les tribunaux. Voyant son ennemi à terre et à sa discrétion, il s'était rué sur lui, et, sans savoir ce qu'il faisait, il cherchait l'endroit où il devait frapper. Raoul voulut le saisir à la gorge, son bras droit lui refusa tout service. Il se sentait perdu, quand par miracle une main vigoureuse écarta subitement Polydore et lui arracha son couteau qu'elle envoya dans la Mare aux grillons. Le marquis reconnut dans son sauveur Robert Paluel, qui, de l'endroit où il s'était embusqué pour l'attendre, avait assisté à cette scène. Une révolution soudaine s'était faite dans ses pensées; il lui avait paru que ce jour-là pour la seconde fois le hasard le servait bien.

Revenu à lui-même, épouvanté de ce qu'il avait failli faire, Polydore venait de prendre la fuite, en essuyant le sang qui ruisselait sur ses joues. De son côté, Raoul avait réussi à se relever, et, pour un homme qui avait l'épaule démise, il faisait assez bonne contenance.

« Monsieur le marquis, lui dit Robert sur un ton fort doux, veuillez ne pas oublier que vous devez la vie à ce fermier du Choquard qui vous hait et vous méprise du plus profond de son âme et qui a tiré de vous la meilleure des vengeances. Je souhaite que cette pensée ne vous soit pas trop amère, et je ne vous défends plus de vous trouver sur mon chemin. Il me semble que désormais j'aurai du plaisir à rencontrer votre figure. »

XXIII

Durant six mois, Robert avait vécu dans la fièvre, dans un tumulte continuel qui l'aidait à tuer les heures. Dès qu'il ne fut plus tourmenté par le souci de sa vengeance, à l'orage succéda le calme plat; sa douleur agitée et rongeante fit place au plus morne, au plus sombre ennui. Il n'avait plus rien à faire dans ce monde, il ne s'intéressait à quoi que ce fût, aucun but ne lui paraissait digne d'aucun effort, la moindre action lui coûtait. De quoi lui servait-il d'agir 'et de vivre? Quel profit pouvait-il lui en revenir? Il se disait sans cesse : A quoi bon? Malgré ses dégoûts et ses répugnances, il ne laissait pas de s'occuper de ses affaires, de travailler beaucoup, comme on pratique un péché d'habitude. Il était à la fois le plus actif, le plus indifférent et le plus silencieux de tous les fermiers de la Brie.

Ainsi qu'autrefois, il employait une partie de ses soirées à fumer dans le potager, et, quand le temps était clair, il regardait les étoiles, qui étaient sa seule consolation. Il ne les comparait plus à des trois-mâts. Il avait fait quelques lectures, il s'était frotté d'un peu

de science, il avait sa théorie de l'univers. Quoiqu'il
n'eût jamais entendu parler d'Héraclite, il était convaincu comme lui que rien ne demeure, que tout se
transforme et s'écoule, que l'éternelle matière est
dans un flux continuel, qu'il n'y a de constant que ses
inconstances. Son imagination peuplait l'espace de
mondes qui venaient de naître, d'autres qu'il croyait
voir s'épanouir dans leur fleur, d'autres semblables
à des fruits trop mûrs et déjà pourrissants. Il aimait
à penser que depuis ces nébuleuses qui sont des
semences de soleils jusqu'à notre terre qui est un
morceau de soleil refroidi, jusqu'à la lune qui est une
terre morte, la nature parcourt sans se lasser le
cercle de ses métamorphoses et que toute naissance
annonce une destruction. Il considérait que, dans
ces mondes tour à tour incandescents ou glacés, le
moment où un brin d'herbe y peut croître n'est qu'un
point entre deux éternités, que la vie n'y est qu'un
accident heureux, qu'évidemment l'univers n'a pas
été créé pour nous. Il songeait aussi à ces catastro-
phes célestes qui sont l'étonnement des astronomes,
à ces planètes dont le mouvement s'est ralenti et qui
vont s'appliquer sur l'étoile qui les attire, allumant
par leur choc un incendie où elles se consument. Il
en concluait qu'il y a du désordre dans l'ordre que
nous admirons, que les choses n'ont pas été réglées
d'un coup par le décret d'une raison souveraine,
qu'elles se sont arrangées lentement comme elles ont
pu, qu'il y a partout de l'effort, des souffrances, des
embarras mal débrouillés, des confusions de guerres
civiles, qu'en haut comme en bas le puissant maîtrise
et dévore le faible, que les astres mal faits périssent,
que les mieux faits ont une plaie cachée dont ils

périront, que les immensités racontent des histoires
de batailles et de carnages, d'où les vainqueurs eux-
mêmes sortent infirmes, éclopés, blessés à mort.
Invoquant le témoignage des cieux, il se confirmait
dans l'idée que le monde n'est ni bon ni mauvais,
qu'il est ce qu'il est et que l'homme doit se résigner
comme Dieu aux cotes mal taillées. Quand il pensait
à tout cela, il sentait l'inanité de son être, le peu de
figure que fait un homme qui souffre en présence
d'un soleil qui se meurt, il lui semblait que ses chagrins s'engloutissaient dans un abîme; ce naufrage
lui était doux, il savourait le bonheur de n'être rien,
il se grisait de son néant.

Un soir d'automne de l'année suivante, dix-huit
mois après la mort d'Aleth, il se produisit un petit
incident qui eut de grandes conséquences. Comme
Robert après son dîner se promenait au jardin par
un temps serein, mais aigre, Mme Paluel, craignant
qu'il ne s'enrhumât, envoya Mariette lui porter un
foulard pour qu'il le mît autour de son cou. Mariette
n'avait pas l'habitude de discuter les ordres qu'on lui
donnait; cependant la commission dont on venait de
la charger l'embarrassait beaucoup. Elle avait appris
par une longue expérience que son auguste et silencieux patron n'admettait pas qu'on le relançât dans
le potager, où il causait avec lui-même et avec les
étoiles. Ce qu'il pouvait bien leur dire et ce qu'elles
lui répondaient, Mariette n'en savait rien. Mais le
déranger dans ses promenades solitaires lui paraissait un acte aussi inconvenant que de faire du bruit
ou de parler haut à son voisin pendant l'office. Elle
le trouva cheminant le long d'une allée. Il prit le foulard qu'elle lui présentait et la remercia du bout des

lèvres. Elle allait se retirer quand une audace lui
vint; les timides qui se décident à oser osent tout.
Elle aperçut au levant un astre moins scintillant que
les autres, mais qui jetait le plus vif éclat. Le montrant du doigt, elle s'enhardit jusqu'à dire d'une voix
émue :

« Monsieur Paluel, comment s'appelle cette étoile
qu'on voit là-bas? »

Il la regarda d'un air de pitié et répondit d'un ton
bref et hautain :

« Tu seras bien avancée quand tu sauras que c'est
Jupiter et qu'une planète n'est pas une étoile! »

Là-dessus, il lui tourna le dos, et elle s'en alla toute
confuse, honteuse de son ignorance, de sa sottise et
de sa folle présomption. Elle avait voulu se hausser
à la taille du grand homme, lui prouver qu'elle était
digne d'avoir part à sa science, d'entrer en commerce
avec son grand esprit. Il lui avait fait sentir qu'elle
n'était que Mariette. Peu s'en fallut qu'elle ne pleurât.

Cependant cette pauvre Mariette, qui ne savait pas
la différence des étoiles et des planètes, était depuis
quelque temps l'objet de toutes les attentions de
François Lesape. Il était revenu à la pensée de
l'épouser, et cette fois il entendait conduire lui-même
sa petite négociation. Il avait de si bonnes raisons à
donner qu'il ne doutait pas que Mariette ne se rendît
au premier assaut. Une après-midi, profitant d'un
moment où elle était seule dans la laiterie, il s'y
glissa en tapinois. Il avait ce jour-là ses yeux les plus
luisants, vrais yeux de raminagrobis qui a toujours
ignoré l'amour, mais qui est gourmand de son idée.
Debout près de la baratte, tortillant son chapeau dans
ses mains, il brusqua les préliminaires, déclara à

Mariette qu'il avait du goût pour elle, qu'il la trouvait
avenante et gentille, que, de son côté, elle ferait une
excellente affaire en l'épousant, qu'il n'était pas plus
mal fait qu'un autre, qu'au surplus il avait un bon caractère, qu'il n'aimait ni la boisson, ni les querelles,
ni les disputes, qu'il ne se dirait pas une parole plus
haute que l'autre dans leur ménage, qu'elle pouvait
l'en croire et qu'il ferait toutes ses volontés, en tant
qu'elles seraient raisonnables, très raisonnables, bien
entendu. A son grand étonnement, Mariette lui répondit qu'elle était sensible à sa proposition et à
l'honneur qu'il voulait bien lui faire, mais que le mariage ne lui disait rien, qu'elle préférait rester fille,
qu'elle y était bien résolue, qu'elle avait mis cela
dans son bonnet et qu'elle le priait de ne pas insister.

Il insista pourtant. Après s'être assuré de nouveau
qu'ils étaient seuls dans la laiterie :

« Supposons que vous disiez oui, mademoiselle
Mariette, reprit-il. Supposons-le, il n'en coûte rien.
Savez-vous ce que je ferais? Dès demain ou, si vous
le voulez, après-demain, je m'en vais trouver M. Paluel, je lui dis la chose, et je lui dis également qu'aussitôt mariés nous prendrons, vous et moi, la ferme
du Joson, qui est libre... Savez-vous ce que me répondra M. Paluel?

— Il répondra : Bon voyage, Lesape! et tâchez
d'être heureux en ménage avec une fille qui n'a pas
de cœur et qui oublie les bontés qu'on a eues pour
elle.

— Oh! oh! pas du tout, ce n'est point cela. Il
prendra un air consterné et me dira : « Bon Dieu!
« que vais-je devenir, Lesape, sans Mariette et sans
« toi? Tu veux donc me couper à la fois mon bras droit

« et mon bras gauche?.. » Et alors savez-vous ce que
je lui répondrai? Je lui ferai comprendre tout doucement que nous avons, vous et moi, le bouquet sur
l'oreille et qu'il ne tient qu'à lui, que s'il veut y
mettre le prix nous nous déciderons peut-être à
rester... Mais ce n'est pas tout, écoutez-moi bien.
Sans qu'il y paraisse, Mme Paluel prend de l'âge. Ne
trouvez-vous pas que, depuis quelque temps, elle
traîne un peu la jambe? Il doit y avoir de la goutte
dans son affaire, et, ma foi! quand la goutte re-
monte... Bref, supposez qu'elle vienne à mourir;
croyez-vous que M. Paluel gardera sa ferme? Vous le
verrez se rempêtrer d'une folle et s'en aller vivre de
ses rentes avec elle dans un joli port de mer. Il n'a
pas de bon sens ni le goût des fermes, cet homme-là.

— Cet homme-là! interrompit Mariette qu'un tel
langage révoltait. Je vous prie, monsieur Lesape, qui
entendez-vous par cet homme-là?

— Je vous parle de M. Paluel, » lui répondit Lesape,
qu'enchantait la beauté de son raisonnement et qui
ne se doutait pas qu'il la scandalisait par son irrévé-
rence. Il ajouta en se frottant les mains : « Je vous
disais donc, mademoiselle Mariette, que si M. Paluel
s'en va, c'est nous qui prendrons sa place, que nous
ne serons plus chez les autres, que nous deviendrons,
vous et moi, les maîtres et seigneurs du Choquard. »

Elle laissa tomber sa cuiller de bois et ses bras et
s'écria :

« C'est bien pour le coup que ce ne serait plus le
Choquard!

— Pourquoi donc? » demanda-t-il très étonné.

Elle rougit et baissa les yeux; elle craignait d'en
avoir trop dit, qu'il ne lût dans son cœur. Heureuse-

ment les affaires de cœur étaient pour lui lettre close.

« Eh bien! mademoiselle Mariette, reprit-il, est-ce arrangé? est-ce conclu? Touchez là, je vous prie.

— Je veux rester fille, dit-elle, en reculant de trois pas. C'est mon dernier mot, monsieur Lesape. »

Il eut beau la tourner et retourner de tout sens, plus il la raisonnait, plus elle s'obstinait dans ses refus. Il eut enfin recours à un argument qu'il jugeait irrésistible. Après lui avoir fait jurer qu'elle serait discrète, il lui confessa d'un ton mystérieux qu'il possédait de petites économies, qu'il avait fait de bons petits placements. Il ne poussa pas la confiance jusqu'à lui dire à quoi montait le magot; mais il lui promit que, si elle était bien sage, il s'en expliquerait peut-être en temps et lieu. L'argument irrésistible produisit aussi peu d'impression que les autres, et, désespérant d'emporter cette place imprenable, il se retira l'oreille basse, interdit et penaud. Il l'eût été bien davantage s'il avait su qu'il venait de faire à Mme Paluel ses confidences les plus intimes. Elle remarquait depuis longtemps ses assiduités auprès de Mariette et l'avait vu entrer dans la laiterie. En maîtresse de maison qui étend sur toute chose la surveillance de sa police, elle ne s'était fait aucun scrupule de se faufiler dans la pièce attenante, dont les murs n'étaient que des cloisons. Il est possible que, de temps à autre, elle traînât un peu la jambe, mais elle avait conservé toute la finesse de son ouïe, et, quoique Lesape n'eût pas l'habitude de crier ses secrets, elle n'en avait rien perdu. Elle n'eut rien de plus pressé que de tout rapporter à son fils, dans l'espérance qu'il s'indignerait comme elle. A son vif déplaisir, cet indifférent l'écouta fort tranquillement, lui répondit qu'elle aurait tort d'en vouloir à Lesape, qu'il faisait preuve de bon sens en désirant épouser Mariette, qui finirait peut-être par entendre raison, que, pour sa part, il n'y voyait aucun inconvénient. Mais, le soir de ce même jour, il changea brusquement d'avis.

Il venait de se mettre au lit quand il fut dérangé dans son premier sommeil par un coup de vent et par le bruit que faisaient ses volets en battant contre le mur. Il se releva pour les assujettir. Comme il ouvrait sa fenêtre, il lui parut que celle de Mariette était entrebâillée et qu'il y avait de la lumière dans sa chambre, quoiqu'il fût onze heures sonnées. Que lui était-il arrivé? Il résolut de s'en informer; il se rhabilla, et, pour amortir le bruit de ses pas, il chaussa des pantoufles de lisière. L'instant d'après, il avait descendu l'escalier, tiré doucement les verrous et s'était avancé dans la cour. S'arrangeant pour voir sans être vu, il aperçut Mariette assise devant une petite table ronde, sur laquelle il y avait un livre ouvert. Il s'en étonna, elle n'était pas grande liseuse. Mais ce qui l'étonna davantage, c'est que ce livre lui parut ressembler beaucoup à un manuel d'astronomie qu'il s'était procuré depuis peu. Une carte du ciel y était jointe, qu'elle avait déployée et qu'elle s'appliquait à déchiffrer avec une prodigieuse attention. Ses deux coudes sur la table, son front dans ses deux mains, ses cheveux à demi défaits qui lui tombaient sur les joues, elle cherchait vainement à s'orienter. Cette grande carte lui semblait fort embrouillée, les noms étaient écrits en caractères très fins, elle avait beaucoup de peine à les lire, sans compter que, craignant d'être surprise dans une occupation si étrange, au moindre bruit qu'elle croyait entendre, elle tressaillait et se tenait prête à plier bagage. Tout à coup elle se leva, s'approcha de la fenêtre, avança la tête, regarda le ciel, tenta de s'y reconnaître. Mais ce grimoire lui fit l'effet d'être encore plus compliqué que l'autre. Hélas! pour voir, il faut savoir, et elle ne savait pas. Bientôt elle s'éloigna à pas de loup, et après avoir collé son oreille à la porte de Mme Paluel, elle revint s'asseoir devant sa table, se remit à feuilleter son livre, à promener sur la carte et son regard et son doigt. De temps à autre, elle secouait tristement la tête, la lumière ne se faisait pas. Elle finit par se renverser dans sa chaise, et les yeux enflammés, toute pâle de la contention d'esprit qu'elle s'était imposée, elle restait là immobile, dans l'attitude d'une morne désespérance.

Robert ne la perdait pas de vue. Pour la première fois depuis qu'elle était entrée au Choquard, il la voyait telle qu'elle était et il se sentait profondément ému. Il lui parut que cette flamme sombre qu'elle avait dans les yeux était d'un plus grand prix que l'éblouissante clarté d'un soleil, que cette humble petite fille, qui étudiait l'astronomie parce qu'elle aimait quelqu'un, était dans l'univers un être plus important, plus considérable, plus sacré que la plus énorme des étoiles doubles qui roulent éternellement dans l'espace sans y rien aimer et sans savoir ce qu'elles y font. Un instant plus tard, il ne vit plus rien, elle l'avait peut-être entendu remuer et elle avait soufflé brusquement sa bougie.

Les hommes d'imagination sont souvent plus touchés des petites choses que des grandes. Ce que Robert venait de voir le tint éveillé toute la nuit; cette fois, il ne s'était pas mépris, il tenait pour certain que Mariette l'aimait, et la preuve qu'elle venait de lui en donner lui avait révélé toutes les autres. Il fit un retour sur le passé, il se rappela nombre de petits incidents qu'il avait presque oubliés, il devina le sens caché de certaines paroles et de certaines actions qu'il n'avait pas comprises. Il s'ensuivit que, dès le jour suivant, il fit venir Lesape pour lui signifier que, la ferme du Joson étant vacante, il l'engageait à la prendre, à s'établir pour son compte. Il ajouta qu'il lui était trop reconnaissant de ses bons et loyaux services pour ne pas l'aider à trouver à Mailly ou ailleurs une gentille femme à sa convenance, que, par-dessus le marché, il lui prêterait à un intérêt modéré l'argent qui pourrait lui faire besoin, mais qu'il était décidé à faire désormais tout seul ses affaires, qu'il ne se trouvait pas suffisamment occupé, qu'après les grands chagrins qu'il avait éprouvés tout surcroît de besogne lui serait agréable. Qui fut très étonné, très mortifié, très déçu et très content? Ce fut Lesape, qui employa plus d'une journée à se demander s'il devait rire ou pleurer de son aventure, qu'il ne parvenait pas à s'expliquer.

Comme Lesape, Mme Paluel se livrait à beaucoup de réflexions, elle était en proie à de grandes perplexités. L'entretien qu'elle avait entendu au travers d'une cloison l'avait vivement affectée. Qu'on eût l'impertinence de s'imaginer qu'elle traînait la jambe et qu'elle avait la goutte, ce n'était pas là ce qui la révoltait le plus. Elle se tourmentait bien davantage en songeant que déjà le Choquard était considéré comme une succession tombée en déshérence, que des gens de rien se l'appropriaient et l'envahissaient d'avance en idée. « Et voilà ce que c'est, pensait-elle, que de n'avoir point d'enfant! » Elle songeait aussi que, depuis dix-huit mois qu'elle était rentrée en possession de son fils, il semblait avoir désappris et le sourire et la parole. C'était contraire à toutes les traditions. Elle avait eu pour mari un homme qui riait et qui parlait; elle avait eu pour beau-père un homme qui parlait et qui riait. De tout temps, au Choquard, les hommes avaient ri, les hommes avaient parlé, tandis que les femmes étaient sérieuses et ménageaient leurs mots. Un second mariage et un enfant, c'était le seul moyen de déjouer d'insolentes convoitises, d'empêcher que le Choquard ne tombât dans des mains indignes et d'égayer en même temps une maison qui semblait condamnée à l'éternel silence.

Au moment où il y pensait le moins, M. Larrazet la vit arriver chez lui. Elle lui déclara que tout était perdu si son fils ne se remariait pas, qu'elle était venue le prier de lui faire des ouvertures à ce sujet, n'osant pas les faire elle-même. Elle profita de cette occasion pour lui demander s'il n'avait pas quelque bru à lui indiquer, à lui fournir, une bru telle qu'il la fallait, une fille raisonnable, mais pas trop grave, une fille sérieuse, mais capable de faire rire son mari, une fille jolie, mais pas du tout coquette, une fille ayant du caractère, de la volonté et sachant se conduire, mais résolue à suivre en tout point les avis de sa belle-mère. M. Larrazet lui répondit que son cabinet de consultations n'était pas une agence matrimoniale, qu'il ne se chargeait pas de fournir des brus, que c'était un genre de responsabilités qu'il redoutait, mais qu'il trouvait son idée bonne et qu'il était tout disposé à en faire part à qui de droit.

A peu de temps de là, il rencontra Robert, qui, aux premiers mots qu'il lui dit, leva les épaules et répliqua :

« Si ma mère savait comment se nomme la seule fille que je sois tenté d'épouser, elle jetterait les hauts cris. Auriez-vous le courage d'aller lui dire que cette fille s'appelle Mariette Sorris ?

— Oh! oh! dit le docteur, voilà une négociation difficile. Nous ferons de notre mieux. »

Quelques heures plus tard, M. Larrazet annonçait à Mme Paluel qu'il avait mis la main sur cette bru introuvable dont elle lui avait donné le signalement, sur une fille sans pareille, douée de toutes les perfections, sérieuse sans être grave, agréable sans être coquette, et le reste. Quand la reine mère, fort intriguée par cet exorde, découvrit qu'il s'agissait de Mariette Sorris, elle ne jeta pas les hauts cris, ainsi que son fils l'avait pensé, mais elle fut frappée de stupeur et elle murmura :

« Seigneur Dieu ! c'est encore pire que l'autre fois. »

M. Larrazet releva vertement cet inqualifiable propos et lui en fit honte. Elle allégua à sa décharge que l'*autre* était une fille d'une beauté rare, que les beautés rares allument de grandes passions, que les grandes passions expliquent et justifient en quelque mesure les grandes folies, mais que, dans ce cas-ci, il n'y avait rien d'extraordinaire et que la mésalliance était sans excuse. Cette déclaration fut suivie d'un réquisitoire amer contre les médecins qui ont du décousu dans l'esprit et tour à tour désapprouvent ou approuvent les mariages désassortis, contre les fils qui ne savent qu'inventer pour contrarier leur mère, contre les hommes qui n'en font jamais qu'à leur tête sans tenir aucun compte du qu'en-dira-t-on, contre les va-nu-pieds qui ont des attaques de *delirium tremens*, contre les petites filles qui sont de vraies saintes-nitouches et qui, tout en battant leur beurre, se permettent de filer le parfait amour avec leur patron.

Le docteur le prit très haut; il répliqua que certains médecins ont plus de suite dans les idées qu'elle ne pensait, qu'ils se décident selon les cas, qu'il n'y a point de règle sans exception, que dans l'habitude de la vie les préjugés ont du bon, mais qu'une fois sur dix ils sont absurdes et nous font commettre de grosses sottises compliquées d'une grosse injustice, que le *delirium tremens* n'avait rien à voir dans cette affaire, que les femmes sont mauvais juges de ce qui plaît ou déplaît aux hommes, que certaines petites filles qu'on ne croit bonnes qu'à battre le beurre ont du *conjungo* dans l'œil, beaucoup d'attrait, beaucoup de charme, des grâces aussi prenantes que les grandes beautés. Il conclut en disant :

« Madame Paluel, décidez-vous bien vite. Dites oui ou dites non, cela vous regarde; mais c'est à prendre ou à laisser. Point de Mariette, point d'enfant. »

Les arguments du docteur la touchaient peu, elle ne les trouvait ni forts ni solides. Certaines réflexions qu'elle faisait tout bas produisirent plus d'effet et ébranlèrent sa résistance. Il lui vint à l'esprit que Mariette était de bonne santé, robuste, bien constituée, qu'elle avait de l'ordre, l'habitude de tout faire en son temps, et que partant elle n'accoucherait pas avant terme, qu'au surplus elle n'avait ni père, ni

mère, ni frères, ni aucun cousin dont on eût entendu
parler, que, d'autre part, elle avait fait ses preuves
de docilité et de souplesse, que le connu valait mieux
que l'inconnu, qu'il n'y aurait point d'arrangements
nouveaux à prendre, que chacun conserverait ses
attributions, que toute chose resterait dans l'état,
qu'enfin cette fille de porte-balle ne pouvait manquer
d'être prodigieusement sensible à l'honneur incroyable, inouï, qu'on voulait bien lui faire, qu'elle re-
doublerait d'attentions, de déférence à l'égard de
Mme Paluel pour s'acquitter d'une dette dont une
vie entière de soumission et de dévouement pourrait
à peine la libérer.

Après un long silence, la reine mère poussa un
long soupir, et interrompant le docteur, qui continuait à s'échauffer dans son harnais, elle lui dit :

« Monsieur Larrazet, il n'y a qu'un mot qui serve.
Allez dire à mon fils qu'il fait une impardonnable
folie, mais que je me résigne à tout pour avoir l'enfant. »

Le lendemain, dans l'après-midi, Robert donnait
des instructions à son jardinier, à qui il faisait faire
un palissage, quand il vit passer Mariette dans la
cour. Il l'appela et lui dit qu'il avait à lui parler. Son
air était si sévère, si froid qu'elle pressentit un malheur. Il l'emmena tout au bout du jardin, où il la fit
asseoir sur un banc. D'épais buissons de framboisiers,
qui n'avaient pas encore perdu toutes leurs feuilles,
leur servaient d'écran, les protégeaient contre les indiscrets.

« Mariette, lui dit-il d'un ton brusque, je suis fâché
de te faire de la peine, mais tu ne peux pas rester
plus longtemps à mon service. »

Elle sentit tout son sang refluer vers son cœur; c'était pis que tout ce qu'elle aurait pu croire.

« Je m'étais mépris sur ton compte, poursuivit-il. On a vraiment bien de la peine à connaître les gens. »

Elle gardait le silence, elle cherchait dans ses souvenirs quel péché elle avait pu commettre.

« Monsieur, dit-elle, vous avez donc des reproches à me faire? Quelqu'un se serait-il plaint de mon beurre?

— De quoi vas-tu me parler? Tu as des défauts graves, très graves; j'aurais dû m'en aviser plus tôt. Tiens, il y a une chose que je n'ai jamais pu te pardonner. Je croyais que tu disais toujours la vérité, je t'avais surnommé Mariette la Véridique. Eh bien, Mariette, un soir, t'en souvient-il? tu as fait un gros mensonge.

— Je vous en prie, pardonnez-moi, monsieur. Mais vous aviez l'air si malheureux!

— Ce n'est pas tout, tu ne respectes pas le bien d'autrui. J'ai découvert que tu avais dérobé un livre et passé toute une soirée à le lire en dépensant inutilement de la bougie. »

Elle devint rouge comme une fraise, et, baissant la tête :

« Ah! oui, monsieur, j'ai eu tort, et quant à la bougie, Mme Paluel s'en est aperçue et m'a grondée. Mais je ne l'ai pas gardé ce livre, je l'ai remis à sa place, vous l'y trouverez, et je vous promets de n'y plus toucher.

— Tu voulais donc devenir savante, tu as des ambitions et des prétentions?... Je n'ai pas fini, il paraît que tu es coquette, car ce pauvre Lesape est fou de toi et s'en va te trouver dans la laiterie, où vous jasez pendant des heures. »

Elle releva la tête et s'indigna.

« Ah! monsieur Paluel, comment pouvez-vous croire?... Je vous assure que je n'ai jamais rien fait pour attirer M. Lesape ni pour lui plaire, et d'ailleurs il m'a avertie lui-même qu'il allait quitter le Choquard.

— C'est égal, tant que tu seras fille, il se trouvera des garçons pour tourner autour de toi, ils vont aux jolies filles comme les mouches vont au miel.

— Mais que dites-vous donc, monsieur? vous savez bien que je ne suis pas jolie.

— Je te dis que tu l'es, et je n'aime pas qu'on me contredise. Aussi, dans ton propre intérêt, j'ai résolu de te marier. »

Elle osa le regarder en face et lui répondit avec une douce fermeté :

« Monsieur Paluel, puisque vous voulez que je m'en aille, je m'en irai. Mais, pour ce qui est de me marier, oh! non, ce n'est pas mon idée, je veux rester fille.

— Quel caractère! Qui m'a bâti une créature comme celle-là? Bah! tu auras beau faire et beau dire, je te marierai malgré toi... Car enfin vois-tu la situation? Il est convenu d'abord que tu ne peux plus rester à mon service, et, d'autre part, il est bien établi que, crainte d'accident, tu dois te marier. En troisième lieu, il se trouve que tu as envie de finir tes jours ici. Sais-tu un moyen d'arranger tout cela?

— Je n'en sais point, dit-elle avec un profond découragement.

— Oh! bien, je suis plus savant que toi. Le

moyen de tout arranger, c'est tout simplement de m'épouser. »

Elle ne douta pas un instant qu'il ne se moquât. Son ironie lui parut cruelle, même féroce, et elle répondit en pleurant :

« Ah! monsieur Paluel, vous qui avez toujours eu tant de bontés pour moi, c'est bien mal à vous! »

Il se rapprocha d'elle, lui passa son bras autour de la taille et lui dit en changeant de ton :

« Que tu le veuilles ou que tu ne le veuilles pas, je te dis que tu seras ma femme. »

Elle le regarda de nouveau, il ne se moquait pas d'elle, il avait aux lèvres un sourire qu'il n'avait jamais eu en lui parlant, qu'il réservait pour l'autre, pour celle qui n'était plus. Le cœur lui sautait si fort dans la poitrine qu'elle crut en devenir folle, et elle murmura d'une voix brisée :

« Oh! monsieur, ce n'est pas possible! vraiment, ce n'est pas possible!

— Possible ou non, j'en fais mon affaire.

— Et Mme Paluel! qu'en dirait Mme Paluel? Elle n'y consentira jamais.

— Elle a déjà dit tout ce qu'elle avait à dire, et son second mouvement a été le bon. »

Mariette avait encore un scrupule, une objection, une terreur. Elle dit tout bas :

« Pensez-y, monsieur, vous avez fait écrire sur une pierre : « Tu es morte, mais tu n'es pas oubliée. »

Il reprit son air mauvais et un peu farouche pour lui répondre :

« En vérité, Mariette, il me semble que celle dont tu parles s'est donné quelque peine pour n'être pas oubliée et qu'elle mérite bien de ne jamais me sortir des yeux. Vois-tu, je lui ai pardonné la ciguë, mais jusqu'à ma mort je ne lui pardonnerai pas son amant. Après cela, je te confesse que je l'ai aimée autrement que je ne t'aime et que je me souviendrai toujours d'elle comme on se souvient le matin d'un songe qu'on a fait pendant la nuit. Mais je ne rêve plus, je te jure, je suis tout à fait réveillé, et je dis que le bonheur, c'est toi. »

Puis l'attirant encore plus à lui :

« Petite Mariette, viens là, sur mon cœur... mais viens donc, il est à toi, et montre-moi tes yeux, je veux les regarder... Les ouvriras-tu !... J'y vois clair comme le jour que tu as été mise au monde tout exprès pour moi et que je suis un grand imbécile d'être resté si longtemps sans m'en apercevoir. »

A ces mots, il baisa doucement les deux yeux tout humides qu'elle avait eu tant de peine à lui montrer et qu'elle avait refermés aussitôt. Quand elle les rouvrit, il s'était levé pour aller rejoindre son jardinier. Mais, avant de disparaître, il se retourna, la regarda et lui sourit. Hors d'elle-même, ne sachant où elle en était, où finissait la terre, où le ciel commençait, doutant que les cailloux que touchait son pied fussent de vrais cailloux, étonnée de voir autour d'elle des feuilles mortes quand il y avait dans son âme un printemps en fleur, elle demeurait tout éperdue, anéantie et comme assommée par sa joie, et elle n'osait ni bouger ni souffler de crainte de faire envoler son rêve.

Le mariage se fit trois mois plus tard ; le marquis Raoul n'y figura pas comme témoin. On ne le voit guère à Montaillé. Le bruit courait ces jours-ci dans la Brie que, tout en gardant son château, dont il ne pourrait honnêtement se défaire, il se propose de vendre une bonne moitié de son parc, qu'il trouve trop grand. L'acquéreur possédera une superbe chênaie, des remises fort giboyeuses, beaucoup de terriers, beaucoup de rabouillères, un pavillon de chasse pierre et brique, et, par-dessus le marché, un joli fichu en soie rose, oublié dans une cachette. Mais il se pourrait qu'avant ce temps les mites l'eussent mangé; tout finit par là.

FIN.

Coulommiers. — Typ. P. BRODARD et Cie.

www.ingramcontent.com/pod-product-compliance
Lightning Source LLC
Chambersburg PA
CBHW070750030726
47504CB00003B/509